KB101872

월야환담

월야환담 창월야 · · 1

홍정훈 장편 소설

초판 1쇄 찍은 날 2016년 02월 15일
초판 1쇄 펴낸 날 2016년 03월 15일

지은이 홍정훈
펴낸이 서경석

편집책임 박가연 | 편집 한준만 | 디자인 신현아

펴낸곳 도서출판 청어람
등록번호 제387-1999-000006호 | 등록일자 1999. 5. 31
어람번호 제8-0047호

주소 경기도 부천시 원미구 부일로 483번길 40 서경B/D 3F (우) 14640
전화 032-656-4452 | 팩스 032-656-4453
http://www.chungeoram.com | E-mail chungeorambook@daum.net

ISBN 979-11-04-90337-3 04810
ISBN 979-11-04-90336-6 (SET)

창월야 · 1 ·

월야환담

홍정훈 장편 소설

도서출판 청어람

月夜幻談

작가의 말 · ·

채월야는 잘 보셨습니까?

월야환담 창월야는 채월야 뒤로 이어지는 이야기입니다. 채월야의 주인공 한세건은 격렬한 자기모순 속에서도 결국 살아가는 길을 택했지요. 하지만 그건 완전한 타협은 아니었습니다. 오히려 더더욱 파멸로 치닫는 길이었지요.

하지만 여기 창월야의 주인공 서린은 세건과는 전혀 다릅니다. 세건에 비해서는 오히려 더 숙명적으로 미친 달의 세계에 연관되지만 모티베이션에서는 더 떨어진다고 할까요?

그런 의미에서 이 이야기는 밝고 건전한(?) 이야기가 되겠군요. 계속해서 채월야 같은 분위기를 요구하시는 분이 많을 것 같은데… 뭐 채월야 같은 분위기였으면 채월야라고 나오지 따로 창월야라고 이름도 다르게 붙이고 표지도 다르게 하고 새로 써서 내지도 않았을 겁니다.

창월야만 보셔도 상관은 없겠지만 대부분의 이야기나 캐릭터가 잘 이해되지 않을 겁니다. 대여점에서 그냥 빌려보기만 했던 분들도 지금쯤이면 이야기가 가물가물하겠지요?(어이어이)

자, 그러면 과연… 한세건은 구원받는가. 실베스테르는 눈물을 흘리는 흡혈귀를 찾는가? 그리고 과연 전설적인 마녀 릴리쓰는 무엇이며 테트라 아낙스와의 관계는 또 무엇인가?

채월야의 궁금증을 좀 풀어드리도록 하지요.

시작합니다.

홍정훈

차례

初夜

Downtown Legend

디스토션을 잔뜩 건 일렉 기타의 괴성이 백폰 밖으로 뛰쳐나오고 있었다. 바이크 시트에 엉덩이를 걸친 젊은 남자는 발을 바닥에 대고 차면서 시계를 바라보았다.

타이맥스제 크로노그래피는 새벽 2시를 나타내고 있었다.

"후우우우우."

그는 깊은 한숨을 내쉬었다. 그러자 그 입에서 새하얀 입김이 흘러나왔다. 초가을의 날씨지만 그렇게 추운 것도 아닌데 입김에 수증기가 맺히는 게 아닌가? 주위의 기온은 초가을 날씨에 걸맞지 않게 급속히 떨어지고 있었다.

오오오오오오오오!

인간이 달나라에 올라가는 시대에 악령들이 있다는 걸 누가 믿을까마는 도시의 어둠 속에서는 악령들이 꿈틀거리며 다가오고 있었다. 하지만 바이크에 걸터앉은 남자는 어둠을 한 번 노려볼 뿐 악령들을 무시했다.

"온다."

그는 품에서 권총을 꺼내 앞을 바라보았다. 타이탄 5톤 트럭 한 대가 눈에 불을 켜고 달려오고 있었다.

"젠장! 저 새끼가!"

"밀어버려!"

차에 올라타 있는 이들은 액셀에서 발을 떼지 않고 무시무시한 기세로 덤벼들었다. 하지만 백폰을 귀에 건 남자는 코웃음 치면서 권총 Glock—18을 들었다.

툭툭툭!

가볍게 3점사로 쏘자 차 앞 유리창에 거미줄과 같은 균열이 생겼다. 운전석과 조수석에 공평하게 총알을 부어 넣은 그는 글록의 총구를 하늘로 향하고 바이크에 올라탔다.

부르르릉!

시동이 걸리는 것과 동시에 바이크는 폭발적인 속도로 돌아서 길옆으로 피했다. 주인을 잃은 트럭은 그대로 앞으로 질주하다가 공사장 패널을 들이받고서야 겨우 멈췄다.

"좋아."

잉그램과 글록(Glock—18)을 양손에 거머쥔 남자는 두 개의 총구를 앞으로 한 채 멈춰 선 트럭 뒤로 다가갔다. 트럭 뒤에는 커다란 개폐식 컨테이너가 붙어 있었는데 안에서는 뭔가 거대한 것이 컨테이너의 문을 두들기고 있었다.

합금으로 만들어진 컨테이너가 움푹 우그러들면서 손톱 같은 것이 밖으로 삐죽 튀어나왔다. 그러더니 그것은 마치 캔 오프너로 깡통을 따듯 컨테이너의 문을 땄다.

드르르르르륵!

그 순간 Glock—18과 잉그램이 동시에 불을 뿜었다.

그워어어어어어어!

컨테이너 안에서 꿈틀거리던 커다란 괴물이 비명을 지르기 시작했다. 그것은 인간의 등골과 육체 같은 게 합쳐진 거대한 젤라틴 형상을 한 괴물이었는데, 외피만 젤라틴이고 그 외피를 통해서 투명하게 근육과 장기가 드러난, 그로테스크의 극치에 달한 무언가였다.

총탄 세례가 퍼부어져 젤라틴 형태의 외피가 찢어지고 내부 근육에도 총탄이 박혔지만, 잉그램과 Glock—18 정도의 저지력으로는 그 괴물을 막을 수 없었다.

"흐응!"

크왁!

괴물은 앞발을 휘둘러 예리한 갈고리 손톱을 번뜩였다. 그러나 청년은 뒤로 빙글 몸을 돌리며 탄창 멈치를 눌러 잉그램과 Glock의 탄창을 빼내고 벨트에 비스듬히 꽂아 넣은 탄창을 끼웠다. 양손을 교차하며 노리쇠를 전진시키고 그와 동시에 회전을 멈추는데, 이 일련의 동작이 마치 세련된 춤과 같았다.

달이 공사장 철골의 틈으로 얼굴을 드러내 빛을 뿌렸다. 인간이 달나라에 가는 시대. 그러나 도시는 그 문명의 어둠에 전설을 품고 있었다.

"후후훗, 좋은 달밤이지?!"

그 말과 동시에 청년의 얼굴이 급격하게 변했다. 얼굴을 감싸고 있던 엑토플라즘 마스크가 벗겨지고 머리칼 역시 변화하면서 완전히 녹색으로 물들인 머리칼이 드러났다.

드르르르르르르륵!

정열적인 록 밴드의 16비트처럼 그루브한 총성이 연달아 터져 나왔다.

"응?"

잠자리에 들었다고 생각했다. 손바닥 몇 개 대기도 힘든 좁은 방에서 새우잠을 자다가 문득 깨어났을 때는 너무나 시원한 달빛이 창문을 통해 들이치고 있었다. 커튼이 있으면 좋을 텐데, 신문지를 압정으로 달아놓다 보니 자꾸 바람에 떨어져 나갔다.

"……."

멀리서 뭔가 소리가 들려왔다. 인간에게는 들릴 리 없는 어둠의 소리. 그러나 소년은 인간에게 들릴 리 없는 그 소리에 반응해 눈을 떴다. 붉게 빛나는 왼쪽 눈동자가 오른쪽의 갈색 눈동자와 대조적인 이 소년은 천천히 일어나 창문을 향해 상반신을 내밀었다.

"아아아아."

좀 더 자두지 않으면 안 된다. 소년의 몸은 스펀지가 물을 머금듯 피로를 머금고 있어서 손가락으로 누르기만 해도 피로가 쏟아져 나올지도 모른다.

그렇지만 정말 눈이 시리도록 푸른 달이다.

도시의 소음은 너무 멀어서 가본 적도 없는 바다의 파도 소리를 연상시킨다. 콘크리트의 바다 위에 외롭게 떠 있는 달.

왜 잠에서 깨었는지는 모르지만 잠깐쯤은 이 밤의 고요를 즐기는 것도 나쁘지 않으리라.

第1夜

Odd Eye

1

새벽이 되면 나는 일찍 일어나 부엌이라고 할 것도 없는 장소의 석유풍로 앞에 앉는다. 겨울에는 난로가 되고 평상시에는 조리 기구로 쓰이는 이 석유풍로는 우리 집 재산목록 제1호라고 해도 과언이 아니다.

물론 남의 집이 이사할 때 버리고 간 가스레인지도 있어서, 그것으로는 밥을 하고 이 풍로로는 국을 끓인다. 어젯밤 아버지의 포장마차에서 팔다 남은… 도저히 손님에게 내놓지 못할 상태의 놈들은 그 국에 들어가 끼니가 된다. 덕택에 우리 집은 정말 찢어지게 가난함에도 불구하고 별로 배를 곯아본 적은 없다. 먹는장사가 남는 장사라고 하는 것은 아마 이래서이리라.

그렇게 식사를 만들고 도시락을 싸고 나면 학교에 갈 채비를 하고 밖에 나온다. 아버지는 밤새 일을 하고 새벽에 들어와 주무시기 때문에 나는 그저 문밖에서 인사만 꾸벅하고 나온다.

아직 해도 뜨지 않은 이른 새벽 공기에서 시내버스의 시큼한 매연 냄새가 났다.

"으음, 서린이냐? 어린것이 고생이 많구나."

"아, 안녕하세요? 에이, 고생은 뭘요."

"그려그려. 아, 우리 자식새끼는 이 몸이 조빠지게 고생해서 대학 보내놨더니만 졸업하고 맨날 방바닥만 긁더라. 네놈이 참 인물이여, 인물."

환경미화원 아저씨들과 인사를 나누고 나면 그제야 잠이 머릿속에서 완전히 달아나는 것 같다. 나폴레옹도 하루 4시간은 잤다고 하는데 나는 그보다 훨씬 덜 자는 것 같다. 그리고 난 나폴레옹보다 키도 크고 얼굴도 잘생겼고 머리도 좋은 것 같으니까 좀 더 큰 인물이 되지 않을까? 이 고생도 나중에 커서 꼭 자서전에 넣어야지.

"자아, 그러면 가볍게 가볼까?"

가볍게 스트레칭을 하고 운동을 좀 하고 난 뒤 신문 배급소로 향한다. 옛날과 달리 요즘 세상에는 인터넷이란 게 워낙 많이 깔려 있어서 신문의 인기가 낮다.

그렇지만 아직까지 고기 기름 닦는 데, 깔고 자는 데, 그 외 각종 용도에서 신문지처럼 싸게 구할 수 있는 종이는 없다! 겨울에도 신문지 덮고 자는 것과 그렇지 않은 것은 천지차이인데. 즉 신문이란 것은 그 내용보다도 종이란 점에서 더더욱 중요한 것이다!

어쨌거나 신문 돌리기는 3D 업종이기 때문에 일할 사람이 적다. 비록 신문 보는 집이 많이 줄었다고 해도 나처럼 아침에 400부 이상 돌릴 수 있는 녀석은 어딜 가나 인기다.

"아, 서린이냐? 언제나 칼같이 오는구나!"

보급소의 강 사장님은 미리 내 짐을 챙겨주셨다. 원래 광고 전단을 사이에 넣는 건 내가 해야 할 일이지만 요즘은 내 힘든 사정을 잘 알고 있는 보급소 사장님이 배달할 신문에 직접 전단지를 넣어둔다.

옆에서는 이걸 직업으로 하는 배달 사원 아저씨들이 때가 꼬질꼬질하게 낀 면장갑에 침을 발라가며 능숙한 솜씨로 전단을 끼우고 있었다.

"그러면 먼저 다녀오겠습니다."

나는 내가 돌려야 할 400부 분량의 신문을 집어 들고 주소록을 목에 걸었다. 주택가와 연립주택, 규모가 작은 아파트를 돌면서 이 400부를 다 뿌려야 하는데, 이건 굉장한 고역이다. 게다가 나는 나이가 어리고 면허를 딸 시간 여유도 없어서 오토바이도 못 탄다. 그러나 지금까지 이 400부를 다 못 돌린 적은 단 한 번도 없었다.

"자아, 그러면 갈까!"

나는 자전거 위에 올라타 앞에 150부, 뒤에 250부를 꽉꽉 싣고 주택가로 달렸다.

"여어! 린아, 오늘도 빠르구나!"

"예, 안녕하세요."

우선 이 동네 파출소에 일간지와 스포츠 신문을 넣고 나서 일을 시작한다. 경찰들은 나를 예쁘게 봐주는 것 같지만 사실 나는 좀 불만이다. 돈도 안 내고 신문을 받아 보다니……. 이런 것까지 비리라고 고발할 순 없겠지만 비리라 치면 권력형 비리쯤 되지 않을까?

"흐음, 어디어디……. 이야, 이 인간 아직도 안 잡혔나?"

나는 자전거 앞에서 신문 한 장을 뽑아서 살펴보았다. 시사면에 아직도 크게 찍혀 있는 전설적인 테러범, 한세건에 대한 기사가 가장 먼저 눈에 들어온다.

국제적인 기업 플렉스 메디칼 본사를 폭파시키고 항만 창고도 날려 버린 희대의 폭탄마다. 추정 나이는 올해로 20세였던가? 그러나 나이답지 않은 과단성, 치밀함, 잔인함을 두루 갖춘 거물 범죄자였다.

그의 손에 의해서 거대한 플렉스 메디칼 본사가 가라앉는 장면은 생중계로 전국에 널리 퍼졌다. 그뿐인가? 전국을 향해 테러 예고 방송을 하고 아무것도 요구하지 않은 신기한 인물! 그런 이가 사람들에게 얼마나 강렬한 인상을 남겼는지는 말할 필요도 없는 일이다.

어쨌거나 그 목에 걸린 상금이 500억 원이라니, 저런 인간 하나 잡으면 팔자가 필 텐데. 하지만 사진에 찍혀 있는 그는 굉장히 위험한 인상을 하고 있었다. 녹색으로 완전히 물들인 머리를 하고 새까만 옷을 입고 있었는데, 헬기를 향해 손을 든 게… 소위 말하는 Fuck you 사인이었다.

그렇지만 그다음 면에는 최근 화제가 되고 있는 모 핸드폰 회사의 광고가 있었다. 한세건과 비슷한 복장을 한 하이틴 스타 유석진이 핸드폰을 들고 전화를 받는 모습의 이 CF는 TV로도 나와서 수많은 단체의 맹렬한 비난을 받았다. 전설적인 테러범을 영웅시한다 하여 말이 많은 것이다.

그렇지만 요즘 사람들 사이에서는 라이트 그린 염색도 인기를 끌고 있고 이 테러범을 좋아하는 사람도 많았다. 아직도 방송 프로 등에서는 그날의 폭파 장면을 반복해서 다시 틀어주곤 하는데 신창원과 달리 그는 잡힐 기미조차 보이지 않았다.

"자아, 그러면 시작해 볼까?"

나는 자전거 페달을 잽싸게 밟으며 신문을 접어 좌우로 던졌다. 이런 일도 하다 보면 이력이 붙는지라 던지면 던지는 대로 백발백중. 집 안으로 날렵하게 들어가는 신문들을 보니 내 마음도 경쾌하다.

"역시 비 안 오는 날은 얼마 걸리지도 않는구나."

나는 시간을 체크하면서 그렇게 중얼거렸다. 비가 오는 날이면 신문을 죄다 비닐로 개별 포장해야 하는데 그렇게 되면 정말 눈 돌아가게 일이 많아진다. 하지만 나도 폼으로 하루 400부라는 과업을 달성한 건 아니다. 내가 그럴 수 있는 것에는 한 가지 비밀이 있는데…….

"음, 보는 사람 없지? 그럼 슬슬 시작해 볼까?"

나는 사람들이 없는 걸 확인하고 속도를 높였다.

그렇게 신문을 돌리고 나면 신문 배급소에 들러서 샤워를 하고 바로 학교로 뛰어간다.

"린아! 아침이라도 먹고 가지?"

"아, 시간 없어요. 감사합니다!"

나는 호의를 그렇게 거절하고 앞으로 달려 나갔다. 학교까지는 보통 버스를 타고 가야 하지만 나는 신이 주신 두 다리가 있다. 아침 해가 떠오르는 골목을 질풍같이 달리면 여기저기서 가게 문을 여는 사람들이 아는 체해 준다.

"이야! 서린! 또 뛰는 거냐?"

"예예! 먼저 갑니다!"

"참, 서린아! 송 씨가 자판기 좀 봐달라는데!"

"학교 끝나고요!"

나는 마을 사람들에게 그렇게 인사하고 학교의 정문을 향해 달려들었다. 학교 수위 아저씨가 앞을 쓸다가 나를 보고 손을 내민다.

"여기요!"

나는 배급소에서 돌리다 남은 신문을 던져 주고 학교 안으로 뛰어 들어갔다. 학교에는 미리 와 있던 주변 아이들이 있었는데 어디서 구했는지 모를 포르노 잡지를 펼쳐 보며 킬킬대고 있다가 교실 문을 연 나를 보며 이렇게 외쳤다.

"여어! 짝눈!"

"오드아이닷!"

나는 친우에 대한 걱정을 이기지 못하고 사랑의 발차기를 넣고 말았다. 그러자 친우는 윽 하고 쓰러졌다.

"아야야, 너무하잖아. 나는 친우의 자가발전을 위해서 이런 걸 빌려줄까 했는데."

녀석이 포르노 잡지를 나에게 건네주는 게 아닌가? 이런, 이런. 뭐… 솔직히 나도 혈기 왕성한 젊은 나이에 이런 거 좋아하지 않을 이유가 없다. 그렇지만 나는 그런 거 할 여유가 없단 말이다!

"우리 집은 단칸방이라서 말이지, 게다가 얼마 안 가면 또 돈이 필요해진다고. 이런 거에 자가발전할 여유 없다."

나는 그렇게 말하며 약간의 아쉬움을 담아 그걸 돌려줬다. 그리고 자리에 가서 책을 꺼냈다. 물론 내가 이런 고학생 노릇을 하며 학교 수업에도 충실한 모범생이었으면 좋겠지만 꺼낸 건 공인중개사 시험용 문제집이었다.

"우리나라는 자고로! 땅이 돈이 되는 나라라고! 두고 봐! 부자가 되어주겠어! 그렇게 되면 이 고생도 끝이다!"

"여어여어, 타오르는구만, 짝눈."

"오드아이라니깐!"

나는 다시 책상을 박차고 날아올라 발차기를 날렸다. 하지만 최혁진이란 이 친우는 내 발차기를 날렵하게 피했다.

"호오?!"

"후후훗. 서당 개 삼 년이면 풍월을 읊듯, 짝눈 친구 팔 년이면 발차기를 피한다!"

"많이 늘었네?"

나는 그렇게 말했지만 사실 최혁진은 D중학에 있을 때 소위 말하는 짱을 먹었던 놈으로 아버지가 옛날부터 차력을 했다고 한다. 덕택에 최혁진 역시 차력을 해서 제 또래에서 당해낼 적이 없었다. 뭐 아무리 그래도 어린 시절부터 단 한 번도 나를 이긴 적이 없어서 이렇게 악우 비슷한 사이가 되었지만. 그렇다고 하더라도 재밌는 놈이다.

그런데 그때 문이 열리고 한 녀석이 들어왔다. 학생답지 않게 머리를 살짝 염색한 그 녀석은 조성찬이라고, 젠이라고 하는 소년 아이돌 그룹의 멤버인지라 학교에서도 저 머리통을 인정해 주고 있었다. 안 그러면 학교를 때려치운다고 하는데 인정해 줄 도리밖에.

어쨌든 저 녀석이 학교에 나오는 날이면 학교 정문에 여자애들이 득시글거리니 나로선 상당히 거슬릴 수밖에 없었다. 공부하는 데 방해가 되니까.

나는 자리에 앉아서 책을 다시 펼쳤다. 도서관에 반납할 기간이 다가오기 때문에 어떻게든 다 보지 않으면 안 된다. 중요한 것은 요약하면서 보고 있는데… 으음, 공부할 시간이 절대적으로 부족하다. 나는 그래서 책에서 눈을 떼지 않았다.

"흐음, 서린."

그런데 그때 성찬이가 나를 불렀다. 사실 나는 성찬이랑 별로 친하지 않는데 왜 나를 부르는지 모르겠다.

"응? 왜?"

"아니, 아무것도. 그냥 뭔 공부를 하나 해서."

성찬이는 그렇게 중얼거리며 내 옆자리에 왔다. 나는 책을 들어서 표지를 보여주었다.

"학교 졸업하면 공인중개사 자격증을 따려고."

"흐음."

성찬이는 약간 어두운 표정을 하고 나를 보더니 자기 자리에 가 책상에 엎어져 잤다.

"이상한 녀석."

나는 코웃음 치고 거울을 바라보았다. 거기에는 붉은 눈동자를 가진 내가 있었다.

"……."

학교생활의 마지막, 종례가 끝나기 무섭게 나는 자리에서 일어나 달린다. 도서관에 빌린 책을 반납하고 새 책을 빌리기 위해서다. 학교 옆에 있는 구립 도서관은 나처럼 가난한 사람을 위해 한국 사회가 이룬 최고의 성과라고 해도 과언이 아니다. 나는 그 도서관 사서 누나에게 책을 건네주고 다음 책을 찾아서 바로 대출 카드에 기입을 끝냈다.

"등기, 조세원칙, 임대계약총론. 이 세 권이죠?"

사서 아가씨는 신기하다는 듯 도서 대출 카드를 돌려주었다. 워낙에 빽빽이 기록되어 있어서 벌써 여덟 번이나 교체한 대출 카드는 손때가 덕지덕지 묻어 있다.

아, 이게 다 내가 열심히 공부했다는 증거다. 고등학교만 졸업하면 공인중개사 자격증을 따고 경찰 시험을 쳐서 경찰이 되는 거다. 의경으로 군복무를 대신하고 돈을 모아서 사무실을 낼 준비를 해야지. 그렇게 되면 당당한 공인중개사 서린이 되는 거야!

게다가 이 타고난 미모! 슬라브인과 한국인의 혼혈아인 데다가 동안! 이러한 절세 미안을 이용해서 복부인들의 마음을 흔들며! 어딘가 분명히 있을 아가씨를 찾는 거야! 나를 먹여주고 재워주고 입혀줄 그런 아가씨의 마음을 사로잡아서 여생을 편안하게 보내는 거다!

'하하하하! 이 몸의 인생 설계는 왜 이리도 뛰어난 거야!'

나는 대출한 책들을 가방에 담고 도서관 입구로 나왔다. 하지만 아까 전까지 맑고 화창하던 날씨가 언제 이렇게 변했는지 우중충해진 게 아닌가?

"늦가을에 소나기인가?"

말이 끝나기가 무섭게 빗방울이 떨어졌다. 아직 일하러 가기까지는 시간이 있으니까 괜히 비를 맞아서 옷 세탁할 일 만들지 않는 게 좋겠다. 그러고 보니까 요새 세제도 떨어지고 있는데 말야. 언제 한번 혁진이네 집에 놀러가서 그 집의 세제도 좀 덜어 와야겠다.

내가 이런 생각을 하고 있을 때였다.

부르르르릉!

"어? 서린이잖아? 너 학교 끝나면 바로 오라고 했더니만 여기서 뭐 하고 있는 거냐?"

"켁? 사장님?"

나는 오후에 아르바이트를 뛰고 있는 자판기 업체의 관리인

송 씨를 보고 깜짝 놀랐다. 이 아저씨는 이 일대의 자판기를 관리하는 송지명 사장님인데 내 고용주인 셈이다.

"잘됐다. 이거랑 이거 여기 도서관 자판기에 넣어야 하거든? 자판기 키 여기 있으니까 후딱 하고 와라."

"예예, 알겠습니다."

나는 한숨을 내쉬고 자판기 키와 음료수 캔들을 받아 들었다.

"삥땅은 양심껏 쳐라. 알겠지?"

"안 쳐요. 차라리 호스트를 하고 말지. 그 푼돈 벌자고."

나는 그렇게 말하고 두 팔에 약 150개 가까운 음료수 캔을 들었다. 손으로 들기엔 꽤 무거운 짐이지만 나는 날 듯이 달려 올라가 자판기에 음료수들을 넣고 동전과 지폐들을 주머니에 쓸어 담았다.

아까 전엔 삥땅을 안 치겠다고 했는데 견물생심이 인지상정인지라 천 원짜리 몇 장을 주머니에 슬쩍하고 냉큼 달려 내려왔다.

"여기요!"

"오, 잘했다. 흠흠, 자 그럼 다음 위치로 가자."

"예? 벌써요?"

"그래, 인마. 이번 주 자판기 수금해야지."

송 사장님은 그렇게 말하고 내 머리를 쥐어박았다. 나는 깜짝 놀라서 시계를 바라보았다. 나의 하루 일정은 20분 단위로 스케줄이 빽빽하게 맞춰져 있기 때문에 이런 예상도 못한 노동력 착취는 감당할 수가 없었다. 게다가 며칠 있으면 동생 생일이라 생일 선물을 사두려고 했는데 벌써 일이라니?

"나 좀 가볼 데가 있는데 오늘 빠지면 안 돼요?"

"너 잘리고 싶냐? 이 일 하고 싶어 하는 인간들 쌔고 쌨어. 아니, 꼭 자르겠다는 건 아닌데 말야. 알아서 생각해."

"…알았어요."

히잉, 어른들은 다 거짓말쟁이다. 나처럼 순진하고 가냘프고 연약한 근로 소년을 괴롭히다니. 악의 화신이라고 할 수 있다. 하지만 먹고살아야 할 내 입장으로서는 해고 위협을 무시할 수 없다.

게다가 수금하는 날에는 삥땅을 좀 칠 수 있기 때문에 수입이 짭짤하다. 특히 음료수 캔 자판기는 오가는 돈이 많아서 그런지 수입이 매우매우 짭짤하다. 송 사장님은 그런 내 마음을 알았는지 승합차 조수석을 내주며 말했다.

"자아, 오늘 삥땅은 저거 하나 먹고 끝내라, 응? 돈은 내가 관리할 테니 음료수나 들고 따라와."

"아, 안 쳤어요."

"얼굴에 다 나온다, 인마."

송 사장님은 그렇게 말하며 와이퍼를 작동시켰다. 뽀드득거리는 소리와 함께 와이퍼가 유리창 앞을 오락가락하며 빗물을 닦았다. 나는 조수석에 앉아서 시계를 살펴보았다.

"왜 그렇게 시계를 보냐?"

"아뇨, 그게 쇼핑을 좀 해야 할 일이 있어서요."

"그래? 어떤 거?"

사장님은 차를 몰면서 그렇게 물어보았다. 나는 약간 얼굴이 붉어지는 걸 느끼며 말했다.

“여자애들 좋아할 만한 거요.”

“어이구, 우리 서린이 이거 생겼냐?”

사장님은 운전대를 잡고 왼손을 들어 새끼손가락을 펴 보였다. 물론 그랬으면 저도 좋겠습니다만 이렇게 바빠 죽을 판에 여자 친구가 생길 리가 없잖습니까? 게다가 나는 돈이 없으니…….

여자 친구를 만든다면 전문직에 종사하는 직업여성이라든가, 갑부집 딸이라 돈이 썩어나서 주체하지 못하는 사람을 택할 것이다.

“아니, 여동생 있잖아요.”

“아, 그 부잣집 양녀로 들어갔다는 여동생 말하는 거지?”

“부잣집이 아니라 외삼촌 댁이에요.”

“그러고 보니 네 외삼촌이 무지 부자라고 했지? 그런데 왜 너는 이 고생을 하냐? 서 씨는 저번에도 일하다가 깡패들이 와서 곤욕을 치렀잖냐.”

“…….”

아버지는 밤에 포장마차를 하다 보니 취객들이 종종 시비를 걸어와 낭패를 보는 일이 있었다. 게다가 포장마차는 단속도 심하고 깡패도 많이 꼬이는지라 가뜩이나 심약한 아버지가 할 장사가 아니다.

하지만 어쩔 수 없다. 심약한 아버지는 어떤 면에선 올곧아서… 절대로 채무를 무시한 채 도망칠 수 없다. 빚더미에 앉아 있으면 남은 인생을 다 일에 바쳐서라도 채무를 갚는 게 아버지의 성격이었다.

"…알잖아요. 외삼촌이라고 해도 저랑은 완전 남남이란 거."

"그렇지. 음, 미안하다."

나는 슬라브 민족과의 혼혈아. 그러니 한국에 내 외삼촌이 있을 리가 없다. 요는 내 동생과 내가 서로 배다른 남매라는 것이다. 내 동생의 어머니, 그러니까 법적으로 우리 아버지와 부부였던 분은 내 동생을 낳다가 난산으로 죽고 말았다. 그런데 바로 그날… 내가 아버지에게 떡하니 맡겨진 것이다. 아버지가 결혼하기 전에 러시아에 출장을 간 적이 있었는데 그때 사고를 쳤다나 어쨌다나.

뭐, 지금의 심약한 아버지에 비추어 보면 그런 용기가 도무지 없을 것 같은데도… 아버지는 저지른 일에는 책임을 지고자 노력하는 분이다. 아버지는 당당히 나를 자식으로 인정했고 그 결과 장인, 그러니까 내 동생의 외할아버지와 외삼촌에게 미움을 사게 되었다.

"……."

에잇! 정말 기분 우울해지는군. 나는 고개를 흔들어 생각을 털어냈다. 그런데 그때였다.

부우우우우웅!

어디선가 무시무시한 바이크의 폭음이 들려오는 게 아닌가? 나는 사이드미러와 백미러를 바라보았지만 어디서도 바이크 소리는 들려오지 않았다. 그러나 소리는 점점 더 가까워진다! 그리고 내 직감이 위험하다고 비명을 지르고 있었다.

"설마?!"

"응? 왜 그러냐?"

"사장님! 엎드려요!"

나는 그렇게 외치고 송 사장님의 옷 덜미를 잡고 나 역시 앞으로 숙였다. 그 순간 굉음과 함께 차체가 찌그러지며 웬 사람이 굴러떨어졌다.

끼이이이익―!

"꺄아아아아아악!"

날카로운 비명 소리가 귓전을 찌르고 앞 유리창이 완전히 박살 났다. 그리고 그와 동시에 바이크 한 대가 송 사장님의 승합차 앞으로 뛰어내렸다.

쿠르릉!

서스펜션이 얼마나 좋은지 바이크는 잠깐 출렁거리며 앞으로 달려가 막 굴러떨어진 사람―소녀를 쳤다!

"아아아악!"

그 소녀는 비명을 지르며 지면 위를 미끄러져 벽에 들이박혔다. 한적한 오후의 골목길에서, 갑자기 벌어진 일이었다.

"이런 젠장! 웬 미친놈이!"

나는 문을 잡았다. 하지만 천장이 우그러지면서 문이 걸렸는지 정상적으론 열리지 않는다.

"……."

나는 송 사장님이 기절한 것을 확인하고 심호흡을 했다. 무슨 일인지 모르지만 이럴 때는 쓸 수밖에 없다.

콰드드드득!

나는 철제문을 그대로 뜯어내고 차 문밖으로 걸어 나갔다.

2

그 남자는 바이크에서 내려서서 여자아이를 향해 걸어가고 있었다. 여자아이는 진한 금발을 하고 있었는데 염색을 했다고 하기엔 너무나 화사하고 자연스러운 머리칼이어서 나는 깜짝 놀랐다. 이제 보니까 한국인이 아니잖아?

"그만두지 못해!"

나는 그 남자가 여자아이를 공격하려고 한다는 것을 알고 달려들었다. 그리고 냅다 앞차기를 날렸다. 그다지 많은 수련을 하진 않았지만 내 발차기는 방화문이나 업소용 냉장고 문을 뜯어내서 7미터 정도는 날아가게 만든다. 사람이 맞을 경우 생명을 보장할 수 없지만 왠지 모를 불길한 예감 때문에 나는 전력을 다해 발길질을 했다!

콱!

하지만 그 순간 갑자기 정신이 아득해질 정도의 통증이 다리를 타고 올라왔다. 이 남자는 내 앞차기에 뛰어들어서 취약한 발목뼈를 팔꿈치로 내려친 것이다!

"으아아악!"

콰득!

그리고 재차 이어진 공격! 그는 내 다리를 끌어안은 채 체중이 집중된 반대쪽 다리의 오금에 로우킥을 갈겼다! 무릎의 안쪽을 차는 위험한 킥인데 나는 막거나 피할 수가 없었다! 게다가 눈앞에서 별이 오락가락할 정도니 극심한 통증 때문에 사물이 분간이 안 된다!

쿠당탕!

뭔가가 쓰러지는 소리만 들려왔다. 이건… 나인가? 으으윽, 태어나서 이렇게 아파본 적은 처음인 것 같다.

"제기랄. 다, 다리가……."

"어디서 이런 놈이 튀어나와서……."

그 남자의 목소리가 들려온다. 그는 내 부러진 다리를 다시 한 번 걷어찼다.

지끈!

"으아아아아악!"

눈이 튀어나오게 아프다. 나는 지면을 데굴데굴 굴러서 추가 공격을 피했다. 그리고 간신히 담벼락을 짚고 돌아보니 그 소녀는 놀랍게도 일어나 있었다. 방금 전의 그 충돌을 생각하면 절대로 일어나서는 안 된다!

인간이 그런 심한 격돌 후에 일어난다는 것은 내상이 극심해서 그 뭐시기냐, 회광반조라고 하던가? 그런 막판 스퍼트 같은 현상이 일어나기 때문이 아닌가?

"이 아, 악마 같은 놈! 그 사람은 아무런 관계도 없잖아!"

소녀는 나를 가리키며 그리 외쳤다. 능숙한 우리나라 말처럼 들린다.

"자고로 쓸데없는 정의감은 몸을 망치는 법이지."

그는 그렇게 중얼거리며 등에 차고 있던 거대한 금속 막대를 꺼냈다. 나는 무슨 톤파 같은 무기인 줄 알았는데 놀랍게도 그건 총이었다. 그것도 권총!

"자아, 각오는 되었나?"

그는 거대한 권총을 들고 소녀를 겨눴다. 나는 깜짝 놀라서 자리를 박차고 일어났다.

"이런! 그만두지 못해, 이 악당아!"

"하아?"

나는 일어나는 것과 동시에 앞으로 뛰어들어 그에게 주먹을 날렸다. 그러나 그는 그 거대한 총을 휘둘렀다.

빠악!

"으아아악!"

지끈지끈거린다! 너무나 아파서 눈앞이 검게 물들고 뇌혈관이 터져 버린 것은 아닌지 걱정스러울 정도다! 이 괴물 같은 놈은 그 거대한 총으로 내 팔을 후려쳐 분질러 버린 것이다!

"죽어! 한세건!"

내가 주저앉은 순간, 이 남자에게 폭행당하던 소녀의 독기 실린 외침이 들려왔다. 그 순간 나는 아픔도 잊고 눈을 의심하지 않을 수 없었다.

어느 틈에 소녀의 뒤에서 거대한 괴물이 나타나 그 남자를 공격한 것이다. 이 괴물은 마치 커다란 뱀 같았는데 비늘을 세우니까 그 하나하나가 마치 칼날과 같았다. 몸길이는 으음… 8미터는 될까? 하여튼 엄청나게 크다.

빠직!

남자는 놀랍도록 빠른 속도로 그 뱀의 공격을 피했지만 헬멧에 맞아서 얼굴이 약간 드러났다.

"흥!"

그러나 그 순간 그의 총구가 불을 뿜었다.

콰아아앙!

단 일격에 그 커다란 뱀이 둘로 찢어졌다! 무식하게 큰 총이라 위력이 대단하리라고는 생각했지만 설마 이 정도라니!

"으윽!"

그러나 그때 그녀가 옆으로 뛰어오르더니 가볍게 2층 건물 위로 올라섰다.

"두, 두고 보자, 한세건! 밤에는 이렇게 쉽게 당하진 않을 테니까."

"어련하시겠어."

그는 그렇게 말하고 다시 총구를 소녀에게 겨눴다. 하지만 소녀는 냅다 뛰어서 건물 너머로 사라져 버렸다. 인간은 절대로 저렇게 날아다닐 수 없다!

그걸 알고 있는 나는 깜짝 놀라서 그 소녀의 뒷모습을 바라보았다. 서, 설마 나랑 동족인 걸까? 그런 생각이 드는 순간 정말 아픔이고 뭐고 머릿속에서 다 날아가고 그저 그녀에 대한 호기심만 가득 찼다.

지금까지 나는 이 세상에 나 같은 인간은 단 한 명만 있다고 생각해 왔다. 물론 무의식중에는 정체를 알 수 없는 '어머니' 도 나와 같은 종족이 아니었을까 추측하고 있지만 이제 와서 어머니를 찾아다닐 마음도 없고 해서 그런 쪽으로는 마음 쓰지 않았다. 하지만 지금, 도저히 인간이라고 볼 수 없는 존재가 둘이나 한꺼번에 눈앞에 나타난 것이다. 가만! 둘?

"…다리가 부러지고 팔도 부러졌는데 금방 나아버리는군?"

윽! 아, 이 남자가 아직 남아 있지! 나는 다른 데 정신을 팔 여유가 없었다! 그 남자는 내게 총구를 들이밀었다. 비록 부러진 다리와 팔이 재생되긴 했지만 아직 통증이 남아 있어서 나로서는 도저히 저 공격을 피할 자신이 없었다. 게다가 아까 전의 위력을 생각해 보니 무섭다!

"아… 저, 저기."

"다리가 떨고 있군. 도망가긴 틀렸다는 걸 스스로도 잘 알고 있나?"

그 남자는 나를 바라보고 있었는데 그 눈초리가 매우… 뭐라고 해야 하나, 매우 차분하달까? 헬멧의 깨진 틈으로 드러난 얼굴로 보아서는 왠지 모르지만 나를 죽이지 않을 거라는 생각이 들었다. 하지만 죽기보다 더한 꼴을 당할지도 모르지. 그러나 그때였다.

애애애애앵!

경찰차의 사이렌이 울리기 시작한 것이다. 아마도 누가 사고 났다고 신고를 해준 모양이었다. 그러면 그렇지. 대한민국은 엄연히 법치국가인데 주택가에서 총을 퍼부어놓고 아무 일 없기를 바라면 그게 도둑놈 심보지!

"흐음, 운이 좋구나. 하지만 좀 자라."

"어?"

그러나 그 순간 그 검은 레이싱 슈트의 남자는 총을 들더니 그대로 내 머리를 후려쳤다! 아픈 것보다도 단숨에 의식이 몽롱해졌다.

"으윽!"

나는 꼴사납게 기절해 버리고 말았다.

내가 나의 몸에 대하여 자세히 알게 된 계기는… 굉장히 부끄럽지만 초등학교 4학년 포경수술이었다. 그 전에는 그냥 막연히 내가 힘이 센가 보다 하고 생각하고 있었지만 그날을 계기로 내가 인간에서 상당히 벗어난 존재라는 걸 깨달았다. 메스를 대어도 바로 상처가 재생되어 정상적인 수술이 불가능했던 것이다.

다행히 나를 담당했던 의사는 천하에 둘도 없는 괴짜라 그 사실을 비밀로 해주었을 뿐만 아니라 의료 행위에 대해서 이런저런 편의를 봐주었다. 쉽게 말하면 내 주치의가 되어준 것이다.

다행히 그는 비뇨기과뿐만이 아니라 약학과 생리학에도 능통하고 주 전공이 외과인 데다가 거대한 제약 그룹의 후계자였던 것이다. 내 인생은 농담으로라도 운이 따라준다고 말할 수 있는 게 아니건만 그래도 닥터 강을 만난 것은 분명한 행운이었다.

"…으윽."

"깨어났냐?"

그 강 박사가 내 눈앞에 있었다. 깜짝 놀란 내가 자리에서 일어나 주위를 둘러보니 병실이었다. 그리고 강 박사는 하얀 가운을 단정하게 걸치고 내 앞에 의자를 두고 앉아 있었다.

박사라고 하지만 이제 30대 후반으로 머리칼에 흰머리 하나 섞이지 않은 젊은 남자다. 집안도 부자고, 얼굴도 저만하면 잘생겼고, 의사이니 여자가 줄줄이 따라다녀도 이상하지 않을 텐데 그는 철저한 독신이었다. 왜 그런지는 모르겠다. 어쨌거나 지금은 강 박사에 대해 평하고 있을 때가 아니다.

"어, 여긴?"

"우리 병원. 차 사고가 났다고 여기로 실려 온 거다. 너 자꾸 이런 일로 오지 마라. 아무리 내가 학위 증서로 책장을 메우는 초천재라지만 일단 종합병원에서는 비뇨기과로 발령받았단 말이다. 그런 내가 너를 담당하겠다고 하면 사람들에게 어떤 소문이 나는 줄 아냐? 내가 네놈의 등짝을 보면서 엉덩이를 탐한다고 하더라."

강 박사는 그렇게 투덜거리면서 파일로 내 머리를 딱 때렸다. 나는 그런 강 박사를 보고 내심 안도했다. 다행히 내 정체가 드러날 일은 없었나 보다. 강 박사가 나서서 나를 관리하는데 파일로 한 대 맞는 정도인 걸 보면…….

"…이런 일로 온 건 이번이 처음이잖아요?"

나는 그렇게 항변하고 자리에서 일어났다. 그러자 강 박사는 한숨을 내쉬었다.

"하긴 네놈이 차에 좀 치였다고 쓰러지진 않았겠지. 그나저나 일반 병실이니까 조용히 하자. 안 생긴 간호사가 나의 미모를 탐하고 있구나."

"…흘겨보는 거예요. 아, 그나저나 지금 일어나지 않으면… 전 치료비를 지불할 능력이 없어요."

"알아알아. 의료보험도 없지. 치료비는 내가 지불했으니까 그만 자고 일어나라."

"…고맙습니다."

나는 강 박사에게 꾸벅 절을 했다. 그러자 그는 내 머리를 다시 파일로 후려쳤다.

"너에게 인사받자고 하는 게 아니야. 싸구려 인사로 때우려고 하지 말고 로또 맞아서 갚을 궁리나 해라."

"……."

돈도 많은 부잣집 의사 주제에 거 링거값 몇 푼이나 한다고……. 나는 그렇게 생각하며 시계를 바라보았다.

"혹시 하루 내내 기절한 건 아니겠죠?"

"아니야. 네가 실려 온 지 두 시간이다."

"송 사장님은요?"

"아, 같이 있던 그 사람? 빗장뼈에 금이 가서 좀 안정해야 해. 별로 큰 부상은 아니지."

강 박사는 그렇게 중얼거리며 일어났다.

"그럼 나도 농땡이는 그만 피우고 슬슬 가서 준비나 해야겠다. 너도 별일 없으면 얼른 돌아가라. 원무과에서 퇴원 수속 밟고. 경찰이나 보험 회사에서 뭐 물어볼 테니까 적당히 알아서 대답해라."

"아, 저기, 강 박사님!"

나는 막 밖으로 나가려는 강 박사를 불러 세우며 슬리퍼를 신고 일어났다. 그러자 강 박사가 고개를 돌렸다.

"왜?"

"저… 실은 이번 사고에 대해서 의논할 게 있어서요."

"뭔데?"

"여기선 말하기가 좀."

"그래?"

그는 한숨을 내쉬더니 파일을 손가락 끝으로 빙글빙글 돌리며 안경을 고쳐 썼다.

"그럼 따라와라."

그는 그렇게 말하고 병실 복도로 나갔다. 결국 나는 그를 따라서 엘리베이터 옆에 가 섰다. 강 박사는 파일을 빙글빙글 돌리며 나를 돌아보았다. 저녁 시간이라 다들 병실에서 TV를 보고 어린 환자들이 뛰어다니며 노는데 이래저래 시끄럽다.

"소란 속에서 떠드는 게 오히려 소리에 묻혀서 조용하지. 자, 말해봐. 무슨 일이냐?"

"아니, 저기, 그게 그러니까 오늘 굉장히 이상한 자를 만났는데요."

"굉장히 이상한? 너만큼 이상하냐?"

"…제가 그 인간에게 두들겨 맞아서 실신했는데요?"

부끄럽지만 사실이라서 나는 그대로 말했다. 그러자 강 박사의 눈이 빛을 발했다. 이제야 좀 호기심이 생기는지 그는 손가락으로 돌리던 파일을 멈춰 세우고 나에게 말했다.

"…너보다 이상하구나."

그건 또 뭡니까? 나는 항의하고 싶었지만 강 박사에겐 항의해 봐야 먹히지도 않으니 그만뒀다.

"게다가 또 한 명은 백인 소녀였는데 집을 훌쩍훌쩍 뛰어넘더라고요."

"오오. 헛소리, 라고 말하고 싶지만 지금 내 눈앞에 네놈이 서 있으니 헛소리라고 일축할 수도 없구나. 대단한데. 역시 이 세상에 분명히 너 같은 놈이 또 있었구나. 그래서 서로서로 핸드폰 번호라도 주고받았냐?"

"그럴 여유도 없었고 저는 핸드폰도 없잖아요."

그렇지만 아차 하는 생각이 들었다. 물론 나는 그 즉시 검은 옷의 남자에게 맞고 쓰러졌으니 여유가 없었지만 기왕이면 그 여자 연락처라도 알아두는 건데.

"음, 알았다. 신경 쓰이긴 하는데 일단 내가 어떻게 할 것은 아니구나. 그러면 얼른 집에 가봐라. 너희 아버지가 걱정할까 봐 연락은 안 했으니까 걱정하지 말고."

"아, 예. 감사합니다."

"또 맞을래? 입으로 백날 감사하다고 나발 불어봤자 소용없어. 세상은 돈과 여자야. 오케이?"

강 박사는 그렇게 투덜거리며 엘리베이터 안으로 사라졌다.

그렇지만 고마운 건 고마운 거다. 나는 다시 한 번 감사하다고 속으로 중얼거리고 밖으로 빠져나갔다.

3

경찰들과 보험회사 직원들은 병원 로비에서 나를 기다리고 있었다.

경찰들이야 그냥 말이나 몇 마디 듣고 나면 끝이겠지만 보험회사 직원은 현대의 이단 심문관들이다.

그들은 모든 사건을 반드시 피해자의 잘못으로 몰고 가야 한다. 보험금을 노리고 사고를 치는 인간이 많긴 하지만 사고 당한 것만으로도 억울한 사람들에게 '보험금 노리고 자작극 벌인 게 아니냐?' 라고 추궁하는 모습을 보면 좋은 마음이 들 리 없다.

하지만 그들을 원망할 수도 없다. 대부분의 종합보험은 일단 입원만 하면 무조건 입원 보조금이 나오는 모양이지만 아무것도 남아 있지 않은 골목에서 운전자와 차량이 박살 난 채 쓰러져 있었다면, 더구나 차가 영업용 차량이라 보험료도 싼 데다가 낡고 오래된 모델이라면 보험금을 노리고 일부러 부순 게 아니냐는 의심을 사게 마련이다.

나도 만약 내 일이 아니었다면 절대 안 믿었을 거다. 세상에 아무것도 없는 골목에서 갑자기 바이크와 사람이 떨어지고, 집을 훌쩍훌쩍 뛰어넘었다니? 그런 소리 하면 미친놈 취급받기 딱 좋으리라.

"사건 정황을 듣고 싶은데. 서린 학생 맞지?"

사람들은 그렇게 나에게 말을 걸어왔다. 마치 필로폰 맞은 여자 배우에게 몰려드는 연예계 기자들 같다.

"한쪽 눈은 왜 감고 있지? 혹시 실명?"

끄응, 골치 아프군. 나는 최대한 간결하게 말하기로 했다.

"…상황을 보면 알 텐데요. 웬 이상한 놈이 사람을 집어 던지고 바이크로 찍었다고요! 어디서 나타났는지도 모르겠어요!"

나는 그렇게 말하고 그들 사이를 빠져나왔다. 이들을 상대할 시간도 아깝다. 이미 해는 지고 선물 코너는 다들 문을 닫았고 아르바이트도 몇 개 빼먹고 말았다.

일정에 맞추기 위해서는 내일 학교를 빼먹을 수밖에! 그러나 그때 한 남자가 보험사 직원들을 무례하게 젖히고 모습을 드러냈다. 그는 유도 선수 같아 보이는 듬직한 체격의 남자였는데 광자력 빔을 쏜다고 해도 믿을 만큼 눈에서 빛을 발하고 있었다.

"바이크라고 했지?!"

"예… 그래요. 그런데 비켜주시겠어요?"

나는 왠지 불안해져서 그의 시선을 피했다. 설마 정말 눈에서 광선 같은 걸 쏘진 않겠지만 눈을 빛내고 있는 남자의 시선 따위를 받았다가는 끝장이다.

그러나 그는 품에서 사진을 꺼내 자신이 변태 성욕자가 아님을 증명했다.

"혹시 이런 거 아니냐?"

그곳에는 예의 테러범 한세건이 바이크에 올라탄 채 총을 겨누고 있는 장면이 찍혀 있었다.

왠지 터미네이터의 아놀드 슈왈츠제네거가 생각나지만 타고 있는 바이크가 대체적으로 슬림한 것이 바로 내가 보았던 그것이었다. 그 순간 나는 등골이 오싹해지는 것을 느꼈다.

역시… 나를 격퇴한 시점에서 보통 인간이 아닐 거라고는 생각했다. 인간의 한계를 벗어난 나의 공격을 마치 초등학생 상대하듯 가볍게 막았을 뿐 아니라 반격으로 나를 단숨에 쓰러뜨렸으니까. 만약 그래놓고 일반인이라고 한다면 내가 등신이지.

하지만 상대가 전설적인 테러범 한세건이라면 이야기가 다르다. 그렇지만 그 녀석이 전설적인 테러범이라는 걸 안 순간 내 뇌리에 떠오른 것은 지독한 아쉬움이었다.

젠장, 내가 녀석을 잡았으면 500억 버는 건데!

500억이면 한 방에 빚도 다 갚고 팔자도 고친다! 외삼촌네 양녀로 들어간 여동생도 파양시키고 좋은 집 사서 지금까지 고생하던 우리 세 가족, 근사하게 살 수 있다! 물론… 잡을 수 있다면 말이다. 제보자에게 상금을 주는 것은 그 제보로 상대를 정확히 잡았을 때의 이야기다.

"맞는데요?"

"젠장할! 역시 그렇군!"

그 남자는 투덜거리며 사진을 품에 넣었다.

"혹시 어느 쪽으로 도망쳤는지 알 수 있니? 아니, 그건 물어봐야 의미가 없지! 젠장!"

그는 두 주먹을 부딪치면서 성질을 냈다. 보아하니 덩치가 곰 같아서 사람 잡기 딱 좋게 생겼다. 그렇지만 덩치가 아무리 좋아도 인간이라면 그 괴물 같은 놈을 이기지 못할 것이다. 나는 문득 생각나서 물어보았다.

"저… 신고자나 제보자에겐 상금이 없나요?"

"잡혔을 때의 이야기지. 게다가 네 정보는 그다지 유용하지 않구나. 이 녀석이 워낙 신출귀몰해서."

그는 그렇게 말하더니 자신의 수첩을 꺼냈다. 그러더니 곧 웬 전화번호 한 줄을 쓰고 그 페이지를 뜯어서 나에게 건네주었다.

"그러면 혹시 녀석을 다시 보거나 하면 연락해라. 알겠지?"

"아, 예."

나는 그 쪽지를 받아 들고 병원 밖으로 걸어 나왔다.

수은등 불빛이 병원 앞을 비추고 있었다.

아르바이트할 기분도 아니고 시간도 없고 해서 나는 집으로 향했다. 비는 이미 그쳐 있었는데도 안개가 살짝 끼어서 시야가 흐리다.

탁한 안개가 낀 골목을 따라 걸어가면 부연 안개에 색을 입히는 가로등들이 보인다. 낡은 아파트들이 즐비하게 늘어서 있는 밤의 주택가는 수은등과 나트륨등이 절묘하게 혼합되어 따뜻한 색을 내고 있었다.

어두워 보이는 나트륨등과 창백한 수은등이 합쳐지면 이렇게도 보이는구나. 나는 그렇게 생각하며 걸어갔다. 그런데 그때

가로등 아래에 한 소녀가 기대어 서 있는 게 눈에 들어왔다.

"아!"

나는 깜짝 놀라고 말았다. 그녀는 약간 웨이브진 금발을 허리까지 늘어뜨리고 수은등 불빛 아래 서 있었는데 오늘 그 무시무시한 습격을 받았으면서도 상처 하나 없이 멀쩡한 게 아닌가? 게다가 콧노래를 흥얼거리고 있었는데, 으음… 어디선가 들어본 곡조 같았다. 그러나 뭔지는 모르겠군.

생각날 듯 말 듯한데.

어쨌거나 정말 인형같이 귀여운 모습을 하고 있는 소녀였다. 입고 있는 옷도 레이스가 달려 있는 순백의 원피스에 손에는 챙이 넓은 모자를 들고 있었다. 안개 속에서 보면 참 묘하달까. 귀신 같아 보이지만 만약 한적한 공원이나 숲이었다면 정말 잘 어울렸을 것이다.

물론 왜 이런 아이가 여기 있을까 생각하니 너무 비현실적이란 생각이 들었다. 서울에서 저런 외국인 아이를 본다는 것은 흔치 않은 일이니까.

"안녕!"

그 소녀는 별 위화감 없는 한국어로 나에게 인사했다. 나는 깜짝 놀라서 그녀를 바라보며 생각 없이 고개를 끄덕였다.

"응, 괜찮니?"

"으응, 흐음."

소녀는 내가 자신의 안부를 묻자 굉장히 신기한지 눈을 동그랗게 떴다. 나는 왠지 머쓱해져서 멈춰 섰다. 사실 약간 떨린다.

저 아이에게서는 명백히 무시무시한 느낌이 나고 있었다. 인간이 아닌 이질적인 존재의 느낌, 그것도 인간을 잡아먹을 듯한 맹수의 느낌이 난다.

전에 보았을 때와는 전혀 다른 강력한 느낌이 풀풀 풍긴다. 솔직히 이런 불길한 기분을 풍기는 상대와는 상종하고 싶지 않다.

하지만… 나 말고 인간이 아닌 존재를 만난 것은 오늘이 처음이었다. 이런 기회는 다시 오지 않을지도 모르니까 도망쳐선 안 된다.

그때 그 소녀가 입을 열었다.

"아까 전엔 미안했어. 괜한 일에 말려들게 했군. 하지만 우연도 이런 우연이 없는데. 당신… 라이칸스로프인가?"

그녀는 직접적으로 그렇게 물어보았다. 나는 그 말을 듣고 고개를 끄덕였다.

"정확히 라이칸스로프인지 뭔지는 모르겠지만 어쨌든 인간이 아닌 건 틀림없는 것 같아. 그런데 대체 한세건, 그 인간은 뭐지?"

나는 그렇게 말하며 가방을 고쳐 멨다. 그러자 그녀는 이를 뿌드득 갈았다.

"그는 진마사냥꾼, 인간이 아닌 괴물을 사냥하는 자야. 내 가족을 죽였지."

"…너도 라이칸스로프인 거야?"

"아니. 나는 일단… 흡혈귀인데……."

"젠장."

그 말을 들은 순간 나는 기가 막혀서 웃어버렸다. 후훗, 물론 내가 그런 거 가지고 남 말 할 처지가 아니긴 하다. 하지만 도시 한가운데에서 고교생 늑대 인간과 흡혈귀 소녀가 만나다니 이게 무슨 일이냐?

내가 실소하자 그 소녀는 뒤로 팔을 돌리고 고개를 숙이며 나를 올려다보았다. 그 눈이 매우 큰데…….

"……."

귀엽다! 아니아니, 지금 이런 소리 할 때가 아니지.

나는 그 소녀를 지나쳤다. 분명히 호기심이 동하지 않는 건 아니지만 만약 자세히 물어보았다간 완전히 저쪽 세계로 넘어갈 것 같은 느낌이 들어서였다. 물론 관심이 없는 건 아니다. 내 어머니의 정체도 궁금하고 내 동족이 얼마나 되는지도 궁금하다.

하지만 나에게는 지켜야 할 인간의 삶이 있으니까 호기심은 호기심대로 묻어놓고 다시 일상으로 돌아가야 한다. 다행히 나는 인간도 아닌 주제에 가족이란 걸 가질 수 있었다.

"오백억 현상금이 아깝긴 하지만 나는 그런 녀석이랑 상종하고 싶지 않아. 그러니까 내버려 두지 않을래? 난 이래 봬도 정상적인 학생이라고. 아니면… 내 피라도 먹으려고 하는 거야?"

나는 그제야 그 소녀가 흡혈귀라는 걸 떠올리고 경계했다. 흡혈귀라면 인간의 피를 먹는 괴물이잖아? 만월이 되면 변신해서 사람을 해치고 다닌다는 라이칸스로프가 자신의 의사와 상관없이 흉포하게 인간을 해치고 다니는 피해자라면 흡혈귀는 능동적으로 인간을 속이고 죽이고 다니는 괴물이다.

영화로 치자면 나자리노와 드라큘라의 차이랄까.

내가 의심스럽다는 표정을 지어서일까? 그 소녀는 웃으며 손을 내저었다.

"아니, 나도 그냥 사과나 하러 왔을 뿐이야. 그리고 라이칸스로프의 피는 흡혈귀에겐 아무런 가치도 없어."

"흐음, 그렇다면 다행이지만."

"하지만 한세건은 주의하는 게 좋을걸. 녀석에게 라이칸스로프를 알아볼 능력이 없긴 하지만… 만약 네가 멀쩡히 살아 있다는 걸 알게 된다면 반드시 죽이러 올 테니까."

"……."

그녀를 지나쳐서 걸어가려던 나는 깜짝 놀라서 멈춰 섰다. 그러고 보면 나는 그때 교복을 입고 있었다. 물론 한국 어디서나 볼 수 있는 특색 없는 교복이긴 하지만 이 근처의 고교를 뒤지다 보면 내 학교는 쉽게 알 수 있을 것이다. 게다가 내게는 누구보다 알기 쉬운 특징인 오드아이가 있지 않은가?

"주의하는 게 좋아."

"주의하라고 해도 어떻게? 갑자기 하늘에서 뚝 떨어지는 놈을 어떻게 주의하라는 거지?"

나는 그렇게 중얼거렸다. 그러자 소녀는 피식 웃었다.

"그거야 당연히 알아서 해야지. 안 그래? 밥까지 떠먹여 줄 수는 없잖아? 라이칸스로프면 스스로 알아서 하라고."

"…무책임하기는! 나는 그런 녀석이랑 상종하고 싶지 않단 말야. 평화롭게 살던 사람을 끌어들일 셈이야? 그런데 대체 그 녀석은 어떻게 내 공격을 그렇게 간단하게 반격할 수 있지? 난 태어나서 지금까지 누구에게도 진 일이 없는데! 그 녀석은 달라. 무섭단 말야."

그래, 솔직히 말하면 무섭다. 단 한 번 대면한 것이긴 하지만 나 같은 놈은 다섯이 덤벼도 당해낼 수 있을지 모르겠다.

"어차피 진마사냥꾼은 라이칸스로프나 흡혈귀에게나 공적인데 뭘. 아, 나는 마리아라고 해. 이래 봬도 진마라고. 엣헴."

"뭔지 몰라도 진마사냥꾼이란 놈이 사냥하는 주요 타깃인가 보네. 오, 사냥하면 헌팅? 인기 좋구만, 아가씨. 둘이 알아서 처리해, 그런 일은."

나는 그렇게 투덜거리고 그녀를 지나쳤다. 그러자 그녀는 깜짝 놀라서 다가오더니 자신의 명함을 꺼내주었다.

"그렇게 무시하지 말라니까. 사냥꾼은 흡혈귀나 라이칸스로프 모두의 적이니까 이건 이미 너의 일이기도 하단 말야. 아, 여기 내 전화번호니까 혹시 도움이 필요하면 연락해! 알았지?"

"흠, 향수 냄새."

나는 강한 라벤더 향을 풍기는 그 명함을 받아 보았다. 명함 인쇄지에 프린터로 출력한 개인 명함에는 'Damned One Maria' 라는 무시무시한 어귀에 어울리지 않는 곰돌이 그림과 라벤더 꽃이 그려져 있었다.

"크으… 오버센스구만."

자기주장도 참 강하셔. 나는 그렇게 생각하고 고개를 들었다. 하지만 명함에서 시선을 떼어 고개를 들어보니 그녀의 모습은 이미 흔적도 찾을 수 없었다.

"……."

마치 여우에게 홀린 것 같은 기분이다.

다음 날 나는 신문을 다 돌리고 난 뒤 학교에 전화해서 못 가겠다는 이야기를 했다. 그렇지 않아도 어제 교통사고를 당했기 때문에 핑곗거리는 충분했다. 선생님이 몸조심하고 있으라고 말을 해주시긴 하는데, 음… 양심이 아프다.

그러나 양심이 아파도 학교를 쉴 수 있다는 것은 멋진 일이다. 오전 중에는 모자란 잠을 좀 보충하고 점심을 챙겨 먹은 뒤 오후에는 사복을 입고 거리로 나왔다.

평상시는 늘 교복을 입고 다니지만 나도 사복이란 게 있다. 물론 옷에 돈을 쓸 여유는 없으므로 살이 쪄서 이전의 옷을 입지 못하는 친구들에게 무상으로 증여받은 것이다.

사실 오늘은 여동생의 생일이다.

전에도 말했지만 나를 낳은 사람 말고, 우리 아버지의 법적인 아내(굉장히 착잡한 단어다)는 굉장한 명가 출신으로 알고 있다. 물론 한국의 명가라는 게 거슬러 올라가 보면 친일파의 잔당이기 일쑤여서 자랑할 것은 못 되지만 돈이 많은 것만은 분명하다(그것만으로도 얼마나 훌륭한가!).

그런 명가에서 금지옥엽으로 키워온 장녀가 뼈대도 없는 집안 남자와 결혼한다고 했을 때부터 그쪽에서는 반대가 극심했나 보다.

그런데 문제는 그 남자가 자식이랍시고 어디서 혼혈아를 떡하니 데려온 것이다. 게다가 사업은 실패해서 기울어졌지, 아이들은 한창 자라고 있지.

그래서 그들은 이렇게 말했다.

'네놈은 꼴도 보기 싫지만 딸아이는 우리 딸의 자식이니 데려가겠다.'

그래서 아버지는 장인과 처남에게 딸의 양육권을 빼앗겨 버린 것이다. 그 결과 영은이는 외가에 양녀로 들어가게 되었다.

"하아."

통칭 닭둘기라고 부르는 비둘기들이 발에 채이고 있었다. 선물의 집 윈도우 앞을 뒤적거리던 나는 한숨을 내쉬고 물러났다. 젠장, 선물이라는 게 예산이 한정되어 있으면 레퍼토리가 떨어져서 할 게 못 된다. 더구나 상대는 부잣집 규수(?)다. 어지간한 물건은 다 있는 걸로 안다. 그래도 찾아야 한다.

음… 나는 이렇게 생각한다. 가족이라는 것은 스티븐 스필버그가 강조하지 않아도 소중한 것이라고. 아버지도 영은이도, 사실 무시해도 좋을 나를 가족으로 받아들여 주었다. 그러니까 나도 오빠로서 하다못해 생일쯤은 챙겨주는 게 좋지 않을까?

"부잣집 아가씨에게 선물이란 게 무슨 필요일지 모르겠지만."

나는 지갑을 펼치고 예산을 체크했다. 선물로 쓸 수 있는 돈은 만 원 한도 내……. 싸게 머그컵을 사서 때울까 하는 생각이 들었지만 컵은 전에 선물했는데. 아니아니, 이 경우는 돈보다는 성의다. 일단 시간은 많으니까 더 고민해 보자.

나는 그렇게 고민하며 거리를 돌아다녔다. 아직 학교가 끝날 시간이 아닌데도 여고생들이 교복을 입고 돌아다니는 것을 보면 신기하다. 음, 나도 남 말 할 처지는 아니군. 그런데 그때 내 발길이 멈춰 섰다.

"크레인 게임이네."

오락실 앞에 설치된 크레인 게임기 안에는 약간 조잡한 인형들이 잔뜩 들어 있었다. 믿을 수 없이 허약한 크레인을 조종해서 인형을 뽑아내면 되는 이 기계는 사행심을 조장하는 무시무시한 장치였다.

사실 안의 조잡한 인형들은 너무 질이 떨어져서 요새는 하는 사람이 별로 없다. 하지만 인형 20개를 모아 오면 꽤 괜찮은 큰 것과 바꿔준다고 한다. 500원을 넣으면 세 번 크레인을 조작할 수 있으니까 한 번 할 때마다 뽑는다고 치면 3,500원이면 된다!

"좋았어! 힘내자, 서린!"

나는 그렇게 외치고 오락실 안에 들어가 500원 짜리로 돈을 바꾼 뒤 인형을 뽑는 작업에 착수했다.

하지만 예상과 달리 이 작업은 너무나 힘든 일이었다. 벌써 2,000원을 넣었는데 뽑은 인형은 달랑 6개……. 이 추세로 가다간 선물 예산을 다 날려 버릴 것 같았다. 그런데 그때 오락실 안에서 모자를 푹 눌러쓴 녀석이 한 명 걸어 나왔다.

"서린?"

"응? 아… 성찬이?"

나는 깜짝 놀라서 그를 바라보았다. 깔끔한 청바지에 모자를 푹 눌러쓴 그는 나를 바라보고 있었다. 이 녀석, 연예인이 왜 이런 데 와 있는 거야?

"…뭐 하는 거야, 학교도 안 가고?"

성찬이는 그렇게 나에게 물어보았다. 네가 나에게 그런 거 물을 입장이냐?

"아, 누구 선물을 해야 하는데 인형을 뽑아서 큰 거로 바꾸려고."

"흐음, 내가 해줄까?"

"잘해?"

"응."

성찬이는 그렇게 말하고 자신이 돈을 넣더니 인형들을 뽑았다.

"어?! 하, 한꺼번에 두 개를?"

나는 크레인을 한 번 조작해서 두 개의 인형을 단숨에 뽑아내는 성찬이의 실력을 보고 기겁했다.

"응, 하나씩 하면 너무 쉽거든."

성찬이가 그렇게 말하는데 수줍어하는 기색이 역력했다.

"우와, 대단하다! 저기… 부탁 좀 해도 될까? 스무 개까지 뽑아야 하는데 예산이 별로……."

"응, 맡겨줘."

성찬이는 그렇게 말하더니 인형들을 뽑아내기 시작하는데… 오락실 아저씨가 나와서 우리 둘을 노려볼 정도였다.

결국 나는 메이드 인 차이나라고 쓰인 푸우 인형을 얻을 수 있었다. 요새는 크레인 게임을 하는 사람이 별로 없어서인지 비닐 위에 먼지가 잔뜩 쌓여 있어서 털어야 했지만 그래도 이게 어딘가?

“고, 고마워, 성찬아.”

“아니, 뭘. 그나저나 점심은 먹었니?”

성찬이는 그렇게 물어보았다.

“아니, 먹어야 하는데…….”

내가 그렇게 말하자 그는 가까운 패스트푸드점을 가리켰다.

“저기 들를래?”

“으응, 나는 밖에서 사 먹는 것은 좀…….”

“내가 살게.”

“그렇다면 이야기가 다르지!”

결국 나는 성찬이의 손에 이끌려 가게로 향했다. 성찬이는 내게서 주문을 받더니 카운터로 가서 세트 메뉴 두 개를 시키고 그걸 들고 왔다.

“그러니까 여동생이 있었구나.”

성찬이는 고개를 끄덕이며 콜라를 빨았다. 나는 감자튀김을 입으로 가져가며 성찬이를 바라보았다. 비록 연예 프로 같은 건 잘 안 보지만 성찬이가 속해 있는 댄스 아이돌 그룹, 젠의 인기가 꾸준히 상승하고 있다는 건 알고 있었다.

그런데 어째서 그 멤버인 성찬이가 이런 데 나와 있는 것일까? 게다가 성찬이는 젠 멤버 중에서도 상당히 인기가 있는 편이라 소속사에서 자른다거나 할 리도 없었다.

“아, 나는 좀 쉬라는 이야기를 들어서.”

“그래? 학교는?”

"…공부는 잘 못하는걸 뭐. 그냥 출석 일수나 메워야지."

"으음."

나는 성찬이를 바라보았다. 아까 전 크레인 게임 때문에라도 이 녀석에 대한 인상은 좋을 수밖에 없다. 말하는 걸 보면 연예인이라고는 믿을 수 없을 만큼 수줍음을 많이 타고, 브레이크 댄스 같은 험한 걸 추는 아이답지 않게 몸이 얇고 얼굴이 예쁘다.

모자를 눌러쓰고 있으면 여자로밖에 보이지 않을 정도다.

"연예인은 힘들겠다. 아, 이런 데 있으면 위험한 거 아냐?"

"그, 글쎄. 일단 안 들킬 거라고 생각하는데."

성찬이는 그렇게 말하며 주위를 불안한 눈길로 쳐다보았다.

"음, 너 같은 경우는 여장을 하는 게 오히려 낫겠다."

나는 그렇게 말하고 패스트푸드를 다 먹어치웠다. 나는 인간과 달리 미각이 예민한지라 소금과 기름을 많이 쓴 패스트푸드는 먹기 괴롭다.

"그럼 나는 슬슬 가봐야겠다. 고마웠어, 성찬아. 나중에 또 보자."

"으응, 그래."

성찬이는 아쉽다는 듯 손을 들어 보였다.

자아, 그러면 성찬이 덕분에 곰돌이 푸우도 얻었겠다, 가볼까!

4

학교를 멋대로 쉬고 여고 앞에서 기다린다는 것은 참 이상한 놈들이나 할 짓이다. 하지만 바이올린이니 뭐니 해서 너무나도 바쁜 우리 아가씨(?)를 픽업하기 위해서는 학교 앞에서 기다리고 있다가 낚아채는 수밖에 없다.

세상에 아무리 이상한 놈이 많다고 해도 나처럼 인물이 출중한 사람을 변태로 보지는 않으리라. 가난하긴 하지만 나의 타고난 미색은 가난 속에서도 피어나는 한 송이 들장미 같으니…….

"음, 내가 무슨 생각이람."

나는 내 머리를 한 번 쥐어박고 시계를 보았다. 싸구려 전자시계지만 시간만은 정확한 시계가 4시 20분을 표시하고 있었다. 그런데 그때였다.

"뭐 하는 거야, 네놈! 응?!"

교문 근처를 계속 서성여서 그럴까? 학교 수위가 나타나서 나를 노려보고 악을 쓰는 게 아닌가? 뭐 교문 앞에서 서성거리다 보면 이런 일이 일어날 거란 것은 예측하고 있었지만 그렇다고는 해도 이건 너무했다. 어떻게 처음 보는 사람한테 네놈이니 뭐니 그럴 수 있지? 학부형이나 가족일 수도 있는 거 아냐!

"아, 저, 저기……."

"이 호로새끼 같은 변태 놈! 여기가 어디라고 알짱거리는 거야! 썩 꺼지지 못해? 아니지. 이 개새끼, 어디 한번 콩밥 좀 먹어봐라. 거기 잠자코 있어! 경찰에 연락할 테니까."

수위가 나를 노려보며 그렇게 말하더니 정말 핸드폰을 드는 게 아닌가? 으음, 이거 자칫하다가는 정말 유치장에 끌려갈지 모르겠다. 하지만 나는 죄가 없다. 죄가 없는데 꽁무니를 빼고 도망친다는 것은 나의 자존심과 이성이 허락하지 않는다.

"……."

그래도 좀 걱정되긴 한다. 내가 학교 빼먹고 여고 앞에서 알짱거리고 있다는 사실이 알려지면 상당히 걱정된다. 설마 변태로 잡혀가진 않겠지? 이래저래 오만 가지 상상을 하고 있을 때였다.

"히힛, 으흐흐흐흐."

이상한 소리가 들려와서 뒤를 돌아보았다. 거기에는 쌍안경을 쓰고 있는 한 중년 남자가 있었는데, 헐렁한 군복 바지의 사타구니가 유난히 불룩하다. 게다가 손 하나가 거기 들어가 있는 게 아닌가?

"으윽."

여고 앞에 변태가 자주 출몰한다는 소문은 들었지만 농담이겠거니 했다. 무슨 만화도 아니고 그런 변태가 어디 있으랴 생각도 했다. 하지만 실존하고 있다니! 기가 막히는 노릇이다. 문제는 이 남자, 남들이 보든 말든 쌍안경으로 여고 안을 훔쳐보며 쪼물딱거리더니 참지 못하고 바지를 내리는 게 아닌가?

"그만해라, 이놈아!"

나는 참지 못하고 앞으로 달려가 정확한 앞차기로 대 끊기를 날렸다. 옷에 의해 보호를 받지 않으니 상당히 위험하다고 생각되지만 내가 신고 있는 신발은 시장에서 파는 아무 색도 없는 새하얀 운동화라 물렁물렁해서 괜찮으리라.

물론 중심에 앞차기를 맞고 괜찮은 남자는 없을 거다. 군복 변태는 끄으윽 하고 신음하며 앞으로 주저앉았다. 나는 그의 머리를 한 번 발로 짓밟고 뒤를 돌아보았다.

딩동댕동.

아, 드디어 하교종이 치는구나. 나는 그 변태를 발로 차서 옆으로 굴려놓고 다시 교문으로 향했다. 그런데 그때였다.

부우우웅…….

꽤 훌륭한 차, 아우디던가? 하여튼 그런 비싸 보이는 외제 차 한 대가 십자로에서부터 미끄러지듯 들어와 우아하게 교문 앞에 서는 게 아닌가?

"우웃, 역시 부잣집 동네는 다른 건가?"

나는 그렇게 생각하며 차를 바라보았다. 그런데 문이 열리고 모습을 드러낸 이는 구면이었다. 약간 색이 빠진 스포츠 스타일의 머리칼에 귀걸이를 하고, 세상 모든 것이 다 하찮다는 듯 얕잡아 보는 날카로운 눈매에 입고 있는 것은 아르마니인가?

하여튼 무지 비싼 옷이고 팔에는 팔찌를 하고 있다. 목걸이도 하여튼 비싼 거고. 아마 몸에 걸친 것만으로도 우리 집이 일 년은 먹고살 수 있지 않을까 싶을 만큼 귀티 나는 귀공자가 나타난 것이다.

이 사람은 윤준혁이라고, 으음, 그러니까 일반적으로는 이종사촌이지만 이 경우는 아버지 아내의 남동생의 아들이라고 해야 하나? 그와 나는 속 편하게 이종사촌이라고 말할 수 있는 사이가 아니었다.

"흥! 뭐냐? 이 창녀의 자식아."

과연 그는 경멸의 눈초리로 나를 노려보았다. 게다가 말도 상당히 심하다.

"그, 그러는 형은 왜?"

"형이라고 부르지 마라. 네놈과 나는 하등 관계가 없으니까. 그런데 그 인형은 뭐냐?"

"……."

관계가 없다면서 왜 물어보는 거야! 나는 상당히 불쾌해져서 인형을 등 뒤로 돌렸다. 하지만 윤준혁은 바보가 아니다. 내가 왜 여기 왔는지 모르진 않을 것이다.

"아직도 영은이 뒤를 쫓아다니는 거냐? 내가 두 번 다시 그 애 앞에 나타나지 말라고 경고했을 텐데?"

"경고? 그래서 그걸 어기면? 때리기라도 하겠다는 거야?"

나는 기가 막혀서 그렇게 반문했다. 윤준혁이 생긴 것도 성깔 더럽게 생겼고 그만큼 싸움도 잘한다는 건 알고 있지만 아무리 그래도 그는 인간 레벨이다. 인간 레벨을 벗어난 나에게 무슨 협박을 하겠다는 건지? 하지만 윤준혁은 코웃음 칠 뿐이었다.

"아직도 정신을 못 차렸군. 뭐 모르는 게 좋겠지. 어디 한번 백날 알짱거려 보거라. 네놈 아버지나 네놈이나."

그는 그렇게 중얼거렸다. 그때 마침 교문이 열리고 여고생들이 우르르 몰려나오기 시작해서 회화는 중단되었다.

두두두두두.

이런 상상을 해서 미안하긴 한데 교문이 열리고 쏟아져 나오는 여자애들을 보면 왠지 타잔이 불러들인 짐승 떼가 떠오른다.

왜 그럴까? 이런 하잘것없는 의문에 고민하고 있는 사이 갑자기 누군가가 튀어나왔다.

"으으으으으!"

영은이다! 나는 긴 흑발을 흩날리며 질풍처럼 달려오는 영은이를 보고 깜짝 놀라서 일어났다. 아우디에 기대어 앉아서 담배를 피던 윤준혁도 그녀를 발견하고 일어났다.

뭐랄까, 허리까지 닿을 듯한 긴 머리칼에 살짝 끝을 묶은 리본이 나풀거리는 데다가 입고 있는 교복은 블레이저 투피스고 끈으로 맨 검은색 타이가 흩날린다. 달리는 여고생 전사라는 멘트가 붙으면 딱 좋을 것 같다. 으음, 내 동생이긴 하지만 정말 미인이란 말야.

"둘 다 교문 앞에서 뭐 하고 있는 거야! 동네방네 소문 다 나게! 내가 창피하잖아!"

그녀는 노호를 토하며 달려들어 내 보디에 일격을 가한 뒤 몸을 돌리며 윤준혁의 정강이를 발로 걷어찼다. 사실 나야 별로 아프지 않지만 윤준혁이 너무 아파서 입에 물고 있던 담배를 떨어뜨리는 걸 보고 대충 아픈 척하며 배를 감쌌다. 왠지 이래야 형평성의 원칙에 어긋나지 않을 것 같아서.

"그런데 영은아, 지금 이 행동이 더 부끄럽지 않을까?"

내가 그렇게 물어보자 그녀는 흥 하고 코웃음 치며 차 문을 열었다. 그리고 내 손에서 푸우 인형을 받아 들더니 차 안에 넣고 뒷좌석을 가리켰다.

"타, 오빠."

"…네가 운전이라도 하려고?"

"아니, 그야 물론 우리 오빠가 운전하는 거지!"

"……."

나와 윤준혁은 서로를 바라보았다. 뭐랄까, 방금 전까지 막 노려보고 뭐라뭐라 해대던 윤준혁도 끄응 하고 신음하더니 운전석에 올라탔다.

"으음, 이런 젠장."

나도 어쩔 수 없이 뒷좌석에 탔다. 내가 타자 윤준혁은 노골적으로 싫은 표정을 지었지만 눈에 넣어도 아프지 않을 아가씨 때문인지 별말은 없었다.

"그럼 둘 다 내 생일 챙겨주려고 온 거야? 응?"

영은이는 나와 윤준혁을 번갈아 보며 그렇게 물어보았다.

"…그렇지."

"나는 저놈이 올까 봐 온 거다."

윤준혁은 사사건건 시비를 걸어왔다. 저 집안 사람들은 나를 대놓고 창녀의 자식이니 쓰레기니 이렇게 막 말하는데 참 화가 나면서도 어떻게 할 수가 없다.

아버지가 러시아에 가서 갑자기 무슨 로맨스를 즐기고 온 것도 아닐 테고, 돈으로 여자를 샀다가 된통 걸린 게 아닐까? 이런 생각은 나도 하고 있으니 창녀의 자식이란 말도 객관적으로 일리가 있는 말이었다. 물론 객관적으로 일리가 있다고 해도 참기 힘든 모욕인 건 변함이 없다!

게다가 지금도 나를 무슨 벌레 보듯이 하고 있잖아! 음, 그렇지만 뭐 어찌 되었든 간에 영은이 앞에서는 싸울 수 없다.

"그러면 오늘 바이올린 레슨은 취소해도 되겠네? 그렇지?"

"…뭐, 좋을 대로."

오월동주가 이럴 때 쓰라고 있는 말이었나? 나는 윤준혁이 모는 자동차에 올라타서 그런 생각을 했다.

"자, 그럼 어딜 가고 싶냐?"

"일단은 밀린 영화를 좀 보고 싶은데, 이거 어때?"

그녀는 어디서 구해 왔는지 영화 팸플릿을 꺼내 들었다. 최근 개봉한 액션 영화로 영화관에서 표를 구할 수 있을지 의문인 것이었다. 하지만 막상 극장에 가보니 밤 시간 표를 용케 구할 수 있었다.

하지만 문제는 이렇게 되면 차가 끊어진다는 것이다. 설마 윤준혁 저 개 같은 인간이 나를 집까지 데려다줄 리도 없고 여기서 집까지 걸어가기란 정말 이만저만 먼 게 아닌데. 그러나 그렇다고 해서 내가 안 돼, 라고 할 수는 없는 것이다.

그나마 다행인 것은 내가 인간이 아니라는 점? 뛰어가는 게 전철보다 빠르다는 게 다행이다. 그렇지만 밤에 그렇게 뛰어다니다가 남의 눈에 띄기라도 한다면 그땐 아마 동물원행? 혹은 해부당할지도 모른다.

결국 영화를 보긴 했는데 무슨 영화였는지 도통 기억이 나지 않았다. 윤준혁이랑 영은이를 사이에 끼고 서로서로 험담하느라 정신이 없었거든. 그리고 나서 저녁 식사를 했는데 그것 역시 마찬가지다.

하지만 한 가지 다행인 것은 모든 돈을 윤준혁이 다 냈다는 것이다. 하긴 워낙 부자라서 주머니에서 지폐가 압력을 못 이기고 튀어 나갈 정도라는데 그런 거 사는 것쯤은 일도 아니리라. 아니, 극장에 가고 그 근처 식당에서 밥을 먹는다는 행위 자체가 부자들에게는 '빈민 체험'이라고 할 만한 것이리라.

하지만 설령 지갑에서 지폐의 압력으로 돈이 튀어 나가 벽을 뚫든 대나무를 자르든 간에 윤준혁의 신세를 진다는 건 정말 짜증 나는 일이다. 아, 인간이란…….

그러나 생각해 보면 나는 내일부터 다시 생업에 종사해야 하는 몸이고 저놈은 부모 잘 만나서 대학생이 외제 차 굴리면서 탱자탱자 노는 몸이다. 이 경우 자존심 때문에 내가 돈을 썼다가는… 물량 공세에 밀려서 패할 수밖에 없다.

그래서 나는 돈 한 푼 안 쓰고 잘 얻어먹은 뒤 그들과 헤어졌다.

부우우우웅!

어디선가 차 소리가 멀어진다. 밤이 되어서 여기저기 현란한 네온사인과 가로등이 불을 밝히고 있지만 그럼에도 불구하고 밤은 밤이다. 하늘을 올려다보면 희뿌옇게나마 검게 물들어 있는 하늘이 보인다.

아, 젠장! 원래 오늘은 이러려고 한 게 아닌데 기분 나쁜 윤준혁과 얼굴을 맞대고 지내게 되어 입맛이 씁쓸하다.

이렇게 영은이와 헤어지고 집으로 가려고 하면 왠지 모르게 어깨가 무겁다. 부잣집 아가씨가 되어서 잘사는 동생을 보자면,

내가 영은이 앞에 계속 나타나는 게 오히려 해가 되는 것 같다.

영은이는 윤준혁을 완전히 자신의 오빠로 여기고 있었고 아버지가 어떻게 사는지에 대해서는 물어보지도 않는다. 하긴 영은이 입장에서는 아버지가 용서할 수 없는 사람이라는 것도 이해가 간다. 나 같은 놈 떡하니 만들어서 죄 없는 엄마 죽게 만들고 사업은 말아먹고 찢어지게 가난하니…….

그렇지만 그래도 우리는 가족이었잖아?

"웃차. 차가 끊겼을라나?"

나는 시계를 살펴보았다. 잘하면 아슬아슬하게 막차를 탈 수 있을 것 같은 시간이다. 그런데 그때였다.

부우우우웅.

상당히 높은 엔진음과 함께 한 바이크가 나타났다. 바이크 위에 인간이 한 명 앉아 있다.

"…마이 갓."

나는 그게 누군지 알아보고 기가 막혀서 눈을 크게 떴다. 상대는 검은 레이싱 슈트에 두꺼운 헬멧을 쓰고 있었다.

저, 저놈은 이전 내 다리를 부러뜨린 장본인! 한세건인 것이다!

"역시, 조금 이상한 몸이다 생각했는데 멀쩡하군."

그는 나를 보고 그렇게 말했다. 하긴 분명히 다리에 복합 골절을 당해서 그대로 내버려 뒀다면 죽어야 정상인 상처를 입었는데, 멀쩡히 일어나서 나돌아다니니 저자도 이제 내가 무엇인지 확실하게 알았으리라.

"하, 한세건?"

"그래, 오드아이."

그는 마치 먹이를 노리는 흑표범처럼 나를 불렀다. 으으, 목소리가 끈적끈적한 게 기분 나쁘다. 왠지 변태에게 몰려서 강간당하는 사람들의 심정을 이해할 수 있을 것 같다.

"윽!"

나는 몸을 옆으로 돌리며 주위를 둘러보았다. 마침 교통신호 제어기 위에 누가 올려둔 빈 병이 있어서 나는 그걸 발로 차서 한세건에게 날리고 냅다 뒤로 뛰었다. 하지만 그 순간 뒤에서 바람 소리가 들려왔다.

"이런!"

반사적으로 몸을 숙여서 피하니 퍼석하고 병이 깨졌다. 분명히 내가 발로 차 날린 콜라 병이었다! 아마도 날아오는 걸 그대로 잡아서 던진 것 같은데…….

"이런 말도 안 되는!"

나는 즉시 몸을 날려서 건물과 건물 틈 사이로 뛰어올랐다. 벽면에 에어컨 실외기가 설치된 건물이 많아서 몇 번 좌우로 삼각 날기를 하자 건물 옥상까지 빠르게 올라올 수 있었다.

"헉헉……."

힘이 드는 건 아닌데 겁에 질려서 그런지 몸에 힘이 들어가지 않는다. 어찌 되었든 바이크를 타고 여기로 오진 않겠지? 이런 곳으로 올라올 재주도 없을 테고…….

부우우우우웅!

"설마?!"

나는 바이크의 엔진음에 깜짝 놀라서 벽을 바라보았다. 그러자 이게 웬일인가?

부아아앙!

바이크 한 대가 벽을 타고 올라오는 게 아닌가! 그 위에 타고 있던 한세건은 기다란 철사 같은 걸 낚아채서 팔에 감는데 그 모습을 보아하니 아마도 와이어 같은 것을 건물 외벽에 걸고 바이크로 벽을 달려서 올라온 것 같았다.

"미친! 이런 게 가능키나 한 거야!!"

"레이싱용 V2 하이사이클1500을 무시하지 말라고. 동급 1,500cc보다 순발력이 더 뛰어나니까."

그는 그렇게 외치며 총을 꺼내 들었다. 이런 제길! 내가 놀란 건 오토바이가 아니라 네놈의 완력이다! 한 팔로 바이크 전체를 지탱한 채 벽을 타고 끌어 올렸다는 소리잖아, 지금 그건!

어쨌거나 상대는 전설적인 테러범이라 이대로는 도저히 상대가 안 될 것 같다. 건물 아래로 뛰어내릴까 생각했지만 그의 총구는 정확하게 내 머리를 겨누고 있었다. 허튼짓했다가는 바로 총구멍이 나리라.

"자아, 그러면 이야기를 해볼까, 오드아이. 이건 참 우연이라면 지나친 우연이군. 설마 네놈이 그… 리림일 줄이야."

"이림? 여자애인가?"

"…잔말이 많군. 포카리스웨트 좋아해?"

그는 한 손만으로 오토바이 헬멧을 벗고 나에게 물어보았다. 나는 고개를 절레절레 저었다.

"그거 안됐군. 사지를 잘라 버린 다음에 포카리스웨트에 담가 줄까 했더니."

"……."

나는 그가 나에게 겨눈 거대한 총, 믿을 수 없을 만큼 거대한 권총을 보고 침을 삼켰다. 목이 바짝바짝 타는 느낌이다. 이런 게 바로 살기라는 걸까? 대체 이런 놈이 왜 나를 노리는 거야? 역시 증거인멸을 위해서? 내가 뭔가 봐서는 안 될 걸 보았단 말인가? 그렇지만 그렇다면 처음에 공격했을 때 애초에 죽여 버릴 것이지 왜 이제 와서?

"읍!"

하지만 그때 한세건이 총구를 옆으로 돌리더니 방아쇠를 당겼다.

콰아앙!

요란한 폭음과 함께 뭔가가 박살 났다. 밤하늘을 날아오던 새하얀 가오리 같은 게 산산조각 나서 이쪽으로 쏟아진 것이다.

"젠장! 이 갈보가 아직!"

그는 갑자기 바이크의 앞바퀴를 들더니 달려 나갔다. 달리면서 오토바이 헬멧을 쓴 그는 다시 총구를 하늘로 겨눴다.

"끼에에에에!"

하늘에서는 기기괴괴한 괴물들이 떼 지어 날아들고 있었다.

쾅! 쾅! 쾅!

한세건이 들고 있는 거대한 권총이 폭음을 토할 때마다 괴물들의 무리에 구멍이 숭숭 뚫린다. 하지만 그럼에도 불구하고 괴물의 수가 많았기에 나는 이때라고 생각하고 즉시 건물 아래로 몸을 날렸다.

쉬익!

그러나 그 순간 뭔가가 뒤에서 내 어깨를 쑤셨다. 그와 동시에 지금까지 단 한 번도 느껴보지 못한 격통이 느껴졌다.

"으으으윽, 으아아아악!"

마치 불로 잘 달군 나이프를 등에 쑤셔 박은 것 같다! 아닌 게 아니라 벽면에 비춰 보니 웬 나이프 하나가 등짝에 박혀 있는 게 아닌가? 견갑골 위, 어깨 근육의 접점들 사이를 정확하게 꿰뚫은 그 나이프를 보건대, 나를 죽이려고 던진 것 같지는 않았다. 그렇지만… 대단하다. 오른팔이 단숨에 마비되어서 움직여지질 않는다.

"카악!"

이 자리를 피해야 해. 저놈은 괴물이야! 나보다도 더더욱 괴물! 나는 가슴속에서 외치는 무언가의 경고를 듣고 앞으로 달렸다. 저 하얀 괴물들이 조금이라도 더 한세건의 발을 묶어놓기를 바라면서. 하지만 그때였다.

위이잉!

어라? 뭔가가 지금 머리 위로 지나간 것 같은데? 내가 그렇게 생각한 순간 앞에서 쿠웅 하고 바이크가 내려섰다. 그것은 강화된 서스펜션 덕에 몇 번 출렁일 뿐 잽싸게 멈춰 섰다. 물론 그 위에 타고 있는 이도 멀쩡했다.

"…맙소사!"

"……."

한세건은 바이크 위에 올라탄 채로 무슨 턴이더라? 하여튼 앞바퀴를 축으로 뒷바퀴만 돌아가는 이상한 턴을 한 뒤 멈춰 섰다. 나는 등짝의 아픔도 잊고 그를 바라보았다.

"자아, 포기하시지."

"나, 나를 어쩌려고요?"

나는 가로등에 기대어 등에 박혀 있는 나이프를 뽑아냈다. 희뿌연 빛을 띠고 있는 나이프가 그제야 등짝에서 빠져나왔다. 문제는 빠져나가는 순간도 너무 아프다는 것이다.

"뜨아아아악!"

"…신기한 비명이군."

한세건은 내가 괴로워하는 것을 보고 그렇게 말했다. 젠장, 열 받게 하네. 나는 바닥에 떨어진 나이프를 들고 한세건을 노려보았다.

"무슨 일이지?"

"으와… 모르겠어. 왠지 땅이 흔들렸는데."

밤이라고 해도 아직 인기척이 드물지 않은 곳이라 사람들이 몰려오고 있었다. 이봐, 방금 전에 저 녀석이 이따만큼 큰 총을 들고 쐈다고. 얼른 경찰에 신고하지 않으면…….

"포기해. 인간은 널 못 도와. 경찰도 말이지."

그때 한세건이 나에게 그렇게 말을 걸어왔다. 깜짝 놀란 내가 그를 바라보자 그는 다시 나에게 총구를 겨누었다.

"인간은 이 세계에 들어오면 살해당할 뿐이야. 그래, 미친 달의 세계에 들어오면 말이지."

"죽일 거면 잔말 말고 빨리 죽여보시지!"

나는 계속 잔말을 해대는 한세건에게 그렇게 외쳤다. 그러자 한세건의 말수가 줄어들었다.

"……."

쾅!

그리고 총구가 불을 뿜었다. 그 순간 눈앞이 까맣게 변했다.

쿵!

나이프를 들고 싸울 태세를 취하던 내 팔이 통째로 잘려 나갔다! 게다가 눈앞은 그 충격으로 아무것도 보이지 않는다! 마치 영혼 자체가 잠시 몸 밖으로 빠져나간 기분이었다.

"으아아악!"

내 비명 소리조차 저렇게 멀리 들리다니! 게다가 다른 상처와 달리 재생이 더디다!

"크크큭! 으으윽!"

나는 너무나 아파서 지면을 데굴데굴 굴렀다. 그러나 한세건은 공격의 끈을 놓지 않았다.

"죽여달라는데 마다할 것 같냐, 갈보야!"

"으윽!"

나는 지면을 구르다 바닥을 손으로 찍고 날아올랐다. 하지만 한쪽 팔이 날아가서 그런지 몸의 균형이 안 맞는다. 그래서 꼴사납게 도로 지상으로 처박히고 말았다.

"끄억! 으으… 뼛속까지 아프다."

"…네놈, 매가 부족한 모양이군."

내 딴에는 아프다고 그렇게 중얼거린 건데 한세건은 뭐가 그렇게 불만인지 다시 총구를 나에게 겨누었다. 그러나 그때였다.

"크우우우!"

갑자기 2층 건물만 한 괴물 둘이 튀어나온 것이다. 둘 다 소머리를 한 근육질의 남자 같은데 그것들이 세건을 향해 덤벼들었다.

"하앗!"

하지만 한세건의 몸에서 새카만 실 같은 게 뻗어 나가 그들을 감쌌다. 그리고 세건은 뒤로 몸을 날리며 그 자리를 피하는 게 아닌가?

콰아아앙!

그와 동시에 실이 폭발했다! 물론 괴물들은 산산조각 나서 흔적도 남지 않았다. 그러나 이 정도 되면 폭음이 너무 크다!

"지금이야! 이쪽으로!"

그때 골목에서 한 소녀가 내게 손을 뻗었다. 이전에 자신을 마리아라고 소개한 여자아이였다. 나는 즉시 몸을 날려 그녀의 손을 잡았다.

"좋았어! 달아나자!"

그 순간 그녀의 몸이 날아올랐다. 깜짝 놀란 내가 바닥을 만져 보니 눈으로는 보이지 않지만 웬 생물체 같은 게 있는 것이 아닌가? 그제야 지금까지 한세건을 습격한 괴물들이 바로 마리아의 것임을 알았다!

"아무리 괴물 같은 오토바이라고 해도 이걸로 날면 대책이 없어! 일단은 자리를 피하자고!"

"그, 그거 듣던 중 반가운 소리네. 으윽."

나는 마리아의 그 말을 듣고 안심이 되어 괴물 위에 주저앉았다. 눈꺼풀이 천근만근 무거워져서 결국 나는 눈을 감았다.

5

정신을 차렸을 때는 집 앞에 그대로 버려져 있었다.

"으으으윽!"

들썩인 순간 찾아온 격통 때문에 몸을 웅크렸다. 흐릿한 나트륨등의 빛이 침침하게 주위를 비춘다. 너무나 비현실적인 풍경 속에서 나는 몸을 일으켰다.

"크아! 젠장할!"

다행히 팔은 완전히 재생되어 있었다. 그렇지만 그것은 겉모습뿐인지 잘 움직이지는 않는다. 하긴 완전히 잘려 나갔는데 이렇게 재생된 것만 해도 용하다.

어찌 되었든 간에 왜 이렇게 되었는지 잠시 생각해 봐야겠다. 그렇지, 그 한세건이란 놈이 나를 습격했었지. 그리고 자칭 흡혈귀라는 아가씨가 나를 구해서 여기다 내려놓았나 보다.

"…그렇지만 그녀가 내 집을 안다는 것은 한세건도 알아낼 수 있다는 거잖아?"

거기에 생각이 미친 나는 당황했다. 만약 그놈이 아버지나 영은이에게 손을 댄다면? 그 녀석은 충분히 그러고도 남을 대악당으로 보였다. 그렇게 위험한 분위기를 풍기는 녀석이라면 사람 목숨을 파리 목숨처럼 여길 게 분명하다!

"크으."

나는 주위를 두리번거렸다. 하지만 현재로서는 아무도 없어 보인다. 나는 일단 주위에 아무도 없는 것을 확인하고 난 다음에야 집으로 향했다.

"……."

문을 열고 집 안으로 들어가니 안에는 역시 아무도 없었다. 포장마차라는 것은 밤이 제일 장사가 잘되는 시간대이기 때문에 아버지는 들어오지 않으신다. 뭐 오늘 일을 들키지 않아서 다행이긴 하다만… 한 벌밖에 없는 외출복이 너덜너덜해진 건 뭐라고 설명해야 하나?

"으으윽."

나는 심장을 부여잡고 앞으로 주저앉았다. 이런 여유 있는 생각을 할 때가 아니다. 아까 전부터 맥박이 한 번씩 뛸 때마다 통증이 느껴진다. 마치 혈관을 따라 독액이 흐르는 느낌이랄까?

"젠장할."

나는 마룻바닥에 쓰러졌다. 숨이 거칠어지고 머리가 아프다. 그때 뒤에서 문이 열리는 소리가 들려왔다.

"여긴가?"

차가운 목소리, 감정이라고는 단 하나도 섞이지 않은 목소리가 있었다. 나는 그 목소리를 듣고 깜짝 놀라서 몸을 일으키려고 했다. 하지만 몸이 말을 듣지 않는다.

"소용없어. 노블 라이칸스로프라고 해도 은 탄환은 효과적이지. 하물며 비스트라면 말야. 완전히 팔이 날아갔는데 그렇게 재생한 것만 하더라도 대단한 거야."

그 목소리가 사형선고를 내리는 것 같아 나는 무서워졌다. 그의 그림자는 사신의 그것처럼 검푸른 어둠을 꿰뚫고 흐느적거린다. 그 명확한 움직임이 두렵다! 이 녀석은 나를 죽일 셈인가?

"그런데… 꽤나 초라하게 사는군."

"그, 그래서? 부, 불만이야?"

나는 그렇게 항변했다. 그렇지만 그 순간 우직! 하면서 눈앞이 검게 변했다. 잠시 후 참을 수 없는 격통이 전신을 덮쳤다.

"우아아아악!"

"솔직히 말해서 나는 너를 죽일 수 있는 입장이 아니다."

그는 그렇게 말하며 내 책상 위에 걸터앉았다.

"그러나 네놈 역시 인간이 아니기 때문에 나는 네게 인간은 느끼지조차 못하고 절명할 고통을 안겨줄 수 있지."

으으윽……. 이놈 방금 내 목뼈를 분질러 놓고서는 뭐라고 말하는 거야? 내가 재생력이 있다는 것을 알고 있기 때문인지 그는 발로 내 목을 밟아서 목뼈를 분질러 버렸다. 목은 중추신경이 지나는 통로이기 때문에 그곳 하나를 부상당하는 것만으로도 전신을 찢어발기는 듯한 고통이 느껴지는 것이다.

"요 며칠간 보아온 바로는 네놈은 늑대 인간 주제에 잘도 인간처럼 살고 있더군. 꼴을 보아하니 아무것도 모르는 것 같고."

"무, 무슨 알 수 없는 말을!"

"…정말 모르는가 보군. 알고 있다면 유산에 담가가면서 고문이라도 해서 들었을 텐데."

"……."

아무런 감정 없이 내뱉는 그 말이 무섭기 짝이 없어서 나는 그를 올려다보았다. 하지만 고개가 더 이상 움직여지지 않아서 볼 수 없다. 다만 그의 발만이 보일 뿐.

"…모르면 모르는 대로 살아봐라."

그는 다시 내 목을 밟아 분질렀다. 나는 다시 혼절하고 말았다. 하루 동안에 두 번이나 혼절하다니… 이런 젠장.

"서린… 린아! 일어나! 일어나!"

요란한 소리와 함께 누군가가 나를 불렀다. 하지만 눈꺼풀이 천근만근 무겁다. 이렇게 피곤하다니… 지금까지 없던 일이다. 나는 그렇게 생각하며 바닥을 손으로 짚었다.

"끄으응!"

나는 몸을 일으켜 세워서 문을 바라보았다. 누군가가 문을 거칠게 두들기며 내 이름을 부르고 있었다.

"응?"

뭔 일이지? 나는 순간적으로 어리벙벙해져서 내 몸을 바라보았다. 옷이 너덜너덜하다! 게다가 해는 중천? 끄아아악! 신문 돌렸어야 하는데!

신문을 돌린다는 것은 비록 한심한 일로 보이지만 이 사회의 시스템이다.

하루 못 돌리면 죄송합니다, 라고 끝날 일이 아니란 말이다. 만약 200부를 돌리는 사람이 하루 쉬었다면 그만큼 다른 사람들이 더 돌려야 한다. 못 돌리게 되면 무수히 많은 사람의 항의 전화로 배급소가 터져 나갈 테니까.

하지만 지금까지 단 한 번도 신문을 배달 못 한 적이 없었는데! 나는 경악하며 문을 열었다. 그때 문을 열고 들어온 사람은 내 예상과 달리 이 동네 경찰서의 경찰 장 순경이었다. 그는 당황한 표정으로 외쳤다.

"이 녀석! 몇 번이나 전화하고 두들겼는데……. 너, 넌 또 꼴이 그게 뭐야?"

"아, 저기, 그게."

"젠장. 야, 큰일이다! 얼른 와!"

"예?"

나는 그의 손에 이끌려 병원으로 끌려갔다. 웬일이지? 그러고 보니 아버지는? 아버지는 포장마차를 하기 때문에 해가 뜨면 언제나 집에 돌아오셔서 주무신다! 그래야 하는데 집 안에는 나밖에 없었다. 이건 아무리 생각해도 이상한 일이다. 그렇다면 설마?

"설마……."

"그래, 너희 아버지 포장마차에 불났다. 어젯밤에 난 건데 여태 몰랐나?"

"마, 맙소사!"

나는 깜짝 놀라서 차 문을 박차고 내려가 병원으로 들어갔다. 그렇지만 입구에서 멍청히 서 있을 수밖에 없었는데, 병실이 어딘지는 알아야 할 것 아닌가? 그때 장 순경이 달려왔다.

"야야야야! 칠백일 호야. 뛰어다니지 마!"

"저기, 학생이 뛰어다니는 것도 문제지만 경찰 아저씨도 좀 조용히 해주시겠어요?"

그때 원무과 데스크를 점거하고 있던 간호사가 무서운 눈초리로 나와 장 순경을 노려보았다. 하지만 나는 장 순경이 소란을 일으키면서까지 충고한 내용, '뛰어다니지 마!' 란 말을 들을 정신이 없었다. 나는 부리나케 달려가 701호 병실의 문을 열었다.

그곳에는 전신에 붕대를 칭칭 감은 남자가 있었다.

"아, 아버지?"

나는 깜짝 놀라서 침대맡에 가 앉았다. 마, 말도 안 돼. 어떻게 이런 중상을? 이건 완전히 미라잖아?!

하지만 생각해 보면 포장마차의 포장이란 것은 비닐로 만든 것이고 안에서는 안주 조리를 위해 불과 전기를 쓴다. 불이 나게 될 경우 크게 나는 게 당연한 이치일지도 모른다.

"저기… 누구시죠?"

그때 그런 내 뒤에서 웬 사람이 질문을 던졌다. 나는 깜짝 놀라서 자리에서 일어나 그를 바라보았는데 웬 아줌마였다.

"…얼라?"

이런 삼류 시트콤에서도 안 쓸 바보짓을 하고 말다니. 화상이라는 이미지가 머리에 박힌 바람에 이런 바보짓을 저지른 것 같다.

그러고 보니 이 병실은 혼자 쓰는 게 아니다. 당연한 일이지만 우리 집 살림에 독실 썼다가는 한강 속으로 빈 병 주우러 들어가야 할 판이다. 어쨌든 역시 아버지는 다른 침상에 비교적 멀쩡한 모습으로 누워 있었다.

나는 겸연쩍어서 그 아줌마에게 사과했다.

"아, 죄송합니다."

그렇지만 말야, 저렇게 전신을 붕대로 감았을 정도면 이런 데 말고 집중 치료실이니 중환자실이니, 뭐 그런데 가야 하는 거 아닌가? 나는 내심 그렇게 투덜거리며 아버지의 침상 옆으로 갔다.

다행히 아버지의 경우는 화상이라고 해봐야 손을 약간 데인 정도밖에 안 된다. 하지만 충격이 너무 크신지 그냥 누워서 멍하니 병원 천장을 바라보고 계신다.

"……."

"저기… 아버지, 저 왔어요."

"…으으, 서, 서린이냐?"

아버지는 힘겹게 고개를 돌려 나를 바라보았다. 나는 그런 아버지를 보고 한숨을 내쉬었다.

"예. 그래도 무사하시니 다행이네요."

"…미안하다. 이 애비가 못나서… 밥벌이 도구인 포장마차를 홀라당 태워 버렸다. 허허허, 거 기름이 달궈졌다가 타는데 손도 발도 못 대겠더라. 소화기 쓸 새도 없이 다 타버렸어."

"……."

나는 할 말이 없어서 입을 다물었다. 뭐, 그래도 무사하니 다행이라는 말을 하고 싶었지만… 차마 입이 안 떨어진다. 앞으로는 어떻게 살란 말인가. 채권자들이 발광하면 또 그건 무슨 수로 막아야 한단 말인가?

"보험이라도 들어놨어야 하는 건데."

물론 우리 집 살림에 보험 들 여력 따위가 있을 리 없었다. 그리고 만약 보험을 들었다면 채권자들이 우리 집에 불을 질러 버렸을지도 모른다. 단지 보험금을 타 자신들의 돈을 돌려받기 위해서 사람을 죽이고도 남을 놈들이란 말이다.

그만큼 채권자와 채무자의 관계는 비인간적이다.

"젠장."

이놈의 나라는 잘못되어 있다. 채권자들이야 자기들 입장에서 보면 공돈을 떼먹히는 입장이니까 노발대발하겠지만… 아버지는 사업을 하다가 실패해서 빚더미에 올라간 것뿐이다. 사업에 돈을 대준다는 것은 투자 아닌가? 가짜 사업 구상으로 투자금을 조성해서 떼어먹은 것도 아니고 열심히 하다가 실패했는데…….

그것은 1차적으로 도산한 사업자가 잘못한 것이지만 2차적으로는 근시안적인 투자자들의 투자 실수도 문제다.

경마장에서 마권 샀는데 1등 못 했다고 마권 환불해 주는 거 봤나?

물론 이런 소리가 뻔뻔하다는 건 안다. 채무자 입에서 나올 말은 아니다. 그렇지만 몸이 부서져라 일해서 어떻게든 갚으려고 하는 아버지와 그 자식인 나는 어쩌란 말인가?

솔직히 말해서 채무가 20억 단위라 평생 일해도 이런 식으로는 갚을 길이 안 보인다. 제발… 그만 내버려 둬도 되잖아! 아버지는 실제로 사업 실패 때문에 교도소도 한 번 들어갔다 나왔다. 법적으로는 분명히 파산 상태다. 그것을 다만 자신을 믿고 돈을 빌려준 사람들에게 손해 끼칠 수 없다고, 어떻게든지 갚아주고 싶다고 몸이 부서져라 일해온 것이다.

"젠장! 젠장! 포장마차 해서 언제 이십억을 번다고……."

나는 갑자기 눈물이 나와서 소매로 눈가를 훔쳤다. 왜 하필 하고많은 집 중에 우리 집에 이렇게 불행이 닥치는지 모르겠다. 어떻게든 열심히 살아보겠다고 하는데 화재 사고라니…….

"미안하구나, 내가 아무런 힘이 없어서. 하지만 이제 됐다."

"예?"

"너는 더 이상 내 빚 신경 쓸 거 없다. 괜히 어린 나이에 고생시켰구나. 그렇게 고생을 했는데 변변찮은 옷 하나 제대로 못해 입히고……. 지금까지 고맙고 미안했다."

아버지는 그렇게 말하며 한숨을 내쉬었다. 아아아… 그 순간 나는 할 말을 잃어버렸다. 사실 지금까지 한 번도 그런 생각을 안 했다면 거짓말이다. 법적으로 아버지의 채무가 나에게 상속되지 않는다는 것쯤은 이미 알고 있었다. 그러니까 아버지의 고생을 외면하고 내가 번 돈으로 내가 먹고살면 지금처럼 끝도 안 보이는 암울한 생활은 청산할 수 있다고… 알고 있었다.

그리고 몇 번이나… 정말 몇 번이나 생각해 보고 또 해본 일이었다. 하지만 아버지는 나와 달리 인간이다. 피로에 찌든 몸을 하고 방바닥에 누워서 끙끙거리면서 앓아도 그까짓 돈 때문에 약 한 첩 못 쓰는 아버지를 내버려 둘 수 있겠는가?

만약… 아버지가 나를 외면했더라면, 먼 러시아에서 이 나라로 강보에 싸인 채 날아온 나를 외면했더라면 자신이 이런 고생은 안 당했을 텐데도 아버지는 나를 외면하지 않았다. 그러니까 나도 아버지를 외면하지 않을 테다.

"무슨 말씀을 하시는 거예요. 그러지 말고 얼른 일어나서… 퇴원하자고요. 병실비 비싸다고요."

그런데 그때 병실의 문이 열리고 강 박사가 들어왔다.

"자주 보는구나."

"가, 강 박사님."

"흐음, 어쨌거나 별문제는 없는 것 같으니까 퇴원하는 게 좋을 겁니다. 병원비 감당할 입장 아니죠?"

강 박사는 아버지에게 그렇게 말하더니 나를 쳐다보았다. 나는 얼른 눈물 흔적을 지우고 일어났다.

"아, 알았어요. 나갈게요."

"아니, 실은 벌써 너희 빚쟁이들이 꽤 몰려온 모양이다."

"맙소사, 어떻게 알았대?"

나도 방금 왔건만 이 인간들은 어떻게 알았을까? 혹시 불을 지른 게 저놈들 짓이 아닐까? 나는 그런 황당한 생각까지 하며 창문을 바라보았다. 이쪽에서는 정문이 보이지 않아서 모르겠다.

"어쨌거나 병원 앞에서 빚쟁이들이랑 난투를 벌이는 건 이쪽도 원하지 않는 바라서 뒷구멍을 마련해 주마. 그리고… 빚쟁이가 무섭다면 아예 외국으로 날라 버리는 건 어때요?"

"예?"

"포장마차보다는 더 짭짤한 일이 있을 텐데."

강 박사는 그렇게 말하면서 나를 바라보았다. 으으… 이 능구렁이 같은 인간. 이제 보니까 밖에서 내 사정을 다 들었나 보구나. 나는 기도 안 차서 그를 바라보았다.

하지만… 만약 아버지가 외국으로 나갈 수 있다면 그건 정말 좋은 일이다. 빚쟁이도 빚쟁이지만 그 한세건… 그놈이 마음에 걸린다. 그 녀석 굉장히 위험한 놈이던데 이대로 있다가는 아버지가 위험해지지 않을까? 그런 생각이 든다.

"……."

그때 갑자기 병실 문이 벌컥 열렸다. 이런 젠장할, 나도 봐와서 잘 아는 채권자들이다.

"야이, 등신 새끼야! 뭐! 다 태워먹어?"

"이 개새끼! 우리 돈은 어쩌라고!"

그들은 당장에라도 사람을 잡아먹을 듯한 눈초리로 나와 아버지를 노려보았다. 그러자 강 박사가 나서서 그들을 말렸다.

"잠깐만, 지금 병실에서 무슨 소란입니까. 환자들은 절대 안정해야 하니 조용히……."

"시끄러워!"

"넌 닥치고 있어!"

그들은 그렇게 외치며 강 박사를 밀치려 했다. 하지만 그때 강 박사가 손을 잡더니 가볍게 사람의 팔을 비틀었다.

"으아아악!"

제일 선두에 나선 채권자는 키가 185㎝ 정도에 체중이 100kg이 넘는 거구였다. 그럼에도 불구하고 강 박사는 가볍게 팔을 비틀어 꺾고 팔꿈치 뼈 사이로 인대가 지나는 곳에 엄지손가락을 넣어 가볍게 찔렀다. 신기하게도 엄지손가락이 한마디나 쑥 들어갔다. 그러자 그 거구의 남자, 아마도 빚을 전문적으로 받아주는 깡패인 듯한 그는 덩치값도 못하고 비명을 질렀다.

"끄아아아아악!"

"이대로 분질러 버릴까?"

강 박사는 표정 하나 바꾸지 않고 그렇게 말했다.

"뭐, 뭐 하는 거야?!"

"의, 의사가 사람 친다!"

사람들은 모두들 깜짝 놀라서 강 박사를 바라보았다. 그러자 강 박사는 흥 하고 코웃음 치더니 그 남자의 머리채를 움켜쥐고 당겼다. 목을 뒤로 꺾을 듯한 기세로 머리칼을 잡아당기고 팔을 꺾어서 들어 올리니 사람이 활대처럼 휘어진다. 게다가 전신에서 뚜두둑 소리가 나는데 정말 위험해 보였다.

"병원에서 의사는 곧 하느님과 동기동창이라는 걸 모르는 모양인데……. 이건 히포크라테스 선서에도 나와 있다."

안 나와 있어! 무슨 거짓말을! 의사가 그래도 되나?! 나는 기가 막혀서 그를 바라보았지만 어쨌든 채권자들은 다들 멈춰 서서 입으로 떠들어댔다.

"그만둬! 당신이 뭘 안다고 설치는 거야? 응?!"

"저 새끼 우리 돈 떼어먹고 열심히 일하겠다고 해서 그냥 봐주고 있었는데… 뭐, 불?!"

"보험 들었겠지! 보험금 내놔! 얼른!"

이런 젠장! 결국 그거였구나!

사람들은 우리가 보험에 들어 있을 거라고 지레짐작한 나머지 먼저 보험금을 받겠다고 덤벼든 것이다. 보험은 들지도 않은데다가 설령 들었다 하더라도 포장마차 하나 태운 게 얼마나 된다고 그걸 받아내겠다고 벌 떼처럼 몰려들었나! 그때 강 박사가 코웃음 쳤다.

"참 할 짓 없군. 당신들 지금 당장 병원 밖으로 안 나가면 불법 침입으로 고소하겠소. 물론… 법보다 주먹이 가까운 건 알고 있겠지?"

그 순간 강 박사의 손에 잡혀 있던 남자의 팔이 기이한 방향으로 틀어졌다.

"으아아악!"

그 남자는 비명을 지르며 자신의 부러진 팔을 끌어안고 바닥에 나뒹굴었다. 그러자 사람들이 깜짝 놀라 강 박사를 바라보았다.

"의, 의사가 사람 치……."

"조용히 입 다물어라. 열 받는다."

그는 그렇게 말하며 머리칼을 쓸어 올리더니 품 안에서 메스를 꺼냈다. 그는 그 메스로 면도를 하며 말했다.

"내 시야에서 사라지는 데 오 초 주지. 인간이 연어 알에 설정(泄

精)해서 태어난 것 같은 저능아들아. 하나……."

그러자 채권자들은 아쉽다는 표정을 지으며 문밖으로 나갔다. 다만 팔이 부러진 남자는 몸을 일으키지도 못했다.

"저기, 저거 위험한 거 아니에요?"

"간단한 탈구야. 지금 끼우지, 뭐."

강 박사는 그렇게 투덜거리더니 그 남자의 팔을 잡고 맞췄다. 그러자 우드득 소리와 함께 남자가 실신해 버렸다.

"요새 폭력배들은 질이 많이 떨어진 모양이군. 이래서야 초등학생 삥도 못 뜯겠다."

"저기……."

나는 너무나 황당해서 강 박사를 쳐다보았다. 이 인간 이런 인간이었나? 지금까지 꽤 오랫동안 보아오긴 했지만 이런 성격이었다는 것은… 아니, 잠깐. 생각해 보면 천상천하유아독존 안하무인 아전인수의 총아이긴 했다. 인술을 펼치는 의사라고 생각되는 모습은 아니지만 어찌 되었든 그 덕분에 우리가 도움을 받았다.

"그나저나 고맙습니다."

아버지는 강 박사를 보고 넙죽 절을 했다. 그러자 강 박사는 휘휘 고개를 저었다.

"별로 고마워할 것은 없습니다. 채권자와 채무자라는 입장은 당신과 그들 사이에서만 성립되는 것이지 이 병원 내에서 횡포를 부려도 되는 위치가 아니라는 걸 몸으로 가르쳐 준 것뿐이니까. 그것보다는 내가 한 이야기 말인데… 아들을 위해서라도 잘 생각해 봐요. 음, 적어도 포장마차보다는 훨씬 돈이 된다고 확

신할 수 있는 일이니까."

"지금은 뭐라고 확실히 말씀드리진 못하겠군요."

나는 아버지가 갈등하는 것을 보고 그렇게 말했다. 아버지가 외국으로 나가면 나는 자유로워지는 것이겠지만 그렇게 얻게 되는 자유에 내가 동조하는 것은 왠지 비겁해 보였다. 아버지에 대한 내 감정을 숨긴 채 상황이 이끄는 대로 아버지를 부추겨 이득을 챙긴다는, 왠지 그렇게 느껴졌다.

"그럼 뒷문으로 조용히 나가지. 퇴원 수속은 내가 할 테니까 지금 당장 빠져나가라."

강 박사는 그렇게 말하고 나와 아버지를 밖으로 내보냈다.

"정말 고마우신 분이구나. 별로 우리를 도와주실 필요도 없는 분인데."

"…이 경우는 좀 다르다고 생각하는데요."

그러나 고마운 건 고마운 거다. 강 박사는 언제나 이런 식으로 한 의사가 할 수 있는 일을 초월한 친절을 베풀어주었다. 하지만 그렇다고 해서 지금 우리가 당면한 일들이 해결되지는 않는다. 정리해 볼까?

첫째, 나는 테러범에게 목숨을 위협받고 있다.

둘째, 우리 집 장사 도구가 날아갔다.

셋째, 가뜩이나 열 받은 채권자들을 어떻게 감당할까.

이 정도 상황이라면 농약에 드라이아이스를 넣을 경우 탄산음료처럼 마실 수 있지 않을까에 대해 심각하게 고찰하게 마련이다.

아닌 게 아니라 정말 확 죽어버리고 싶다. 인생에 탈출구가 보이지 않는다. 하지만 그렇다고 지금 죽을 수는 없다. 죽음으로 도피하기에는 내 나이가 너무 적다.

나는 아버지를 끌고 밖으로 나가 즉시 도망쳤다. 집에도 채권자가 몰려 있을지 모르지만 지금은 집으로 향할 수밖에 없다. 일단 내가 입고 있는 옷도 총을 맞아서 너덜너덜한 상태고 아버지 역시 몸이 성치 않으니까.

"업히세요."

"…미안하다."

아버지는 계속 미안하다는 말씀만 하셨다. 하지만 나는 고개를 가로저었다.

"그런 말은 하지 마세요."

나는 아버지에게 그렇게 말할 수밖에 없었다. 하지만 그때 아버지는 고개를 가로저었다.

"내가 외국으로 도망가는 게 오히려 너에게는 더 좋은 일이겠구나."

"……."

나는 딱히 뭐라고 항변할 수가 없었다. 그리고 그런 나 자신에 대해 놀랐다. 사실 여기서 입 다물고 있으면 아버지보고 외국 나가라고 등 떠미는 짓밖에 되지 않는다. 그러나 말을 듣는 순간 너무 안심이 되어서… 차마 마음에도 없는 말을 할 수가 없었다.

나는 아버지와 함께 집 앞에 도착했다. 닭장 같은 집을 앞에 두고 주위를 둘러보니 사람들이 보이지 않는다. 채권자들이 아직 여기까진 오지 않은 것인지, 그게 아니면 정말 우리가 뒷문으로 빠져나간 걸 모르고 아직도 병원 앞에서 기다리고 있는 건지는 모르겠다만… 다행이다. 얼른 들어가서 문을 다 닫을 수밖에.

역시 남의 돈 떼어먹고 사는 인간들은 모진 놈이 틀림없다. 이런 험한 꼴 당할 각오를 하지 않고서야 어떻게…….

집 안에 들어서 이불을 펴니 아버지는 금세 드러누워 기절하듯 잠에 빠져드셨다. 역시 팔에 화상을 입은 정도라 해도 인간에게는 저거, 매우 아프고 괴로운 거겠지. 전신으로 통증이 퍼지고 세균이 감염되어 상처가 덧나게 되면 아무리 작은 상처로도 죽을 수 있는 게 인간이라고 한다.

나는 메모에 적힌 대로 소독용 알코올을 듬뿍 적신 솜으로 아버지의 화상 부분을 닦아내고 다시 화상용 연고를 발랐다. 팔에 기름이 튀어서 생긴 화상 같은데 약 2도 화상이 손바닥만 하게 팔 전체에 골고루 퍼져 있었다. 나는 약을 바르고 다시 붕대를 감은 뒤 바닥에 주저앉았다.

끝없는 가난의 나락, 그 나락도 이제 밑바닥에 도달한 모양이다. 이제 이 집만 불타면 완벽히 노숙자 신세가 되는 건가? 그런 생각을 하며 나는 고개를 숙였다.

6

아무리 발버둥 쳐도 달아날 수 없는 굴레가 있다. 내 경우 그것은 가난이다. 하지만 가난 구제는 나라님도 못한다는 옛말이 있는 것을 보면 그 굴레에서 달아나지 못하는 것은 나뿐만이 아니리라.

"하아."

입을 벌리니 나오는 것은 한숨뿐이다. 아버지의 포장마차는 타버렸고 나는 신문 배급소에서 잘렸다.

빚쟁이들이 신문 배급소까지 찾아온 모양이었다.

세상에… 빼앗아 갈 게 따로 있지 신문 돌린 월급을 미리 차압하겠다고 온 것이다. 이런 말도 안 되는 놈들이 있나. 그 채권들에 비하면 정말 푼돈인데도……. 그러나 그만큼 빚이라는 것은 사람을 사람 같지 않게 만드는 힘이 있었다.

결국 빚쟁이들 때문에 직장을 잃게 되고 말았다.

젠장, 사흘 굶으면 선비도 옆집 담을 넘는다고 했다. 그리고 나는 옆집 담 넘는 것쯤은 너무나 수월하게 할 수 있는 몸이다. 솔직히 지금도 갈등하고 있다. 법을 어겨서 돈을 만들어볼까? 그러면 이 지긋지긋한 가난을 벗어날 수 있을까?

하지만 어떻게?

아무리 내가 인간을 초월한 생명체라고 하더라도 옆집 담을 넘어서 그 엄청난 빚을 갚기란 쉽지 않을 것이다. 그리고 내게 그런 식으로 남에게 상처를 줄 권리가 있을까? 그렇게 남의 집을 털었다가 그로 인해서 그 집이 부도가 나고, 빚더미에 올라앉은 사람들이 나와 같은 가난의 지옥에 떨어지게 된다면? 더구나 그들은 나와 달리 육체가 튼튼한 것도 아니다.

나니까 이런 곳에서 몸이 부서져라 일할 수 있는 것이지 다른 사람들은 그렇지 않단 말이다. 젠장, 역시 남의 집 담을 넘는 것은 할 짓이 아니다.

그렇다면 어떻게 돈을 만드나? 불법적인 일을 빼고 나면 몸으로 돈을 벌 수 있는 일이 그렇게 많지 않을 것 같다.

그렇지만 강 박사님의 말대로… 아버지를 외국으로 보낼 수도 없는 일이다. 아니, 사실 내 마음 한쪽에서는 그게 최선이라고 생각하고 있었다. 빚을 피해 외국으로 도피한다는 건 이제 와서는 그리 희귀한 일도 아니다. 그러나 그런 것에 전적으로 동의해 버리면 예수를 팔아버린 가롯 유다가 될 것 같아서 차마 동의할 수가 없었다.

"여기 있는 거 다 알아! 얼른 나오지 못해!"

"우리 돈 갚아준다면서! 언제 갚아줄 거야! 앙!"

사람들은 골목에서 난리를 치고 있었다. 젠장, 장기라도 뜯어다 내다 팔까? 밥벌이 도구도 사라진 마당에 빚을 어떻게 갚나? 하지만 그들은 우리 사정은 생각지 않는다. 사실 저들도 자신의 돈에 대해서는 이성적으로 포기한 상태일 것이다. 그러나 이성적으로 포기했다 하더라도 뭔가 가슴에 남아 있는 게 있는 거겠지.

"아……."

그때 방구석에 누워 계시던 아버지가 천천히 몸을 일으키셨다. 나는 깜짝 놀라서 아버지를 말렸다.

"아, 안 돼요. 더 주무세요."

"이 마당에 잘 수 있으면 그게 인간이냐?"

문을 두들겨 대는데 잘 수 있을 리는 없지만 화상을 입은 아버지가 그렇게 말하니 블랙코미디도 이런 블랙코미디가 없다. 젠장할.

"그, 그래도 안 돼요. 문 열면……."

나는 현관으로 걸어가는 아버지를 보고 깜짝 놀라 말렸다. 하지만 아버지는 씁쓸한 표정을 지으면서도 이렇게 말했다.

"…아무리 그래도 한때 나를 믿고 돈을 빌려주었던 사람들이다. 그들이 저렇게 찾아왔는데 문전박대하는 건 인간의 도리가 아니다."

"하, 하지만 지금 저 인간들은 그런 걸 논할 단계가 아니에요! 인간 같아야 인간의 도리를 다하죠!"

나는 그렇게 항변했다. 이성적으로 생각해 보면 때려죽여도 우리 집에서 십 원 한 장 더 나올 수 없다. 그걸 알고 있는 사람들이 집 앞에서 난동을 부리다니 될 법한 일인가?

"미안하구나. 네가 돈 빌린 것도 아닌데… 괜히 아버지랍시고 나섰다가 네놈 변변한 옷 한 벌 사 입히지 못하고. 어쨌거나 저건 내 일이니 내가 나가서 사람들을 설득하마."

아버지는 그렇게 말씀하시며 문을 열었다. 문을 열자마자 봇물이 터지듯 밀려드는 채권자들은 아버지의 몸이 불편하든 말든 신경도 쓰지 않았다.

"어이! 서 씨! 잘 만났다."

"그동안 별 이상한 놈들이 꼬여서 말이지! 응!"

"그래! 열심히 일해서 갚겠다고 해놓고 내 돈 어쩔 거야? 응?!"

사람들은 그렇게 말하며 우격다짐으로 아버지의 멱살을 잡아끌었다. 몇몇 사람은 함부로 집 안에 들어와서 혹시 돈 될 게 있나 없나 두리번거리는데… 한 달에 집세 18만 원짜리 닭장에 뭐가 있겠는가? 참고로 노숙자나 독거노인들이 사는 곳이 한 달 집세 15만 원……. 그보다 3만 원 높은 품위 있는 주거 환경(?)이라고 할 수 있겠다.

"애 보는데 그러지 말고 일단 어디 나가서 이야기합시다."

아버지는 내 시선이 신경 쓰이는지 사람들에게 그렇게 이야기했다. 하지만 그들은 막무가내였다.

"지 자식 교육 신경 쓰이면 남의 돈 떼먹지 말았어야지, 이 사기꾼 놈아!"

팔뚝에 '一심'이라는 문신을 새긴 젊은 남자가 핏발 선 눈으로 아버지를 위협했다. 저 문신은 국한혼용인가? 한글 전용이 된 요즘 교육과정을 생각해 볼 때 저 남자, 보기엔 젊어도 꽤 격동의 시기에 학생이었을 가능성이 있다.

어찌 되었든 지금 상황이 너무나 개 같아서 아버지를 보고 사기꾼 어쩌고 운운하는데 화가 난다기보단 어처구니가 없다. 다들 너무 개 같은 일이 연달아 벌어지면 놀라거나 화내기도 지치는 경험 한두 번쯤은 했을 것이다. 지금이 딱 그 짝이다.

"너 때문에 우리 자식 대학도 못 보냈다. 응! 떼먹을 게 없어서 내 돈을 떼먹냐? 다른 놈 돈은 몰라도 내 돈은 안 될 것이여!"

잘났다. 보아하니 뇌에 산소를 공급하는 혈관이 많이 모자란 것 같은데 그 자식 머리통도 오죽하겠냐. 자식이 노느라 공부

안 한 게 왜 우리 아버지 탓이냐. 설마 그 녀석이 내 형제는 아니겠지? 저 남자, 저래 보여도 옛날에 우리 아버지의 절친한 친구라든가, 그래, 에스키모라서 옛 풍습에 따라 아내를 제공했을지도……. 그러면 자식 머리 나쁜 거 가지고 우리 아버지에게 항변할 수 있겠지!

"이런 제기랄!"

어찌 되었든 도저히 못 참아주겠다. 그래서 나는 벌떡 일어났다.

"뭐냐, 이 새끼야! 대가리에 피도 안 마른 놈이 뒈지고 싶어서 용쓰는 거냐!"

국한혼용의 교육적인 문신을 새긴 남자가 나를 보고 위협적으로 눈을 부라렸다. 하지만 나는 당당히 나가서 아버지의 멱살을 잡고 있는 그의 손을 잡았다.

"이게!"

그 남자는 즉시 박치기로 응수해 왔다. 그런 걸 보면 싸움에 상당히 능숙한 인간이라는 걸 알겠는데… 안됐지만 나는 인간이 아니다. 인간에게라면 상당히 빠른 공격이겠지만 내 눈에는 인터넷으로 버릇 나빠진 유치원생이 유치원 보조 교사에게 대충 인사하는 정도로밖에 안 보인다.

"흥!"

나는 그의 팔을 잡아채서 그걸로 그 인간의 머리를 막았다. 자기 팔뚝에 머리를 박은 꼴이 된 남자는 꼴사나운 비명을 질렀다.

"악! 어쭈 이놈이 사람 치네? 돈도 못 갚는 주제에 사람을 함부로 치다니, 이 녀석!"

원래 설익은 주먹 믿고 까불다가 개망신당하고 나면 그때는 법적으로 해결하고 싶어 하는 게 이 바닥 인간들의 생리라고 한다. 하지만 이미 손을 댄 이상 내가 폭력을 사양할 이유가 있나?

나는 주먹을 쥐고 그의 멱살을 잡은 뒤 번쩍 들었다. 나보다 더 무거운 인간을 마치 마네킹 들어 올리듯 힘들이지 않고 번쩍 들어 올린 것이다. 그 순간 시끄럽던 채권자들이 다들 조용해졌다.

"이, 이 새끼가!"

이 남자의 일행인 것 같은 장년 남자 한 명이 품에서 삼단봉을 꺼내더니 부담 없이 나에게 휘둘렀다. 그러나 그 역시 느리다! 나는 뒷발차기로 최대한 오만불손하게 그의 팔을 걷어찼다. 남자의 손에서 삼단봉이 떨어져 나가 장롱 문짝에 박혔다. 그러자 모두들 깜짝 놀라서 멈춰 섰다. 이제야 자신들이 호랑이 앞에서 알몸으로 춤을 추고 있었다는 사실을 깨달은 모양인데 이미 늦었다.

"정말 사람 치는 거 보고 싶냐? 내가 치기 시작하면 이후 장기간 식이요법을 필요로 할 텐데?"

솔직히 기분이 워낙 개 같아서 누구라도 잡고 원 없이 패주고 싶다. 특히 눈앞에서 앵앵거리며 아버지 멱살을 잡는 버릇없는 놈이라면 아무리 패줘도 양심의 가책을 못 느낄 것 같다.

나는 인간들에 비해 원시적인 폭력에서 절대 우위를 차지하고 있기 때문에 모든 것을 폭력으로 해결하고 싶어지는 경우가 있다. 군대도 안 간 내 친구 최혁진의 말을 빌자면 말년 병장의 마초맨십이라고 한다.

"린아, 그만해라! 이게 무슨 짓이냐?"

그때 아버지가 나를 말렸다. 방금 전까지 당신의 멱살을 잡고 있던 녀석을 옹호해 주다니… 역시 아버지답다. 나는 멱살을 쥐고 번쩍 들어 올린 김에 그 남자를 천장에 한 번 처박고 내려놓았다.

"흥!"

"이, 이런. 괜찮으십니까?"

아버지는 사람들에게 굽실거리며 사죄하고 있었다. 젠장! 내가 사람들에게 화를 내면 아버지가 남들에게 그만큼 비굴해지기 때문에 나는 화조차 낼 수 없다. 가슴이 답답해진 나는 빚쟁이들 사이를 빠져나가 무작정 밖으로 달려 나갔다.

"린아! 린!"

아버지는 나를 불렀지만 나는 전력을 다해 달렸다.

얼마나 달렸는지 모르겠다. 나는 가로등 아래 앉아서 멍청히 시간을 보내고 있었다.

쏴아아아.

굵은 빗줄기가 쏟아진다. 도로를 따라 달리는 자동차들의 소음이 도심을 따라 빠져나가고 있었다.

"…젠장."

제법 속도를 내서 달리긴 했지만 신발이 버티지 못하고 찢어졌다. 오랫동안 신은 운동화라 결국 뛰는 힘을 이기지 못하고 찢어져 버린 것이다.

"꼴사납게시리."

나는 비를 맞으며 가로등 아래 앉아 있었다. 몇 시간이 지났는지 모르겠다.

"여기 있었구나."

그때 가로등 너머에서 아버지가 모습을 드러내셨다. 그분은 큰 우산 하나를 들고 나에게 걸어왔다.

나는 자리에서 일어나려고 했지만 몸이 움직이지 않았다. 너무 오래 앉아 있었던 탓일까? 그러자 아버지는 우산을 들어 내 머리 위에 받쳐 주었다. 몇 번이나 바느질해서 기운 우산이라 비가 군데군데 새고 있었지만 나도 아버지도 그런 것에는 개의치 않았다.

"뭐 하고 있는 거냐. 이런 데서 비를 맞고."

아버지는 그렇게 물어보셨다. 당신께서는 몸도 불편하시면서 비를 맞든 총을 맞든 멀쩡한 아들놈이 뛰쳐나갔다고 직접 이 거리로 뛰쳐나온 것이었다. 지금까지 얼마나 나를 찾아다니셨을까 생각하니 참……. 가슴이 꽉꽉 막히고 목이 메어 말이 잘 나오지 않았다.

"사람들은 돌아갔어요?"

"그래, 미안하구나. 너는 아무런 죄도 없는데……."

하지만 당신의 사업이 쓰러지게 된 것은 사실 당신을 증오하게 된 장인과 처남의 방해 공작 때문이 아닌가! 그 증오의 방아쇠가 된 것은 바로 나였고…….

나만 인정하지 않았다면 넉넉한 삶을 살 수 있었을 텐데…….

"린아."

"예?"

"나 아무래도 그 의사 선생님 말을 들어봐야 할 것 같다."

"……."

나는 할 말이 없어서 입을 다물었다. 사실 원하던 결말이긴 하다. 아버지는 책임감이 쓸데없이 강하기 때문에 한국에 있다가는 절대로 빛을 볼 수가 없다. 빚쟁이들이 저렇게 독하게 나올진대 아버지 책임감으로는 될 일도 안 된다.

그러나 아버지가 그런 결단을 하게 된 계기가 나에 대한 책임감이라는 게 문제다. 나는 아버지의 짐이 되고 싶지 않다. 아버지가 나에게 부담을 느끼는 게 싫다.

물론 지금까지의 내 생활이 행복한 것은 아니었지만 그래도… 한국에 발을 들인 이 반쪽짜리 한국인, 아니, 인간도 아닌 나에게 가족이 생겼으니까. 그 때문에 아버지의 사업이 쓰러지기까지 했으니까! 오히려 책임을 져야 할 사람은 나다!

"…그러세요."

하지만 내 입에서는 생각과 다른 말이 나왔다. 나는 아버지와 함께 우산을 쓰고 집으로 걸어갔다. 집으로 가는 동안 우리 부자는 단 한마디도 나누지 않았다. 할 말도 없고… 감정이 가슴에 가득 차서 오만 가지 생각이 다 든다. 그것들을 다 말로 옮겨낼 만큼 내 혀가 긴 것도 아니니까.

쏴아아아아…….

서울의 비는 검고 무겁다. 내 어깨도 마음도 같이 무겁기만 하다. 그래도… 아버지가 외국으로 빚을 피해서 달아나게 되면 조금쯤은 가벼워질까? 그러면 나도 조금쯤은 미래에 대한 희망을 가져도 될까?

다음 날 학교에 나간 나는 수업이 끝나자마자 병원으로 향했다. 강 박사에게 좀 더 상세한 이야기를 들어보기 위해서였다.

언제나 느끼는 거지만 강 박사는 정말 정체가 궁금한 인간이다. 젊은 나이에 박사 학위를 가지고 있는 것은 물론이고 의사인 데다가 이상하게 불법적인 일에도 손이 많이 닿아 있는 듯했다.

아버지의 출국 준비도 그렇다. 원래 아버지는 전과가 있기 때문에 함부로 외국에 나갈 몸이 아니다. 정확한 일정이나 방법을 묻기 위해 그를 찾아갔더니 그는 너무나 간단하게 이렇게 말했다.

"총기도 밀수하는 루트인데 사람 하나 밀수 못 할 게 뭐 있겠냐. 아 참, 너희 아버지 영어는 좀 할 줄 아시지?"

강 박사는 온수기에서 뜨거운 물을 받아 녹차를 우려내면서 그렇게 물어보았다. 지금이야 평범한 포장마차 주인이긴 해도 아버지 역시 옛날엔 사업가셨다. 영어를 못할 리는 없다.

"그야 별문제 없어요."

나는 의자에 앉아서 주위를 둘러보았다. 강 박사의 진료실이기도 한 곳이라 마호가니 책장에 두꺼운 책들과 각종 보도자료 등이 꽂혀 있었다.

"군대는 다녀오셨고?"

그는 녹차를 들어서 나에게 한 잔 권하고는 차를 홀짝거리며 그렇게 물어보았다.

"당연하죠."

나는 이상한 것을 물어본다 싶어서 강 박사를 바라보았다. 그러자 강 박사는 피식 웃었다.

"녀석, 신기하냐?"

"아, 예. 그런데 어떻게 해서 외국으로 사람을 빼돌리는 길을 알고 있는 거죠?"

"집에 돈이 많으니까. 이런저런 구린 일을 하는 놈들도 결국 자기 시장을 넓힐 필요가 있다고. 그러다 보면 언제나 돈 많은 놈들이 혹시 자기네 고객이 되지 않을까 해서 타진해 오게 마련이거든?"

그 자체는 비뇨기과 담당 의사에 불과하지만 이 종합병원의 실질적인 권력은 죄다 그 손에 들어가 있었다. 그런 걸 많이 봐서 그런지, 그게 아니면 원래 강 박사의 분위기가 그래서 그런 건지는 모르지만 내 쪽에서 보면 목적을 위해서는 수단과 방법을 가리지 않는 사람이라는 이미지가 강하다.

강 박사… 어쩌면 그 한세건이란 놈보다 더 무서운 존재일지도 모르겠다.

"그럼 내일이라도 갈 수 있도록 준비하지. 뭐 달리 필요한 건 없으니까 아버님께 그렇게 말씀드려, 알았지? 준비할 물건은 일절 없고, 모든 생필품도 다 그쪽에서 제공하니까 몸만 가면 돼. 아, 그리고… 혹시 군복 같은 거 있으면 그런 거 준비해 가는 게 좋아. 한국 군복 말이지."

"예? 뭐라고요?"

나는 순간 내 귀를 의심했다. 말을 듣자 하니 무슨 전쟁터 끌려가는 사람 아닌가? 하지만 강 박사는 내 의문을 대충 얼버무렸다.

"아, 그렇다고."

아니, 잠깐? 외국에 돈 벌러 나가는데 뭔 군복? 혹시 용병으로 파는 건가? 이건 내 상상력이 풍부하지 않아도 자연히 귀결되는 결론이다.

"설마 용병으로 파는 건 아니겠지요?"

내가 이렇게 물어보자 강 박사는 눈을 크게 뜨더니 곧 박장대소했다. 젠장, 역시 바보 취급당했군.

"하하하핫! 아하핫! 넌 나를 뭐로 보는 거냐?"

"…보통 의사가 아니라고는 생각하고 있죠."

나는 그렇게 중얼거리고는 자리에서 일어났다. 빚쟁이들 때문에 일자리를 많이 잃어버린 바람에 할 일은 없지만 이 병원은 왠지 있기에 부담스러운 장소다.

그리고 강 박사 역시 많은 은혜를 입기는 했지만 꽤나 껄끄러운 상대임에 분명하다. 한두 해 알고 지낸 사이도 아니건만 여전히 정체불명의 의사랄까. 그런 점이 마음에 들지 않는다.

게다가 지금 나는 또 한 곳, 가봐야 할 곳이 있다.

"그럼 전 이만."

"그래. 여전히 바쁜가 보구나."

"예. 내일 당장 출발이라면 아무리 그래도 준비할 게 있으니까요."

나는 그렇게 말하고 병원을 빠져나와 곧장 지하철로 향했다.

영은이에게도 이 사실을 알려줘야 한다. 비록 영은이는 아버지를 별로 좋아하지 않는 것 같지만 적어도 우리는 가족이다. 요즘 세상이 되어서 가족이란 것의 의미가 많이 퇴색했다 해도 나는 가족의 유대를 포기할 수 없다.

아무것도 없이, 어머니에게도 버림받은 나에게도 돌아갈 곳이, 나를 아껴주는 사람이 생겼는데 어째서 그것을 포기할 수 있을까? 아무런 조건도 이유도 없이 누군가를 좋아할 수 있다는 건 분명히 멋진 일이다.

연인끼리의 로맨스나 숭고한 희생도 결국 그 근본에는 사람의 외형적인 미추가 계기로 작용한다. 예쁜 연놈들끼리 서로서로의 용모에 반하고 난 다음에 보여주는 희생이 무슨 의미가 있다는 거지?

그러니까 나는 되도록 이 가족이란 굴레를 지키고 싶었다. 물론 아버지는 나 때문에 사업에서 실패하게 되고 여동생인 영은이는 남의 집 양녀가 되어버렸지만…….

지하철에서 내려 벽에 걸린 시계를 보았다. 나야 실업계 학교라 일찍 끝나지만 인문계 학교를 다니는 영은이의 경우는 이제야 겨우 수업이 끝났을 것이다.

"열심히 뛰어가면 교문에서 마주칠지도 모르겠군."

여학교 교문에서 서성거리는 놈이라면 확실히 인상이 나빠지지만 어쩔 수 없다. 외가 쪽 집(물론 나와 혈연관계가 전혀 없으니

이 표현은 부적절하다)은 그 아들의 방탕함을 볼 때 상상하기 힘들지만 여자에 관해서만은 굉장히 고리타분한 집안이다.

수백수천만 원 하는 바이올린은 사줄 수 있지만 핸드폰 같은 타락의 입구(고리타분한 눈깔에 보이는 세계가 오죽하겠어)는 사주질 않았다.

"…젠장."

하지만 내가 학교 앞에 갔을 때는 이미 영은이의 모습은 보이지 않았다. 야간자율학습인지 뭔지 인문계 아이들이 주로 한다는 밤 노동(?)을 남겨둔 아이들 때문에 학교 근처에는 아직 아이들이 많았다. 그렇지만 영은이는 따로 고풍스러운 과외수업을 받기 때문에 학교의 양해를 얻고 야간자율학습 같은 것에 남질 않는다. 아마 과외를 받고 집에 들어가 버릴 것이다.

"그렇다면 할 수 없지."

나 보기를 버러지같이 보는 집이지만 내가 직접 영은이네 집으로 찾아갈 수밖에 없다. 나는 침을 꿀꺽 삼키고 마음을 굳게 먹었다. 아아… 왠지 총구 앞에 섰을 때보다 더 무섭다. 이런 엿 같은 경우가 있나!

나는 영은이의 집을 향해 발길을 옮겼다.

7

영은이의 집, 그러니까 편의상 외가라고 부르는 집은 L아파트라는 곳에 있었다. 아파트같이 여럿이 뭉쳐 사는 곳에서 살면서 무슨 부자냐, 라고 하겠지만 이 아파트는 고급스런 주거 공간을 모토로 지어진 것으로 평수가 무려 300평에 달하고 각종 보안 시스템이 철저히 집을 지킨다고 한다.

말하자면 돈 많은 사람들의 안전을 지키기 위한 아파트다. 이런 게 단독주택보다 보안 면에서 훨씬 유리하다 하겠다. 이 아파트의 콘셉트가 그런 보안을 위주로 한 탓인지 아파트 입구부터 젊고 팔팔한 수위들이 눈을 부릅뜨고 있고 각지에는 CCTV 카메라가 설치되어 있었다.

이 아파트는 어지간해서는 현관에 접근도 못 하게 하는지 수위실에서부터 나를 제지했다.

"방문 목적을 말씀해 주십쇼."

사뭇 정중한 태도로 수위가 그렇게 물었지만 그다지 좋은 눈초리는 아니다. 한쪽 눈은 항상 감고 다니는 데다가 너덜너덜해진 운동화를 신고 있으니 내가 수위라고 해도 달갑게 보진 않겠다. 나는 겸연쩍게 머리를 긁적이며 말했다.

"백이 동 삼백일 호에 아는 사람을 만나러 왔는데요. 영은이를 만나러 왔어요. 윤영은."

"그렇습니까? 그럼 잠시……."

수위는 그렇게 말하더니 키폰의 번호를 눌렀다. 그러자 수위실 창문에 붙어 있는 LCD 모니터에서 집 내부가 보였다.

"예. 방문객이 찾아왔는데요. 아, 실례지만 성함이?"

"서린이요."

"서린 씨입니까? 예, 서린이라는 분이 찾아오셨는데……. 예?"

"…으음."

모니터 안의 가정부가 화면을 뚫어져라 쳐다보고 있었다. 내가 고개를 들어 보니 수위실 처마 밑에 달린 카메라가 나를 비추고 있었다.

—잠시만요. 주인께 물어보고요.

가정부 여자가 그렇게 말하더니 사라졌다. 세상에… 요즘 세상이 어떤 세상인데 아무리 가정부래도 그렇지 고용주를 '주인'이라고 부르냐? 나는 어처구니가 없어서 화면을 바라보았다.

하지만 큰일이다. 저렇게 되면 보나마나 문전박대를 할 텐데……. 집은커녕 이 수위실에서부터 들어가질 못한다니……. 그게 말이나 되는가? 과연 곧 가정부가 돌아왔다.

—아가씨는 지금 안 계시고 계신다 해도 당신을 들여보낼 수는 없습니다.

"자, 잠깐만요! 영은이에게 꼭 해야 할 말이 있어요. 아버지가 내일……."

나는 깜짝 놀라서 말하려 했지만 무정하게도 화면은 팍 꺼지고 말았다. 으아악! 이 빌어먹을!

"자, 잠깐만요! 말만 전하면 돼요. 한 번만 더 연결해 주세요!"

나는 수위를 보고 그렇게 말했지만 수위는 도리질 쳤다.

"이미 당신은 방문 거절당했습니다. 슬슬 비켜주지 않겠습니까?"

수위는 그렇게 말하며 나를 무시했다. 젠장할! 아무리 그래도 영은이와 아버지는 부녀간이다! 아버지가 언제 돌아올지 모르는 먼 길을 가야 할 판에 그걸 알려주지도 못한다니, 말도 안 된다! 하다못해 사진이라도 한 장 받아야 할 게 아닌가?!

"그러지 말고 딱 한 번만요. 중요한 말만 전하고 나면 간다니까요!"

나도 억지라는 건 잘 안다. 저 가정부에게 말한다고 해서 내 말을 전해준다는 보장도 없다. 그렇지만 말하지 않으면 안 되는 걸 어쩌겠는가? 그러나 수위는 자기 직분에 충실할 뿐이었다.

"어허, 이 녀석이. 좋은 말로 대하니까 어디서 행패야, 행패는! 당장 꺼지지 못해!"

그는 나를 그렇게 윽박지르며 떠밀었다. 젠장! 한주먹거리도 안 되는 게! 나는 순간 화가 치밀어 올라서 수위고 나발이고 다 때려눕히고 강제로 침입이라도 할까 생각했지만 곧 마음을 고쳐먹었다. 그렇게 되면 무단 주거침입은 물론 폭행죄로 영락없이 잡혀간다.

그래서 나는 수위실에서 좀 거리를 두고 길가에 서서 기다렸다. 영은이는 아직 들어오지 않았다고 한다. 그러니까 여기서 기다리고 있으면 만날 수 있을 거다.

아무리 수위가 뭐라고 해도 여기서 서 있는 걸 가지고 날 어쩌진 못한다. 나는 그렇게 다짐하고 길가에 서서 주위를 둘러보았다. 어제 비가 와서 그런지 오늘의 하늘은 그야말로 맑고 화창하기 이를 데 없었다. 하늘에 이따금 끼는 둔탁한 스모그도 자취를 감춰서인지 서울이란 도시도 꽤 괜찮아 보인다.

“하아, 늑대 인간이나 되어서 난 도대체 무슨 궁상이냐.”

나에게는 초자연적인 힘이 있다. 나는 순수한 한국인이 아니듯 순수한 인간도 아니다. 난 현실과 비현실의 경계에 걸린 존재란 말이다. 그렇지만 지금은 저까짓 수위가 무서워서 이렇게 길가에 서 있다. 젠장할. 그렇지만 어쩌란 말인가? 제아무리 늑대 인간이라고 해봐야 돈이 무섭고 법이 무서운 소시민인걸!

“야! 너 안 꺼질래?”

수위들은 내가 길가에 서 있는 게 짜증 나는지 슬슬 폭언을 퍼부었다. 젠장, 돈 많은 집 수위면 수위지 공용 도로 위에 있는 걸 가지고 뭐라고 한단 말야? 나는 기가 막혀서 그들을 바라보았다.

“여긴 아파트가 아니라 공용 도로잖아요? 내가 여기 서서 영은이를 기다리든 말든 당신들이 관여할 바가 아닌데요?”

“뭘 모르는 모양이군?”

그는 그렇게 말하며 표지판을 가리켰다. 돌아보니 거기에는 ‘이 도로는 사유 도로입니다’ 라고 쓰여 있는 게 아닌가?

“…….”

이런 황당한……. 아파트 경비를 효율적으로 하기 위해 단지 외곽 도로까지 죄다 사들인 모양이다. 정말 가난한 놈으로서는 감히 상상도 하지 못할 짓이다.

나는 할 말이 없어져서 배시시 웃으며 수위를 바라보았다.

“헤헤헷. 한번 봐주세요.”

방금 전까지는 참 침통하고 비통한 생각에 ‘에라, 한번 받아 버려?’ 하는 식으로 폭력에 호소할까 하던 내가 지금은 최대한 곱게 보여서 어떻게 봐주길 바라야 하다니 참……. 사람 쓰레기 만드는 건 일도 아니다.

그렇지만 수위는 날 예쁘게 보지 않는 모양이었다.

"다시 한 번 말한다. 꺼져라. 자꾸 깝죽대면 쇠고랑 차게 된다."

"……."

분하지만 난 쇠고랑이 무섭다. 젠장, 갑자기 막 서러워진다. 어쩌면 세상은 이렇게 불공평할까?

하지만 막 상념에 잠겨들 그때 뒤에서 차 엔진 소리가 들려왔다.

"앗!"

나는 즉시 뒤를 돌아보았다. 과연 벤츠가 한 대 들어오는데 그것은 나도 이전에 종종 보던 것이다.

"잠깐만요!"

그때 차가 멈춰 서고 곧 뒷좌석에서 영은이가 내렸다. 나는 그런 그녀를 보고 냉큼 수위에게서 몸을 돌린 뒤 달려갔다.

"영은아!"

"오빠? 무슨 일이야, 대체!"

영은이는 눈을 크게 뜨고 나를 바라보았다. 으윽, 동생이 날 쳐다보는 눈초리를 보자니 무슨 소말리아 같은 데서 기아로 죽어가는 사람 사진 보고 놀라워하는 것처럼 연민의 정이 가득 차 있었다. 이런 젠장.

하기야 수위하고 옥신각신하고 있는 모습을 보면 내가 봐도 불쌍해 보이겠다마는…….

"거두절미하고 말하지. 아버지 돈 벌러 외국 나가신다. 그것도 내일 저녁쯤에 나가야 할 것 같아. 빚쟁이들이 설쳐 대서 말이지."

"……."

"그래서 말인데 배웅은 무리라고 해도 하다못해… 사진이라도 좀 찍어서 드리면 안 될까 해서."

내가 그렇게 말하자 영은이는 한숨을 푸욱 내쉬었다. 그러더니 나를 올려다보았다.

"그럼 할 말은 그것뿐이야? 나 집에 들어간다."

"여, 영은아?"

나는 너무나 당황해서 그 아이를 바라보았다. 그러자 영은이는 나를 돌아보며 말했다.

"오빠, 이제는 제발 오빠 걱정이나 해. 응?"

"영은……."

나는 말문이 콱 막혔다. 이 아이가 내가 알고 있던 영은이가 맞나? 나는 그런 생각이 들어서 띵한 머리를 감싸 쥐었다. 영은이는 지금까지 쌓인 게 많았는지 심호흡을 했다. 나는 그녀가 독한 말을 하려고 결심했다는 것을 알고 나름대로 각오를 다졌다. 과연 영은이는 독설을 퍼붓기 시작했다.

"확실히 말해서… 우리 집은 끝났어. 아빠 때문에 우리, 아니, 내 엄마가 죽었고. 오빠야 아무런 죄가 없지만… 아빠는 분명히 죄가 있단 말야. 오빠는 아버지 편을 들어주겠지만… 그럼 죽은 엄마는 누가 편들어주지? 나밖에 없어."

"……."

아아, 나는 얼마나 바보란 말인가. 난 지금껏 영은이가 저렇게 생각하고 있는 줄 몰랐다. 아니, 사실 상상하기 싫었던 것일지도 모른다.

나에게 있어서 아버지는 세상에서 가장 존경스러운 분이고 내가 가장 사랑해 마지않는 가족이다. 하지만 영은이 입장에서 보면 아버지는 어머니를 죽게 만든 우유부단한 사람에 불과할 것이다.

"그래도… 아버지는 아버지야."

"알고 있어, 그건."

영은이는 그렇게 말하더니 한숨을 내쉬었다.

"그럼 이렇게 하자."

"응?"

그 순간 영은이는 내 손을 잡고 끌고 갔다. 차에 있던 운전기사가 깜짝 놀라서 나왔지만 영은이는 손을 휘휘 내저었다.

"괜찮아요. 잠깐이면 되니까."

"아, 그래도."

"잠깐이면 돼요."

그렇게 말한 영은은 가까운 상가 건물로 향했다. 나는 영은이에게 이끌려 가면서도 심란해져서 오만 가지 잡생각을 했다.

"자, 이거야."

그때 영은이가 불러서 정신을 차렸다. 그런 내 앞에는 스티커 사진기가 덩그러니 서 있었다. 한때는 꽤 유행했지만 지금은 손님이 떨어져서 지저분한 먼지가 쌓여 있었다. 그래도 아직 가동하는 걸 보니 찍는 사람이 꽤 있는 모양이다.

"어?"

"이거로라도 찍으면 되겠지?"

"…응."

나는 영은이를 돌아보았다. 아… 뭐라고 해야 하나. 필설로 형용할 수 없는 복잡한 기분이다. 영은이가 아버지를 측은히 여겨 싫은데도 사진을 찍는다……. 그렇게 생각한다면 나는 영은이조차 미워하게 될 것 같아서, 그런 생각은 하지 않았다.

다만 내가 그렇게 집착하던 가족이란 굴레가 사실 이 세상에선 그렇게 하찮은 것이라는 것을 깨달았을 뿐이다.

"자자. 웃어, 오빠."

"으응."

나는 억지로 웃어 보였다. 어찌 되었든 이 사진은 아버지에게 드려야 할 것이다. 언제 귀국할지도 모르는 아버지에게 자식으로서 웃는 모습을 보여 드려야 할 게 아닌가?

그런데 그때 영은이가 내 겨드랑이에 팔을 끼고는 팔짱을 꼈다.

찰칵!

그와 동시에 플래시가 터져서 나는 미처 팔을 빼지도 못하고 그냥 찍히고 말았다.

"야, 뭐 하는 거야? 쪽팔리게."

"아이 참, 사이좋은 남매라는 거지, 뭐. 팔짱 정도 가지고. 게다가 쪽팔릴 건 또 뭔데."

"나는 세상에서… 여동생이랑 팔짱 끼고 사진 찍는 놈이 사진에 브이 하는 놈 다음가는 쪽팔린 놈이라고 생각해."

내가 그렇게 말했지만 영은이는 들은 체도 하지 않았다.

"아, 나왔다."

영은이는 사진 배출구에 손을 넣어서 스티커 사진을 꺼내 들었다. 여자아이들이 흔히 찍는 것을 보긴 했지만 내가 이렇게 찍게 될 줄은 몰랐다. 어쨌거나 이런 의미에서라면 꽤 쓸모 있다는 생각이 들었다. 돈도 적게 들고……. 외국에서 일하는 아버지가 이것을 보고 우리를 떠올릴 수 있다면 좋다. 그걸로 만족이다.

"음흐흐~ 역시 오빠는 사진이 잘 나와. 정말… 연예인 같다니까. 옷만 좀 잘 입으면."

"돈이 없어서 그러지."

"그런데 왜 한쪽 눈은 계속 감고 있어?"

영은이는 사진을 보여주면서 나에게 물어보았다. 3×4 크기의 인화지에 네 개의 사진이 들어가 있는 이 스티커 사진에는 나와 영은이가 팔짱을 끼고 실려 있었는데, 음… 역시 한쪽 눈을 감고 있으니까 마치 윙크하는 것 같다.

"…사람들이 싫어하잖아, 붉은 눈은."

"으음, 한 번 더 찍자. 눈 크게 뜨고……."

"아니, 됐어."

"아이 참. 친구들한테 우리 오빠가 헤테로 크로미아라고 말했단 말야. 증거를 보여야 하는데."

"…너 말야, 난 지금 무지무지 슬프다. 응? 그런 거 가지고 뭐라고 할 생각이 있으면 아버지에 대해서 걱정 좀 하지 않을래?"

나는 영은이를 돌아보며 그렇게 말했다. 그러나 영은이는 쉽게 말했다.

"어차피 아버지 빚진 걸 생각하면 외국으로 달아나는 게 최선인걸……. 가지 말라고 할 것도 아니고 걱정한다고 뾰족한 수가 있는 것도 아니고."

"그래그래, 너 많이 잘났다."

나는 그렇게 말하고 영은이가 건네주는 사진을 받았다. 영은이는 이미 자기 몫의 사진을 한 장 챙기고 배시시 웃었다.

"그럼 난 이만 들어갈 테니까 오빠도 너무 걱정하지 마. 오빠가 아빠 아들이 아니라 아빠가 오빠 아들 같아. 뭘 그렇게 걱정하는 거야? 응? 오빠가 그렇게 설치면 설칠수록 아빠 체면을 구기는 것밖에 안 돼."

"그게 그렇게 되냐?"

나는 참신한 해석을 하는 영은이를 보고 할 말을 잃었다. 영은이는 영혼이 강철로 되어 있는지 인연이나 감정을 아주 칼같이 끊을 수 있는 모양인데 나는 그렇지 못하다. 하지만 내가 설치는 게 되레 아버지의 체면을 구기는 것이라면 나도 이후엔 자중해야겠다.

영은이는 나에게 손을 흔들고 상가 밖으로 나갔다.

"그럼 오빠 몸조심해! 아빠한테도 몸조심하라고 전해주고!"

결국 그렇게 영은이와 나는 헤어졌다.

집에 돌아와 사정을 이야기하니 아버지는 대충 납득을 하신 것 같았다. 아니, 사실 아버지는 아버지 나름대로 강 박사에게 전화로 연락해서 이미 할 이야기는 다 하신 것 같았다. 군복 빼곤 아무것도 준비하지 말라고 한 강 박사의 말이 있긴 하지만 그래도 짐을 이것저것 싸놓으니 마치 출장 가는 사람 같다.

"그렇다 해도 바로 내일이라니 갑작스럽구나."

"예. 아, 아버지. 이것……."

나는 그렇게 말하며 나와 영은의 사진을 건네 드렸다. 스티커 사진이긴 하지만 이 정도라면 어엿한 가족사진이라고 할 수 있을 것이다. 그러자 아버지는 쓴웃음을 지어 보였다.

"녀석, 역시 네가 생각이 참 깊구나."

"아, 아뇨 뭘. 스티커 사진이라서 좀 뭣하죠?"

"아니다. 그래 영은이는 잘 지내더냐?"

"예. 몸조심하시라고 전해달래요."

나는 그렇게 말하고 한숨을 내쉬었다. 그러자 아버지는 갑자기 목소리에 힘을 실었다. 억지로 기운을 낸다고나 할까? 그런 느낌이 강하다.

"오늘 저녁은 고기라도 먹자꾸나."

"예? 아, 그러실 필요 없어요."

나는 깜짝 놀라서 그렇게 손을 내저었다. 고기라니, 우리 집 가정 형편에 먹는 것에 돈을 썼다가는 감당할 수 없게 된다. 하지만 아버지는 고집을 부리셨다.

"뭘 그러실 필요가 없냐. 가자. 지금 가면 적어도 한 삼 년간은 못 볼 것 같은데 이것도 이제 마지막 아니냐."

아버지는 그렇게 말씀하시며 일어나셨다. 3년간 못 보게 될 아들이랑 외식 한번 하겠다는데 그걸 돈 때문에 반대하기도 그렇고 해서 나는 할 수 없이 일어났다.

분명히 나는 먹는 데 돈을 쓰지 말자고 한 것 같다. 그렇지만 지금은 내가 한 말에 부끄럽게도… 굶주린 아귀처럼 음식들을 탐하고 있었다. 아, 젠장. 욕망에 이렇게 쉽게 쓰러지다니, 역시 인간이란…….

그렇지만 네 다리 달린 짐승이란 것들은 왜 이렇게 맛있는지 모르겠다. 게다가 어차피 고기 뷔페니까 많이 먹으면 먹는 만큼 남는 거다! 그런데 이런 가게는 대체 어떤 고기를 쓰길래 이런 장사를 해도 남을까? 신기해라.

"먹지 말자고 난리를 부리더니."

아버지는 불판에 고기를 잔뜩 올려놓는 나를 보고 웃으셨다. 나는 약간 부끄러워져서 변명을 했다.

"이런 곳은 먹으면 먹는 만큼 남는 거잖아요. 일단 온 이상 나 자신의 임무에 충실한 거죠."

"하하핫, 이런이런. 이럴 줄 알았으면 좀 더 일찍, 자주 올 걸 그랬구나."

"……."

나 참……. 물론 지금 내가 하는 행동을 보면 분명히 고기 못 먹어서 환장한 놈쯤으로 보이겠지만 나도 알 거 다 아는 나이인데 먹는 거에 연연할까. 왠지 사탕에 홀린 어린아이가 된 기분이라서 과히 좋지는 않다. 게다가 아버지가 쓸데없이 센티멘털해지는 것도 그렇다.

"뭐 지금까지 먹는 걸로 고생한 적은 없었잖아요. 팔다 남은 것들만 먹어치워도 상당했는데."

도시락 반찬으로 꼼장어를 싸 가는 건 좀 그렇다고 생각하지만 어쨌든 먹는 것에 구애받은 적은 없다. 하지만 그래도 아버지는 뭔가 안타까운 표정을 지어 보이셨다.

"그러냐. 후우."

"아버지야말로 몸보신 좀 하셔야지요. 군인 경험자를 요구하는 걸 봐서는 무슨 마약 농장 경호원 일 같은 거 아니에요? 요새 그 지역 장난 아니라는데. 사람 죽여다 두 동강 내서 다리에 걸어놓더라니까요?"

내가 그렇게 말하자 아버지는 문득 나를 바라보시며 이렇게 물어보셨다.

"그런데 너, 혼자 살 수 있겠냐?"

"지금까지도 살림은 분명히 저 혼자 했습니다만. 너무 걱정 마세요. 지금까지 해온 만큼만 하면 되잖아요."

설마 지금까지보다 더 고생할 수나 있을까. 아마 한국전쟁이 재발하지 않는 이상 지금보다 더 고생하긴 힘들 거다. 나는 그렇게 생각하며 피식 웃었다. 그러자 아버지는 불판 위의 고기를 뒤집으며 고개를 끄덕이셨다.

"그래. 하하핫, 정말 나는… 이십 년 전만 해도 내가 자식 하나 책임지지도 못하는 놈이 될 줄은 꿈도 못 꿨구만. 하하, 세상이란 참."

아버지 당신은 언제나 그렇게 말씀하신다. 자식 하나 책임지지 못하고 고생시킨다고 언제나 미안해하신다. 하지만 나는 그런 건 원하지 않는다. 아, 물론 먹고사는 건 넉넉한 게 좋지. 그러나 그런 것 때문에 아버지가 나를 부담스러워하는 게 싫다.

한국인도, 인간도 아닌 나를 받아들여 준 시점에서 아버지는 나의 아버지다.

"괜찮아요. 다 잘될 거예요."

나는 그렇게 말하며 문득 창을 바라보았다. 반투명하게 반사되는 나와 아버지의 모습이 참 청승맞다. 고기를 앞에 두고 둘 다 어두운 표정을 짓고 있으니 이거야 원.

"어쨌거나 배웅 나갈게요, 내일은."

"학생이 학교 가야지 무슨 배웅이냐, 배웅은."

아버지는 그렇게 말씀하신다. 뭐 그야 정론이긴 하다.

"하지만 아버지 말씀을 빌어서 이야기하자면 앞으로 삼 년 동안 보지 못할지도 모르잖아요? 그런 걸 생각하면 학교 하루 빠지는 것쯤이야."

"시끄럽다, 녀석. 아버지 없다고 학교 빠질 생각 하지 말고 꼬박꼬박 다녀라, 응?"

"고교 중퇴하고 살까 생각 중이에요. 요샌 서울대 나와도 삼성전자 과장 이상 올라가기 힘들다고 하더라고요. 다들 유학 다녀오는 쪽 천지라 한국에서 용써봤자 한계가 있다나 뭐라나."

"거 진짜!"

아버지는 내가 툴툴거리자 대뜸 화를 내셨다.

"이 녀석, 거기 가서 내가 자리 잡으면 통장으로 돈은 꼬박꼬박 송금할 테니까… 반드시 대학 가라. 응?"

"…대학이요?"

나는 그 말을 듣고 깜짝 놀라서 아버지를 바라보았다. 대학이라니, 그런 사치를! 말도 안 된다.

"한 학기 학비가 삼백, 아니, 사오백까지 한다고요. 학비만 해도 그런데 게다가 밥도 먹어야죠! 차비도 들죠! 책값도 들죠! 무엇보다 나는 그렇게 공부를 못하는데."

"무슨 소릴 하는 거야. 넌 머리가 좋은데 공부를 안 하는 거잖아. 지금이라도 늦지 않았다."

"대한민국의 모든 학부모가 갖는 망상이로군요, 그건."

나는 그렇게 툴툴거렸지만 그때 아버지가 진지하게 나에게 질문을 던졌다.

"그럼 린아, 넌 뭐를 하고 싶냐? 너도 꿈이 있을 거 아니냐?"

"꿈이요? 으음."

생각해 보면 그런 거 없는 것 같다. 나는 그저 가족이 행복해지기만을 바라니까……. 부동산 업자가 되어서 얼른 돈을 번다는 것 정도? 그러나 사실 부동산 업자가 된다고 해도 돈을 벌 수 있을지는 의심스럽다. 부동산 업자가 좀 많아야지. 그래도 일단 공부한 게 아쉽다.

"부동산 업자요. 하여튼 돈 많이 버는 거. 전화로 사람들을 후리면서 '아주 좋은 땅이 있는데 투자 상담하시라고 전화드렸습니다, 헤헤헤' 이러면서 사는 것도 좋을 것 같네요."

나는 당당하게 내 꿈을 말했다. 사무실을 차리기까지는 요원

하지만 공인중개사 자격증이라면 그리 많이 남지도 않았다.

"…내 아들이지만 어쩌면 이렇게 삭막하누."

"후후훗, 현실적인 거죠."

나는 그렇게 말하며 상추에 깻잎, 고추를 듬뿍 올리고 잔뜩 고기를 올려서 쌌다. 그렇게 해서 한입에 털어 넣으니, 끄으으윽! 이 맛은 가히 극락이로세! 왠지 센티멘털해야 할 마지막 저녁 식사가 전혀 그렇지 못하다는 게 마음에 걸리긴 하지만 나까지 센티멘털해지면 그 뒤는 감당할 수 없게 된다.

그다음 날.

나는 아침밥을 짓고 도시락을 쌌다. 그리고 부엌 한구석에 조용히 밥상을 차리고 뚜껑을 덮어놨다.

이게 아버지에게 차려 드리는 마지막 밥상이다.

그런 생각을 하니 왠지 한숨이 나온다. 빚을 피해서 외국으로 돈 벌러 도피하다니, 참……. 이런 드라마 같은 일이 또 있을까?

그렇지만 하필이면 농장 경비원이라니. 아버지는 연세도 있으신데 그런 험한 일을 할 수 있을까? 포장마차는 안 힘든 일이냐면 그것도 아니지만, 비자도 없이 외국에 불법 입국해서 일하게 되는데 혹시 무슨 사고나 착취 같은 거 안 당할까 모르겠다.

강 박사는 자신이 다 책임진다고 하는데 그 인간이 책임진다는 소리는 믿을 수 없고, 또 한국에 있는 강 박사가 그걸 어떻게 책임진단 말인가?

"그럼 저는 학교 다녀오겠습니다."

다녀오게 되면 더 이상 아버지는 이 자리에 없겠지만… 나는 그렇게 인사하고 집 밖으로 나갔다.

나에게 가족을 만들어주신 아버지, 지금까지 감사했습니다. 인간도 아닌 제게 분명 당신은 과분한 아버지였습니다. 이 감사의 마음은 그 무슨 말이 있어 다 할 수 있을까요. 하지만 지금은 직접 감사하다는 말을 하지 않겠습니다.

지금은 잠깐의 이별이지 영원한 이별이 아니니까요. 영은이가 어떻게 생각하는지는 모르겠지만 제게 있어서 아버지는 가장 존경스러운 분이고 무엇보다 소중한 가족이니까요.

"자아, 그러면 지금보다는 더 나은 내일이 되기를."

나는 내 붉은 눈을 뜨고 당당히 새벽 거리를 걸어갔다. 이제부터가 바로 내 이야기의 시작이다. 반쪽 한국인, 반쪽 인간으로서 홀로 이 세계에서 살아가는 것. 그것이 바로 나에게 주어진 과제이다.

• ☾ • See You Next Night •

第2夜

자기혐오(自己嫌惡)

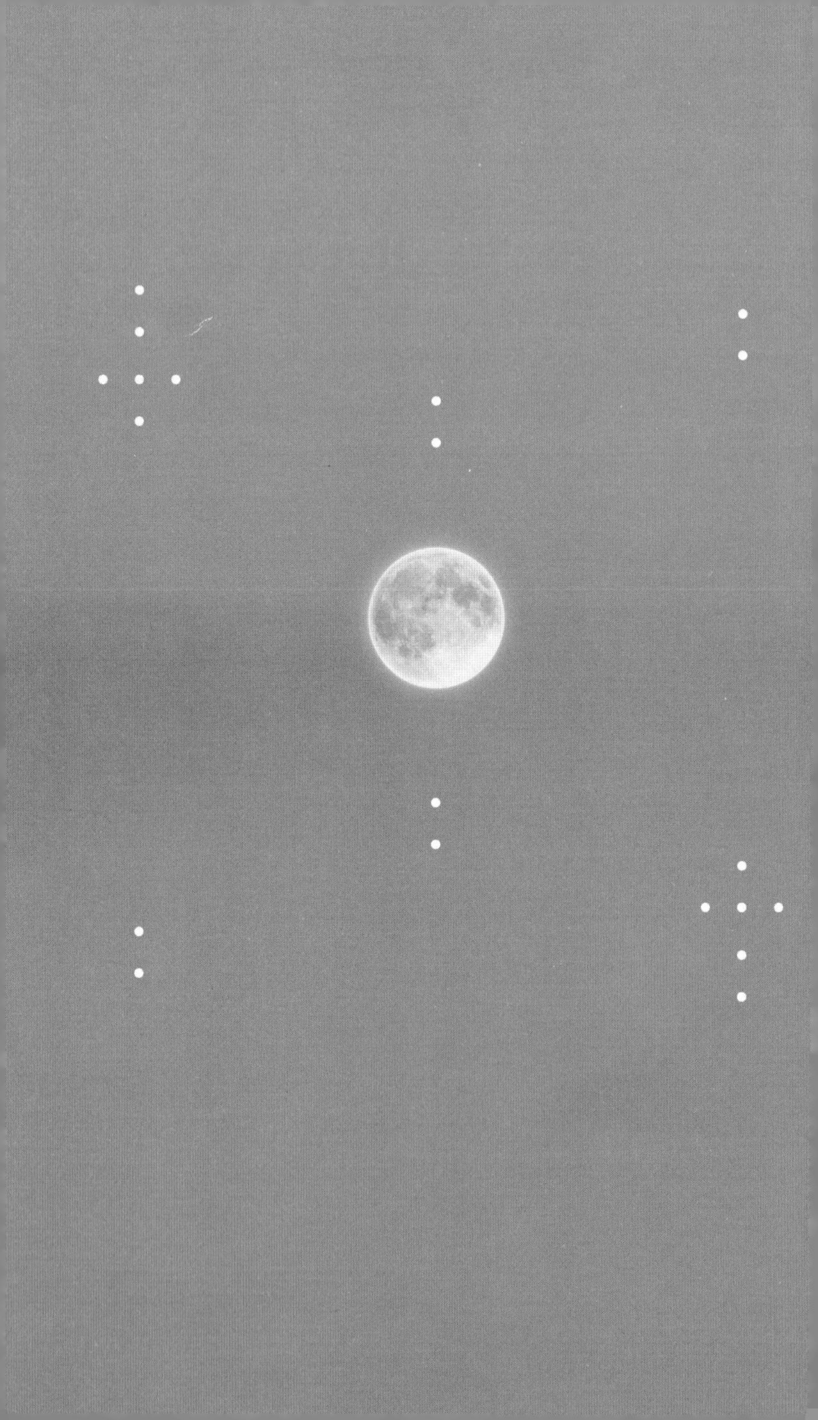

1

수명이 다한 네온사인이 지직거리는 소음을 내며 꺼진다. 천박한 붉은 조명 아래… 화장을 짙게 한 중년 여자가 간판 아래에서 뛰쳐나왔다. 쓰레기가 쌓이고 취객들의 토사물이 섞여 더러운 악취를 풀풀 풍기는 어두운 골목에서 그녀는 눈을 부라리고 서 있었다. 네온사인과 나트륨등의 색이 얽혀서 도시는 더더욱 천박한 빛에 물들었다.

"이년이 왜 안 오는 거야, 엉? 강 사장한테 전화해 봐, 어서!"

"전화했어요, 누님!"

문을 지키고 있던 덥수룩한 수염의 사내가 중년 여인에게 고개를 숙이며 그렇게 말했다. 그러자 짙게 그려 넣은 그녀의 눈썹이 치켜 올라갔다.

"뭐라고 하던?"

"두 시간 전에 벌써 나갔다던데요?"

"뭐야? 강 사장 또라이야? 왜 일을 그따위로 해? 내 참! 요즘 애들이 얼마나 영악한데! 나갈 때는 나간다고 전화해 줬어야 할 거 아냐? 당장 애들한테 연락해!"

"예? 뭐, 제까짓 게 갈 데가 어딨다고……."

"뭔 소릴 하는 거야? 그 애가 빌린 돈이 물경 오천만 원이야, 오천만 원!"

그녀는 이를 뿌드득 갈았다. 비록 여자이긴 하지만 험한 세상에서 잔뼈가 굵을 대로 굵은 이 여자는 어지간한 남자는 뼛속까지 씹어 먹을 만한 담력과 박력이 있었다.

"제까짓 게 가봤자 별 곳 있겠습니까? 당장 잡아 오겠습니다."

남자는 그렇게 말하고 골목 밖으로 달려 나갔다. 곧 낡은 베스타 승합차 한 대가 골목 앞을 스쳐 지나갔다.

"내 참. 요즘 것들은 일을 뭐로 아는 거야? 이렇게 근성이 없어서야 원!"

중년 여자는 담배를 꺼내더니 입에 물고 라이터로 불을 붙였다. 어두운 골목길 안에서 담뱃불이 새빨갛게 타들어간다.

전철이 플랫폼으로 막 들어오고 있었다. 그러자 계단 위에서 달려오던 소년 한 명이 몸을 날렸다. 단숨에 이십여 계단을 뛰어내린 그는 날렵하게 지상에 착지하더니 앞으로 몇 걸음 걷는 것만으로 가볍게 멈춰 섰다. 인간 같지 않은 순발력과 힘이 있어야만 가능한 일이다.

"으음, 아직 여유가 있군."

그는 손목시계를 살펴보았다. 상당히 싸구려로 보이는 중국산 전자시계를 손목에 찬 그는 전철로 시선을 돌리더니 눈살을 찌푸렸다.

"으윽, 사람 많다."

전철이 끊길 시간이 가까워질수록 사람은 오히려 많아진다. 술에 취한 수많은 인간, 퇴근 시간이 원래 늦은 사람들, 갖가지 사람이 모여서 좁은 전차 안에 콩나물처럼 들어차 있었다. 플랫폼으로 뛰어내린 그는 왼쪽 눈을 감고 전차 안으로 뛰어들었다.

전차 안은 냉방이 돌고 있음에도 불구하고 후끈후끈했다. 하긴 이 많은 사람이 배출하는 체온만 하더라도 이미 어지간한 냉방 장치의 용량을 초월할 것이다.

"후우, 오늘 일도 이걸로 끝이구나."

그는 시계를 다시 살펴보았다. 시간은 11시를 넘어가고 있었다. 집에 들어가게 되면 반드시 12시를 넘길 것이다.

"옛날과 별로 다를 게 없네."

그는 그렇게 중얼거리며 가방에서 책을 꺼내 사람들이 잔뜩 들어차 있는 전차 안에서 펼쳐 보았다. 600페이지가 넘는 공인중개사 예상 문제집이라서 그런지 사람들 사이에서 펼치기도 힘들었다.

그렇지만 그는 문제집을 펼치고 조심스럽게 공부를 했다. 사람이 많아서 책을 완전히 펼치지도 못한 채 보는 것이지만 이런 시간이라도 헛되이 낭비할 수 없다. 대한민국이라는 곳은 인생의 승부가 금방 나는 곳이라 학생 때 못 했으면 이후 기회는 없다고 봐도 과언이 아니다.

"공인중개사야 아직 여유가 있는 편이지만. 시험도 쉽고."

그렇지만 자본금이 없는 그의 경우에는 어서 빨리 자격증을 따고 실무를 배우지 않으면 안 된다. 그런 생각을 하고 책장을 몇 번 넘기다 보니 바로 내릴 때가 다가왔다.

"으윽. 나가요, 나가요."

술에 취한 전차의 승객들 사이를 빠져나가는 일은 정말 힘든 일이다. 물론 힘으로 밀면 못 할 것도 없지만 그렇게 되면 그의 경우는 또 다른 문제가 생긴다. 그냥 평화롭게 사는 게 제일이지.

간신히 플랫폼으로 나온 그는 개찰구를 통해 역 밖으로 나왔다. 역 밖으로 막 나왔을 때부터 빗방울이 떨어지더니 잠깐 멍하니 서 있는 사이에 빗줄기가 굵어졌다.

쏴아아아아아.

밤의 어둠을 타고 새까만 빗줄기가 무시무시한 기세로 하늘로부터 쏟아진다. 거리가 금세 물에 젖어 검게 번들거린다.

"이런 제길."

소년은 가방에 책을 집어넣고 빗줄기 속을 달리기 시작했다. 역의 계단을 단숨에 뛰어내리고 지면에 착지한 순간 빗길 속으로 쏜살같이 달리는데 그 움직임이 예사롭지 않다. 그는 무서운 속도로 빗줄기 속을 달려서 허름한 옛 건물들이 즐비한 주택가로 달려갔다.

옛날엔 공장이었던 건물을 개조한 슬레이트 지붕의 닭장 같은 연립주택. 이 불법 건물이 바로 소년의 집이다. 한 달 집세는 18만 원, 전기나 수도가 원활하게 나오는 것은 물론 화장실마저 따로 있는 것에 비하면 정말 저렴한 가격이라고 하겠다.

하나 언제 없어질지 모르는 불법 건물이라는 게 문제다. 소년은 이따금 집이 철거당해 길바닥에 내몰리는 악몽을 꾸곤 했다.

"젠장할. 왜 또 비가 쏟아지는 거야?"

그는 그렇게 투덜거리며 입구로 향했다. 그런데 그때 자신의 집 앞에 누군가가 쪼그려 앉아 있는 것을 발견한 게 아닌가?

"응?"

그는 잠시 주위를 둘러보았다. 분명히 자신이 사는 집이다. 그런데 웬 사람이 앉아 있는 것일까? 자세히 보니 원피스를 입은 젊은 여자였는데 화장을 짙게 하고 잠들어 있는 걸 보아하니 꼭 술집 여자가 지쳐서 쓰러져 있는 것 같았다.

"이 근처에 술집 여자가 있던가?"

그는 잠시 이웃들의 얼굴을 떠올려 본 뒤 조심스럽게 그녀에게 다가가 보았다.

"저기요, 여보세요?"

"으으음."

"일어나 봐요. 여보세요?"

그는 여자를 좌우로 흔들어보았다. 그러자 여자는 잠에서 겨우 깨어났는지 퀭한 눈으로 그를 바라보았다. 화장을 진하게 하고 있지만 확실히 앳되어 보이는 얼굴을 가진 그녀는 깜짝 놀라서 그를 바라보았다. 소년의 왼쪽 눈은 어둠 속에서도 선명히 알아볼 수 있는 붉은색이었기 때문이었다. 소년은 그제야 피식 웃으며 몸을 일으켜 세웠다.

"하하하, 여기 저희 집이거든요. 좀 비켜주실래요?"

그는 그렇게 말하고 열쇠를 꺼내 문에 걸린 자물쇠를 풀었다. 그러자 그녀는 깜짝 놀라서 그를 바라보았다.

"서… 서린?"

"응?"

서린은 자신의 이름을 부르는 여자를 보고 깜짝 놀라서 고개를 돌렸다. 자신은 그녀를 모르는데 그녀는 자신의 이름을 알고 있다니. 그러나 곧 그는 이 여자가 구면이라는 것을 깨달았다. 진한 화장 때문에 모르고 있었지만 그녀는 분명히…….

"화영이냐?"

"……."

그녀는 아무런 말도 없었다. 서린은 고개를 갸웃하더니 뒷주머니에 열쇠를 찔러 넣고 문을 열었다.

"무슨 일인지 모르지만 일단 들어와."

집 안은 그야말로 가난함의 비주얼화라고 불러도 좋을 정도였다. 단칸방은 한쪽 면에 타일을 붙인 곳에 수도꼭지가 달려 있는 신기한 구조로 되어 있었다. 여기서 식사를 만들고 설거지를 한다. 원래는 이곳이 주방이고 따로 방이 있었지만 그 방이 너무 좁아서 터버린 탓이다.

대신 서린은 샤워용 비닐 장막을 구해 와서 부엌에 걸어놓았다. 식기들을 치우고 장막을 치면 부엌에서 샤워를 할 수 있도록 만든 것이다. 물론 그래도 물이 주위에 많이 튀긴 하지만 그게 어디인가? 이 정도면 공간 활용의 극의(極意)라고 할 만했다.

"하지만 여자애를 샤워시키기엔 상당히 무리가 있는 구조로군."

남자라면 상관없지만 여자라면 문제다. 서린은 힐끗 그녀를 돌아보았다. 비에 젖어 있는 데다가 하이힐을 신고 달려와서 그런지 그녀의 상태는 엉망이었다.

"그럼 어째서 우리 집에 왔는지 그 이유나 좀 들어볼까?"

사실 신화영과 서린은 그다지 좋은 사이가 아니었다. 중학교 때 같은 학교에서 몇 번 마주치기는 했지만 좋은 장면에서 본 적은 없었다.

그런 아이가 왜 이제 와서 서린의 집에 찾아왔는지 서린은 그것을 알 수가 없었다.

"…나 좀 숨겨줘."

신화영은 어렵게 입을 떼어 그런 부탁을 했다. 서린으로서는 아닌 밤중의 홍두깨라 깜짝 놀라지 않을 수 없었다.

"응? 뭐에게서? 갑자기 그게 무슨 소리야?"

"……."

"가출한 거야?"

서린은 그렇게 물어보았다. 하지만 그녀는 아무런 대답을 하지 않았다.

"음……. 우리 집이 너무 가난해서 샤워할 곳도 없는데. 수건으로 일단 닦아."

서린은 벽에 걸린 수건을 들었다. 수건에는 '청룡 상가 번영회' 라는 문구가 새겨져 있었는데 글자가 빛을 잃을 정도로 바랜 상태였다. 그렇지만 이 정도면 서린의 집에서는 가장 훌륭한 수건 중 하나였다.

"대체 왜 우리 집에 온 거야? 달리 갈 곳 없어?"

"저기 그게……."

그런데 그때였다. 갑자기 옆집에서 탕탕탕 하고 문 두들기는 소리가 나는 게 아닌가?

"안에 없어요?"

"누구시오?"

옆집 아저씨의 목소리가 얇은 벽을 따라 들려왔다. 그러자 문을 두들긴 남자들이 옆집 아저씨에게 이렇게 묻는다.

"이 여자 못 봤소? 어린년인데."

"…못 봤수. 댁들 형사요?"

"뭐, 그런 겁니다."

그들은 그렇게 말하더니 그 옆집으로 건너갔다. 서린이 화영이를 돌아보니 그녀는 완전히 얼어서 사시나무 떨듯 떨고 있었다.

"흠."

서린은 벽에 세워둔 라디오를 켰다. 그리고 음악 채널에 맞춘 뒤 소리를 최대한 키웠다.

"이불 덮고 누워 있어. 방구석에."

"……."

"얼른 해."

서린은 그렇게 말하고 라면 박스를 가져와 방 한가운데 놓고 그 위에 도서관에서 빌려 온 책들을 올려놓았다. 그리고 자리에 앉자 이부자리를 펼쳐 놓은 곳을 라면 박스가 가리게 되었다. 화영이는 그제야 서린의 뜻을 알고 이불에 들어갔다.

"뒤집어쓰고 가만히 있어."

서린은 조용히 경고하고 책을 보는 데 열중했다. 사람들은 곧 서린의 집에 와서 문을 두들기기 시작했다.

"여보세요! 아무도 없습니까?"

"여보세요!"

말은 공손하지만 문을 두들기는 기세는 장난이 아니다. 만약 아무것도 모르는 사람이라면 저렇게 두들겨 대는 것만으로도 두려워질 것이다. 하지만 서린은 최대한 태연함을 가장하고 느긋하게 나갔다.

"아이 참, 바빠 죽겠는데. 무슨 일이에요? 신문 같은 거 안 봐요!"

서린이 그렇게 말하고 문을 열자 한눈에 봐도 좋은 일을 하지 않을 것 같은 점퍼 차림의 중년 남자 둘의 얼굴이 눈에 들어왔다.

"어이, 혹시 이런 여자 본 적 없나?"

그들은 서린이 어리다는 것을 알자 바로 반말로 나왔다. 서린은 사진을 보고 한숨을 내쉬었다. 그 사진에는 마이크를 손에 쥐고 노래를 부르는 화영이의 모습이 있었다. 싸구려 조명들이

어지럽게 주위를 비추고 있는 걸로 보아 아마도 단란주점이나 룸살롱과 같은 유흥업소이리라.

"모르겠는데요. 뭐예요?"

서린은 시치미를 뚝 떼고 그렇게 물어보았다. 그러자 이 남자들은 서로서로 쳐다보더니 사진을 다시 품에 넣었다.

"모르면 됐어."

"젠장, 여기도 허탕인가? 쫓아간 쪽은 어떻대?"

"몰라. 없다는데?"

그들은 그렇게 말하며 골목 밖으로 걸어 나갔다. 서린은 그제야 문을 닫고 뒤를 돌아보았다.

"갔어. 괜찮아."

"……."

화영이는 그제야 조심스럽게 고개를 이불 밖으로 내밀었다.

서린은 라면 박스 옆으로 걸어가 그 앞에 앉은 뒤 신화영을 바라보았다.

"그런데 저 인간들 아무리 보아도 도망친 여자 잡으러 온 것 같은데……."

"응."

"고등학생을 이런 업소에서 고용하면 그 순간 불법이라고. 그리고 혹시 돈 같은 거 빌렸다면 신경 끊어. 유흥업소에서는 직원에게 돈 꿔주는 게 불가능하니까. 아니, 미성년자인 널 고용한 것부터 잘못이라고. 알겠어?"

서린은 그렇게 말하며 책을 집어 들었다. 주택 관리와 소방

관련 법률이 대부분인 책이지만 엄연히 법전이라고 쓰여 있는 책이다. 그걸 본 그녀는 안도의 한숨을 내쉬었다.

"고마워, 서린."

"그런데 앞으로 어쩔 거야? 설마 갈 곳이 없는 거야?"

"으응."

화영이는 어두운 표정을 지어 보였다. 아마도 정말 아무런 생각 없이 가게를 박차고 뛰쳐나온 것 같았다. 이러한 싸구려 임대주택에는 유흥업소 종사자들이 매번 바뀌면서 들어오기 때문에 서린은 그런 일에 대해서는 매우 상세한 편이었다. 하지만 이런 일에 상세하면 상세한 만큼 대답은 천편일률이 될 수밖에 없었다.

"그렇다면 경찰에 가."

"싫어!"

반응 역시 천편일률이다. 윤락업소에서 얼마나 사람을 잘 길들여 놨으면 이럴까 생각하니 서린은 한숨부터 나왔다. 그렇지만 이것은 그냥 보아 넘길 수 없는 일이다.

"잘 들어. 경찰이 해결하지 않으면 안 돼, 이런 일은. 아니면 너, 나까지 끌어들일 셈이야?"

"……."

서린이 그렇게 말하자 화영은 입이 열 개라도 할 말이 없는지 가만히 고개를 숙이고 있었다. 당사자가 아닌 서린으로서야 그녀가 왜 경찰에 가지 않는지 그것이 궁금했다.

"…그러면 나… 갈게."

그녀는 주눅이 들어서 자리에서 일어났다. 중학교 때는 칠공주니 어쩌니 하던 아이가 이렇게까지 주눅이 든 모습을 보게 되다니. 서린은 놀라서 잠시 생각에 잠겼다. 아무래도 이번의 말은 그가 너무 심한 것 같았다. 그녀도 나름대로 괴로워서 저러는 것이다.

"…가지 마. 아직 이 근처를 찾아보고 있을 거야. 위험하니까 일단은 여기 있어."

"으응?"

"미리 말해두지만 어디까지나 임시일 뿐이다. 어쨌든 내가 내쫓아서 네가 저 인간들에게 잡혀 버리면 꿈자리가 사나울 거 아냐."

서린은 그렇게 말하며 그녀에게 윙크했다. 양쪽의 눈동자가 색이 다른 그는 붉은 눈을 감는 버릇이 들어 있지만 윙크를 할 때는 되레 검은 쪽의 눈을 감곤 했다. 새빨간 눈동자에 미소를 띠고 화영이를 바라보던 서린은 책을 덮고 일어났다.

"나 잠깐 나갔다 올게. 저거 이렇게 치고… 알지? 샤워하고 있어. 음, 갈아입을 옷은 내가 준비해 놓지. 알았어? 내 거지만 입을 수 있을 거야. 젖은 옷은 저기 옷걸이를 끼워서 걸어두라고."

"……."

"그럼 난 나가서 뭐 마실 거라도 좀 사갖고 올게."

서린은 그렇게 말하며 신발장 대용으로 쓰고 있는 사과 상자에서 우의를 꺼내 들었다.

서린의 친구 최혁진은 이 일대에서는 알아주는 녀석이었다. 어린 시절부터 차력사인 아버지로부터 무술을 배운 데다가 원래 또래 아이들보다 덩치가 크고 머리마저 좋았다. 아무리 많은 수의 적을 만나게 되더라도 다 흩어놓은 다음 하나씩 격파하는 그 재주는 자칭 일진이라는 놈들조차 최혁진만 보면 도망 다니게 만들 정도였다.

서린은 그런 친구를 둔 죄로 늘 변변치 못한 꼴을 당해야 했다. 그나마 다행이라면 라이칸스로프인 서린이 사실 최혁진보다도 훨씬 강했다는 것일까? 게다가 서린은 자신에게 덤비는 인간은 용서하지 않았다. 지금 생각해 보면 정말 기이할 정도로 잔혹한 면이 있었다.

평상시 서린은 쥐도 못 잡을 성격의 선량한 인간이지만 상대방이 적이라고 인지되는 순간에는 갑자기 뇌의 회로가 바뀌어 버린다.

"역시 나는 맹수의 피가 흐른다 그거겠지?"

쏟아지는 빗줄기를 등진 채 어둠을 뒤에 깐 쇼윈도를 바라본다. 그러면 우비를 뒤집어쓴 붉은 눈동자의 괴물이 어렴풋이 눈에 들어온다. 그게 서린 자신의 모습이라는 것은… 정말 아이러니컬한 일이다.

서린은 왼 주먹을 쥐고 처마를 향해 휘둘렀다. 처마에 모여 떨어지던 빗줄기가 그 순간 폭발했다. 그리고 그 폭발의 파편, 미세한 물방울은 천파만파로 튀어 나가 폭우 속으로 사라졌다. 모르긴 해도 지금과 같은 주먹을 사람에게 휘두르게 된다면 그게 설령 급소가 아닌 곳이라 하더라도 죽게 되리라.

그 녀석을 제외하고는…….

서린은 손을 펼쳐서 안을 살펴보았다. 손아귀에는 땀인지 빗물인지 모를 액체가 가득 차 있었다.

"불쾌해."

검은 레이싱 슈트의 청년을 떠올리며 서린은 그렇게 중얼거렸다. 그날 이후 녀석은 모습을 드러내지 않았다. 하지만 그놈은 서린을 포기하지 않았을 것이다.

과연 무엇을 원해서 그를 살려두었는지 모르겠지만 이 전설적인 폭탄마는 서린을 감시하고 있을 것이다. 그렇게 생각할 근거는 전혀 없지만 서린은 강한 직감을 느꼈다.

다른 맹수를 만났을 때 야수들은 본능적으로 그 강함과 목적을 느낄 수 있다고 한다. 아마도 그러한 맥락에서이리라. 그렇다면 한세건, 그자도 서린과 같은 야수란 말인가?

"하아."

서린은 비가 쏟아지는 길을 잠시 돌며 시간을 보내다가 자판기에서 음료수 두 개를 뽑아서 집으로 향했다. 문을 열어보니 화영이는 이미 이불에 들어가 잠을 자고 있었다.

"흐음."

서린은 우의를 벗어서 다시 상자에 집어넣고 그녀와 엇갈려 방바닥에 드러누웠다.

"내일 일은 내일 생각하자. 지금은 잠이 필요해."

서린은 그렇게 중얼거리며 눈을 감았다.

2

서린은 인간에 대해 생각하고 있었다. 인간이란 무엇을 기준으로 인간이라고 하는 것일까? 누구나 한 번쯤 생각할 만한 것이지만 서린만큼 그것이 절실하게 다가오는 이는 없으리라. 왜냐면 서린은 인간이 아니기 때문이다. 인간이 아닌 자신을 받아들인 것 때문에 그의 아버지는 머나먼 이국의 농장으로 떠나는 신세가 되고 말았다. 가족은 뿔뿔이 흩어지고 헤어나지 못할 가난의 굴레에서 고통받는다.

"…으으윽!"

서린은 몸을 일으킨 뒤 시계를 살펴보았다. 새벽 5시. 신문을 돌리는 일에서 잘리긴 했지만 일찍 일어나는 버릇이 들어 있는 그는 자리를 치웠다.

"하아, 아침밥을 지어야 하나?"

서린은 기지개를 켜며 주위를 두리번거렸다. 구석에는 화영이가 웅크린 채 자고 있었다. 학생 때는 불량아들과 어울려 다니며 세상이 제 것인 줄 알았던 그녀일 텐데 지금 웅크려 자는 모습을 보니 너무나도 가련하다.

"뭐, 나도 학생이지만."

학생이란 신분의 방패를 벗어던지면 세상은 흉측한 이빨을 드러낸다. 심심하면 모든 걸 자본가 탓으로 돌리는 마르크스주의에 동조할 생각은 없지만 약자는 착취당할 수밖에 없는 게 현실이다. 그리고 생각도 짧고 집안도 별 볼 일 없는 인간은 결국 약자다. 학교에서 짱을 먹었네, 어쩌네 하는 소위 좀 놀았다는 인간도 결국 사회에 나오면 약자일 뿐이다. 아니, 그런 사람일수록 배운 것도 없고 머리도 나쁘므로 심각한 약자다.

"머리 나쁜 놈이 약자지, 뭐."

서린은 그렇게 중얼거리며 밥이 익을 때까지 책을 펴고 공부를 했다. 집안이 부실하고 돈이 없는 사람이 사회적 강자가 되려면 법을 알고 공부를 잘하는 것밖에 없다.

몇몇 아이는 조직폭력배의 생활에 동경심을 품고 있는 것 같지만 그것은 진짜 무식하고 생각 없는 놈들이나 하는 짓이다. 대한민국의 형법은 매우 엄해서 폭력 조직을 결성했다는 이유만으로 사형을 구형할 수 있다.

"……."

서린은 볼펜을 돌리던 손을 멈췄다. 그럼에도 불구하고 왠지 울화가 치밀어 오른다. 약자니까 당하는 게 당연하다고 넘어갈 수 있는가?

"이런 젠장."

서린은 보던 책을 덮고 조심스럽게 창문을 통해 밖을 살펴보았다. 어제 찾아들었던 그 인간들이 아직도 이 근처에 있나 싶어서였다. 다행히 사람은 없는 것 같다. 문제는 그대로 이 아이를 내버려 둬도 되는가 하는 거다. 가급적이면 경찰에 넘기는 게 좋겠지만 무슨 사연이 있는지 경찰서엔 죽어도 가기 싫어하니 그럴 수 없다. 그렇다고 여기에 계속 내버려 둘 수도 없는 일이다.

"역시 남녀칠세부동석이지."

서린은 그렇게 중얼거리며 광고지를 잡고 뒤로 돌렸다. 코팅이 되어 있지 않은 평범한 종이에 쓰인 광고지 중에는 뒷면이 비어 있는 게 많은데 서린은 그것들을 모아서 이면지로 쓰고 있었다.

어둠 속에서 서린은 볼펜으로 글씨를 끼적였다.

—먼저 나가니까 만약 나갈 거면 열쇠는 두 번째 창틀 밑에 넣어 둬. 안의 창문만 잠그면 돼.

그렇게 하고 이해를 돕기 위한 도해까지 그렸다. 그리고 밥상까지 차려놓았다.

"그러면 나가볼까나."

서린이 밖으로 나오니 신선한 새벽 공기가 그를 맞이한다. 비는 그치고 안개인지 스모그인지 알 수 없는 것들이 골목 곳곳에 끼어 있다. 차 한 대 들어오기도 힘들 것처럼 좁은 골목에 잘도 자동차들이 들어와 아침 이슬에 젖어 있었다. 서린은 밖으로 걸어 나와 몸을 풀었다.

"학교에 가서 공부나 마저 할까."

물론 서린이 하는 공부는 결코 학교 수업이 아니다. 공인중개사 시험문제와 각종 법률이다. 저 화영이를 봐도 알 수 있는 것이지만 가진 것 없는 인간이 성공하기 위해서는 열심히 공부할 수밖에 없다. 서린은 고개를 뒤로 돌려 자신의 집을 바라보았다. 역시 걱정이 되긴 하지만… 학교를 쉴 수는 없다.

서린은 학교로 발걸음을 옮겼다.

이른 아침의 학교에는 운동부원들이 먼저 나와서 아침 연습을 하고 있었다. 그러한 운동부원들이 없는 철봉에는 한 팔로 턱걸이를 하고 있는 최혁진의 모습이 있었다.

서린이야 인간이 아니니 그렇다 치더라도 최혁진은 정상적인 고교생의 수준을 벗어나 있었다. 아버지가 차력사라고 하는데 최혁진은 차력뿐만 아니라 복싱과 유술도 잘했다. 중학 시절에 상도 몇 개 탄 걸로 알고 있는데 운동부 특유의 린치를 싫어해서 운동부에 들지 않았다고 한다.

"여, 서린! 웬일이냐? 끄으응, 이렇게 일찍 학교에 오고?"

"일자리를 잃어서 할 짓이 없으니까."

서린은 그렇게 말하고 최혁진의 옆 철봉에 매달려 역시 한 팔로 턱걸이를 시작했다. 그러면서 최혁진에게 물어보았다.

"혹시 신화영 기억나냐?"

"아, 그 멍청이? 기억나지. 그런데 왜 갑자기?"

최혁진은 그렇게 말하며 오른팔에서 왼팔로 바꿨다. 서린으로서는 왜 혁진이 그렇게 부르는지 몰라서 다시 물어보았다.

"왜 멍청이인데?"

"왜냐니? 멍청하니까 멍청이라고 부르는 거지. 노닥노닥 놀다가 여기저기 주고 몸 축나고 병신되어서 학교도 잘리고……. 천하 등신 천치의 표본 아니냐? 하여튼 생각 없이 세상 사는 바보들이 꼭 있다니까.”

“…….”

서린은 너무나 엄청난 이야기를 쉽게 해대는 혁진을 보고 놀라고 말았다. 혁진이 내뱉는 말이 사실인지 어떤지 모르겠지만 듣는 것만으로도 얼굴이 붉어질 만한 내용이 연상되었다.

“윽… 그런. 여기저기 준다니…….”

“짜식, 야한 생각 하고 있냐?”

“어? 아니냐?”

“아니긴 왜 아니냐. 세상 남자 새끼들 여자 몸이면 마냥 좋다고 할 놈 천지인데. 좀 놀았어요, 하고 깔짝거리면 뭐 뻔하지.”

최혁진은 그렇게 말하더니 철봉에서 내려섰다. 아무리 특출한 녀석이라지만 역시 인간은 인간. 한 팔로 턱걸이 20번 이상은 무리인 것 같았다. 서린은 하려고만 한다면 하루 진종일도 할 수 있다. 하지만 혁진이 그에게 갖는 감정이 질투에 가까운 것이라는 걸 잘 알고 있기에 그도 혁진과 같이 땅에 내려섰다.

혁진이 학생 신분에도 불구하고 하루 6시간 이상 꼬박꼬박 운동에 투자하고 있다는 것은 서린 자신이 잘 알고 있었다. 그럼에도 불구하고 인간인 이상 혁진은 서린을 따라오지 못한다.

사실 이쯤 되면 의심을 해봐야 할 텐데 혁진은 서린이 엄청난 재능을 타고났다고 여기고 질투심을 불태웠다. 그렇다고 혁진에게 ‘사실 난 늑대 인간이야’ 라고 말할 수는 없는 노릇이 아닌가?

‘생각해 보면 늑대 인간이란 것도 충분히 일종의 재능이구나.’

서린이 그런 상념에 사로잡혀 있을 때 최혁진이 손뼉을 쳤다.

"아, 그러고 보니……. 미안미안."

"뭐가 또 미안한데?"

"아니, 저기, 나도 이제야 생각났는데……."

"생각났는데?"

"그 애가 너 좋아하는 거 몰랐냐?"

"엥?"

서린은 깜짝 놀라서 혁진을 돌아보았다. 아닌 밤중에 홍두깨도 유분수지 그게 무슨 말인가?

"저기… 그게 무슨 소리야?"

"너 남녀공학에서는 꽤 인기 있었잖아. 이래저래 생긴 게 빠지는 건 아니고……. 집이 가난한 것만 안 들켰으면 괜찮았을 텐데."

남자는 아무리 인물이 출중해도 가난하면 말짱 헛거다. 연예인이 된다면 모를까, 이도 저도 아니면서 인물만 출중하면 무얼하겠는가? 이러한 인식은 이미 초등학생에게까지 쫙 퍼져 있었다.

"아니, 그보다 그건 또 무슨 소리야? 왜 나는 모르는데 네놈은 그걸 그렇게 잘 아는 거야?"

서린이 항변하듯 그렇게 물어보자 혁진은 코를 문지르며 교사의 현관 앞에 섰다.

"그야, 네놈이 천하에서 제일 둔한 놈이니까 그렇지."

서린과 혁진은 교실로 올라갔다. 그들의 교실은 3층. 2학년들의 교실은 다들 이 3층에 몰려 있었다.

"그러나저러나 갑자기 무슨 바람이 들어서 그러냐? 혹시 꿈에 나오기라도 했어? 몽정?”

“…내가 너 같은 줄 아냐?”

서린은 몸서리치며 그렇게 대답했다. 어제 직접 본 애를 몽정의 대상으로 삼았냐고 물어보다니, 악취미도 정도가 있는 것이다. 물론 아직 이야기를 꺼내지 않았으므로 혁진은 자세한 사정을 모를 것이다.

“허이구, 잘났다. 고상해서 좋겠다. 너처럼 고상하지 못한 이 몸은 하루에 열 번씩 빼주지 않으면 잡생각이 너무 많아서 힘들단 말야.”

“넌 수도꼭지냐? 손만 대면 빠지게?”

서린은 그렇게 말하다가 문득 혁진을 바라보았다. 다소 경박한 친구이긴 하지만 이 녀석이라면 사정을 이야기해도 들어주지 않을까. 그런 생각이 들었다.

서린은 책상에 법전을 펼치고 혁진에게 말했다.

“실은 어젯밤에 그 애가 날 찾아왔어.”

“…….”

최혁진은 그 순간 놀라서 입에 손을 가져가더니 손톱을 입에 물었다.

“뭐, 뭐라고? 그게 정말이야? 그래서?”

“보아하니까 술집에서 뛰쳐나온 것 같더라고. 몇몇 남자가 그 애 찾아다니고. 애가 화장도 진하게 해서 처음에는 못 알아봤어.”

서린이 그렇게 말하고 혁진을 바라보는데 이놈의 눈동자가 이상야릇하다. 뭔가 잘못되어 간다는 것을 느꼈지만 이미 늦었다.

"그래서… 네… 집에서 재웠냐?"

"으응."

"짜식, 동정을 버리다니 동정해 주마."

혁진은 그렇게 말하며 서린의 어깨를 둘렀다. 그러자 서린이 손을 쳐냈다.

"나 농담할 기분 아니다."

"그럼 안 했단 말야?"

"안 했어!"

서린은 방금 전까지의 자신을 저주했다. 최혁진과는 사나이 대 사나이로서 가슴을 터놓고 허심탄회하게 이야기할 수 있으리! 이러한 기대를 가졌는데 그 보답이 이거라니 얼마나 한심한가? 하지만 혁진은 되레 한심하단 눈초리로 서린을 쏘아보았다.

"너 집에 아무도 없잖아, 이제. 남녀 단둘이 한 지붕 아래서 무사히 지나갔다고? 혹시 너 뭔가 문제 있는 거 아냐? 기능장애 있어? 텐트는 제대로 쳐지냐?"

"절대 없어, 자식아!"

"역시 여동생이 좋은 거지? 이런 시스터 콤플렉스의 결정체. 천지인(天地人) 셋이 합동으로 용서 못 하는 음습한 욕망은 버리고 밝은 사회에서 살아가는 건 어떠냐? 지금이라도 늦지 않았어."

"…그만두자. 너에게 물어본 내가 잘못이다."

서린이 고개를 돌리자 자신이 잘못했다는 걸 깨달은 혁진이 화해의 제스처를 표했다.

"대체 무슨 일인데 그래? 경찰에 넘기면 안 돼?"

“너 같은 놈이랑 이야기 안 해.”

“아니, 그래도 그런 데 넘어가면 대개 빚더미에 오르잖아. 그러니까 경찰에 보내는 게…….”

“…….”

역시 이런 일에 대해서는 서린보다 혁진이 잘 알고 있다. 하지만 지금에 와서 조언을 구하자니 기분이 나쁘다. 할 소리 안 할 소리 가리지 않고 한 녀석에게는 좀 더 삐친 모습을 보여줄 필요가 있지 않을까?

하지만 점차로 교실에 다른 아이들이 들어와서 이야기를 할 수 없었다. 역시 혈기 왕성한 고교생들은 여자 이야기라면 사족을 못 쓸 테니까. 혁진이 뭐라고 남들에게 이야기하진 않겠지만 교실에서 그런 이야기를 하다간 이상한 소문이 나게 될 가능성도 있다.

서린은 이야기를 그만두고 책을 펼쳤지만 문자가 눈에 들어오질 않는다. 이 일을 해결하기 전에는 아무래도 공부할 환경이 조성되지 않을 듯하다.

수업도 듣는 둥 마는 둥 하다 보니 벌써 하교 시간이 다가왔다. 인문계 고교라면 아직도 야간자율학습이란 이름으로 학생들을 잡아두고 있는 곳이 꽤 되지만 실업계 고교는 학생들을 학교에 오래 잡아두지 않는다.

“야, 가보자.”

혁진은 가방을 둘러메더니 서린의 자리에 와서 종용했다. 서린은 가방을 챙기다 문득 오늘이 도서관에 책 반납할 날이라는 걸 깨달았다. 하지만… 지금 책이 문제인가?

"그래, 가자."

서린은 혁진을 데리고 집으로 향했다. 어젯밤 비가 와서 그런지 오늘은 유달리 햇빛이 따사롭다. 하지만 서린과 혁진은 숙련된 솜씨로 그늘만 골라 다니며 빠르게 이동했다.

"젠장! 역시 가버렸구나."

서린은 창문을 열고 열쇠를 꺼냈다. 그 창문으로 안을 살펴보니 사람은 없고 깨끗하게 청소된 방만 있었다.

"우렁이 각시인가?"

"…너 입 좀 다물어라. 매우 맘에 안 든다."

서린은 그렇게 말하며 문을 열고 안에 들어갔다. 청소는 물론 서린이 차려놓은 밥상은 설거지까지 되어 있었고 방도 전부 깨끗하다. 세탁물도 죄다 빨아서 공동으로 쓰는 뒷마당 건조대에 걸어놓은 모양이다.

"제길."

잠깐이지만 서린은 화영이의 얼굴을 떠올렸다. 그렇게 가까운 사이도 아니었고 이름이랑 얼굴이나 조금 아는 사이였는데 그쪽이 자신을 좋아했었다니……. 그래서 업소를 뛰쳐나왔을 때 무작정 자신을 찾아왔다니. 갑자기 연민의 정이 끓어올라 견딜 수 없었다.

가련한 것.

그런 아이를 그렇게 냉담하게 대했다고 생각하니 자신이 한심하게 느껴졌다. 그때 혁진이 서린의 어깨를 두들겼다.

"여기 편지 있다."

"응?"

서린이 자신이 메모를 남겼던 광고 전단지에 역시 볼펜으로 끼적거린 글씨가 있었다.

—나는 그럼 이만 가볼게. 귀찮게 해서 미안해. 그리고 고마워.

그 순간 서린은 그 기죽은 여자아이의 얼굴이 떠올랐다. 화장을 진하게 하긴 했지만 앳된 모습을 감추지 못한, 그런 아이가 다시 세상으로 뛰쳐나간다. 그 어린 몸을 돈벌이로 써먹으려고 환장한 들개들이 득시글거리는 곳으로…….

"젠장할!"

서린은 이를 악물고 주먹을 들었다. 하지만 기분을 풀겠다고 현관문을 치진 않았다. 인간이라면 모르겠지만 서린이 치게 되면 확실하게 부서진다. 그래서 주먹을 멈췄는데 이번엔 또 이게 마음에 들지 않는다. 그 가련한 여자아이를 세상으로 내쫓다시피 하고서는 자신은 문짝 수리비 같은 쪼잔한 것에 분노마저 삭이다니?

"으음."

혁진은 그 메모를 보고 생각에 잠겼다. 서린이란 이 친구는 그동안의 성격을 보건대 절대로 이런 사람을 모른 체하는 놈이 아니다. 제 딴에는 약은 체해 보겠다고 학생 시절에 이미 이것저것 취직 시험공부를 하고 있긴 하지만 결국 가족을 위해서 돈을 벌고 싶다는 순진한 녀석이다.

그런데 자신을 좋아한다는 여자애를 그냥 내버려 둘 리 만무

하다. 설령 그게 동네방네 소문난 날라리라고 해도 서린이 그런 이유로 차별할 리가 없다. 아니나 다를까.

"혁진아, 어, 어떻게 해야 좋냐?"

서린은 사정하다시피 그렇게 물어보았다. 아무리 그래도 공부에만 열중하던 서린이 이러한 일을 해결할 수는 없으리라.

"일단 가족을 찾자."

"가족? 너 화영이 집을 알아?"

"아니. 하지만 족치다 보면 아는 놈들이 있겠지. 따라와."

혁진은 자신 있게 말하고 문밖으로 뛰쳐나갔다.

3

시끄러운 소음이 새어 나오는 오락실 앞의 펀칭 머신 기계에 매달린 이들은 교복을 채 벗지 않은 학생들이었다.

"아으… 내가 뭔가 보여주지!"

처음 나선 학생은 왼손으로 오른쪽 손목을 잡고 허리를 틀면서 친구들에게 으스대고 있었다. 그러나 그때 그의 친구들의 표정이 일그러졌다.

"…야, 가자."

"응? 아니, 왜?"

그는 친구들의 표정이 이상해지는 것을 보고 깜짝 놀랐다. 방금 동전을 넣은 판인데 여기서 가자니? 하지만 곧 그들 앞에 그들과 똑같은 교복을 입은 갈색 머리칼의 학생이 다가왔다.

"여어!"

"우엑……."

학생들은 모두들 불안한 표정으로 최혁진을 바라보았다. 펀칭 머신에서는 느끼한 녹음성이 보챘다. 하지만 그들은 누구도 펀칭 머신에 손을 대지 않았다.

빠악!

최혁진은 주먹으로 펀칭 머신을 강타한 뒤 의미심장한 미소를 지어 보였다. 펀칭 머신의 기록은 방금 전의 최고 기록인 195에 근접한 188이었다. 하지만 보통 두 주먹을 쥐고 달려들어서 들이박는 일반적인 펀칭 머신 타격법과 달리 별다른 모션도 없이 날린 스트레이트가 이 정도라니?

"…보너스 게임인가. 한 번 더 쳐도 되나?"

빠악!

물어보는 말과 달리 최혁진은 다시 한 번 펀칭 머신을 강타했다. 이번에는 아까 전보다도 더더욱 강력해서 머신이 들썩거릴 정도였다.

학생들은 모두들 최혁진의 의미심장한 미소를 보고 할 말을 잃었다. 물론 단순히 펀칭 머신 수치가 높게 나온다고 겁을 집어먹을 이유는 없다. 그러나 최혁진은 그다지 길지도 않은 학창시절 동안 충분히 자신을 어필해 왔다.

"왜들 그렇게 뻣뻣하게 굳었어? 어이, 너희들 혹시 화영이라는 애 기억하냐?"

"…왜?"

모두들 뱀 앞의 개구리처럼 굳어 있는 모습을 보고 서린은 기가 막혔다. 대체 무슨 짓을 했길래 덩치는 산만 한 사내 녀석들이 이렇게까지 얼어붙어 있는 것일까? 소위 말하는 폼에 죽고 폼에 사는 녀석들이 대놓고 이렇게 얼어버리다니……. 서린은 친구의 새로운 면모를 발견하고 고개를 도리도리 저었다.

혁진은 여전히 능글맞은, 그러면서도 은근히 위압적인 태도로 학우들을 구슬렀다.

"집을 알아야겠어. 혹시 집 알아?"

"모, 몰라."

"집까지 아는 사이가 아니라서."

다들 고개를 절레절레 흔드는 데 급급하다. 혁진도 첫술에 배부를 리는 없다고 생각하는지 고개를 끄덕였다.

"그럼 알 만한 놈은 없나?"

"그, 누가 알까나?"

"여자애들에게 물어보는 건 어때?"

하지만 혁진은 고개를 절레절레 흔들었다. 혁진도 나름대로 다이나믹한 중학 시절을 보내긴 했지만 이상하게도 여자와는 연이 닿지 않았었다. 그러자 보다 못한 학생 한 명이 귀띔해 주었다.

"철중이 불러봐."

장철중이라 하는 이는 소위 말하는 잘나간다는 놈으로 여자들 사이에서 인기가 높았다. 부유한 집 자식답게 언제나 자신을 꾸미고 다닐 줄 알고 생긴 것도 반반한 편인데다 발랑 까지긴 잘 익은 밤송이가 무색할 정도로 발랑 까져서 놀아난 여자애가 일개 소대에 달한다는 소문이 있었다.

게다가 그는 항상 여자들의 인적사항을 세세히 기록해 두는 버릇이 있었으니 확실히 그라면 알지도 모른다.

"그렇다면 철중이 전화번호 좀 가르쳐 줘라. 아니, 아예 네가 걸어라. 전화비 나간다."

학창 시절엔 법보다 주먹이 가까운 법. 그들은 철중의 번호를 누르고 혁진에게 핸드폰을 건네주었다. 혁진은 그 핸드폰을 들더니 정말 속사포 같은 속도로 말을 했다. 어찌나 소리가 우렁차던지 오락실의 소음이 다 가라앉을 정도였다.

"음, 철중아. 아? 나야. 오, 그래? 응. 아, 혹시 화영이 집 주소 아냐? 안다고? 불러줘 봐. 응, 고맙다. 짜식."

"…빠르군. 모노드라마 같다, 야."

서린은 기가 막혀서 혁진을 바라보았다. 혁진이 일단 마음먹은 일은 뭐든지 단숨에 해치우는 성격이라는 건 알고 있었다. 좋게 말하면 행동력이 있는 것이고 나쁘게 말하면 번갯불에 콩 구워 먹을 만큼 성격이 급하다고 할 수 있으리라. 하지만 설마 이 정도일 줄이야?

전화로 들은 주소를 찾아가 보니 그곳은 흉가처럼 황폐화되어 있는 남빛 벽돌의 빌라였다. 건물 밖에는 붉은 글씨가 걸린 자극적인 플래카드가 걸려 있었는데 내용을 보아하니 아마도 재건축을 협의하던 건설 회사가 도산하고 사이에 끼어 있던 재건축 조합장이 돈을 들고 날라 버린 듯했다.

"…분위기 한번 살벌하군."

서린은 어깨를 으쓱하고는 건물 현관으로 향했다. 대부분의 우편함에 각종 전단과 고지서 등이 수북하게 쌓여 있는 모습이 더더욱 을씨년스럽다. 때마침 하늘도 우중충하니 구름이 끼기 시작했다.

"음, 여기로군. 그래도 서린 너희 집보단 양호하다."

"그렇긴 하네."

혁진과 서린은 계단을 걸어 올라가 2층에 멈춰 섰다. 혁진이 벨을 눌렀으나 벨은 고장 났는지 아무런 소리도 나지 않았다.

"두들겨 볼까?"

"잠깐."

서린은 혁진을 제지했다. 그는 조심스럽게 문에 다가가 귀를 기울였다. 분명히 문 너머로 사람의 숨소리가 작게 들려온다. 아마도 안에서 누군가가 숨을 죽이고 숨어 있는 듯하다. 처음에는 화영이가 숨어 있는 건가 싶었지만 숨소리가 왠지 남자의 것 같았다.

"뭐 하는 거야?"

혁진은 서린을 보고 의아한 표정을 지어 보였다. 인간을 초월한 초감각을 가지고 있는 서린과 달리 혁진은 어디까지나 인간이다. 현관문 너머, 방 한구석에 숨어 있는 이의 숨소리 따위를 들을 수 있을 리 없다.

"아니, 아무것도. 그런데… 응?"

서린은 갑자기 전기에 감전이라도 된 것처럼 빳빳하게 서더니 문득 계단 옆의 창문으로 다가가 빌라 밖을 조심스럽게 내다보았다. 과연 빌라 입구로 두 명의 남자가 걸어 들어오고 있었다. 저들은 이전에 서린이 자신의 집 앞에서 문전박대했던 남자들이다. 아마도 화영이를 잡기 위해 여기까지 온 것이리라.

만약 그들이 서린을 보게 된다면 서린이 그들을 천연덕스럽게 내몬 게 죄다 연기였다는 걸 알게 되리라. 도망친 여자를 잡으러 다니는 사냥개 같은 놈들이다. 그런 걸 눈치 못 챌 리가 없다.

"어? 뭐야, 저들은?"

서린의 표정이 급변해서일까? 혁진도 남자들을 눈치챘다.

"화영이를 잡으러 온 녀석들이야. 왜 있잖아, 유흥업소에서 달아난 여자 잡아들이는 놈들."

"그래? 요컨대 포주가 풀어놓은 사냥개라 이거군? 서린 너는 저런 쓰레기들과 어떻게 알고 있어?"

"우리 집에 찾아왔었거든."

"그러면 너랑 여기서 마주치면 안 되잖아?"

"그렇지."

서린은 계단의 창문을 열었다. 그러나 이 창문은 사람 하나 지나기 빠듯할 정도의 크기밖에 안 된다.

"어쩌려고?"

"나가야지."

서린은 조심스럽게 몸을 풀고 남자들이 빌라 중앙 현관으로 들어오기까지 기다렸다. 서린과 혁진이 위치한 곳은 2층. 이 빌라는 2층이 끝이기 때문에 나가는 게 조금만 늦어도 맞닥뜨리게 된다. 그리고 또 너무 먼저 나가면 밖에서 저들이 서린을 발견할 것이다.

"…야야."

혁진은 서린을 말리려고 했지만 그때 중앙 현관에서 남자들의 목소리가 들려왔다.

"쓰벌, 여기 있는 거 아냐?"

"설마, 그 애비 새끼가 무슨 깡으로 딸을 숨기겠어?"

"그래도 모르지."

그 목소리를 들은 순간 서린은 창문을 향해 몸을 던졌다. 깜짝 놀란 혁진이 그를 말리려 했지만 서린은 소리 하나 없이 조용히 창문 틈으로 빠져나가 한 손으로 빌라 외벽의 벽돌을 잡고 매달리는 게 아닌가? 서린은 그 상태에서 발로 벽을 박차더니 빌라 옆에 서 있는 전봇대에 매달렸다.

"…젠장."

혁진은 그런 서린을 보고 멍청히 굳어 있다가 겨우 정신을 차렸다. 아무래도 서린은 이상했다. 저건 인간의 운동 능력이 아니지 않은가? 서린은 별로 운동도 하지 않은 것 같은 데다가 혁진에 비하면 근육도 그리 많지 않다. 그런데 어떻게 저런 행동이 가능하단 말인가?

"이러면 마치 질투하는 것 같잖아?"

혁진은 그리 중얼거리며 계단을 내려갔다. 화영의 집 현관문을 두들기던 남자들은 혁진을 힐끗 쳐다보았다.

"뭘 꼴아봐?"

"꺼져, 꼬맹아."

그들은 그리 말하고 다시금 문을 두들겨 댔다.

"안에 있는 거 잘 알고 있어!"

"안 나와, 이 새끼야? 어디서 수작이야!"

"네놈이 팔아넘긴 딸내미가 무슨 지랄을 했는지 알아? 이 새꺄!"

"넌 또 왜 안 꺼지고 있어? 앙? 무슨 구경났냐? 응?"

그들은 혁진이 바짝 굳어서 자신들을 쳐다보는 것을 보고 신경질적으로 그를 노려보았다. 그들이 보는 혁진은 뭔가 못 볼 걸 본 것처럼 바짝 얼어 있는 모습이라 자신들의 난폭한 모습에 겁을 집어먹은 것으로 보였다. 하지만 이게 웬일인가? 갑자기 혁진의 입 끝이 살짝 말려 올라가는 게 아닌가?

콰득!

혁진은 즉시 몸을 던져 현관 앞에서 난동을 부리고 있는 두 명에게 뛰어들었다. 워낙 좁은 길목이라 미처 반응하기도 전에 혁진의 주먹이 첫 번째 남자의 안면에 정통으로 꽂혔다.

"이 새끼가!"

방금 전까지 겁에 질린 것처럼 보였던 놈의 공격이라곤 믿을 수 없을 만큼 정확하고 잔혹하다. 깜짝 놀란 남자가 반응을 보이려 했지만 그보다 먼저 혁진의 손바닥이 그의 턱에서 폭발했다. 턱을 맞는 순간 말을 하고 있었던 탓에 혀를 깨물어 버렸다.

덜컥!

피와 침이 뒤섞인 액체가 천장으로 튀어 올랐다. 혁진은 그 정도에 공격을 그치지 않고 남자를 벽으로 밀어붙인 뒤 인정사정없이 복부에 발을 꽂아 넣었다. 벽과 혁진 사이에 끼인 남자는 피하지도 못하고 그 발차기를 맞았다.

"커억!"

남자가 앞으로 쓰러지며 비명을 질렀다. 혁진은 주머니에서 잭나이프를 꺼내더니 제일 처음 주먹을 맞은 남자의 목에 칼날을 들이밀었다.

"우리 이야기 좀 할까?"

"큭……. 너, 넌 뭐야? 이 미친 새끼!"

"한국인들이 이렇게 대답에 불친절하니까 대한민국 관광 산업이 발전하지 못하는 거야. 묻는 말에 재깍재깍 대답해 주면 어디가 덧나나?"

혁진은 아닌 밤중에 홍두깨 같은 소리를 중얼거리더니 남자의 머리를 잡고 현관문에 한 번 박아버렸다. 어찌나 세게 박아 넣었던지 현관문이 피로 물들었다.

"큭……."

"자자, 당신들, 내가 묻고 싶은 건 별거 아니야. 화영이라는 애에 대해서, 어떻게 알게 되었고 어떻게 당신들 업소에 가게 되었는지, 그 정도만 이야기해 주면 돼."

혁진은 그렇게 말하면서 미소를 지어 보였다. 하는 짓거리는 학살자였지만 지금 웃고 있는 그 모습은 너무나도 천진난만해서 오한이 든다. 이놈은 어린아이가 잠자리의 몸통을 조각내듯 쉽게 사람을 해칠 만한 녀석이다!

"이 집 주인 놈에게 물어보는 게 더 빠를 거다."

"그것도 그렇군. 그러면 업소명은 뭐지?"

"…들풀."

"우엑……. 정말 구린 이름이군. 뭐, 좋아. 연락처는 핸드폰에 있지?"

혁진은 남자의 품속을 뒤져서 핸드폰을 꺼내고 경찰에 전화를 걸었다. 그걸 본 남자의 안색이 파리해졌다.

"너 지금 무슨 짓 하는 거야? 야! 이 미친놈아!"

"아, 여보세요? 경찰이죠? 미성년자 고용법 위반한 업소를 발견해서요. 예, 들풀이라는 곳이에요. 전화번호는 ×××—××××고요. 장난 전화 아니니까 꼭 확인해 봐요!"

혁진은 그렇게 말하고 핸드폰을 접더니 쥐어뜯어서 동강 내버렸다. 물론 그 옆의 남자에게도 역시 핸드폰을 빼앗은 뒤 마찬가지로 쥐어뜯어 버렸다.

"자아, 그러면 정보 고마웠어. 가도 좋아."

그제야 겨우 혁진의 손에서 풀려난 남자들은 피투성이가 된 몸을 이끌고 비틀비틀 계단을 걸어 내려갔다. 미성년자 고용법을 위반한 몸이니 경찰에 가서 하소연할 수도 없고 해서도 안 된다. 그렇다고 지금 당장 패거리를 불러오자니 저 고등학생 녀석이 경찰에 신고를 해버린 것이 더 급하다.

"…개새끼, 네놈이 지금 무슨 짓 한 줄 알아?"

그냥 곱게 가면 될 걸 가지고 꼭 한마디 해야 직성이 풀리는지 그들은 혁진을 쏘아보았다. 시신경 안에 혁진의 모습을 각인이라도 하고 싶은 모양이었다. 하지만 혁진은 자신을 잡아먹을 듯한 시선을 대하면서도 미소를 지어 보였다.

“난 미성년자라 아무리 사고 쳐도 그리 큰일 날 건 없는데? 왜? 그게 아니면 한번 누가 뒈지나 해볼까? 내가 그 나이 처먹고 고삐리에게 두들겨 맞으면 야산에 밧줄 들고 올라가서 목을 매겠다. 병신.”

“…….”

그들은 피가 섞인 가래침을 내뱉고는 빌라 밖으로 어기적어기적 걸어 나가더니 자신들의 차에 올라타 사라졌다.

4

“…이 녀석이?”

서린은 건물 옆에 숨어서 혁진이 남자들을 두들기는 소리를 들었다. 혁진이 원래 말보다 주먹이 잘 나가는 성격이라는 것은 잘 알고 있었지만 설마 학생 간에 주먹다짐하는 곳도 아닌 곳에서 폭력을 쓸 줄은 몰랐다. 게다가 빌라 밖으로 나와서 사라지는 남자들의 몰골을 보아하니 그 도가 지나치다.

서린은 즉시 빌라 안으로 들어갔다. 현관 안으로 들어가는 순간 피 냄새와 땀 냄새가 코를 찌르는데 정신이 아찔할 정도였다. 서린의 후각이 인간보다 훨씬 뛰어난 것을 감안하더라도 이

건 지나치다. 바닥에 핏덩이가 떨어져 있는 게 아닌가!

"아, 내가 내쫓았어."

혁진은 마치 칭찬받기를 원하는 어린아이처럼 헤죽거리며 손을 들었다. 서린은 기가 막혔지만 딱히 뭐라고 하지 않았다. 폭력배들과 관계가 있을 게 뻔한 유흥업소 남자들을 고등학생이 겁도 없이 두들겨 패다니. 걱정이 되지 않을 수 없지만 만약 서린이 혁진을 걱정한다면 그게 바로 혁진에게 상처를 줄 것이다.

그는 대신 현관문을 두들겼다.

"아저씨, 다 갔어요. 문 열어봐요!"

하지만 안에서는 아무런 반응이 없었다. 조용한 숨소리, 이따금 무언가를 마시는 소리가 들려왔다.

"…죽은 거 아냐?"

혁진은 그렇게 반문했다. 안에 사람이 없을지도 모른다는 생각이 먼저 들어야 하는데 서린의 행동이 너무나 확신에 차 있어서 그런 생각이 들지 않았다. 안에는 의심할 여지없이 사람이 있다.

"젠장!"

서린은 빌라 밖으로 뛰쳐나갔다. 그는 곧 벽을 기어올라서 어렵지 않게 집 안으로 들어갔다. 안에는 쓰레기봉투에 담긴 생활 쓰레기들이 마룻바닥에 널렸고 옷과 마네킹, 각종 헝겊 자투리 등이 널려 있었다. 서린은 현관문을 열어 혁진이 들어올 수 있게 해준 뒤 안방으로 향했다.

"실례합니다."

"실례 정도가 아니지, 이건. 주거침입이라고."

혁진은 그렇게 투덜거리며 안방 문을 열었다. 안에는 큼지막한 재봉틀과 다림질 틀, 그리고 그 옆에 기대어 소주 병을 홀짝이고 있는 초췌한 반백의 남자가 있었다.

"씨발, 안 봐도 비디오군. 정말 전형적이야."

혁진은 그 모습을 보고 혐오스럽다는 듯 눈살을 찌푸렸다. 알코올중독자 애비에 팔려 나간 딸……. 이 정도라면 인생극장 같은 데서나 나올 법한 비현실적일 정도로 전형적인 구도다. 서린 역시 그 모습을 보고 단숨에 이 사건이 어떻게 된 것인지 알 수 있었다.

"…괜찮으세요?"

서린은 다가가서 남자의 상태를 살펴보았다. 몸에서는 썩은 듯한 악취가 나는데 일어나지도 못하고 앉은자리에서 대소변을 지려서 그런 듯하다. 숨은 쉬고 있지만 살아 있는 게 용하다 싶을 정도의 급성 알코올중독이었다. 보아하니 애초에 죽으려는 생각이었는지 옆에 유서도 써놨다.

"…한심하군. 농약을 타 마시면 모를까 알코올중독으로 뒈지려고 하다니. 뒈지려면 완전 뒈질 것이지, 딸자식 팔아넘기면서까지 그 구차한 목숨 뭐 하러 살고 지랄이야?"

혁진은 유서를 보고 한숨을 내쉬었다. 마누라는 도망치고 자식새끼는 불효하고 친구들은 사기를 쳤다는 지루한 내용이 개판 오 분 전인 맞춤법과 필체로 적혀 있었다.

"맛이 갔군. 뒈지지 않은 게 용하다. 이거 119 불러야겠는걸."

"응, 그래."

서린이 바라보자 혁진은 마지못해서 큼지막한 구형 애니콜

플립 폰을 꺼냈다. 흔히 탱크라고 부르는 큼직한 핸드폰의 번호를 누르던 혁진은 마지못해서 119에 연락했다.

서린은 알코올중독으로 골골거리는 장년 남성, 화영의 아버지를 바라보고 이를 악물었다. 화영이 경찰에게 가고 싶어 하지 않은 이유를 조금이나마 알 것 같다. 제 아비가 팔아넘긴 사실을 경찰이 알게 되면 행여 아버지의 일신에 누를 끼칠까 봐 저러는 게 아닌가. 이 마당에도 자신을 팔아넘긴 아버지 걱정을 하다니……. 서린은 가슴이 아팠다.

"자, 그러면 우린 귀찮아지기 전에 나가자. 어차피 핸드폰 번호가 남을 테니까 뭐라고 하겠지만 그건 그때 일이고."

혁진은 서린과 함께 밖으로 걸어 나왔다. 서린은 여전히 찜찜한지 빌라를 바라보며 중얼거렸다.

"여기에도 없으면 화영이는 어딜 간 거지?"

"어떻게 하긴, 끝이지. 이 이상 뭘 어떻게 하게? 네가 그 애에게 신경 쓸 이유는 전혀 없어. 안 그래?"

혁진은 머리 뒤로 팔짱을 끼고 몸을 풀면서 말했다. 그의 말은 분명히 일리가 있다. 서린은 지금 자기 한 몸 건사하기도 힘든 상태인데 어찌 남에게 신경을 쓴단 말인가?

"그렇긴 하지만 사람이 또 어떻게 그렇게 칼날같이 딱 끊을 수 있냐."

"무슨 헛소리를 하는 거야? 사람이란 말야, 원래 칼날보다 무서워. 사람을 칼날에 비교하다니 칼날에 큰 실례를 범하는 거다, 자식아."

혁진은 기가 막힌다는 듯 서린을 째려보았다. 서린의 상황이 결코 녹록치 않다는 것은 혁진이 더 잘 알고 있다. 자기 앞가림하기에도 뼈 빠질 녀석이 왜 이런 남의 일에 뛰어든단 말인가?

"뭐 정… 알고 싶으면 이 핸드폰 파편 가져가라."

혁진은 방금 전 남자들에게서 빼앗은 휴대폰의 파편을 서린에게 건네주었다. 그걸 본 서린은 기가 막혀서 혁진을 바라보았다.

"엥? 어따 쓰라고? 다 망가진 걸?"

"액정만 잡아 뜯었지 메모리 자체는 남아 있어. 기록된 전화번호나 메모를 보면 필요한 걸 알 수 있을 거야. 그리고 나는 여기까지만 관여하고 그만둘란다. 저 인간들을 팬 나랑 돌아다니다가 같이 맞닥뜨리면 서린 너도 피해를 볼 거란 말야."

"난 별로 상관없는데. 으음, 아니야. 알았어. 지금까지 고마웠다."

"뭘 별걸 다 가지고."

혁진은 계면쩍은지 볼을 긁적거리다가 자신의 갈 길로 돌아섰다.

"자아, 그러면 어떻게 한다, 이걸."

서린은 손에 덩그러니 남은 핸드폰 조각들을 들고 골똘히 생각에 잠겼다. 필름 위에 구리선으로 연결된 액정과 본체 선, 이걸 연결하면 아마도 핸드폰이 다시금 작동할 것이다.

그러나 문제는 그걸 연결할 도구가 없다는 것이다. 구리선과 땜납 정도만 있어도 어떻게 임시로 연결할 수는 있을 것이다. 그러나 하루 벌어 하루 먹고산다고 해도 과언이 아닌 서린의 집에는 그런 간단한 공구조차 없다.

"역시 누군가에게 도움을 청해야겠는데 누구에게 도움을 청할까?"

서린은 그렇게 중얼거리며 품을 뒤지다가 문득 전화번호가 적힌 카드 한 장을 꺼냈다. 자칭 흡혈귀라고 하는 소녀의 명함이었다.

"…내가 미쳤지. 무슨 생각을……."

그녀가 흡혈귀라는 것을 의심하는 것은 아니다. 서린 자신이 이미 늑대 인간이 아닌가? 하지만 그녀가 흡혈귀라는 것을 염두에 두더라도 그녀가 서린을 도와줘야 할 이유는 없다.

'도움이 필요하면 연락해.'

그녀가 그렇게 말하긴 했지만 그 '도움'이라는 것은 결코 이런 소소한 일이 아닐 것이다. 아마도 한세건이라 하는 사냥꾼과 관련된 도움을 말하는 거겠지. 그렇지만 지금 기댈 만한 곳은 이것뿐이다.

서린은 들쑥날쑥한 돌계단 옆에 앉아서 주위를 둘러보았다. 산을 깎아서 돌담을 세우고 만든 이 계단은 지난해 여름 장마철에 무너져 내려 민가를 깔아뭉갠 전적이 있는 곳이다. 덕택에 이 일대의 집값은 대폭락. 아니, 원래부터 재건축하기도 애매한 곳이라 서울치고는 집값이 그다지 세지 않다.

서린은 이곳에서 처음으로 그 흡혈귀 소녀를 만났었다.

'처음 만났던 곳에서 기다려.'

수화기 너머의 목소리는 쾌활한 어조로 그렇게 말했다. 외국인이라서 한국어 억양이 다르다고는 쳐도, 그 목소리로부터 왠지 서린이 전화를 걸어온 사실을 반겨 한다는 것을 알 수 있었다. 귀여운 소녀의 모습이기는 하지만 상대는 흡혈귀. 그걸 생각하면 서린은 꺼림칙한 기분이 들었다.

“이거 잘못된 길로 발을 들여놓는 거 아냐?”

그렇지만 이미 전화한 이상 도망칠 수도 없다. 도움을 청한 주제에 도망치고 바람맞히는 게 어디 인간의 할 짓이란 말인가?

“정말 기다리고 있었네?”

나트륨등 아래로 레이스가 달린 고풍적인 원피스를 걸친 금발 소녀가 나타났다. 마치 하늘에서 떨어지기라도 한 듯 갑자기 나타난 그녀는 가볍게 발끝으로 땅을 차고 고풍스런 자세로 인사를 했다. 흡사 수백 년 전의 시대에서 튀어나온 듯한 예법이었다.

“아, 으응.”

서린은 엉거주춤하게 일어나서 역시 허리를 숙여서 인사를 했다. 그러자 마리아가 풋 웃어버렸다.

“뭐야, 그게.”

“응? 아, 아니, 인사를 하길래.”

“아하하핫, 그래? 그러면 됐고. 자, 무슨 일로 불렀어? 도움을 청할 일이라는 게? 역시 비스트가 접근해 왔지?”

마리아는 의미심장한 표정으로 히죽 웃었다. 능글맞고 장난기 있는 모습을 보면 영락없는 어린아이이다. 하지만 그런 그녀가 흡혈귀들 사이에서도 귀족이라 할 진마라는 것은 놀라운 일이다. 아무것도 모르는 서린이 보아도 그녀의 계급은 상당히 높아 보였다.

"비스트?"

"한세건 말야. 우리들 사이에서는 분노와 증오를 먹고사는 마수라고 하지. 어찌 된 게 그 스승인 실베스테르보다 더 질이 나빠."

그녀는 불평을 쏟아놓았다. 서린은 이야기가 삼천포로 빠질까 두려워서 손을 내저었다.

"무슨 소리인지 모르겠지만 그 건은 아니야."

"하아? 그러면?"

마리아는 약간 의외라는 듯 서린을 바라보았다. 왠지 실망을 하는 것 같다. 한세건과 그녀가 거의 동시에 접촉을 시도했는데 그녀에게 연락을 해왔다는 것은 서린이 마리아의 편을 들기로 한 게 아닌가? 그렇게 생각하고 기뻐하고 있었는데 다른 이유라니, 실망을 할 만도 하다.

"아니, 실은 저기, 여차저차한 일이 있어서 말이지."

"여차저차가 뭔데?"

"음… 말하자면 긴데."

"길어도 상관없어. 아, 길거리에서 말하기 좀 그런 거야?"

마리아는 그렇게 말하고 눈을 빛냈다. 아마도 서린의 집을 보고 싶은 것 같았다.

"여자아이가 들어올 만한 곳이 아닌데."

서린은 쭈뼛거리며 고개를 돌렸지만 마리아는 으흥 코웃음 치면서 뒷짐을 진 채 서린에게 다가왔다.

"보고 싶어."

"뭐, 상관없겠지. 어차피 이야기도 좀 길어질 테니까."

서린은 집요한 마리아의 눈빛에 졌다. 마침 이 골목은 서린의 집으로 가는 길이라 그는 자신의 집으로 발걸음을 옮겼다.

5

"와아… 좁다."

집에 들어서자 마리아는 놀란 표정을 지어 보였다. 서린은 전등을 켜려다가 손을 멈추었다.

"필요 없지?"

"응."

서린이나 마리아나 다들 인외(人外)의 존재. 전등불은 사실 켤 필요가 없다. 그동안 버릇이 되어서 켜고 살긴 했지만 마리아가 흡혈귀라는 사실을 인식하다 보니 자연히 자신 역시 늑대 인간이라는 것을 인식하지 않을 수 없었다.

"이런 곳 처음 봐?"

양갓집 규수라고 할까? 부티가 철철 흐르는 마리아를 보자니 확실히 신기해하는 기색이 역력했다. 그러나 그녀는 곧 고개를 도리도리 저었다.

"뭘, 옛날 하숙집 생각이 나서 그래."

"하숙집?"

"응. 산업혁명 때였던가?"

마리아는 배시시 웃으며 주위를 둘러보았다. 그 말을 들은 순간 서린은 깜짝 놀라지 않을 수 없었다. 서양인의 외모는 동양인보다 더 늙어 보인다고 하는데 마리아는 그 반대가 아닌가?

'…라기보다는 이거 동안이고 노안이고의 문제가 아니잖아?'

서린은 자신의 이마를 주먹으로 치고 마리아를 바라보았다. 아무리 보아도 10대 초반으로밖에는 보이지 않는 이 소녀가 어떻게 수백 년을 살아왔단 말인가?

"대체 그럼 지금 몇 살인데?"

"잘 세지 않아서 모르겠는걸? 왜 그렇게 놀라고 그래?"

"…안 놀라면 그게 이상한 거지. 흡혈귀라는 건 다들 그렇게 오래 살 수 있는 건가?"

"그럼. 초기 철기시대부터 살아온 자도 있는걸? 우리만큼은 아니지만 라이칸스로프도 매우 오래 사는데 왜 놀라고 그래? 아, 하긴 서린은 누군가 자신의 몸에 대해서 가르쳐 줄 사람이 없었겠지?"

서린은 할 말을 완전히 잃었다.

마리아는 놀란 토끼 눈을 한 서린을 보고 별걸 다 가지고 그런다는 듯 고개를 갸우뚱거리더니 방 안을 다시금 둘러보았다. 아마도 의자를 찾고 있는 것 같았다.

"맨바닥에 앉으면 돼."

"그, 그 정도는 알고 있어. 인도는 맨바닥에 앉는다는 것쯤은……."

마리아는 갑자기 발끈했다.

"인도? 음, 보리차라도 마실래? 물은 마실 수 있지?"

"인간이 먹는 건 뭐든지 다 먹을 수 있어. 흡혈귀라고 무시하지 마."

"그거 다행이군. 있는 게 보리차밖에 없었는데."

서린은 냉장고를 열어서 보리차를 꺼내어 컵에 따라주었다. 그리고 자신도 벽에 기대어 앉았다.

"자, 그러면 이야기를 해야겠지? 그러니까 말야. 어쩌다 알게 된 여자애가 있는데 말야……."

서린은 사정을 설명했다. 꽤 긴 이야기였지만 마리아는 마치 주말 연속극을 보는 주부처럼 집중해서 서린의 이야기를 들어주었다. 하긴, 인간 사는 일에서 격리된 귀족 흡혈귀의 입장에서는 꽤나 흥미로운 이야기일 것이다.

서린이 그렇게 해서 화영에 대한 이야기를 끝마치자 마리아는 눈을 반짝거리며 물어보았다.

"그러면 그 여자를 우리 혈족으로 만들면 되는 거야?"

"…어이, 어째서 이야기가 그렇게 되는 건데?"

서린은 기가 막혀서 마리아를 노려보았다. 그러자 마리아는 애교를 부리며 말했다.

"아잉… 그렇지만 대개 그런 상황을 해결하는 방법은 인간 이상의 존재로 만들어주면 알아서 처리되는 일이란 말야. 탈무드에도 있잖아. 고기를 잡아주기보다는 고기 잡는 법을 가르쳐 주라고. 뱀파이어가 되면 그런 문제는 자연히 해결돼. 그렇지 않아?”

확실히 인간이 아닌 흡혈귀가 되어버린다면 인간적인 문제 따위는 아무것도 아니게 될지 모른다. 흡혈귀나 늑대 인간의 입장에서 보자면 인간은 건드리면 죽을 것 같은 나약한 존재가 아닌가? 그렇게 되면 화영을 억압하는 세력이 살해당할 것은 불을 보듯 뻔한 일이다.

“그런 건 용납 못 해! 살인자나 괴물로 만들고 싶지는 않다고.”

서린은 그렇게 말했다가 깜짝 놀라서 자신의 입을 손으로 가렸다. 살인자야 그렇다 치고 괴물이라니? 마리아나 서린이나 둘 다 괴물인 건 매한가지 아닌가?

“살인자? 별거 아닌데 그건.”

마리아는 보리차를 홀짝거리며 뚱한 목소리로 말했다.

“별거 아니라니…….”

“그러면 그들은 뭔데? 사람을 안 죽이고 그냥 감금하고 폭행하고 매춘을 시켰으니까, 어떤 짓을 했든 사람만 안 죽이면 살인자보다 더 우월하다는 거야?”

“그, 그건…….”

서린은 말문이 막혔다. 마리아가 하는 말도 일리가 있다. 비록 법적으로는 살인보다 덜하다 하더라도 저들이 한 짓은 살인이나 별반 다를 게 없다.

“으응, 그 핸드폰 줘봐.”

“응?”

"어쨌거나 이걸로 정보를 읽어내면 되는 거지?"

마리아는 품속에서 자그마한 주머니를 꺼내더니 그 안에서 하얀 가루를 꺼내어 입에 물었다. 서린이 냄새를 맡아보니 단순한 소금이었는데 그녀는 그 소금을 입에 물고 부서진 핸드폰에 손을 가져다댔다.

띠리리링.

그러자 이게 웬일인가? 액정에 불이 들어오며 핸드폰 OS가 부팅되는 게 아닌가? 그녀는 그렇게 핸드폰을 몇 번 만지작거리더니 바닥에 내려놓았다.

"아, 짜라. 이래서 이런 건 하기 싫은데 말야."

그녀는 서린에게 컵을 내밀었다. 서린은 그녀의 잔에 보리차를 채우며 의아한 표정으로 물어보았다.

"어, 어떻게 한 거야?"

"마법이야."

"그, 그런 게 있단 말야?"

"……."

마리아는 푸른 눈동자로 서린을 흘겨보았다. 생각해 보면 흡혈귀도 있고 그 자신도 라이칸스로프인데 마법이 없으란 법이 없잖은가?

"간단한 잔재주지. 전기기기가 발전한 덕분에 마법 촉매에 소금의 필요성이 더 늘었어. 뭐 이것저것 알기는 했는데… 어떻게 할래?"

"어떻게 하다니?"

"초법적인 제재를 가할 거냐는 이야기지."

마리아의 손아귀에서 부서진 핸드폰 기판이 춤을 춘다. 서린은 그녀의 말이 너무나 매력적으로 들려서 스스로 깜짝 놀랐다.

"초법적인?"

너무나 미국 만화적인 발상이지만 악에 대항해 초법적인 제재를 가하는 영웅이 될 수도 있다. 마침 서린의 능력은 인간을 벗어나 있어서 주의만 한다면 법에 걸릴 일도 없다. 지금까지는 전혀 생각지도 못했지만 그렇게 하면 만사가 명쾌하게 해결된다.

"…안 돼."

그러나 서린은 고개를 저었다. 자신에게 인간 이상의 능력이 있다고 해서 그것을 마구 써버리게 되면 그것은 스스로를 괴물로 바꾸는 일이다. 그에게는 지켜야 할 것이 있었고 그것은 오로지 인간일 때만 지킬 수 있는 것이다.

서린은 문득 마리아가 걱정되어서 그녀를 바라보았다. 그녀 나름대로는 호의에서 충고를 한 것일 텐데 자신의 고집으로 거절을 한 것이니 그녀가 자신을 미워할지도 모른다는 생각이 들었기 때문이다.

산업혁명 때부터, 아니, 아마도 그보다 훨씬 이전부터 흡혈귀였을 그녀의 입장에서는 사람을 죽이거나 자신의 능력을 활용해 초법적인 행동을 일으키는 것을 괴물 취급하는 서린이 불쾌하게 느껴질 수도 있으니까.

하지만 마리아는 미소를 짓고 있었다. 비록 외모는 10대 초반의 소녀였지만 그렇게 웃고 있는 마리아의 모습은 너무나 어른스럽고 성숙해 보였다.

"후후훗, 다행이야. 그렇게 나와서. 그렇다고는 해도 연락처나 정보는 좀 남겨줄게."

그녀는 메모지를 잡더니 거기에 빠른 속도로 필기를 했다. 서린은 왠지 서먹해져서 그녀를 바라보았다. 자신의 걱정과 달리 그녀는 서린이 그녀의 제의를 거절한 것에 안도하는 것 같았다.

한동안 볼펜이 종이 위를 달리는 소리만이 들리더니 곧 그녀가 다 적은 메모지를 서린에게 건네주었다.

"으응. 아, 도와줘서 고마워."

"뭘 이런 걸 가지고. 대신 서린."

"응?"

"만약 나에게도 무슨 일이 생기면… 그때도 서린이 이렇게 열성적으로 도와주려고 할까?"

그녀는 장난기 넘치는 표정으로 서린을 바라보았다. 서린은 깜짝 놀라서 마리아를 바라보았다.

"무, 무슨 소릴 하는 거야. 당연하지. 은혜는 당연히 갚아야지."

"그래, 다행이다. 당신이 착한 사람이어서."

그녀는 자리에서 일어나더니 엉덩이를 툭툭 털었다.

"그러면 나머지는 당신에게 맡길게. 아니면 뭔가 더 도움이 필요해?"

"아니. 나머지는 내가 해야겠지?"

서린은 그녀가 적어준 메모를 바라보고 혀를 찼다. 그러자 마리아가 손뼉을 쳤다.

"들어와."

"응?"

그 순간 창 밖에서 뭔가가 날아들었다. 깜짝 놀란 서린이 방어 태세를 취했지만 그의 앞에 내려온 것은 공격이 아니라 커다란 슈트 케이스였다.

"…이건?"

"선물. 앞으로 몸을 노리는 사람들이 있을 테니까 쓰도록 해."

마리아는 문밖으로 걸어 나가며 서린을 돌아보았다. 서린이 안을 열어보니 확실히 그 안에는 전신을 감싸는 슈트와 기관총이 들어 있었다.

"어?"

"한세건이 쓰는 것과 비슷한 전신 방탄복이야. 기본적인 재질은 스타본드와 폴리아미드 파이버, 그리고 패딩 부분에는 방탄 냉매가 들어 있어서 몸을 움직여도 어느 정도 쾌적함을 유지할 수 있을 거야. 9㎜탄은 어느 부분이든 다 막을 수 있지만 소총탄은 절대로 무리. 무기로 쓸 총도 넣어뒀지만 인간 상대로는 쓸 일이 없을 거야. 어차피 일반 인간들 상대로는 총화기에 의존할 필요도 없지?"

서린은 깜짝 놀라서 기관총을 들어보았다. 묵직한 느낌이 아무리 보아도 진짜 총이다. 한국에서 이런 걸 어떻게 구했을까? 그러나 지금은 그것보다 더 신경 쓰이는 단어가 있었다.

"자, 잠깐만. 나를 노린다니 무슨 소리지? 늑대 인간이 그렇게 귀한가?"

"아니. 귀한 건 늑대 인간이 아니라 너 자신이야."

"…그러니까 그게 왜?"

하지만 마리아는 대답 대신 미소를 남기고 바람과 함께 어둠 속에 녹아들어 가 자취를 감추었다.

너덜너덜해진 스타킹과 헝클어진 머리칼, 흐트러진 옷매무새의 젊은 여자가 낡은 주공아파트의 복도를 걷고 있었다. 걷는 것 정도로는 저렇게 힘들어할 리가 없는데 그녀는 몸살이라도 걸린 것처럼 식은땀을 흘리고 있었다.

"헉… 헉……."

그녀는 숨을 헐떡이며 복도를 걷다가 아파트 복도에 놓여 있는 자전거에 충돌했다.

와장창!

요란한 소리가 울려 퍼지자 그녀 자신이 화들짝 놀라 바들바들 떨었다. 어찌나 몸의 떨림이 극심한지 마치 경기가 난 것 같았다. 그러나 누구도 문밖의 일에는 신경을 쓰지 않는지 다시금 조용해졌다.

"후우……."

그녀는 안도의 한숨을 내쉬고 다시금 복도를 걸으며 아파트의 호수를 살펴보았다.

"오백삼… 여긴가?"

그녀는 망설이다가 벨을 눌렀다. 그러자 곧 안에서 주저하는 여자의 목소리가 들려왔다.

"…누구세요?"

"언니… 저예요."

"……."

안에서는 목소리가 잦아들었다. 그녀의 방문은 예상했지만 결코 오길 바라지 않은 모양이다. 잠시간의 침묵이 흐른 뒤 문이 천천히 열렸다.

"화영이니? 너… 무슨 생각이야?!"

안에서는 앞치마를 두른 중년 여성이 나타났다. 그녀의 인상은 분노와 공포로 일그러져 있었다. 신화영은 그런 그녀를 보고 억울하다는 듯 아랫입술을 깨물었다.

"그렇지만 언니가 무슨 일 생기면 꼭 찾아오라고……."

"그렇게는 말했지만 그건 그때 이야기지! 너… 몰골이 이게 뭐야?"

분노 때문에 눈이 멀었다는 게 이런 것일까? 그녀는 그제야 신화영의 몰골이 말이 아니라는 것을 알아차렸다. 상태가 어찌나 심한지 현대 서울의 사람이라기보다는 무슨 전쟁 난민 같았다.

신화영은 부들부들 떨리는 손으로 그녀의 손을 잡아왔다.

"…약이 필요해요. 있지요?"

"나는… 약? 그런 건 그만둔 지 오래야."

그녀는 신화영의 눈길을 피해 눈동자를 굴렸다. 너무나 뻔한 거짓말이다. 그 약은 그렇게 쉽게 끊을 수 있는 게 아니다. 그게 아니더라도 그녀의 태도를 보면 거짓말을 하고 있다는 것은 누구나 쉽게 알 수 있었다.

화영이 무언으로 계속 노려보자 그녀는 아랫입술을 깨물었다.

"…알았어. 약간 있으니까 그런 눈 하지 마. 일단 얼른 안으로 들어와. 남들 눈이 무섭다."

그녀는 화영이를 집 안으로 들인 뒤 문을 닫았다. 복도로 새어 나오던 실내의 빛이 사라졌다.

집 안은 한창 저녁 식사 준비 중이었는지 찌개가 보글보글 끓으며 향긋한 냄새를 가득 피우고 있었다. 일견 행복한 가정이라고 할 수도 있겠지만 안에서 벌어지는 대화는 행복과는 거리가 먼 내용이었다.

"그래, 이야기는 보나마나겠지. 도망쳤니?"

"예. 그보다 우선 약을."

"조금뿐이야. 나는 슬슬 끊으려고. 남편이란 놈이 있으니까 말야."

그녀는 그리 말하며 장롱에서 종이 상자를 꺼냈다. 흔히 '뽕약'이라는 유치한 이름으로 불리는 염산 날부핀이었다. 피로 회복제라는 용도로 여기저기에서 쓰이는 물건이고 마약이라고 하기에도 유치한 것이지만 의존 효과와 각성 효과가 있기 때문에 야매를 통해서 많이 유통되고는 했다.

"그러면? 다 가져도 돼요?"

화영은 탐욕스러운 표정으로 약병들을 바라보았다. 도망치는 몸이라 약을 구하기도 힘든 그녀로서는 이만큼의 양을 탐하지 않을 수 없었다.

"다 가져가. 이 정도면 약간은 버티겠지?"

"고, 고마워요."

"너도 빨리 줄여. 하긴, 그렇게 도망쳐서야 줄이고 싶어도 못 줄이겠지."

"……."

화영은 즉시 종이 상자를 열고 안에 들어 있는 주사기를 꺼내어 앰플(Ampoule)에 꽂았다. 그녀는 떨리는 손으로 주사기를 들더니 공기를 빼고 자신의 팔뚝에 찔러 넣었다. 주사라기보다는 자해라고 보는 게 좋을 듯한 과격함이었다.

어찌나 세게 찔렀는지 주사기 내로 혈류가 역류해 안의 약물이 붉게 물들었다. 방금 전까지 부들부들 떨던 그녀는 그제야 만족했는지 안도의 한숨을 내쉬었다.

"후아."

"밥은 먹었어?"

"아, 아니요."

"꼴을 보니 알 것 같다. 불쌍한 것. 쯧……. 남편이 오면 친구라고 할 테니까 오늘은 여기에 머무는 게 어때? 어차피 갈 곳도 없지?"

그녀는 가스레인지의 불을 끄고 상을 차렸다. 화영은 그제야 허기가 배를 쑤셔대는 것을 깨닫고 얼굴을 붉혔다.

서린의 집에서 끼니를 때운 뒤로 쫄쫄 굶으면서 돌아다녔는데 허기보다는 금단증상이 더 커서 배고픈 줄을 몰랐다. 하지만 약물을 투여해서 급한 불을 끄고 나니 그제야 허기가 고개를 치켜들었다.

"고, 고마워요."

화영은 금방이라도 울음을 터뜨릴 듯한 표정으로 식탁에 앉았다.

저녁 식사를 끝마칠 동안 남편이라고 하는 작자는 들어오지 않았다. 보아하니 언니의 결혼 생활도 그다지 순탄치는 못한 듯하다. 적당히 연애질하다가 결혼한 것과는 달리, 완전히 밑바닥이라 할 업소에서 몸을 팔던 여자다. 결혼 생활이 순탄하면 그것도 이상하다.

그녀의 이름은 장영순. 화영이 이 일을 시작할 때는 사실상 새끼마담까지 올라갔었기 때문에 모두 중의적인 의미에서 장언니라고 불렀다. 그녀는 열심히 일하고 더러는 아래 아이들을 착취하면서 빚을 다 갚고 이 일에서 손을 씻은, 몇 안 되는 모범사례였다.

그나마 그녀처럼 잘 빠져나간 경우는 드문 일이다. 대개는 나이가 들면 드는 대로 시골이나 낙도 같은 곳을 전전하면서 끝까지 자기 몸 굴리는 경우가 허다했다.

그럴 것이 매번 일수 형식으로 억지로 돈을 빌려주는데 그 이자가 상당하다. 그리고 별의별 이유로 돈을 안 주면서 이자를 불리는데 이런 일 하는 여자들이 성실하게 출근부 찍을 수 있는 것도 아니고 하다 보니 아무리 뼈 빠지게 일해봐야 빚은 쌓여만 갈 뿐, 정상적으로 빠져나갈 수가 없다.

하지만 그녀는 용케도 빚을 다 갚고 빠져나갈 수 있었다. 포주들도 그런 그녀의 근면함을 높이 샀는지, 그게 아니면 훌륭한 성공 사례를 남겨 저항을 줄이기 위해서인지 쉽게 그녀를 풀어 주었다.

"벗고 이걸로 갈아입어. 오늘은 자고 내일 얼른 가버리라고. 하루야 친구라고 어떻게 얼버무리면 되겠지만 그 이상은 무리야. 알겠어? 내일은 절대로 떠나라."

그녀는 화영에게 자신의 옷을 건네주며 욕탕으로 들이밀었다.

6

서린은 마리아가 건네준 방탄 슈트를 입고 목까지 조임을 올렸다. 전신을 둘러싸는 형태라 열이 잘 안 빠지긴 하지만 안에 냉매가 들어 있어서 열 치환이 빠르다. 게다가 등골과 관절부, 다리 등에 적절하게 냉매 패딩이 되어 있어서 전신을 부드럽게 조여주는데 그 느낌이 굉장하다. 잠이 확 달아나고 정신이 번쩍 든다.

푸슉!

목의 스위치를 누르자 냉매가 팽창하며 순환했다. 영어로 쓰여 있는 설명서를 보니 이 슈트에는 리튬이온전지가 들어가 있어서 냉매를 순환시킬 뿐 아니라 패딩형 젤은 총탄을 맞을 경우 경화되면서 총탄의 관통력을 둔화시킨다. 덕분에 중량이 꽤 되지만 인간이 아닌 서린에게는 별문제가 되지 않았다.

"말은 제멋대로 해놓고서 이런 물건을 주다니, 완전히 떠미는구만."

서린은 그렇게 투덜거리며 주먹을 쥐었다. 골격과 근육의 결에 맞게 되어 있어서 전신을 둘러싼 슈트임에도 불구하고 움직임이 쾌적하기 그지없다. 완력까지 더 증가한 기분이 드는 걸로 보아 옷을 제작하는 데 만만치 않은 거금이 들었으리라.

"…왠지 이 옷이 우리 집 전 재산보다 비쌀 것 같은데."

서린의 기억에 의하면 한세건도 이런 옷을 입고 있었던 것 같다. 서린의 것과 다른 점은 배색 정도인 걸로 보아 만든 곳도 같으리라. 아마도 이걸 만들어 제공하는 자는 흡혈귀와 흡혈귀 사냥꾼, 양자에게 똑같이 무기를 파는 것 같았다.

"대체 어떤 놈일까?"

서린은 그렇게 중얼거리며 집 밖으로 나섰다. 무슨 레이싱 슈트같이 생긴 걸 입고 길바닥으로 나서려니 상당히 쪽팔렸다. 그나마 레이싱 슈트니까 망정이지 전신 타이즈라면 어쩔 뻔했는가?

"한세건은 오토바이나 있지 나는 뭘 어쩌라는 거야? 이런 거 입고 뛰어다녀야 하나?"

서린은 투덜거리면서 메모지들을 읽어보았다. 마리아가 적어준 메모에는 각종 전화번호와 업소명은 물론이거니와 그곳의 위치까지 약도로 꽤 세세하게 그려져 있었다.

단순히 핸드폰 안에 메모할 수 있는 정보와는 비교할 수 없을 만큼 복잡한 내용이다. 아마도 그녀는 마법을 써서 핸드폰에 깃든 잔존 사념 같은 것을 읽어내었음에 틀림없으리라.

"꽤 먼 거린데."

차를 타고 가자니 차비조차 부담스럽다. 게다가 이런 옷을 입고 차를 탄다? 서린은 이래저래 망설이다가 결국 신발장에서 비옷을 꺼내서 슈트 위에 겹쳐 입었다.

대한민국이란 곳에서 살다 보면 튀어 보이는 것이 부담스러워지게 마련이다. 차라리 무슨무슨 퀵서비스라는 로고가 있다면 그걸 달고 다니고 싶은 심정이다.

"한세건이란 인간은 참 여러 가지 의미에서 용감도 하군."

서린은 집 밖으로 뛰쳐나가서 골목길로 뛰어내렸다. 2층 정도의 높이에서 가볍게 뛰어내려 지상에 착지한 그는 주위를 둘러본 뒤 전력을 다해 지면을 박차고 앞으로 달려 나갔다. 좁은 골목길이 눈앞을 스쳐 지나가더니 즉시 골목 밖으로 벗어나게 되었다.

쉬이익!

바람이 갈라지는 소리가 귓가를 때린다. 골목이 꺾이며 험악한 계단이 나타나자 서린은 달려오던 속도 그대로 도약해 건물들을 뛰어넘었다. 약 4층 높이에 달하는 언덕에서 저 아래로 뛰어내린 것이다. 뛴 순간 아차 싶었고 눈앞으로 펼쳐지는 탁 트인 공간에 겁이 더럭 났지만 고속으로 달리다가 공중으로 튕겨 오르는 해방감이 공포를 앞질렀다.

찌지직!

"젠장!"

비닐로 만들어진 우비 따위는 공기의 압력만으로도 간단히 찢어져 버렸다. 서린은 공중에서 몸을 틀어서 3층 건물의 물탱크 옆을 발로 찼다. 워낙에 멀리 뛰어서 물탱크와 충돌하는 순간 엄청난 소리가 날 것 같았는데 이게 웬일인가? 물탱크에 발이 닿는 순간 몸이 가벼워지면서 주위로 부드럽게 바람이 흐른다. 그 느낌이 너무나 이질적이라 서린은 깜짝 놀랐다.

"어라?"

서린은 마치 평지를 달리듯 부드럽게 물탱크의 측면을 발로 박차고 다음 건물로 도약했다. 서린은 건물과 건물 사이를 뛰어넘으면서 건물 위의 에어컨 실외기를 잡고 물구나무를 선 뒤 우아하게 지붕 위에 착지했다. 그 행동이 어찌나 은밀하던지 건물 옥상에 설치된 옥탑방 안에서 TV를 보고 있는 가족들은 여전히 드라마 내용을 가지고 다투고 있었다.

"…음, 굉장한데. 제대로 움직여 보는 건 처음인데 흡족해. 마치 고양이 같군."

서린은 자신의 몸을 바라보았다.

지금까지 일반 복장을 입었을 때는 도저히 전력을 다해 움직일 수가 없었다. 인간의 규격을 벗어난 신체 능력을 사용하는 순간 옷이 버티지 못하고 찢어지거나 옷에 쓸려서 찰과상을 입곤 했다. 하지만 이 슈트를 입고 보니 이건 정말 그를 위해 만들어진 것 같다. 그 전까지의 옷들은 그를 구속하는 족쇄가 아니었나 싶을 정도로 차이가 현격하다.

그래서 서린은 새삼스럽게 자신의 신체를 써보고 경탄하고 있는 중이었다.

바람을 가르는 것 외에는 소리가 거의 나지 않는 데다가 충격의 대부분을 육체가 흡수한다. 이 모든 것이 인간과는 비교할 수 없는 강하고 탄력 있는 근육 덕분이다. 이 정도의 신체 능력이라면 정해진 길만을 따라가야 하는 자동차보다도 훨씬 빠르게 이동할 수 있으리라.

"좋아!"

서린은 주먹을 움켜쥐고는 고개를 들었다.

"어?"

옥탑방의 마루에서 수저를 움직이던 꼬마아이가 문득 창밖으로 고개를 돌렸다. 뭔가가 움직이는 듯한 기척을 느껴서 옥상 위를 바라보았지만 그곳에는 에어컨 실외기가 삐걱거리며 흔들릴 뿐 인기척은 없었다.

"창수야? 밥 먹다 말고 뭐 하냐? 복 나간다!"

"아, 아무것도 아니에요."

아이는 고개를 갸우뚱거리더니 다시금 밥상머리로 고개를 돌렸다.

신화영은 샤워와 저녁 식사를 끝마친 뒤 장 언니의 권유에 따라서 골방에 들어가 쓰러지듯 누웠다. 계속되는 긴장과 금단증상 때문에 몸이 말이 아니다. 미열이 느껴지긴 했었지만 지금에 와서는 머릿속이 팔팔 끓는다고 해도 과언이 아니다.

"어, 얼른 자두지 않으면……."

'언니에게 폐를 끼친다.' 그 말이 입안에서 나오질 않았다.

사실 뜬금없이 찾아온 그녀를 재워준다는 건 이만저만한 큰일이 아니리라. 갑자기 찾아온 젊은 여자를 집 안에 재워줄 수 있는 곳은 그리 많지 않을 테니까. 어떻게 하루야 친구라고 재워줄 수 있겠지만 내일이 되면 바로 나가야 한다.

이 집 역시 결코 넉넉한 살림이 아니다. 낡아 빠져서 허물어질 것 같은 20년 된 주공아파트에 중고임이 분명한 가재도구들, 이 모든 것이 그녀의 옛날 집을 연상시켰다.

"……."

뜨거운 열기 때문에 몸이 물위를 떠다니는 것 같다. 이 기묘한 부유감과 함께 시야가 일그러지니 갖가지 형상과 기억들이 망막 위로 떠오른다.

"옛날… 집이라."

집이라고 하면 남들은 응당 어떤 추억을 떠올리리라. 그러나 신화영에게 있어서 집이라는 것은 언제나 가혹한 곳에 지나지 않았다.

가난에 찌들려 나이보다 더 늙어 보이는 어머니와 건달이 되겠다고 여기저기서 사고를 치고 다니던 오빠, 그리고 술과 허영심에 취해서 근면 성실히 일한 적이 없는 아버지……. 집은 그녀에게 있어서 지옥과 같은 곳이었다.

어머니는 언제나 부업이랍시고 자잘한 전기선 같은 것을 끼우는 일을 하셨다. 기판에 전선을 연결하기 위한 소켓을 만드는 그 작업은 하나 할 때마다 5원에서 10원씩을 주는 소일거리로

종일 뼈 빠지게 해봐야 푼돈밖에 되지 않았다.

하지만 그녀의 어머니는 그 일에 목숨이라도 건 것처럼 열심히 일했다. 그리고 실제로 화영의 집안에서 생계는 죄다 어머니의 그 졸렬한 부업이 전부였다.

어머니가 담이 안 좋아져서 공장에서 해고된 이래 가세는 말할 수 없이 기울어졌다. 아버지는 항상 사업 실패를 핑계로 술을 벗 삼는 패배자였고 그런 아버지의 영향을 받아서 오빠는 오빠대로 삐뚤어지고 있었다. 어머니는 그 와중에도 어떻게 해서든 생활비라도 벌겠다고 아픈 몸을 이끌고 무리한 부업을 시작한 것이었다.

결국 어머니가 돌아가시던 날, 그녀는 그 부업거리를 잔뜩 담은 소쿠리에 얼굴을 처박은 채로 싸늘하게 굳어 있었다. 하루 벌어 하루를 먹고사는 사람이 보험을 들어놨을 리도 없어서 어머니의 죽음은 고스란히 지출로 이어졌다.

집안 사정을 뻔히 아는 이웃들이 불쌍히 여겨서 동네 통장을 중심으로 돈을 거뒀다. 그래서 겨우겨우 어머니 장례를 치렀지만 술에 취한 아버지는 장례식에도 들어오지 않았다.

화영은 그날을 뒤로 집에 잘 들어가지 않았다. 결국 고등학교도 들어가지 못하게 되었을 때, 갈아입을 옷을 마련하기 위해 집에 기어 들어간 그녀를 맞이한 것은 아버지가 직접 끌고 온 남자들의 우악스러운 손길이었다.

'너 같은 년은 나가서 돈이나 벌어 와!'

아버지는 너무나도 당당히 그렇게 말했다. 자신의 도덕성이

나 권위에 대해서는 조금의 의심도 없이, 벌어 오는 것 없이 어머니를 혹사시키고 정작 어머니가 죽었을 때는 아무런 신경도 쓰지 않던 남자가 뭐 잘났다는 듯 훈계하면서 내뱉은 말이 그것이었다.

참으로 잘나셨습니다. 딸을 돈 받고 팔아넘기는 주제에 끝까지 자신은 틀리지 않았다고 생각하는 그 오만과 독선! 구역질이 나고 오기가 생겨서 그녀는 자신을 끌고 가는 남자들에게 저항도 하지 않았다.

그리고 한동안은 좋았다. 아버지가 그녀를 2,000만 원이라는 헐값에 팔아버렸고 그것이 고스란히 그녀의 빚이 되었다는 것을 알게 되었을 때는 증오심이 들끓어올랐지만 그녀를 대해주는 사람들은 다들 매우 인심이 후했다. 그동안 가난 때문에 사람답게 살아보지도 못한 그녀에게 선심 쓰듯 각종 선물을 안겨주었고 마치 그녀가 자신의 딸이라도 되는 양 아끼고 달래주었다.

'열심히 일하면 이천만 원 빚 정도는 금방이다.'

'멍청한 여자들은 신세를 조지는 거지만 또 이것만큼 쉽게 여자가 돈 버는 일이 흔치 않다.'

마담은 화영을 포함해 새로 온 여자아이들에게 그러한 교육을 시키고 일을 내보냈다. 처음 나간 일터에서 팁까지 받았을 때는 정말 세상 모든 것이 자신의 것 같았다.

그녀의 어머니가 송곳을 들어 수백수천 번 전선을 쑤셔 박아야 수중에 들어오는 돈이 단 한 시간, 노래방에서 남자들에게 주물럭거려지는 것만으로도 들어왔다.

까짓것 만져진다고 닳는 것도 아니고 이렇게만 벌 수 있다면 아버지가 그녀를 구속하는 조건으로 받은 돈 따위야 금방이라도 갚을 수 있을 것 같았다.

하지만 그건 철저한 착각이었다. 곧 그녀에게 선물로 주어진 물건들이 그녀의 앞으로 달린 빚이 되었다는 사실을 알게 되었다. 조금이라도 시간을 늦게 되면 벌금을 내야 했고 그 돈이 없어서 빌리게 되면 이자는 눈덩이처럼 불어만 갔다.

이자가 쌓이게 되자 나중에는 도저히 갚을 가망이 보이지 않았다. 하루에 십여 타임을 뛴 적도 있었지만 그게 일수로 다 나가 버렸을 때, 아무리 일해봐야 절대로 빚을 갚을 수 없다는 것을 깨닫게 되었다. 신화영은 그때 자신을 저주했다. 자신의 어리석음과 멍청함을 저주했고 세상을 저주했다.

역시 세상은 만만치 않았다.

그 당시 그녀가 자던 숙소에는 항상 일정량 이상의 수면제가 비치되어 있었다. 이놈 저놈에 시달리고 약물에 의존해서 잠을 이루지 못하는 여자들이 억지로라도 잠을 자기 위해서 수면제를 구해다 놓은 것이다. 그녀는 그것들을 몰래몰래 한 알, 한 알씩 빼돌려서 60여 알 정도를 모았다.

목을 매거나 칼로 자신을 찌르는 것은 너무 무서워서 할 수 없었기에 선택한 방법이지만 알약을 60알이나 삼키는 것 자체도 일종의 고문이었다. 그렇게 45알 정도 삼켰을까? 그녀는 갑자기 몰려오는 구토를 견디지 못하고 모든 걸 죄다 토해 버렸다.

구토와 함께 눈물이 펑펑 쏟아져 나왔다. 칼로 목을 따거나 밧줄로 목을 매기는커녕… 알약조차 제대로 삼키지 못하는 자신이 한심해서 견딜 수 없었다. 너무나 나약해서 죽지도 못하는 자신이 분했다. 그녀는 배 속에 있는 모든 것을 자신의 고약한 골방 안에 토해내고 그 토사물 위에 머리를 처박았다.

자살 시도라고 하기에도 부끄러운 그 사건 이후, 신화영은 자포자기했다. 약자를 물어뜯기 위해 이를 들이밀고 있는 세상에서 아무것도 모르는 철부지가 발버둥 쳐봐야 출혈량만 늘어날 뿐! 이대로 잠자코 순응하게 되면… 그들도 그녀를 어떻게 하진 않으리라. 일만 제대로 나오면 빚쟁이들도 그녀를 닦달하지 않았으니까. 결국 그녀는 그녀의 아버지와 마찬가지로 패배자였다.

만약 일주일 전 우연찮게 길에서 서린을 다시 보지 않았다면 그녀는 계속 패배자인 채로 아무런 의구심 없이 살 수 있었을 것이다.

하지만 서린을 우연찮게 길거리에서 맞닥뜨렸을 때 그녀는 자신이 너무나 한심해서 견딜 수가 없었다. 그녀와 마찬가지로, 결코 좋은 가정환경이라고는 할 수 없는 혼혈아인 그는 음료수 박스를 나르며 일하고 있었고, 여전히 미소를 잃지 않고 있었으니까.

수면제도 제대로 삼키지 못해서 굴복해 버린 그녀와는 달리 너무나도 빛나 보였기 때문에 그녀는 더더욱 슬펐다. 그녀는 서린의 눈길을 피해서 골목길로 피했다. 자살 시도 이후, 자신을 경멸하게 되어서 견딜 수 없게 된 그녀는 그날 다시금 각오를 다졌다. 자살도 못 하는 나약한 마음이라면 아예 탈출을 해보겠다고. 그래서 그녀는 탈출했다.

하지만 결과가 이거다. 그녀에게는 이미 갈 곳이 없다. 이 세상 어디에도 그녀가 도움을 청할 곳이 없다. 그녀는 이미 자신이 도로 잡혔을 때를 상상하며 떨고 있었다.

정작 웃기는 것은… 이 마당이 되어서도 자유의 상실을 슬퍼하기보다는 잡혔을 때의 보복, 즉 육신의 고통을 더 두려워하는 자신이었다. 그녀는 고열 속에서 자신을 경멸하고 증오했다.

7

"여기쯤인데?"

서린은 메모지에 그려진 약도와 주위를 비교해 보며 혼잣말을 중얼거렸다. 행방이 묘연하고 갈 곳도 딱히 없는 이상 그녀는 다시 사람들의 손에 잡혔을지도 모른다. 그렇다면 아마도 약도에 그려져 있는 숙소로 다시금 끌려왔을 터. 설령 아직까지 잡히지 않아서 숙소에 끌려오지 않았다 하더라도 이곳은 일단 알아둘 필요가 있었다.

"그러나저러나 묘하게 한적하네?"

서린은 우중충한 하늘을 바라보며 한숨을 내쉬었다. 가게도 없이 건물들이 늘어선 주택가인데 길거리에 고양이 한 마리도 없이 조용하다. 덕분에 이상한 슈트를 입고 돌아다녀도 사람들의 눈길을 끌지 않는 것은 좋다. 그러나 왠지 모를 불길한 예감이 드는 것은 어째서일까?

쉬이이이잉.

그때 바람의 방향이 바뀌었다. 밤바람이 거세게 불면서 하늘의 구름이 비켜나고 휘영청 밝은 달이 모습을 드러냈다.

"…아!"

달빛이 쏟아지자 방금 전까지 아무것도 없던 건물과 건물 사이의 담벼락 위에 인간의 모습이 나타났다. 그는 부분 염색한 녹색 머리칼을 가진 젊은 청년이었는데 서린과 같은 기능성 방탄 소재로 몸을 감싼 채 팔짱을 끼고 있었다. 다만 다른 것은 서린이 전신 슈트라면 세건은 에어폼 재킷을 걸치고 있다는 것 정도?

"뭐야, 그 복장은?"

한세건은 의아한 표정으로 서린을 내려다보았다. 이 전설적인 폭탄마는 마치 자신을 코스튬 플레이 대상으로 삼은 인간을 보는 것처럼 경멸의 눈초리로 서린을 바라보았다.

"…그런 뜻에서 입은 건 아닌데."

서린으로서는 세건을 두려워하지 않을 수 없다. 이 미친놈은 보자마자 서린을 한 번 반쯤 죽여놓은 데다가 하루에 두 번이나 박살 내놨다. 그 손속에는 자비의 'ㅈ'도 없었으니 이번에도 공격받는 게 아닐까?

"알고 있어. 농담이다."

그러나 세건은 무표정한 태도로 담벼락에서 뛰어내렸다. 이전의 만남에서는 도사견처럼 공격성 만전이더니 지금은 마치 개과천선한 사람처럼 반응이 다르다. 서린은 그런 생각을 하며 무심결에 중얼거렸다.

"전혀 재미없는 농담인데……."

"전혀 재미없을 만도 하지. 네놈이 흡혈귀에게 손을 벌린 것은 물론이거니와 아무런 의심 없이 녀석들과 손을 잡았다는 증거 아닌가?"

세건이 한마디 한마디 내뱉을 때마다 그의 눈동자에서 푸른 불꽃이 피어올랐다. 억양이 점차로 거칠어지면서 숨소리와 맥박이 손에 잡힐 것처럼 들리는 게 그 한마디를 내뱉을 때마다 가파르게 솟구쳐 오르는 분노의 등고선이 보이는 듯했다.

놀랍게도 한세건은 서린이 마리아와 손을 잡았다는 사실을 단숨에 알아챈 것이다. 세건은 마치 잡아먹기라도 할 것처럼 서린을 노려보며 성큼성큼 걸어왔다.

"윽!"

서린은 깜짝 놀라서 팔을 올려 방어 태세를 취했다. 그러나 세건은 그를 공격하지 않고 옆으로 지나쳐 걸어갔다. 세건이 그를 지나치자 은은한 송연묵 냄새가 코를 스친다.

"…흡혈귀치곤 그렇게 악당 같지 않던데? 인간의 피를 먹는다고 모조리 죽여 버릴 셈인가? 화해와 공존의 길도 찾아보지 않고?"

서린은 세건을 설득해 보려 했다. 그러나 그 순간 세건이 피식 웃었다.

세건은 미친 달의 세계에 들어선 이래 이렇게까지 평화적인 이야기는 들어본 적이 없었다. 뭐 상식적으로 저런 게 가능하다면 평화롭고 사랑스러운 이야기이겠지만 그렇게 될 리도 없고 세건은 그렇게 되기를 바라지도 않는다.

"하하하하하. 뭐? 화해와 공존?! 최고다! 정말 미치도록 한심한 이야기군! 얼간이 녀석! 암이나 에이즈가 사악한 것은 아니지. 그리고 선과 악이기 때문에 누군가를 죽인다는 건 어불성설! 목숨이란 선악으로 결정하기엔 너무 무겁지. 뭐, 방아쇠 무게보다 가볍긴 하지만 말야."

한세건은 배를 잡고 웃더니 광기에 가득 찬 표정으로 서린을 돌아보았다. 서린은 그런 세건의 말을 이해할 수가 없었다. 대체 이놈은 무슨 말을 하는 건가? 서린 자신이 한 말이 그렇게나 웃기는 것이었던가?

"무슨 뜻이지? 너무 어려운 말이라 모르겠어."

"요는 선하든 악하든 간에 나는 차별 없이 흡혈귀를 죽여 버리겠다는 뜻이다. 너도 예외는 아니야, 라이칸스로프."

한세건을 중심으로 강한 바람이 휘몰아친다. 서린은 깜짝 놀라서 그런 세건을 바라보았다.

이 녀석의 증오는 보통이 아니다. 증오의 불꽃이 너무나 강해서 자신의 육신을 태우고 있음에도 불구하고 이 녀석은 그것마저 기쁘게 받아들인다. 이런 녀석이 언젠가 자신의 목숨을 노린다? 그건 절대로 피하고 싶었다.

"그런 식으로 치자면 당신은? 당신도 아무리 보아도 인간 같지는 않은데? 당신은 예외인 건가? 그 암이나 에이즈 같은 것에서 말야!"

"물론 나도 예외는 아니지."

세건은 그리 중얼거리더니 벽에 세워둔 오토바이를 잡았다.

"하지만 지금은 아니야. 타라, 도와주지."

"어?"

"얼간이 녀석이 설치다가 경찰에 끌려가서 꼴사납게 되면 매우 곤란하니까. 공교로운 일이지만 어느 정도 눈치가 생길 때까지는 협력해 주지."

세건은 그리 말하며 자신의 뒷좌석을 가리켰다.

'지금 이놈이 제정신인가?'

서린은 기가 막혀서 한세건을 바라보았다. 아니, 언젠가 죽여 버리겠다면서 지금은 도와주겠다니, 이게 무슨 미친 소리인가? 하지만 세건이 말한 대로 자신이 지금 여기서 헤매 봐야 길을 찾을 수 있을지 어떨지는 의문이다. 지금 이 순간도 화영이 어떻게 될지 모르는데 세건의 도움을 받아서 그게 해결된다면 그 이상 좋을 게 없지 않은가?

"…좋아요. 어떻게 하는지 한번 배워보죠."

서린은 눈 딱 감고 한세건의 뒷좌석에 앉았다. 그러자 세건은 오토바이에 시동을 걸었다.

"그래야지."

"어디로 가는지 알고 있어요?"

"알다마다."

세건은 그리 말하고는 오토바이를 몰았다. 어찌나 힘이 좋은지 두 명이 매달려 있는데도 단숨에 가속하는 게 보통 물건이 아닌 것 같다.

보험회사의 로고가 들어 있는 벽시계가 새벽 1시를 가리킬 무렵……. 아파트의 현관문이 거칠게 열리고 두 명의 남자가 걸어 들어왔다. 그들은 구둣발로 아파트 안으로 들어와 겁에 질린 표정으로 문을 열어준 여자를 밀쳤다.

그녀가 집주인일 텐데, 자신의 집에 무단으로 뛰어들어 폭력을 가하는 이들에게 항변은커녕 제대로 눈길조차 주지 못하고 오들오들 떤다. 마치 뱀 앞에 선 개구리처럼 꼼짝도 못 하는 모습이 그들 간의 먹이사슬을 짐작케 해주었다.

"그, 그만해요. 제발."

"이런 젠장할. 그 썅년 어쨌어? 어딨냐고?"

"막 재웠어요. 그리고 제발 연락 좀 그만해요. 남편이 뭐라고 생각하겠어요."

"뭐라고 생각하긴? 내 마누라가 잘나서 놈팽이가 좀 꼬이나 보다 하겠지! 비켜!"

그들은 구둣발로 골방의 방문을 박찼다. 안에는 젊다 못해 어린 여자가 너덜너덜한 담요를 몸에 감은 채 실성한 듯 쓰러져 있었다.

"이런 개년. 감히 우릴 애먹였겠다. 얼른 안 일어나?!"

그들은 쓰러져 있는 여자의 머리채를 잡더니 억지로 끌어 일으켜 세웠다.

"까아아악!"

그녀는 비명을 질렀다. 머리카락이 뭉텅뭉텅 뽑혀 나갈 때마다 새된 비명을 지르며 손을 허우적거린다. 하지만 사내들은 우악스러운 손길을 늦추기는커녕 여자의 배와 가슴을 향해 주먹질을 퍼부었다.

"이 썅년아! 네년 때문에 우리가 얼마나 고생했는지 알아?"

"돈을 빌려간 주제에 도망치다니, 개 같은 년. 네년 아비랑 네년만 감옥에 간다고! 알아? 알아? 어디 법대로 해볼까? 앙?!"

그들은 되도 않는 소리를 하며 화영을 구타했다. 아마도 혁진에게 두들겨 맞은 분을 여기서 풀려는 것 같았다. 그들은 그렇게 화영을 두들겨 팬 뒤 질질 끌고 현관으로 향했다.

"…다음부터는 이렇게 애먹이지 말라고. 알겠어?"

"부탁이니까 화영이 더 이상 심하게 다루지 말아요."

장영순은 양심에 찔리는 게 있는지 그들에게 화영의 선처를 요구했다. 하지만 그들은 피식 웃을 뿐이었다.

"이런 젠장. 니미럴 좆 빠는 소리 하고 자빠졌네. 네년이 지금 우리에게 그런 말 할 처지야?"

"…알았으니까 당장 데리고 나가요!"

"염려하지 말라고! 이년만 데리고 가면 네년이랑 볼일도 없으니까."

사내들은 그렇게 투덜거리며 여자를 데리고 나갔다. 새벽에 소란을 피운 탓인지 아파트 문이 열리고 몇 사람이 고개를 내밀었지만 그들은 짜증 나는 눈으로 화영과 남자 둘을 노려볼 뿐 별다른 말은 하지 않았다. 사태가 어떻게 돌아가는지는 전혀 관심 없고 그저 조용히 해주길 바란다는 시선이었다.

하지만 사람이 모이게 되면 그중에 한 명 정도는 올바른 정신이 박힌 사람이 있게 마련이다.

과연 두꺼운 안경을 쓴 청년이 러닝셔츠 차림으로 남자들에게 다가왔다.

"당신들 지금 뭐 하는 겁니까? 납치입니까?"

약간 겁에 질려 있으면서도 일부러 당당하게 말하는 청년을 본 남자들은 서로서로의 얼굴을 쳐다보았다. 무언의 의사 전달이 있은 뒤에 한 명이 신화영의 몸에서 손을 떼고 품에서 플라스틱 카드를 하나 꺼내 들었다.

"납치는 무슨 납치입니까. 저희는 정신병원 직원이에요. 알코올중독인 여자가 도망쳐서 잡으러 왔다니까요."

"예?"

분명히 그 플라스틱 카드는 병원 통행증이었다. 어두워서 자세히 보지는 못했지만 이렇게까지 나오는데 재확인하기도 이상하다. 청년은 머쓱해져서 뒤로 물러났다.

"아, 그러면 좀 조용히 해주세요. 그리고 앰뷸런스가 아닌데……."

"뭐 자랑 났다고 도망친 사람 잡으러 나오는데 앰뷸런스를 끌고 나옵니까? 아아, 소란 피운 건 죄송합니다. 하하핫. 그러면 저희는 이만."

"예."

청년은 왠지 껄끄러워하면서도 머리를 긁적이더니 꾸벅 인사를 했다. 아파트 주민들은 흥미를 잃었는지 다들 자신의 집 안으로 들어갔다.

"뭐야, 정신병자였나?"

"으음, 역시."

애초에 관심이 별로 없었기 때문에 그들은 그런 변명에 죄다 납득해 버리고 말았다. 화영이 몸부림치며 반항했지만 우악스런 남자 둘을 당해낼 수 있을 리가 없었다. 그들은 그렇게 아파트 주민들을 진정시키고 화영을 강제로 승합차에 태웠다.

"여기다."

세건은 길가에 오토바이를 멈춰 세우고 내려섰다. 서린이 뒤따라 내리며 주위를 둘러보니 그저 평범한 주택가였다. 언덕을 향해 길이 나 있고 그 길 양옆을 따라 단독주택들이 늘어서 있는 것 자체로는 평범하다. 주택들은 차고가 붙어 있는 다세대주택이 대부분이지만 그다지 넉넉한 동네는 아닌 듯하다.

"이런 곳에?"

"보도방, 다방 등등에 여자를 공급하는 놈들이 숙소를 장만하는 데는 주택가가 가장 좋지. 이곳은 순찰 루트상 이미 돌았겠군. 안전해."

"순찰 루트?"

"경찰들은 매시간 정해진 길을 따라서 순찰을 돈다고. 물론 바뀌는 경우도 있지만 그건 흔치 않은 일이지. 그런 건 말할 필요도 없이 상식 아닌가? 각 동네의 순찰 시간과 루트는 하루만 숨어서 조사하면 알 수 있어."

세건은 그리 말하더니 등에 지고 있던 군장 배낭 같은 것에서 장비를 꺼냈다. 서린은 뭔지 알 수 없었지만 그것은 내시경 카메라와 고성능 콘덴서 마이크를 장착한 감시 장치였다.

한세건은 목표한 집 옆으로 담벼락을 타고 올라가더니 곧 집 곳곳에 도청 및 감시 장치를 설치하고 돌아왔다. 그 행동이 민첩하고 은밀해서 보고 있는 서린으로서는 입이 절로 벌어졌다.

"이제 편하게 감시만 하면 상황 돌아가는 걸 알 수 있지."

"…혹시 우리 집 근처에도?"

서린은 문득 겁이 나서 그렇게 물어보았다. 한세건이 그와 마리아의 관계를 잘 알고 있는 것도 이런 첩보 활동의 결과가 아닐까? 게다가 이놈은 그런 것에 저항감이 없어도 너무 없다. 하긴, 이미 법을 어겨도 한참 어긴 몸이다.

사형이 있는 나라라면 무조건 사형이 구형될 테고 사형이 없다면 한 오륙백 년은 형무소 벽만 바라보고 살아야 할 범죄자다. 그에 비하자면야 도청, 감시야 흔한 일이니 뭐 거리낄 게 있으랴?

과연 한세건은 순순하게 자신의 행동을 시인했다.

"도청밖에 안 했어. 라이칸스로프의 청각과 후각을 속이면서 접근하는 것도 어렵지만 거기에 더해서 장비를 설치하는 데도 시간이 걸리거든? 먼 거리에서의 집음 도청이니까 별로……."

"역시! 당신 지금 그거 사생활 침해라는 거 알아, 몰라?"

서린은 격노했다. 그러자 한세건은 신기하다는 듯 서린을 돌아보았다.

"…하하하하핫. 정말 이렇게 당연한 항의가 나올 줄은 몰랐는데? 당연히 사생활 침해지 그럼 뭐겠어?"

"이익."

서린은 너무나 뻔뻔한 세건을 보고 화가 치밀어 올랐다. 그러나 그때 뭔가가 서린의 귀에 들려왔다.

"승합차로군!"

서린은 소리를 판별하고 아랫입술을 깨물었다. 승합차 한 대가 이곳을 향해 올라온다. 옛부터 인신매매나 보도방하면 승합차라고 정해져 있다시피 하기 때문에 서린은 이 차가 그들의 것이라고 확신했다.

"여기로."

세건은 서린에게 자신을 따라오라고 손짓한 뒤 건물과 건물 사이의 벽에 양다리를 걸치고 매달렸다. 길 쪽에서는 건물의 벽이 사각이 되어 가려지고 차에서는 지붕에 가려서 보이지 않는 높이다.

잠깐 사이에 바로 사각을 계산해 내는 그 능력을 보니 이 녀석은 정말 싸움에 능한 놈일 것이다. 서린은 그렇게 생각하며 세건과 마찬가지로 단숨에 3미터 정도를 뛰어올라 건물의 벽에 양다리를 걸치고 허공에 멈춰 섰다.

과연 승합차는 세건이 도청 장치를 설치한 집 앞에 멈춰 서더니 엉망이 된 여자를 우악스럽게 잡아끌고 집 안으로 들어갔다. 한세건은 5인치 LCD 모니터로 그 장면을 살펴보았다.

"타이밍도 참 좋군. 하루 이틀쯤은 기다려 줄 생각도 했었는데 설마 당일 바로 이렇게 될 줄이야. 설치한 게 아까울 정도군."

"…진짜 지나치게 좋은 타이밍이군요."

서린도 그것에는 동의했다. 그때 세건이 LCD 모니터를 서린에게 들려주었다. 안에서는 흥분한 여자들이 몰려나와 엉망이 된 화영을 마룻바닥에 눕히는 게 보였다. 내시경 카메라라서 화질은 그리 좋지 않지만 지금 상황이 어떻게 돌아가는지 아는 데는 부족함이 없었다.

"자아, 그러면 어쩔 거지, 서린?"

"어쩔 거냐니. 경찰에 신고하는 게 당연하죠."

"'초법적인 제재'에는 관심이 없나? 경찰에게 넘겨봐야 저들은 어차피 큰 문제가 될 게 없어. 원래 포주라는 장사는 경찰과 유착되지 않으면 도저히 못 해먹는 장사니까. 그리고 그 여자애는 염산 날부핀 중독이야. 변호사를 잘 쓰지 않으면 마약관리법 위반으로 고소당할걸. 아니지, 염산 날부핀은 마약류로 분류되지 않으니까 의약품관리법인가? 어느 쪽이든 간에 법대로 하면 결국 다 같이 피해를 볼 수밖에 없어. 그래도 '법'대로 해보겠나?"

한세건은 마치 서린을 유혹이라도 하듯 그렇게 말을 걸어왔다. 그 말을 들은 서린은 불쾌하다는 듯 세건을 노려보았다.

"……."

아마도 마리아와의 대화를 엿들었음에 틀림없다. 그렇지 않으면 저런 자세한 사정까지는 모를 테니까.

사실 세건의 말은 일리가 있었다. 이대로 경찰에 신고한다면 신화영도 무사히 넘어갈 수 없다. 그렇지만 그렇다고 초법적인 제재를 가한다면 그것은 서린 자신이 괴물로 변하는 길뿐이다.

"나는 당신과 같은 괴물이 되지는 않을 거야. 절대로!"

"……."

한세건은 어둠 속에서 피식 웃었다. 그 웃음은 왠지 너무나 서글퍼 보여서 서린으로서도 깜짝 놀라지 않을 수 없었다.

"그래, 좋은 마음가짐이군. 하지만 잊지 마. 이미 넌 괴물이다. 네 손에는 이미 갖고 싶은 걸 빼앗을 수 있는 흉기가 있다는 것을 저주해라, 서린."

한세건은 그 말을 남기고 지면으로 뛰어내렸다. 깜짝 놀란 서린이 그를 바라보았지만 그는 흥미를 잃었는지 자신의 오토바이로 향했다.

"아!"

건물 옆에 매달려서 세건을 내려다보던 서린은 뭔가 검은 것들이 한세건을 뒤따라 움직이는 것을 발견했다.

"저게 뭐지?"

하지만 눈을 비비고 다시 바라보았을 때는 이미, 세건이 자리를 떠난 뒤였다.

8

'역시 그렇지. 세상이 그렇게 만만할 리가 없지.'

장 언니에게 배신당한 화영은 거의 자포자기했다. 역시 동정심이나 인정에 기대어 여기에 온 것이 잘못이었다. 자신의 삶을 지키고 싶어 하는 그녀가 자신을 팔아넘길지도 모른다는 것은 예상했어야 했는데, 너무나 상황이 여의치 않아서 도박하는 셈 치고 기댄 게 실수였다.

이제 다시 돌아가면 몰매나 좀 맞고, 밥이나 굶긴 다음에 또 다시 평상시와 똑같은 일이 벌어질 것이다. 매춘과 접대, 그 지긋지긋한 일상이 다시금 반복된다.

지금까지는 무감각하게 그 일을 계속할 수 있었다. 어차피 지켜야 할 긍지나 가치 같은 것이 없었다. 그녀는 그녀의 아버지와 마찬가지로 패배자였고 쓰레기였으니까. 그건 이미 진작 알고 있었다. 자살 시도라고 하기에는 너무나 한심한 그날 이후, 그녀는 자신에게 구역질을 느끼고 있었으니까.

만약 어린 시절에 짝사랑한 상대를… 다시금 우연치 않게 길에서 만나지 못했더라면 그녀는 계속 자신을 포기한 채 살았을 테고 이런 탈출도 감행하지 않았을 것이다. 하지만 우연이라도 서린과 마주친 이상, 그냥 무감각하게 살 수는 없었다.

"…하지만 이제 됐어."

세건은 자신이 말한 대로 정말 물러났다. 물론 아직 서린을 감시하고 있을지도 모른다. 아니, 아마도 그럴 것이다.

마리아도 그렇고 한세건도 그렇고 그들은 서린을 필요 이상으로 의식하고 있었다. 대체 왜 그런 것인지 속 시원하게 이야기나 해줬으면 좋겠는데 둘 다 일정한 거리를 두고 있을 뿐 제대로 된 이야기는 해주지 않았다.

결국 서린의 입장에서는 둘 다 신뢰할 수 없기는 마찬가지다. 원래대로라면 흡혈귀보다는 흡혈귀 사냥꾼 편을 드는 게 인간으로서 당연한 반응이겠으나 흡혈귀는 미소녀고 사냥꾼은 사악하기 짝이 없는 살인마라면 추가 기우는 것은 어쩔 수 없다.

"…하아, 이러고 있을 때가 아니지."

서린은 모니터를 바라보았다. 한세건이 주고 간 그 모니터에는 막 잡혀 온 화영이를 마루에 눕힌 남자들이 행패를 부리는 모습이 들어왔다. '초법적인 제재'를 포기한 이상 서린에게 선택지는 없다. 경찰에 연락하는 게 최선이자 유일한 방법인 것이다.

하지만 서린으로서는 어떻게 해야 할지 모르겠다. 한세건이 말한 대로 신화영이 염산 날부핀 중독이라면 경찰이 그녀도 잡아갈 게 뻔하다. 가족도 없이 약물중독으로 정신병원에 처박히면 평생 나오지 못할 수도 있다.

차라리 감옥에 가는 것이 낫지 정신병원에 가면 안 된다는 건 서린도 익히 잘 알고 있는 상식이었다. 기록은 기록대로 남아서 취직은 안 되지, 가족이 없어서 빼내지지도 않는다면 영원히 병원에 갇혀서 남은 인생을 허비하게 된다.

만약 자신이 사적으로 제재를 가하고 신화영을 탈출시켜 준다면 그런 일은 없지 않을까? 아마 그럴 것이다. 사적인 제재는 법의 정의와 다른 정의를 가지고 있고 그것을 적용하는 것은 오로지 서린 자신의 마음이니까.

그러나 한세건이나 마리아의 태도로 미루어 보아 그들은 서린이 초법적 수단을 활용하는 것으로 그를 판단하려 들 것이다. 어쩌면 세건은 서린이 타락하기를 기다리는 것일지도. 그래서 법을 어기고 스스로의 욕망을 위해 힘을 휘두르면 기다렸다는 듯이 나타나서 이렇게 말할지도 모른다.

'역시 그럴 줄 알았다. 괴물!' 이렇게……. 지나친 생각이라고는 하지만 이 가정이 절대적으로 그르다는 확증 또한 없다.

서린이 그런 상념에 사로잡혀 있을 때 LCD 모니터의 스피커에서 기괴한 소리가 들려왔다.

—어? 수, 숨을 안 쉬어?

—뭐? 엄살떠는 거 아냐? 앙?

—헐떡이는데?

그 순간 모니터 안의 남녀들 사이에서 경악성이 터져 나왔다. 방금 전 그녀를 끌고 온 남자들도 일순 당황해서 서로서로를 쳐다보더니 신화영에게 달려들었다.

"……."

서린은 그 모습을 보고 깜짝 놀랐다. 일이 잘못되어 가는 것 같다. 그는 건물에서 뛰어내리고 LCD 모니터를 옆에 내려놓았다. 그러고는 즉시 건물을 향해 달려갔다.

이 다세대주택은 애초에 그들만 쓰는지 현관문부터 굳게 잠겨 있었다. 서린은 단숨에 담을 뛰어넘어 안으로 들어갔다. 현관문은 잠겨 있었지만 서린이 손잡이를 잡고 비틀자 금속 손잡이가 부서지며 문이 열렸다.

"꺄아아아악!"

"너, 너는 뭐야?!"

안에 있던 포주들과 여자들이 깜짝 놀라서 서린을 노려보았다. 그러나 서린은 무시하고 문을 열고 들어가 쓰러져 있는 신화영을 바라보았다. 끌려오면서 린치를 당한 탓인지 그녀는 호흡곤란을 일으키고 있었다. 서린은 즉시 그녀에게 다가가 상태를 살펴보았다.

하지만 딱히 서린이 이런 상태에 대해 아는 게 있는 것도 아니고 특별한 교육을 받은 적도 없어서 상황을 도저히 모르겠다. 그저 지금 이대로 두면 그녀가 곧 죽어버릴 거라는 것만 알 수 있었다.

"젠장, 내가 뭘 알아야 해먹지!"

서린은 즉시 벽에 붙어 있는 전화기를 잡아 들었다.

"잠깐만! 지금 뭘 하려는 거죠?!"

신경질적인 중년 여자가 고함을 질렀다. 다른 젊은 여자들이 지금 이 상황에 대해서 패닉을 일으키고 있는 것과 달리 얄미울 정도로 침착한 목소리다. 실제로 생긴 것도 얄밉게 생긴 데다 꼭 주말 연속극 악역 아줌마들의 필수품이라 할 뾰족한 안경을 쓰고 있으니……. 서린은 눈살을 찌푸렸다.

"119에 연락해야지. 지금 송장 치우고 싶어요?"

"당신이 누군데 여기 쳐들어와서 멋대로 남의 집 전화를……."

그때 남자들이 서린을 알아보았다. 이제 보니 이 녀석은 이전 자신들을 문전박대했던 학생이 아닌가? 그때는 마치 화영이 누구인지 전혀 모른다는 듯 태연스럽게 능청을 떨더니 왜 여기에 와 있겠는가?

"아, 이 자식은!"

그들은 그제야 자신들이 능청스러운 서린에게 속아 넘어갔다는 것을 깨달았다. 그들은 분노로 자신을 잃고 서린의 등을 향해 달려들었다. 그러나…….

빠악!

서린은 뒤도 돌아보지 않고 다리로 지면을 쓸어버린 뒤 전화기를 들었다. 남자들은 속절없이 서린의 다리 후리기에 걸려 발라당 넘어져 버렸다. 보통 다리 후리기라면 모를까 라이칸스로프의 것이다. 대형 절단기에 맞먹는 괴력이다.

"으아아아악!"

과연, 서린의 발차기에 맞은 남자 중 한 명은 자신의 정강이를 끌어안고 바닥을 데굴데굴 굴렀다.

"잘됐군. 앰뷸런스 한 대에 두 명 정도는 수용 가능할 테니!"

서린은 경멸을 담아서 남자들을 노려본 뒤 119를 눌렀다. 하지만 곧 서린은 이곳의 주소나 정확한 위치를 잘 모른다는 것을 깨달았다. 약도에서 보기는 했지만 그것만으로는 잘 모르겠다.

"…여기 주소가 어떻게 되죠?"

서린이 마담에게 물어보니 마담은 한숨을 내쉬었다. 화영이 죽을병에 걸렸다 해도 그리 쉽게 119를 부를 수는 없다. 폭행의 흔적이 명백한 데다가 이 집 안은 한눈에 보아도 숙소용으로 개조되어 있었다. 이 상황에 집으로 119 구조대원을 끌어들인다면 일이 어떻게 돌아갈 것인지는 명약관화하다.

"여기 주소는……."

그녀는 아직 앳되어 보이는 서린에게서 단숨에 뻗어버린 남자들에게로 시선을 돌렸다. 이들이 쓰러진 이상 서린을 윽박질러서 자신들의 뜻대로 한다는 것은 불가능하다. 그나마 다행이랄 것은 상대가 좀 어눌하다는 것? 그녀는 서린의 당황한 표정을 보며 혀를 차더니 무슨 결심을 한 듯 매서운 눈을 번뜩였다.

"…그러면 좋아. 우리는 다 빠질 테니까 그 아이만 데리고 가."

"뭐? 뭐라고요?"

서린은 놀라지 않을 수 없었다. 지금 사람이 죽어가는 판인데 이 여자는 자신들의 몸을 먼저 뺄 궁리를 하고 있는 것이다. 그러나 그녀는 당당했다. 역시 여자의 몸으로 그냥 포주 해먹는 건 아닌 것 같다.

"안 그래? 얼른 연락 안 하면 화영이가 죽을 테고… 그렇다고 우리까지 얽혀서 안 좋은 꼴 당하기도 뭐하니까, 우리는 우리 애들 데리고 빠져나간다니까. 아니면 우리랑 실랑이하다 화영이 죽여 버릴래?"

"이 사람들이! 당신들은 사람 죽는 것보다 지금 자신들 안전이 더 중요하다 이건가?"

서린은 기가 막혀서 그녀를 노려보았다. 사람이 죽으려는 판국인데 자기 몸을 뺄 생각을 하고 있다니……. 격노한 그는 주먹을 들어 벽을 후려갈겼다. 합판으로 댄 벽에 주먹이 구멍을 뚫었다. 여자들은 분노한 서린의 모습에 놀라 움찔거렸지만 포주인 이 중년 여자는 얄미울 정도로 태연하게 서린을 바라볼 뿐이었다.

호흡곤란을 겪고 있는 화영의 상태를 보건대 이대로 내버려두면 필히 큰일이 일어난다. 산소가 부족하면 가장 먼저 뇌 손상부터 일어나는데 그렇게 해서 일어나는 손상은 치명적이다. 호흡이 끊어진 뒤 1분 후면 소생하기가 불가능에 가깝고 기적적으로 소생한다 하더라도 죽느니만 못한 꼴이 되기 쉽다.

"알았으니까 얼른 주소나 불러요!"

서린이 그렇게 굴복하자 마담은 여자들과 남자들에게 턱으로 지시를 내렸다. 이미 이런 일에 익숙해져 있는지 그들은 즉시 자신들의 변변치 않은 물건을 챙겨서 이동할 준비를 끝마쳤다.

"단속 대비 대피 훈련이라도 한 모양이군."

서린은 그들의 신속한 대처에 놀라서 비아냥거렸다. 결국 그들은 119에서 앰뷸런스가 도착하기 전에 모두들 빠져나가고 말았다.

"젠장."

119 구조대가 오는 동안 화영의 상태는 계속적으로 악화되어서 나중에는 완전히 호흡이 정지되었다. 하지만 서린은 대체 어떻게 해야 하는지도 몰라서 멍청히 바라보고 있었다. 그래서 119 구조대원들이 왔을 때 그들은 제일 먼저 화영에 대해 인공호흡을 실시했다.

"대체 애가 숨을 못 쉬는데 뭘 멍하니 보고 있어? 앙?! 여자 친구 아니야?"

몇몇 구조대원은 서린에게 화를 냈다. 늘 예의를 다해 상대방을 대하는 TV 프로그램에서와 달리 그들은 피로에 찌들어 있었고 극심한 스트레스를 받고 있으며 그러면서도 헌신의 사명감을 가슴에 품고 움직이는 지극히 모순된 존재였다. 비록 저들에게 욕을 먹기는 했지만 할 말이 없는 서린은 그런 그들을 보고 뭐라고 말도 못 하고 고개를 숙였다.

그런 그에게 119 구조대의 대원 중 한 명이 다가왔다. 까칠하게 자란 턱수염을 쓰다듬으며 서류철을 옆구리에 끼고 있는 그는 서린을 보며 한숨을 내쉬었다.

"기흉이 있는 여자애를 누가 저렇게 두들겨 패놨대?"

"예? 기흉이요?"

기흉이라면 폐에 구멍이 뚫려서 흉강으로 바람이 빠져나가는 병이 아닌가? 그런 기미가 있는 사람은 재발도 쉽게 되고 조금만 충격을 받아도 생명이 위험해진다. 서린은 그 말을 듣고 깜짝 놀랐다.

"살 수 있나요?"

"안심하세요. 죽지는 않을 테니까. 기흉으로 호흡곤란을 일으켰지만 너무 심하지 않으면 반대쪽 폐도 어느 정도 제구실을 하기 때문에 완전히 호흡이 정지되진 않았어요. 흉곽에 들어간 공기가 호흡을 방해하긴 하지만 뭐 그래도 사람 아주 죽으라는 법은 없으니까. 하지만 그보다 문제인 게… 그러니까 팔에 주삿바늘 자국이 많이 있던데……."

구조대원은 곁눈으로 서린을 흘겨보았다. 그러자 서린은 말없이 레이싱 슈트를 젖히고 자신의 팔을 내밀어 보였다. 물론 그의 팔에는 주삿바늘 자국 같은 건 없다. 구조대원은 서린의 깨끗한 팔을 보고 고개를 끄덕였다.

"……."

"그리고 이 집은 대체… 문밖에 자물쇠가 있고, 학생은 대체 여기서 뭘 하고 있던 거지요? 신고자 목소리가 학생이라고 했으니까 당신일 것 같은데."

"예, 저예요. 여기는… 제 집도 뭐도 아니고 그냥… 화영이랑 친구라서."

"그러면 나머지 놈들은?"

119 구조대원의 눈빛이 예리해진다. 역시 산전수전 공중전 다 겪은 구조대원이라 그런지 눈치가 빠르다.

"도망쳤어요."

"…역시. 그럼 그놈들이 여자애를 폭행했겠군. 그렇지요?"

"예."

서린은 고개를 숙였다. 아까 전에는 상황에 떠밀려서 그들과 한심한 거래를 하고 말았지만 이제 와서 생각해 보니 열이 뻗쳤다. 기흉이 있는 여자애를 두들겨 패다니, 그대로 놔뒀으면 죽어버렸을 게 아닌가? 그걸 양심에 거리껴 하지는 못할망정 되레 거래를 하다니……. 서린은 그 거래에 응한 자신이 너무나 한심해서 화가 치밀어 올랐다.

"이러고 있을 시간이 없군. 보고서나 조사를 위해서는 아무래도 같이 가줘야 할 것 같은데…….”

“그 전에 잠시… 어디 좀 다녀와도 될까요?”

“엥?”

“…꼭 처리해야 할 일이 있어서.”

“도망치면 곤란한데.”

구조대원은 노골적으로 서린을 노려보았다. 뭐 이런 상황이 되면 먼저 제보자를 의심하는 것도 무리는 아니지만 불쾌하지 않을 수 없다.

“…그렇기 때문에 더더욱 지금 처리해야 해요.”

“내가 도망치면 곤란하다는 건 당신이야.”

“그래도 믿고 보내주세요. 전 고등학생이라고요. 미성년자 보도방 사업을 하는 고등학생이라니, 아무리 세상이 삭막해도 그런 놈이 있을 리 없잖아요!”

서린은 막무가내로 부탁했다. 그러나 대원은 마이동풍이었다. 하긴 그의 입장에서는 서린을 놓아줄 수가 없다.

“그런 식으로 치면 포주를 고교생보고 잡아 오라고 시키는 것도 무리죠. 뭐 그런 건 경찰이 알아서 할 일이니까 무모한 생각하지 말고 일단 따라와요.”

“아, 진짜 밥통이군요! 뭐 좋아요! 그러면 제가 자력으로 해결하죠!”

“뭐?”

더 이상 설득하기를 포기한 서린은 뒤로 몸을 돌려서 달리기 시작했다. 깜짝 놀란 구조대원이 그를 잡으려 했지만 서린은 무시무시한 속도로 구조대원을 따돌리고 골목을 향해 달렸다. 계단으로 치자면 약 30계단쯤 되는 상당한 높이의 비탈길이었지만 서린은 단숨에 점프해서 비탈길을 내려가더니 직각에 가까운 턴으로 옆 골목으로 사라졌다.

서린이 턴을 한 곳에서 불꽃이 일 정도니 그 힘이 어느 정도인지는 감히 상상도 가질 않는다. 서린을 잡으려다가 헛손질만 한 구조대원은 놀라서 동료들을 바라보았다.

"…저 새끼 진짜 날랜데?"

"야아, 물 찬 제빈데?"

빌딩의 위에 설치된 맥주 회사의 광고용 전광판 위에 그가 서 있었다. 녹색으로 물들인 머리칼을 한 그 청년은 푸르게 타오르는 눈동자로 어둠을 꿰뚫고 도시를 내려다보았다.

"…그러면 어디 실력을 볼까, 릴리쓰의 자식?"

세건은 전광판 위에서 도시를 내려다보며 서린의 움직임을 눈으로 좇았다.

서린은 건물과 건물 사이를 뛰며 나는 듯이 달리고 있었다. 그러면서 그는 자신을 저주했다. 비록 신화영에 대해 아는 게 없지만 그녀는 서린 자신에게 도움을 청하고 있었다. 말로 하지 않아도 알 수 있는 그 요구를 서린은 묵살했다. 그저 동정심과 관심으로 여기까지 오긴 했지만 입구에서 망설이는 사이 화영은 돌이킬 수 없는 상태까지 악화되었다.

"젠장, 엄청난 손해를 보게 생겼네……. 화영이랑 그 녀석 때문에 이게 뭐야?"

마담은 시트에 몸을 묻은 채 혀를 찼다. 일단 단속을 피해서 다들 빼돌렸고 숙소로 쓰던 집은 여전히 그녀의 것으로 되어 있지만 이번 건은 적당히 뇌물 정도로 끝날 것 같지 않았다. 차라리 경찰을 불렀으면 모르겠는데 119를 부르는 바람에 일이 더 커진 것이다.

"으으윽, 그 새끼 대체 뭐야……."

다리가 부러진 남자는 다리를 감싸 쥐고 신음하고 있었다. 승합차 뒤에 밀린 여자들은 그런 남자를 보고 불평을 했다.

"대체 왜 저런대요?"

"화영이 그냥 보내지 그랬어요?! 내 이렇게 될 줄 알았다. 거빈대 한 마리 잡자고 초가를 태운다더니만 화영이 좀 그냥 내보내 주면 어디가 덧나요? 왜 괜히 추격을 해가지고 이상한 애까지 끌어들여요?"

여자들은 되레 남자와 마담을 탓했다. 감금되어서 일하는 여자들도 있고 돈을 벌기 위해 자신이 직접 뛰어든 여자들도 있으니 이런 소요는 그녀들도 원하는 바가 아닌 것이다.

"닥쳐! 니들 중에 미성년자도 있잖아! 걸리면 너희는 무사할 것 같아? 그리고 네놈들도 못 써먹겠어! 고삐리에게 얻어터지고……. 누가 퇴물 깡패 아니랄까 봐 그런 멍청한 짓을 하냐!"

"아따, 누님. 너무하는군요. 누구는 좋아서 퇴물이 된 줄 아십니까? 열심히 살다 보니까 등에 철심이 박혀서 그런 거 아닙니까? 등짝에 철심만 안 박혀 있으면 그까짓 애송이 일개 소대가 덤벼도 아무것도 아니에요!"

"어쨌거나 그놈 집은 알고 있으니까 나중에 조지러 가지요."

"흥, 잘도 조지러 가겠다. 조져지지나 않으면 다행이지. 아무래도 너희 둘로는 안 되겠어. 잠시 사람을 좀 빌려야지."

마담은 투덜거리며 그들에게 임시 거처를 마련해 주는 상방파에 전화를 했다.

"아아, 여기 미림인데요. 예, 경찰들 단속이… 아니, 단속이 아니라 신고가 들어와서 지금 거기로 이동 중이에요. 그런데 젊은 애에게 우리 애가 한 명 다쳐서요. 혈기 왕성한 애들 좀 많이 보내줘요. 예? 경찰이 오냐고요? 아니에요. 예, 그럼 부탁합니다."

그동안 보호비를 제대로 바친 덕인지 상방파의 중간 보스는 흔쾌히 그녀의 요청에 응했다.

"젊은 놈들이 오나?"

퇴물 깡패라고 불린 탓일까? 운전수는 의기소침하게 핸들에 턱을 댔다. 그러자 마담이 화를 냈다.

"운전 똑바로 못 해? 대체 똑바로 하는 게 뭐가 있어? 앙?"

"아, 알았수, 누님. 나 참… 지금 그런 문제가 아니… 응?"

운전수는 갑자기 백미러에 눈을 고정시켰다.

퉁퉁퉁!

그때 그들의 옆에서 누군가가 차 문을 두들겼다. 달리는 차의 문을 두들기다니?

"어? 아니, 그놈이잖아?!"

창문을 통해 바라본 마담은 방금 전에 본 그 젊은이가 쫓아온 것을 보고 기겁했다. 깜짝 놀란 운전수가 속도 계기판을 보니 지금 막 코너를 돌아서 시속 50킬로미터로 감속한 참이다.

"…말도 안 돼!"

일반적인 사람의 생각으로는 100미터를 10초에 끊는 단거리 선수의 속도가 등속으로 36km/h라고 여기게 마련이다. 하지만 단거리 선수의 속도는 점차로 가속하는 것이기 때문에 최고속의 경우는 40km/h가 넘을 수 있다.

대단하지만 그 정도가 인간의 한계다. 시속 50킬로미터란 수치는 이미 인간의 한계를 넘은 것이다. 단거리라고 해도 기적인데 이렇게 먼 거리를 달려온 차를 따라올 수 있을 리가 없다.

"어떻게 된 괴물이야?"

운전수는 즉시 기어를 바꾸고 속도를 냈다. 하지만 속도계가 80km/h을 넘는데도 그 그림자는 여전히 차를 따라붙는 게 아닌가?

"큭!"

콰쾅!

갑자기 문 옆이 크게 찌그러졌다. 검은 그림자가 손을 뻗어서 승합차 옆문에 손가락을 박아 넣은 것이다. 철판으로 만들어진 차의 문짝이 마치 창호지라도 되는 양 쉽게 찢겨져 나가고 듣기 싫은 쇳소리를 냈다.

"으아아악!"

타이어가 미끄러진다. 마치 빙판 위에 서 있는 썰매의 옆면을 잡아당긴 것처럼 차가 미끄러지며 옆으로 돌았다. 시동이 꺼지면서 차는 완전히 통제 불능의 상태가 되었다.

끼이이이익!

4차선 도로의 맞은편 신호등을 향해 차가 미끄러졌다.

"꺄아아악!"

승합차 안에 타고 있던 여자들은 일제히 새된 비명을 질러댔다. 이대로라면 그야말로 대형 참사가 날 것이다. 하지만 그때 승합차와 신호등 사이에 다시금 검은 그림자가 멈춰 섰다.

"흡!"

승합차와 신호등 사이에 선 서린은 미끄러지는 차를 향해 몸을 던졌다. 서린의 손바닥이 차의 몸체에 닿자 차체가 구부러지며 서린까지 함께 미끄러졌다.

끼기기기기긱!

"아아아아악!"

고함을 지르며 승합차를 받아내는 서린의 몸에서 근육이 부풀어 올랐다. 심장이 질주하며 혈액이 근육을 가득 채웠다. 결국 승합차의 앞부분이 완전히 구겨지며 아슬아슬하게 멈춰 섰다.

쿠쿵!

살짝 떠오른 승합차의 뒷바퀴가 바닥으로 내려앉으며 요란하게 흔들렸다.

"꺄아아악!"

"뭐, 뭐야, 저건?! 괴물?! 괴물인가?!"

그들은 겁에 질려서 비명을 질러댔다. 운전수는 즉시 문을 열고 밖으로 도주하려고 했지만 차체가 일그러지며 문이 막혀서 열리지 않는다. 창문은 벌써 틀이 구겨지면서 산산조각 나 있지만 창문으로는 도저히 나갈 엄두가 나지 않는다.

그들의 앞에는 양쪽 눈의 색이 각각 다른 청년이 무시무시한 위압감을 뿜어내며 서 있기 때문이다.

"우아아악! 이 자식, 약속이 틀리잖아! 화영이를 살려주면 우리를 도망치게 해주겠다고……."

운전수는 비굴한 약속을 들먹거렸다. 하지만 서린은 그런 그들을 보며 코웃음 쳤다.

"마음이 바뀌었어!"

서린은 승합차의 지붕 위로 올라서더니 창틀을 힘으로 짓눌렀다. 자동차의 창틀이 엿가락처럼 휘어지며 창문이 좁아졌다. 서린은 그렇게 창문을 접어버려서 사람이 탈출하지 못하게 만들었다.

안에 갇혀 있던 이들은 그 모습을 보고 겁에 질려서 파르르 떨었다. 쇳덩이를 엿가락처럼 휘어버리는 괴물이라니! 그들의 눈앞에서 벌어지는 일이지만 믿을 수가 없었다.

"이 정도면 되겠군. 화영이가 안 죽길 바라라고! 죽으면 당신들! 폭행치사죄니까!"

서린은 그 말을 남기고 차도에서 벗어나 보도블록 위로 올라갔다. 이런 짓을 한 주제에… 평상시에는 교통질서를 꼬박꼬박 지키는 성실한 성격인 것이다.

마담은 찌그러진 창문 틈의 좁은 시야에서 사라지는 서린의 뒷모습을 보며 운전수를 노려보았다.

"…등에 철심만 안 박혀 있으면 저런 걸 일개 소대도 상대할 수 있다고?"

"하하하. 서, 설마요."

나트륨 가로등이 늘어서 있는 빛의 바다, 그 위에 선 뱀파이어 헌터 한세건은 자신의 적 중 하나가 될 서린의 활약을 지켜보며 공허한 웃음을 지었다.

미친 달의 세계에서 적을 죽인다는 것은 바로 자신을 죽이는 일이다. 자신의 일부를 죽이며 망가지지 않고서는 결코 승리할 수 없는 괴물들과의 싸움. 그 싸움에서 살아남은 이는 얼마 되지 않는다. 애초에 괴물로서 만들어진 마물사냥꾼 실베스테르와 마물을 잡아먹고 스스로 마수가 된 그를 제외하고는.

그래, 이 세계에서 마물을 잡을 수 있는 것은 역시 어둠에서 춤추는 마물들뿐이다. 그에 비해서 저 마물, 서린이라는 이름을 지닌 마물은 얼마나 순수한가. 전혀 관계도 없는 여자아이가 그냥 자신에게 구원을 요청했다고… 세건이 지켜보고 있다는 사실을 알면서도 힘을 개방한다. 그 순수함은 세건 자신이 이미 잃어버린 것이어서 보고 있자니 가슴이 쓰라리다.

"인간의 마음을 지닌 마물. 그래… 그런 게 처음은 아니지."

강대한 흡혈귀의 군주, 진마(眞魔)라고 불리는 흡혈귀의 왕 중에도 인간의 마음을 지닌 이는 많다. 긴 시간을 살아가는 그들에게 있어서 인간의 마음이란 오락을 즐기기 위한 마음가짐과 같다.

인간의 가치와 인간의 문명을 즐기지 않으면 초기 철기시대부터 이어져 내려온 그들의 역사 동안 영혼이 견디지 못했을 테니까. 세건은 그러한 흡혈귀들을 잡아왔다. 인간의 마음을 가진 것들을 죽이면서 자신은 마물의 마음을 갖게 되고 이제는 서로서로의 위치가 뒤집어져서 무엇이 올바른 길인지 방황하게도 한다.

"…인간의 마음을 지녔다고 해서 용서할 생각은 없어."

그는 자신의 주위를 떠도는 망령들에게 말했다. 흡혈귀와 인간, 라이칸스로프와 마법사의 오랜 투쟁 속에서 태어난 이 망령들은 그에게 달라붙어 갖가지 비밀을 속삭이고 때로는 그를 미혹했다.

세건은 그 가슴에 검은 칼을 품고 망령들을 압도하며 자신의 증오로 자신의 몸을 둘러 더더욱 마수에 가깝게 변해갔다.

미친 달은 일그러진 채 그의 머리 위를 조심스럽게 지나갔다. 자신이 잉태한 마수, 한세건을 보기가 두려운지 나트륨등에 빛바랜 월광이 황달 같은 누런빛을 뿌리며 스러졌다.

서린은 구조대에게 돌아가지 않고 자신의 집으로 향했다. 화영의 상태가 걱정되기는 하지만… 그가 할 수 있는 일은 여기까지다. 이제 화영에게 남아 있는 길은 지금보다 더 험할지도 모르는 재생의 길뿐이다.

누군가가 그녀의 곁에 있어서 도움을 줄 수 있다면 더 좋겠지만 서린은 그럴 수 없었다.

"비겁하지만 나에게는… 내 가족이 더 소중해."

서린은 스스로를 설득하듯 그렇게 말했다. 자기 한 몸 건사하기도 힘든 게 그의 현실이다. 그는 당장 끼니를 걱정해야 했고 학비를 걱정해야 했다.

'비겁한 녀석. 그녀에게는 더 이상 가족도 친구도 없어. 진짜 혼자야. 그런 아이를 혼자 내버려 둔다고? 자살하지 않는 게 이상하잖아!'

자신의 또 다른 목소리가 그를 질타했다. 서린은 자신을 희한한 눈초리로 쳐다보는 인파 사이를 헤집고 지나가며 술 취한 사람처럼 비틀거렸다. 양심에 찔린다는 게 정말 현기증으로 나타날 줄은 몰랐다.

"어쩔 수 없어. 나는 무력해. 무력해… 무력해……."

육체적 능력이라면 누구도 서린의 앞에서 자신의 힘을 자랑하지 못할 것이다. 그러나 사회적으로 서린에게는 아무런 힘이 없다. 그리고 무엇보다도 그는 자신의 가족과 생활을 사랑한다. 신화영에게 필요한 게 다른 누구도 아닌 그의 헌신이라는 걸 잘 알고 있지만 서린은 그것을 거부했다.

그리고 서린은 그런 자신에 대한 경멸을 견디지 못하고 흔들렸다.

第3夜

Season of WolfHunting

1

하교 종이 울리자 서린이 눈을 떴다.

"아하하함. 아우, 졸려라. 돌아가시겠네."

서린뿐만이 아니라 책상에 엎어져 있던 아이들이 천천히 소생하기 시작했다.

"야, 인마. 파리 들어가겠다."

혁진이 서린의 옆에 와서 히죽거렸다. 주말이 가까워지면서 단벌 신사인 학생들의 교복에서는 심한 악취가 났다. 땟물과 반찬 국물 등으로 더러워진 옷이다 보니 후각이 민감한 서린으로서는 참기 힘든 정도였다. 서린은 인상을 쓰며 혁진을 바라보았다.

"뭐야? 왜 실실 쪼개?"

"아니. 야, 서린, 너 능력 있대? 아주 신속하던데?"

"뭐?"

"화영이를 데리고 있던 보도방 그룹이 체포되었다던데? 네가 신고했다며?"

"응? 그야 그렇지. 뭘 당연한 걸 가지고 그러냐?"

서린은 그렇게 말했다가 문득 불안해졌다. 어제는 너무 화가 나서 아무 생각 없이 그들의 앞에서 자신의 능력을 노출했다. 그걸 말하면 물론 그놈들이 미친놈 취급을 받겠지만 서린 자신도 노출되는 게 아닐까?

"문제는 체포당한 그놈들이 재밌는 이야기를 한다고 하던데?"

역시 그 이야긴가 싶어서 서린은 손을 내저었다.

"신경 쓰지 마, 신경 쓰지 마. 허튼소리니까."

"뭐 확실히 허튼소리긴 하지. 글쎄, 자신들을 잡은 게 그 테러범 한세건이래. 그런 거물이 보도방이나 후려치나? 보통?"

"엥?"

서린은 깜짝 놀라서 혁진을 바라보았다. 너무나 예상외의 답이 나왔기 때문이었다. 서린이 그들을 잡았다고 사실을 이야기해도 일반인에게는 허황되게 들리겠지만… 하물며 전설적인 폭탄마 한세건이라니. 그렇게 되면 이제 그건 더 이상 현실이 아니라 도시괴담이 되고 만다.

하지만 녀석들은 왜 그렇게 말했을까? 서린이 입고 있던 옷이 한세건의 것과 비슷해서? 아니면 설마 한세건이 그 후에 손을 쓴 것일까?

"오백억이나 되는 현상금이 붙은 놈이잖아? 녀석들이 헛소리를 한 건지 뭔지 모르지만 만약 한세건이라면 내가 붙잡고 싶을 정도인걸?"

혁진은 의욕을 불사르며 그리 말했다. 서린은 그런 혁진을 보고 실소를 머금었다.

혁진이 일반 고교생치고는 굉장한 놈이라는 건 잘 알고 있다. 하지만 한세건을 직접 보지 못했으니까 저런 소리가 나오는 거지, 만약 직접 상대했다면 저런 소리가 나오지 못할 것이다. 그렇게 생각한 서린은 피식 웃었다.

"…글쎄올시다. 고삐리에게 잡히는 놈에게 오백억이나 상금을 붙일까?"

"그런 식으로 치면 로또도 못 하지."

"법적으론 미성년자가 못 하는 거 맞는데?"

"그러냐? 난 한 달에 만 원씩은 꼬박꼬박 사는데."

"만 원이면 라면을 사고 말겠다."

서린은 그렇게 투덜거리며 가방을 싸고 일어났다. 화영이 일 때문에 여기저기 뛰어다니는 바람에 한동안 아르바이트도 죄다 끊긴지라 먹고살 길이 암담하다.

"…에휴, 사람 사는 게 왜 이 모양이지?"

서린이 도와서 일이 잘 풀렸으면 모르겠는데 역시 염산 날부핀 중독은 어쩔 수 없어서 신화영은 현재 정신병원에 수감된 상태다. 그 아버지도 알코올중독으로 정신병원에 간 상태니 집안이 풍비박산이라고 해야 할까?

그렇다고 서린이 그들 부녀를 도와줄 수도 없다. 그는 지금 당장 자기 앞가림하기도 벅찬 상황이니까.

"여하튼 아르바이트도 없고 오래간만에 밀린 공부나 좀 해야지."

"그러냐? 그러면 나는 좀 더 놀다 갈까."

혁진은 교문에서 서린과 작별했다. 서린은 한숨을 내쉬며 집을 향해 발걸음을 돌렸다.

그때 골목길에서 오토바이 한 대가 튀어나왔다. 깜짝 놀란 서린이 멈춰 서서 오토바이 위에 타고 있는 남자를 바라보았다. 지금까지 한 번도 본 적이 없는 인물이지만 그에게서 풍기는 화약 냄새와 송연묵 냄새, 그리고 피 냄새는 그가 한세건임을 알려주었다.

"야, 얼간이!"

"에… 하하하. 어째서 여기에? 게다가 얼굴은 아주 멋지군요."

서린은 기묘한 감정에 사로잡혔다. 분명히 한세건은 무서운 녀석이다. 처음 만났을 때는 몇 번이나 그를 반죽음시켜 놓았다. 아마 한세건이 그를 죽이려고 했다면 벌써 죽였을 것이다. 그렇지만 왠지 이 녀석에게만은 절대로! 절대로 빌빌거리는 모습을 보여주고 싶지 않았다!

"지금 웃음이 나오나?"

한세건도 그런 서린이 기가 막히는지 고개를 저었다. 그러자 서린은 비아냥거리기까지 했다.

"…하아, 훌륭하셨습니다. 아주 큰 신세를 졌습니다그려."

쉭!

그 순간 한세건이 서린에게 손을 뻗어왔다. 깜짝 놀란 서린은 한세건의 공격을 막기 위해 팔을 들었지만 뭔가가 갑자기 측두부를 강타하고 빠져나갔다.

"…어?"

서린은 왼쪽 하반신이 마비되어서 주저앉아 버렸다. 세건의 공격은 엄지의 첫 번째 관절로 서린의 측두부를 강타한 것이었다. 그런데 그 일격만으로도 심각한 뇌진탕과 기능장애가 일어났다.

"배짱이 있는 녀석은 흡혈귀든, 인간이든, 다른 뭐든 간에 좋아하지. 하지만 배짱이 있는 것과 생각이 없는 건 달라. 바보 녀석."

"…이건 생각이 있어서 하는 짓입니까? 길거리에서 사람을 쳐 죽이는 게?"

서린은 항변했지만 한세건은 그런 서린을 보고 웃어주었다. 물론 그는 생각이 있어서 이런 공격을 가하는 것이다. 우선 인간이 아니니 어느 정도의 타격으로는 죽지도 않고 재생할 것이고 또한 서린의 신체 능력을 좀 더 파악해 둘 필요가 있었다. 언제 적으로 돌아서도 이상하지 않은, 아니, 애초에 적이나 다름없는 녀석이니까. 하지만 세건은 내색하지 않았다.

"타라. 알고 싶은 게 많을 텐데 이야기나 좀 해볼까?"

"내가 당신의 뭘 믿고 타야 하는 거죠? 아, 어제는 고마웠습니다만 그건 도청이랑 충돌시켜서 없었던 일로 하고……. 아니, 그러고 보니까 아직도 도청하고 있지요?"

"말 돌려봐야 소용없어. 너 자신에 대해서 궁금해서 미칠 지경이라는 거 잘 아니까. 마리아라는 그 흡혈귀는 제대로 이야기 해 주지 않을 테고, 내가 도청하고 있다는 걸 안 이상 그녀를 다시 불러들이진 못하겠지? 즉 네가 그 이야기를 속 시원하게 듣고 싶다면 나에게 듣는 길밖에 없다는 거지. 어때? 그 멍청한 머리로도 상황이 이해가 되나?"

"……."

서린은 이를 뿌득 갈았다. 억울하지만 한세건이 말하는 대로다. 자신에 대해서 조금이라도 더 알 수 있다면 호랑이 입안이라고 하더라도 머리를 들이밀어야 할 판이었다. 왠지 한세건의 페이스에 말려들어 가는 것 같지만 지금으로서는 칼자루는 그의 손에 있다.

"알겠습니다. 흥! 그럼 타도록 하죠."

한세건은 서린을 뒤에 태우고 서울을 빠져나갔다. 오늘따라 하늘은 맑고 푸른 데다가 바람도 시원하게 분다. 서린은 한세건의 뒤에 앉아서 오토바이 뒷걸을 잡고 지나가는 풍경을 바라보았다. 한세건에게 무슨 꼴을 당할지 모른다는 것만 제하면 기분 좋은 외출이라고 할 수 있었다.

'내가 이럴 때가 아닌데…….'

서린은 한숨을 후욱 내쉬었다. 그때 한세건이 오토바이를 멈춰 세웠다.

"여기다."

그곳은 농지 근처에 세워진 낡은 시골 교회였다. 녹슨 슬레이트 지붕에는 구멍이 뚫려서 빛이 들어오고 있고 색 테이프를 붙여 스테인드글라스처럼 만들어놓은 유리창은 색이 완전히 바래 누렇게 떴다.

안에는 검게 썩어가는 긴 벤치가 아무렇게나 방치되어 있고 청소라고는 해본 적이 없는지 먼지가 수두룩하다. 겉보기에는 완전히 흉가나 다름없는 이 교회에는 사유지 출입 금지 경고판이 붙어 있었다.

"…묘한 곳을 아지트로 쓰는군요."

"싼 맛에 사들였지."

"…싼 맛이요?"

서린은 기가 막혀서 한세건을 바라보았다. 세건은 오토바이를 차고 안에 집어넣었다. 차고 안에는 그것 말고도 오토바이가 세 대 정도 더 있었는데 대부분이 오프로드용이고 온로드용은 딱 하나 있었다.

죄다 번쩍번쩍 빛이 나도록 손질되어 있고 벽에 걸린 작업복이 지저분한 걸로 보아서는 세건이 이것에 기울이는 공이 상당하다는 생각이 들었다. 이 차고는 교회의 외관과 달리 매우 깨끗하고 정리가 잘되어 있으니 교회 안도 겉과 다른 뭔가가 숨겨져 있을 것이다.

"…부자군요."

"별로."

세건은 오토바이를 세운 뒤 지하실로 향했다. 역시 겉은 완전히 흉가 꼴이지만 지하실은 깨끗하게 청소되어 있었다. 게다가 벽에는 빈틈없이 방음재가 붙어 있었다. 그는 서린을 세워두고 전자식 도어의 비밀번호를 눌렀다. 그러자 안이 열렸다. 안은 골조가 다 드러나 보이는 허름한 창고였는데 거대한 H빔 철강과 와이어들, 폭약과 탄약, 각종 설비와 발전기 등이 들어차 있었다.

세건은 레이싱 재킷을 벗어서 벽에 걸고 서린에게 소파를 가리켰다.

"앉아."

"예."

"난 옷을 갈아입고 오지."

세건은 MDF로 만들어진 칸막이로 간 뒤 거기서 옷을 갈아입고 다시 걸어 나오더니 서린이 보는 앞에서 저울에 올라갔다. 그는 잠시 자신의 체중을 보더니 한숨을 내쉬었다.

"하아, 칠 킬로가 줄었군. 젠장, 요 며칠간 기준 칼로리를 안 채웠더니만."

그는 반바지에 민소매 차림으로 종이 박스에 담긴 초코바를 꺼냈다. 왜 몸에서 송연묵 냄새가 나나 했더니만 그의 몸에는 먹물로 특이한 한자들이 쓰여 있었다. 문외한인 서린이지만 그것이 무슨 주술적인 의미가 있음을 알 수 있었다.

"먹을래?"

세건은 초코바를 서린에게 내밀었다. 그러나 서린은 고개를 저었다.

"…사양하죠."

"나 참, 독이라도 넣었을까 봐?"

한세건은 초코바 세 개를 한꺼번에 까더니 하나씩 입에 집어 넣었다. 그러고는 내키지 않는 표정으로 열심히 씹어서 삼켰다.

"우엑……. 젠장, 너무 달아."

"…달면 안 먹으면 되잖아요."

"그럴 수는 없어. 하루에 만 킬로칼로리 이상 먹지 않으면 체중이 미친 듯이 줄어버리니까. 체중이 줄면 격투전에서 전투 능력이 확 떨어진단 말야."

흡혈귀나 라이칸스로프와 달리 인간과 마물의 경계에 걸쳐 있는 한세건은 괴력으로 소모하는 열량을 전부 음식물에서 보충받아야 한다. 신체적 능력이 탁월하다 보니 탁월한 만큼 열량을 많이 필요로 하는 것이다.

한세건은 냉장고에서 캔 음료를 꺼내서 서린에게 던져 주었다. 이번에는 거절하기도 뭐하고 마침 목도 마른 참이어서 서린은 캔을 받아 들었다. 한세건은 냉장고에서 계란이나 두유, 바나나 등을 꺼내서 믹서에 죄다 처넣고 갈았다.

그렇게 해서 만들어진 것은 결코 맨정신으로는 먹고 싶지 않은 형상이 되었지만 한세건은 그걸 벌컥벌컥 마셨다.

"하아, 젠장. 이래 봐야 이천 칼로리인가. 먹다 뒈지겠네. 후우."

한세건은 낡은 소파에 앉아서 서린을 바라보았다. 서린은 그런 세건을 보고 약간 질려 있었다. 뭐랄까, 먹는 것도 일이라는 느낌이 팍팍 든달까?

한세건을 움직이고 있는 감정은 분노나 증오, 그런 것도 있지만 그 근본은 의무감에 기반하고 있음을 알아차린 것이다. 그렇지 않고서야 먹는 것조차 작전 과제를 수행하듯, 이렇게 집요하게 하지는 못하리라. 아무리 폭식 중인 인간이라 하더라도 하루에 10,000㎉씩을 먹고 소화시키는 작업은 굉장한 중노동이니까.

그렇다면 한세건은 대체 왜 이러는 것일까? 흡혈귀들을 죽이기 위해? 마리아처럼 선량해 보이는 흡혈귀들을, 선악에 관계없이 무차별로 죽이기 위해 자신의 인생까지 버려가며 싸운단 말인가?

"정말 열심이군요. 그것참… 이 일이 그렇게까지 할 가치가 있는 겁니까? 선과 악에 관계없이 흡혈귀라면 이를 갈고 죽여야 할 만큼?"

"칭찬해 줘서 고맙군. 자, 그러면 본론으로 들어갈까, 릴리쓰의 자식?"

한세건은 수도꼭지로 다가가더니 칫솔에 물과 치약을 묻혀 입에 물고 양치도 끝마치지 않고 돌아와 대뜸 소파 위에 몸을 던졌다.

"릴리쓰? 대체 그게 뭐죠?"

"요즘 보면 많이 나오는 이야기잖아. 아담의 첫 번째 아내이자 마녀라고 하는 존재. 흡혈귀가 스키타이 시절부터 있었으니까 아무래도 히브리 신화의 그 릴리쓰라고 생각되지는 않지만 말야."

한세건은 알 수 없는 소리를 하며 소파 위에서 빙글 다리를 돌려 서린의 맞은편에 바로 앉았다.

"불을 켜는 편이 더 좋으려나?"

"…예, 밝은 게 좋아요. 집에선 전기료 때문에 꺼두고 살지만."

그러자 세건은 초코바 포장지를 뭉쳐서 벽을 향해 던졌다. 정확하게 전기 스위치 위에 맞은 포장지는 스위치 밑에 있던 쓰레기통으로 들어가고 형광등에 불이 들어왔다.

"…괜찮은 재주군요."

"칭찬으로 듣지. 자아, 우선 네가 누구인지 궁금할 테지, 서린?"

"예예."

서린은 건성으로 대답했다. 세건은 탁자 밑의 신문지 무더기에서 노트북을 꺼내서 탁자 위에 놓았다.

"단도직입적으로 말해서 너는 월야의 주민들을 모조리 뒤에서 조종하는 강대한 마녀의 직계 자식이야. 그것이 갖는 의미는 정말 대단하지."

노트북을 켜서 화면을 보여주며 세건은 진지한 어조로 말했다.

"월야의 주민?"

"흡혈귀나 수인, 마법사와 마귀, 그리고 나 같은 것들을 포함한 모두를 말하는 거지."

세건이 켠 노트북에는 각종 자료 사진이 들어 있었다. 사냥당해 벽에 매달린 거대한 늑대 인간이라든가 팔다리가 잘린 채 괴물과 같은 모습을 드러낸 흡혈귀라든가…….

어느 쪽으로나 상당한 양이기는 하지만 그 모습이 너무나 그로테스크해서 사실성이 떨어진다. 만약 이런 게 공중파 방송을 탄다고 해도 무슨 믿거나 말거나 같은 흥미 기획 정도로 여겨질 정도였다.

"그러니까… 내 어머니가 마녀다?"

"직접적으로 이야기하면 그렇게 되는 거지."

"…당신 농담하는 거 아니죠?"

서린은 그렇게 반문하고 자신이 웃긴 소리를 했다는 걸 깨달았다. 이미 이건 기정사실이다. 그는 늑대 인간에, 맞은편의 세건은 마물사냥꾼이 아니던가? 여기에 더 심한 이야기가 나온다고 해서 현실성이 없을 건 또 뭔가?

"나도 농담이었으면 좋겠다. 하지만 너의 출현은 이미 예견되어 있던 것이고… 릴리쓰 이야기도 장난은 아니야."

한세건은 서린을 노려보며 깍지를 꼈다.

"대체 그 릴리쓰는 뭔데요?"

"정체는 비밀이지. 정말 신화에서 나오는 아담의 첫 번째 마누라인지 아닌지 그것도 몰라. 하지만 한 가지 분명한 건 그녀가 지금 이 세계를 정체시키는 장본인이라는 것이다. 흡혈귀가 줄어들면 인간과 관계하여 흡혈귀를 낳고, 라이칸스로프가 줄어들면 인간을 유혹해서 라이칸스로프를 낳지! 그렇게 태어난 리림 제1세대는 막강한 힘을 바탕으로 자신들의 자손을 충분히 늘려서 줄어든 개체 수를 보상하고 강대한 힘으로 다시금 자신들의 입지를 구축한다. 마녀사냥, 이단 심문, 산업혁명, 전파통신. 인간의 이지가 발달하여 어둠이 위협받을 때마다 릴리쓰가 나타나서 어둠의 자손들을 강화시켰고 어둠의 진보가 문명의 진보를 따라잡음으로써 세상의 그림자에 미친 달의 주민들이 서식하게 되는 거지."

마물사냥꾼, 한세건은 자신이 알아낸 가장 강력한 정보를 설명했다. 흡혈귀들의 맹주, 모든 진마 중에서도 최상위를 차지한 테트라 아낙스, 그들의 본거지를 폭파시킨 사건이 바로 플렉스 메디칼 빌딩 폭파사건, 한세건이 전설적인 폭탄마로 이름을 날리게 된 그 사건이었다. 한세건은 언론과 사회에 자신을 노출하는 것을 각오하고 흡혈귀의 맹주들이 세계를 효율적으로 지배하기 위해 설치한 기업을 공격해 릴리쓰에 대한 정보를 얻었다.

그 과정을 생각해 볼 때 이 정보는 사실일 것이다. 테트라 아낙스가 의도적으로 흘린 감도 없지는 않지만 정보 자체의 신뢰도는 매우 높다. 그러나 그 과정을 모르는 서린으로서는 충격적인 이야기였다.

"…무슨 소리인지 모르겠어. 그러니까 내 엄마가… 의도적으로 아버지를 유혹해서 나를 낳았단 말야? 괴물들을 늘리기 위해서?"

서린의 목소리는 떨리고 있었다. 어차피 온건한 관계라고는 생각하지 않았다. 사생아인 그는 이미 오래전에 어머니에 대한 기대감이 없었다. 하지만 아무리 그래도 이건 너무한 소리다. 돈을 위해 몸을 팔고 접근한 창녀라는 것만 해도 이만저만한 모욕이 아니다. 그러나… 전설적인 마녀라니 그건 대체?

"그렇지. 이해가 느리군."

세건은 잔인할 정도로 무표정하게 답했다.

"젠장."

믿고 싶지 않은 이야기이다. 차라리 아버지가 혹해서 창녀를 샀다고 하면 모를까 어떤 거대한 악이 일부러 아버지를 유혹해서 도구로서 자신을 낳았다고 하면 그것은 문제다.

차라리 창녀의 자식이라면 서린의 앞길은 그 자신의 것이다. 출생이 일종의 짐은 되겠지만 그것의 아픔은 이미 다 만끽했다.

하지만 자신이 도구로서 만들어진 것이라면 다르다. 도구로서 유용한 이상 누구든지 반드시 서린을 이용하기 위해 나타날 것이다.

"아, 불쌍한 아버지."

"아마도 마법적인 수단을 써서 매혹시켰겠지. 목적을 달성하는 데 있어서 가장 빠르고 쉬운 수단이니까."

세건은 서린의 출생 배경도 알고 있는지 그렇게 자신의 의견을 더했다. 그렇다면 서린의 아버지는 단지 릴리쓰의 눈에 들었다는 이유만으로 이렇게 된 것이란 말인가? 처가의 증오를 받아서 모든 것을 잃고 외국으로 팔려 나간 게 사랑도 육욕도 아닌… 전설적인 마녀의 농간 때문이었단 말인가?

"그래서 당신과 마리아! 모두가 나에게 관심을 가지는 것인가?"

그렇게 말하는 서린의 목소리가 분노로 떨렸다. 가슴속에서부터 끓어오르는 증오의 불길이 그의 몸을 역으로 차게 만들었다. 오한이 밀려든다.

"물론이지. 어때? 이 정도면 솔직하게 말해주는 것 아닌가?"

세건은 서린의 반응에 만족했는지 다시금 초코바를 씹었다. 서린은 그 순간 소파를 박차고 일어났다. 하지만 그와 동시에 세건의 손에서 권총이 나타나 서린의 미간을 겨누었다.

"쓸데없이 과격한 움직임은 하지 마. 목에 현상금이 걸린 처지라 아차 하면 널 죽여 버릴지도 모르니까. 화난 건 알겠는데 말야."

서린은 자신을 향해 입을 벌리고 있는 권총의 총구를 바라보며 침을 꿀꺽 삼켰다. 상대는 산전수전 다 겪은 노련한 헌터. 그의 경고는 틀린 말이 아니다. 아니, 그런 경고에는 의외의 친절함까지 담겨 있어서 세건이 정말로 서린을 죽이고 싶어 하지 않는다는 걸 알 수 있었다.

"그렇다면 당신은 어때? 대체 나에게 뭘 원하는 거지?"

"뭘 원하느냐고?"

한세건은 자신을 노려보는 서린을 보며 자리에서 일어났다. 서린이 그를 의심하는 것도 무리가 아니다. 실제로 그는 서린을 이용하려고 접근하는 것이니까.

"내가 원하는 건 너의 존재 그 자체이지 너에게 뭘 어찌해 달라는 게 아니야. 그래, 굳이 원한다면 릴리쓰가 원하는 모습이 되지 말라는 것 정도?"

"뭐?"

"릴리쓰는 너를 통해서 라이칸스로프의 개체를 늘리려 하고 있어. 즉 네가 누군가를 전염시키면 그것이 바로 라이칸스로프의 개체 증가지."

"저, 전염? 어떻게 해야 그걸 피할 수 있는 거지?"

서린은 당황해서 세건을 바라보았다. 그가 인간들 사이에서 살아온 이상 어쩌면 무의식중에 전염이 진행되었을 수도 있다. 그렇다면 늑대 인간들이 늘어나게 되고 그들이 자신의 힘을 함부로 휘두를 경우 엽기적인 살인사건들이 줄지어 일어날 게 아닌가?

그런 것에 생각이 미치자 머릿속이 공황상태로 빠져들었다. 세건은 안절부절못하는 서린을 보며 손가락을 들었다.

"우선 절대로 수화(獸化)하지 마. 보통의 라이칸스로프는 자신의 종족을 늘리기 위해서 수화한 뒤 상대에게 전염의 상처를 입힐 수 있어. 옛날이야기와 같이 발자국에 고인 물이나 그냥 무는 것과는 달라. 뭐, 그 이상은 나도 라이칸스로프가 아니라서 알 수 없어."

"수화라? 나는 그런 거 어떻게 하는 줄도 몰라."

"그렇다면 다행이군. 배울 생각도 하지 마. 만약 네놈이 그 비천한 운명을 사람들 사이에 퍼뜨린다면 절대 좌시하지 않을 테니까."

"음… 아, 그런데 이제 생각나서 하는 말인데 왜 언어장애자나 청각장애자들이 손으로 말하는 걸 수화(手話)라고 하지 않던가?"

"지금 웃기려고 한 소리라면 하하하, 웃어주지."

그렇게 말하는 세건은 절대로 웃지 않고 있었다.

"네놈의 웃긴 농담에 보답하는 의미로 나도 여기서 재미있는 농담을 하나 해주지. 옛말에 웃는 낯에 침 뱉으랴, 라는 말이 있지? 내가 그걸 몸소 논파해 주지."

과연, 서린의 웃는 낯으로 주먹이 날아들었다.

2

서린은 피에 젖은 셔츠를 벗어서 세탁기에 넣었다. 세건의 빨랫감에 섞어서 빠는 것은 그리 기분 좋은 일이 아니지만 당장 내일 입어야 할 교복에 피가 묻은 것이다. 안 빨 수가 없다.

세탁기는 야외 세탁실에 있어서 부득이하게 이야기를 중지하고 밖으로 나올 수밖에 없었다. 밖에는 비닐하우스를 만들고 그 안에 빨래들을 넣어뒀는데 안이 후끈후끈해지면서 빨래가 급속도로 빠르게 마르도록 되어 있었다. 이 모든 것을 손수 만든 것으로 보아 세건의 손재간이 상당한 모양이었다.

"자, 그러면 이야기는 끝이야. 혹시 뭔가 더 궁금한 게 있나?"

한세건은 그늘에 의자를 놓고 앉아서 자신의 노트북을 켰다. 서울 곳곳에 도청 장치 및 감시 장치를 해놨는지 노트북에는 곳곳의 영상이 전송되고 있었다. 혼자서 이런 걸 해놓다니, 그 자금력과 행동력은 대체 어디서 나오는지 모르겠다. 아무리 보아도 이놈은 정상이 아니다. 극단적으로 미친 천재임에 분명하다.

"당신의 진정한 목적을 모르겠어."

"진정한 목적?"

세건은 의외라는 듯 눈썹을 치켜떴다.

"왜 이런 짓을 하지? 평범하게 살고 싶다는 생각이 안 들어? 이제 와서는 틀린 일이지만 흡혈귀나 마녀에 신경 쓰지 않아도 잘 사는 사람들이 있잖아?! 이건 미친 짓이라고!"

서린은 세건을 노려보았다. 그는 릴리쓰의 자식이라 어차피 피할 수 없는 운명이라 쳐도 인간이었던 세건이 이렇게 암흑의 세계로 발을 들이민 것은 도저히 이해할 수 없는 일이었다.

삐익삐익…….

세탁기가 물을 토해내기 시작했다. 한동안 새소리와 벌레 소리, 세탁기가 물을 토해내는 소리만이 그들 사이에 감돌았다. 잠시 후 세건은 입을 열었다.

"그래서 미친 달의 세계라고 부르는 거지."

"…이건 아까 전 내 농담과 수준이 비슷한데?"

서린은 억울하다는 듯 세건을 노려보았다. 서린이 농담을 했을 때 세건은 서린을 피투성이로 만들어 버렸지만 서린은 되갚아줄 수가 없었다.

"왜? 능력되면 해보시든가?"

서린의 억울한 시선을 느꼈기 때문일까? 세건은 돌아보지도 않고 퉁명스럽게 말했다.

세건은 컴퓨터를 조작해 갖가지 물품의 움직임을 체크하며 대수롭지 않다는 듯 말했다.

"평범한 삶이라. 글쎄, 가족을 모조리 흡혈귀가 만든 괴물에게 살해당했는데 모든 걸 잊고 평범하게 살아가라는 요구는 좀 지나친 게 아닐까?"

"…아, 미안."

서린은 깜짝 놀랐다. 생각해 보면 너무나 당연한 이야기다. 인간이 흡혈귀나 괴물들을 상대로 이만큼 적개심을 불러일으킬 이유는 극히 한정되어 있다. 서린도 만약 자신의 가족들이 살해당한다면 가만히 있지 않았을 터. 세건의 마음을 이해하지 못하고 계속 추궁한 자신이 한심스러울 정도였다.

그러나 세건은 미안해하는 서린을 보고 코웃음 쳤다. 이 녀석은 역시 그를 너무 몰랐다.

"미안해할 건 없어. 나는 전형적인 불량아여서 가족이 죽었을 때 전혀 슬프지 않았으니까. 아니, 실감이 나지 않았다는 게 정확한 표현이지."

"……."

서린은 깜짝 놀라서 세건을 바라보았다. 가족이 죽었는데도 전혀 슬프지 않았다니. 가족을 끔찍이도 사랑하는 그로서는 도저히 상상이 안 간다. 어떻게 그럴 수가 있을까? 처음에는 이놈이 농담으로 서린을 희롱하려고 하는 건가 싶었지만 세건의 표정은 일견 슬퍼 보이기까지 할 정도라 거짓이 아님을 알 수 있었다.

"그래서 그런 나를 용서할 수가 없어서 스스로를 고행에 던진 거야. 나 자신도 실감하지 못하는 가족의 죽음을 내 몸에 새기기 위해서, 나는 영화나 소설, 만화 등에서 본 대로 나를 복수에 미친 귀신으로 보이게 했어. 그 귀신의 흉내를 내지 않으면 안 될 만큼 나 자신을 혐오했기 때문에……. 뭐, 이건 내 견해가 아니라 마스터의 견해지만."

"마스터?"

"나에게 마법을 가르친 스승. 그녀의 말에 의하면 나는 지나친 자기혐오로 자신을 학대하지 않으면 견딜 수 없을 만큼 착하다고 하더군. 나는 그저 슬퍼하는 방법을 몰랐기 때문에 가족들을 잃고서 그 슬픔을 느끼지 못했고, 그것이 또다시 나 자신을 증오하게 한 원동력이었다고."

"누군지 몰라도 당신이 착하게 보일 정도로 눈깔이 삐었나 보군."

서린은 솔직한 감정을 다시금 입 밖으로 내었다. 그러자 한세건은 그늘에 앉은 채 컴퓨터를 끌어안고 작업을 계속하더니… 한참 뒤에야 폭소를 터뜨렸다.

"푸웃, 역시 그렇게 생각하지? 동감이야."

서린은 실소를 터뜨리는 세건을 보고 깜짝 놀랐다. 이번에도 불벼락이 떨어지나 싶었는데 저렇게 천진난만하게 웃다니. 이 녀석은 정말 이해할 수 없었다.

어느 때는 마약중독자에 세상 끝까지 다 본 인간 말종같이 굴다가도 어느 순간에는 너무나 순진무구한 모습을 보인다. 정말 그 마스터라는 여자 말대로 세건은 순수하고 착해서 자기를 내모는 것일지도 모른다.

"그래서… 자신을 괴롭히기 위해 흡혈귀를 사냥하는 거야?"

세건은 노트북을 덮었다.

"그녀의 견해를 받아들이는 자가 이걸로 두 명째로군. 서린, 바보 같은 소리는 하지 마. 나는 그저… 알아버린 이상 의무를 수행할 뿐이야."

"무슨 의무?"

세탁기는 몇 차례의 과정을 마치고 자신의 몸을 부들부들 떨며 탈수에 들어갔다. 세건은 노트북을 놓고 일어났다.

"흡혈귀나 괴물들이 멋대로 설친 대가를 치르게 해줄 의무. 가족을 잃었다는 점에서 나에겐 그런 자격이 있지."

"아예 매스미디어나 정부에 알리는 건? 그런 건 생각 안 해봤어?"

"남의 피를 빨면 천년만년 살 수 있다는 사실을 세상에 알리라고? 진시황제 이야기야 너무 오래전 이야기라 유통기한이 지났다 치자. 죽은 H그룹 회장이 조금이라도 더 오래 살고 싶다고 젊은이들 수혈 팩을 골라다 피 교환을 했다는 소문이 나돌았다는 걸 알고 있나? 인간 사회를 와장창 파괴하는 데는 확실히 최고의 방법이로군. 라이칸스로프도 일반적인 인간보다 수명이 기니까 꿩 대신 닭이라고 그것도 괜찮다는 사람들도 있을 테고."

"……."

서린은 말문이 막혔다. 그냥 편하게 정부와 군대의 힘을 이용해서 흡혈귀들을 몰아내면 되지 않나 하는 생각에서 한 말이지만 이렇게 되고 나니 상황이 매우 심각하다는 것을 알게 되었다.

흡혈귀나 라이칸스로프의 정체는 절대로 인간에게 알려져서는 안 된다. 정체를 감추는 그들의 율법은 문명의 힘으로부터 월야의 주민을 지키는 방패막이도 되지만 월야의 광기로부터 문명을 지키는 보호자도 된다.

세건은 제스처를 취해가며 설명했다.

"라이칸스로프는 말야, 암이나 에이즈 같은 병에 걸려서 시름 시름 앓아가는 사람마저도 소생시킬 힘이 있어. 수화를 몇 번 하면 암세포조차 자신의 통제하에 들어와. 생각해 봐, 인간이 그것들을 욕망하지 않겠어? 영원한 생명과 건강한 생활. 몇몇은 네게 구걸할지도 몰라. '제발 사랑하는 자식의 목숨을 살려주세요', '제 자식을 라이칸스로프로 만들어주세요', '저는 죽고 싶지 않아요.' 백혈병으로 고통받는, 항암제로 머리가 다 빠진 소녀가 애원한다면 너는 그걸 뿌리칠 수 있나? 좋아좋아, 다 좋다고. 불로불사도, 건강도 다 좋은 거야. 하지만 모두가 그걸 가질 수는 없지. 세상이 제대로 굴러가는 건 어느 정도 체념이 있기 때문인데, 모든 게 가능하다는 사실을 알려주게 되면 인간의 욕망이 그걸 그냥 내버려 둘 거라고 생각해? 문명과 암흑, 두 개의 세계가 하나로 합쳐지면 문명의 세계도 암흑의 세계도 모두 다 파멸할 뿐이야. 안전을 위해서 누구 하나는 없어져 줘야 해."

갑자기 서린은 오한이 엄습하는 것을 느꼈다. 왠지 그는 세건이 무슨 생각을 하는지 알 수 있을 것 같았다. 그리고 그 생각이 갖는 힘에 짓눌려서 숨조차 쉴 수 없었다. 이 녀석은 완전히 미쳤다. 미치지 않고는 이런 생각을 할 수 있을 리 없다.

"당신 설마… 당신의 진정한 목적이란 게 그런 거였나?"

"호오, 알아차렸나? 감이 빠르군."

세건은 서린에게 다가왔다. 서린은 오들오들 떨며 그런 세건을 피해 뒤로 물러났다. 세건의 주위를 감돌고 있는 검은 연기와 같은 것은 망령이고 세건은 그런 이들을 증오와 광기로 제압하고 있는 마수다. 서린은 그런 세건을 바라보며 공포에 떨었다.

"웃차, 잠깐이면 마르겠군."

하지만 세건은 서린을 무시하고 빨래들을 세탁기에서 꺼냈다. 그는 오들오들 떨고 있는 서린을 보며 미소를 지었다.

"금방 마를 테니까 가지고 돌아가라고. 지금 입고 있는 옷은 그냥 가져가도 돼."

"아, 고마워. 그렇지 않아도 옷이 별로 없었는데… 가 아니라!"

서린은 자신의 거지 근성을 저주했다. 지금 이 상황에서 이런 소리가 자연스럽게 나오다니! 한세건은 미소를 지은 채 그런 서린을 바라보았다.

"그래, 내 목적은 오직 하나. 그것은 바로 월야의 파멸이다."

흡혈귀도, 라이칸스로프도, 마법사도… 그리고 아마도 그 자신까지 포함해서, 한세건은 모두를 증오하고 파괴할 것을 결의한 것이다.

서린은 검은 쇼핑백을 들고 자신의 집 앞에 어정쩡한 자세로 서 있었다. 검은 쇼핑백 안에는 헌 옷가지와 낡은 컴퓨터 부품 같은 것들이 들어 있었다.

"도청 장치나 폭탄이 붙어 있을지도 모르는데… 준다니까 들고 온 나의 거지 근성이 무섭군. 게다가 컴퓨터 같은 부르주아의 물건은 전혀 모르잖아?"

때는 IT 혁명의 시대. 30대가 되도록 밖에서 십 원 한 장 안 벌어온 백수의 화신, 백수의 왕조차 컴퓨터를 만지며 갖가지 인터넷 사이트에서 온갖 추태를 벌이는 이 시대에 컴퓨터를 아직까지도 부르주아의 물건이라고 여기는 소년이 있다.

"…뭐, 팔면 돈이 될 것 같으니까."

서린은 그렇게 투덜거리며 컴퓨터 부품을 살펴보았다.

"에휴."

서린은 방문을 열고 안으로 들어갔다. 작은 골방으로 돌아오자 다시금 한숨이 나온다. 한세건의 말을 액면 그대로 믿을 수는 없다고 해도 서린이 릴리쓰의 자식인 것은 확실하다.

창녀의 자식이라든가 사생아라는 정도는 각오했었다. 서린이 아직 어린 나이임을 생각할 때 그것은 정말 대단한 각오라고 할 수 있다. 자신의 출생이 곧 자신을 결정짓지 않는다는 것을 그 나이에 믿는다는 것은 보통의 오성으로 가능한 것이 아니니까.

하지만 이건 다르다. 전설적인 마녀의 자식이라니… 게다가 그 목적이 라이칸스로프의 증식을 위해서라고?

"젠장, 그렇다면 한세건에게 개 맞듯 맞으면 안 되는 거 아냐?"

전설적인 마녀가 증식을 위해 만든 존재라면 강대한 힘을 가지고 있어야 할 것 아닌가? 아무리 한세건이 대단한 놈이라지만 그에게 이렇게 두들겨 맞아서야 말이나 되는가?

서린은 자신감을 잃었다. 그동안 인간들 사이에서는 누구도 두렵지 않았다. 설령 눈앞에서 기관총을 들고 설치는 인간들이라 해도 서린은 그가 방아쇠를 당기기도 전에 제압할 수 있었으니까. 그러나 그것은 우물 안 개구리의 자만심이었는지 한세건 앞에서는 손가락 하나 까딱 못 하고 두들겨 맞고 쓰러질 뿐이었다. 덕택에 그는 기가 완전히 꺾이고 말았다.

"우우, 그렇지만 어쩔 수 없어. 녀석의 주먹은 섬광 그 자체였다. 번쩍였나 싶으면 벌써 내 목덜미를 물어뜯은 뒤였지. 아니… 첫 일격은 킥이었던가?"

당하고 나면 적을 칭찬한다. 그러면 적어도 형편없는 적에게 패한 걸로 부끄러워할 이유가 없어지니까. 서린은 그런 원칙에 충실히 움직이며 가져온 비닐봉지를 풀었다.

세건이 입던 옷은 대부분 라운드 티나 진즈, 낡은 가죽 바지 같은 것으로 재킷이나 레이싱 슈트를 입는 데 방해가 안 되는 간편한 옷들뿐이었다. 하지만 서린으로서는 정말 호화스럽다 못해 눈이 돌아갈 듯한 패션(?)의 향연이었다.

"우오옷, 이것이 바로 빠숑~ 이란 것인가. 아, 오늘 문명에 눈뜨는구려. 단색으로 다섯 장에 만 원 하는 티셔츠가 아니란 말이지!"

서린은 안 돌아가는 혀를 굴려가며 감탄한 뒤 이번에는 컴퓨터 부품을 뜯어보았다. 뭔지 잘 알지 못하는 것들뿐이지만 가장 오래되어 보이는 물건의 제작 년도가 작년인 것으로 보아 아직 중고 상품으로서 가치가 있는 것들 같았다. 아무래도 한세건이란 놈은 어지간한 얼리어답터(Earlyadopter)인 모양이다.

"팔면 얼마나 받을까? 혹시 세종대왕님의 존안을 뵐 수 있지 않을까? 그거라면 지금처럼 사리면과 라면 일대일의 배합으로 끓이는 생활을 버리고 처음으로 순수하게 라면만 넣고 끓일 수 있는……."

그렇게 말하던 서린은 벽에 등을 기대고 주저앉았다. 오늘 겪은 일은 혼란스럽고 두려운 사실이었다. 너무나 쇼크가 커서 그 사실을 단지 세건의 입으로 전해 들었다는 게 믿겨지지 않을 정도였다. 말이란 게 이렇게 폭발력이 있었던 것인가?

어둠의 세계에서는 이미 서린을 주목하고 있다. 한세건과 마리아가 서린을 알아보고 접근해 왔을 정도라면 이제 그 정보는 다 퍼졌다고 해도 과언이 아니리라. 서린은 자신이 모르는 월야의 세계에서 스스로를 지키지 않으면 안 된다. 한세건이나 마리아와 달리, 단지 그가 릴리쓰의 자식이라고 습격할 이들이 넘쳐날 테니까.

서린은 그게 두려워서 견딜 수가 없었다. 이런 자신이 한세건을 설득하려 했다니 우습다. 모든 걸 모른 척하고 일상적인 행복을 찾는다라? 하지만 서린도 자신에 대해서 알게 된 순간 모든 걸 무시하고 일상으로 돌아갈 수가 없게 되었다.

"…차라리 잘됐군. 아버지는 외국으로 나갔고 여동생은 다른 집 사람이 되었으니까. 나에게 잃을 건 나밖에 없어."

서린은 그렇게 자신을 위로했지만 전혀 위로가 되지 않았다. 그는 세건처럼 미친놈이 아니니까. 자신의 목숨이 너무나 소중한 것이다.

3

다음 날 방과 후, 서린은 볼 것 없이 용산으로 향했다. 커다란 비닐 쇼핑백을 재활용 쓰레기통에서 주워서 거기에 한세건이 준 컴퓨터 부품을 담은 뒤 오래간만에 지하철에 올라탔다. 한세건에게 들은 출생의 비밀 때문에 걱정하긴 했지만 그것도 반나절을 채 가지 못했다.

만약 서린이 무슨 주말 연속극의 주인공이나 하다못해 성장소설의 주인공만 되었어도 밝혀진 출생의 비밀로 일주일 정도는 골머리를 앓아야 했을 것이다.

그러나 현실은 훨씬 잔인하고 희극적이라 쌀통에 남아 있는 쌀을 긁어모아 라면과 비벼 먹고 난 다음에는 출생의 비밀이고 뭐고 그런 건 머릿속에 들어오지도 않았다. 오로지 어떻게 하면 돈을 만들까 그런 현실적인 생각뿐!

사실 요 며칠간 신화영의 일에 휘말리기도 하고, 송 사장님이 다치기도 한지라 일거리가 없어서 돈이 말라가고 있었다. 이런 마당이니 한세건이 준 컴퓨터 부품이라도 팔아야 한다.

다행히 클래스메이트들에게 부품을 보여주고 대충의 가격을 들은지라 사기를 당할 것 같지는 않다. 서린은 인간들을 상대로는 그가 거짓말을 하고 있는지 안 하고 있는지 바로 알 수 있었다.

대개 인간은 거짓말할 때 심박수가 증가하는 것은 물론 땀 냄새가 묘하게 변한다. 라이칸스로프인 그의 초감각을 이용해서만 파악할 수 있는 변화라서 사람들은 그런 것도 모르고 서린 앞에서 뻔뻔스런 거짓말을 늘어놓기 일쑤다. 덕분에 서린은 옛날부터 눈치가 빠르다는 소리를 많이 들어왔다.

"좋아, 결전이다! 죽느냐 사느냐! 그것이 문제로다. 빌어먹을 근친상간마 햄릿 같으니."

무덤 속에 들어간 세익스피어가 들으면 펄쩍 뛸 소리를 하며 서린은 신용산역을 빠져나왔다. 그 표정과 행동이 자못 비장하여 주위 사람들의 시선을 샀지만 서린은 아랑곳하지 않았다.

"그렇지만 이렇게 비싼 것일 줄이야."

그 전날 세종대왕의 존안을 뵙느니 어쩌니 하면서 호들갑을 떨긴 했지만 학교 친구들에게 먼저 팔아넘긴 것만 해도 벌써 10만 원 돈에 달했다. 몇몇 물건은 꼭 사고 싶다고 하는 아이들이 있어서 예약까지 받아두었다. 그런 걸 다 빼고도 아직도 한가득 남아 있어서 팔러 온 것이다.

"기뻐해야 할 일인가? 아니면 적의 무한한 재력에 치를 떨어야 하는가? 아아, 나는 대체 이게 뭐람."

서린은 한세건을 떠올리며 치를 떨었다. 서린이 보기에 한세건은 그야말로 부르주아 중의 진골 부르주아라고 할 수 있었다. 소위 말하는 천민자본주의의 총아로 아마 태어났을 때부터 은수저를 입에 물고 태어났을 것이다. 그렇지 않고서야 아무리 범죄자 신분이라 여기저기 돌아다닐 처지가 못 된다지만 이렇게 사람들이 좋아할 물건들을 버리려고 했다니. 조금만 발품을 팔면 다 돈으로 바뀌지 않는가?

"음, 여긴가?"

친구가 소개해 준 중고 컴퓨터 부품 매장 앞에서 서린은 고개를 갸웃거렸다. 안에 들어가니 직원이 서린을 마주했다.

"어서 와요. 물건을 팔려고?"

"예."

서린은 태연스럽게 물건들을 내밀었다. 중저가에 쓸 만한 물건들은 이미 친구들이 집어 가서 그런지 남은 건 이제 초고가의 물품이나 초저가의 물품밖에 없었다. 그렇게 해서 서린은 남아 있는 모든 물품을 처리했다.

"이럴 수가. 수표잖아."

서린은 손에 들어온 수표를 신기한 듯 형광등에 비춰 보았다. 보통 중고 컴퓨터 부품이라는 것들이 너무나 싼값에 팔리기 때문에 큰 기대는 하지 않았는데 예상외의 거금이 들어왔다. 그 순간 서린은 모든 걸 잊고 날아갈 듯한 기분이었다. 흡혈귀든 라이칸스로프든 뭐든 간에 눈에 들어오지 않을 정도였다.

"이, 이런. 이 정도면 다른 아르바이트 구할 때까지 견디고도 남겠어. 안 되겠다. 이런 거금은 들고 있으면 써버릴 것 같아. 집세나 미리 내둘까?"

서린은 감격에 겨워서 부들부들 떨었다. 어처구니없는 감상이지만 한세건에게 고맙다는 생각까지 들 정도였다. 자신을 죽여 버리겠다고 공언한 미친놈에게 고마워하다니, 서린은 왠지 자신이 타락했다는 느낌을 지울 수 없었다.

"으음, 그러면 일단 돌아갈까. 갈 때 장을 봐놓고……."

서린은 지갑을 몸 안 깊숙이 쑤셔 넣고 주위를 의심스러운 눈초리로 노려보았다. 혹시 소매치기는 당하지 않을까, 누가 노리지 않을까 염려하는 모습이었다.

아아, 돈이란 근심의 원천과 같구나. 아무것도 잃을 게 없던 가난뱅이 시절에는 온 세상천지가 따스하게 보였는데 이제 이런 거금(?)을 손에 쥐고 나니 세상 모두가 도둑과 강도로 보이다니. 서린은 이 정도 돈에 도취되어서 오만 가지 망상을 하며 지하철 역사로 향했다.

그런데 이게 웬일인가? 아닌 게 아니라 뭔가 이상한 기척이 느껴지는 게 아닌가? 그것은 틀림없이 누군가의 시선이었다. 서린은 솜털이 곤두서는 느낌을 받으며 주위를 둘러보았다.

"익!"

문득, 눈앞이 아찔해지며 현기증이 밀려온다. 서린은 휘청거리다가 보도블록에 발을 부딪쳤다.

"켁!"

서린은 즉시 자세를 낮추어 균형을 되찾았다. 늑대 인간인 그가 보도블록에 발을 부딪치다니, 평상시에는 도저히 있을 수 없는 일이다. 뒤통수에서 한 보 떨어진 지점에서 전력을 다해 분필을 던져도 상대가 인간이라면 서린은 얼마든지 피할 수 있었다. 신발을 신고 동전을 밟아도 그게 얼마인지, 심지어는 몇 년도에 발행된 동전인지까지 알 수 있었다. 그런 초감각(?)을 가진 그가 보도블록 따위에 발이 걸리다니? 이것은 뭔가 기이한 힘이 작용한 결과일 것이다.

서린은 균형을 되찾은 뒤 겁에 질린 고양이처럼 주위를 두리번거렸다. 그 순간 그는 놀라운 사실을 알아챘다.

"…어라?"

주위에 사람이 없다. 방금 전까지 서린을 스쳐 지나가던 그 많은 사람의 모습이 사라진 것이다. 거대한 건물들은 마치 종이로 쌓은 박스처럼 공허하고 도로에는 빈 자동차들이 멈춰 서 있다.

햇살은 평상시와 마찬가지로 텅 빈 거리 위로 따스하게 쏟아지고 있는데 그 양기 가득한 모습이 되레 공포를 불러일으킨다. 이렇게 좋은 날씨에 갑자기 인간들이 증발하다니, 도저히 있을 수 없는 일이다.

식은땀이 서린의 이마에서부터 흘러나와 턱에 고였다. 땀방울이 턱에서 떨어지자 메마른 보도블록이 탐욕스럽게 그 땀방울을 집어삼킨다. 서린은 보지 않아도 그것을 생생하게 머릿속에서 그려낼 수 있었다.

하지만 그런 초감각도 지금의 상황을 파악하게 해주지 못했다. 땀방울이 떨어지는 소리가 가시자 다시금 정적이 감돌았다. 대체 언제부터였을까?

"으윽!"

이대로 한가운데 서 있으면 위험하다. 본능적으로 그렇게 생각한 서린은 깜짝 놀라서 달리기 시작했다. 그는 역을 향해 달려갔다. 가급적 물건들을 피해서, 사람들이 많이 있는 곳을 향해 달렸다.

"하악, 하악!"

숨이 절로 가빠온다. 겨우 이 정도의 거리를 뛴다고 서린이 지칠 리가 없다. 그렇지만 계속되는 공포와 불안감이 서린의 숨을 거칠게 했다. 서린이 역 앞 광장에 도착했지만 어디에도 사람은 없었다.

도로의 자동차들도 사람이 없어져 덩그러니 서 있을 뿐, 그 모습이 너무나 불길해서 서린은 침착함을 잃었다.

그는 역사로 뛰어들었다.

안에도 역시 사람은 없다.

이번에는 개찰구를 뛰어넘었다.

역 안에도 아무도 없다.

텅텅 비어버린 역사는 그가 옛 외화 프로그램인 어메이징 스토리의 에피소드에 빠져든 게 아닐까 하는 망상을 들게 했다. 서린은 플랫폼에 서서 주위를 둘러보았다. 그가 선 플랫폼에서는 열차가 올 기미가 보이지 않는다. 맞은편에 멈춰 선 열차가 있어서 서린은 철로 위로 뛰어내려 맞은편 플랫폼으로 향했다. 열차 안에도 역시 사람들은 없었다.

"젠장! 이게 대체 뭐야?"

서린은 열차 안에 들어가 주위를 두리번거렸다. 그때 그는 문득 코를 찌르는 기름 냄새와 쇠 냄새를 느꼈다. 그것은 잠깐 맡아본 것이지만 한세건의 몸에서 나는 냄새와 같았다. 바로 총과 건 오일의 냄새였다.

"……!"

적이다. 서린은 본능적으로 깨달았다. 아니, 본능 따위는 필요 없을지도 모른다. 이런 상황이 적에 의한 것이 아니라 진짜 초자연적인 현상이었다면 서린은 미쳐 버렸을 것이다.

그는 코로 냄새를 맡으며 주위의 환경을 조사해 보았다. 분명히 역사라면 역사의 냄새가 나야 하는데 이건 뭔가 아니다. 선

로에서는 쇠 냄새가 나지 않고 쓰레기통에선 쓰레기통 특유의 냄새가 나지 않는다. 그렇다면 지금 여기는 어딘가?

아마도 적은 환술로 서린을 속여서 꼬여냈을 것이다. 가급적 인적이 뜸해서 사람을 죽여도 괜찮을 그런 장소로……. 그 환술이 지금 여기서 멈추었다면? 곧 적의 공격이 시작될 것이다.

과연 서린의 예상대로 무엇인가가 바람을 가르며 날아들었다. 서린은 팔다리를 들어 방어 자세를 취했다.

빠악!

그 순간 주위의 풍경이 급속하게 깨지며 서린의 몸이 뒤로 튕겨 나갔다. 서린은 그대로 뒤로 3미터 정도 날아가 지면에 부딪힌 뒤 미끄러졌다. 옷이 아스팔트 위를 마찰하며 찢어지고 피부가 드러났다. 정신이 아찔해질 듯한 강타에 머리가 흔들리고 눈앞이 어질어질하다.

방금 전 공격을 막은 팔에서는 전류와 같은 통증이 흐른다. 아마도 팔이 부러진 것 같다. 서린이 정신을 차리고 고개를 드니 팔이 부러져서 피가 흐르고 있었다.

"으으윽!"

그제야 주위가 현실감을 되찾았다. 서린이 있는 곳은 역의 플랫폼이 아니라 사람의 발길이 뜸한 뒷골목이고 대부분의 가게가 셔터를 내리고 있었다. 맞은편에는 국철 정비 공장의 담벼락이 있었는데 그 옆에는 누가 버려뒀는지 완전 폐차당한 차가 한 대 덩그러니 놓여 있었다. 그 차 위에서 한 남자가 어깨를 풀며 서린을 내려다보고 있었다. 진한 갈색의 머리칼과 눈동자를 가지고 있었지만 한눈에 보아도 외국인이라는 걸 알 수 있었다.

"릴리쓰의 자식이라길래 얼마나 괴물일까 걱정했더니 단순한 애송이로군."

"…당신은 뭐야?!"

서린은 쓰레기 더미를 박차고 일어났다. 방금 전에 부러진 팔이지만 일어나는 동안 재생이 완료되어서 상처 하나 없이 깨끗하다. 그 모습을 본 남자의 눈이 이채를 띠었다. 남자는 자동차에서 뛰어내리며 옆으로 달렸다.

"재생력은 정말 대단하군."

"쳇!"

서린은 즉시 바닥에 떨어진 스틸 캔을 들어서 냅다 던졌다. 남자는 깜짝 놀라서 공격을 피했지만 서린이 던진 캔은 그의 귀를 스치고 지나가 뒤쪽 상점의 닫힌 셔터를 강타했다.

콰직!

셔터가 찢겨지며 스틸 캔이 박혔다.

"윽!"

남자는 자신의 귀를 감싸 쥐며 앞으로 몸을 날려 지면 위를 굴렀다. 방금 전 스치고 지나간 캔이 그의 귀를 산산조각 내버린 것이다. 스틸 캔이라고 하지만 투척물로는 너무나 가볍고 모양도 좋지 않다. 그런 것을 무슨 포탄처럼 쏘아내다니, 서린의 어깨 힘은 과연 굉장했다.

그는 서린을 얕잡아 본 것을 후회했다. 그가 너무나 쉽게 환술에 걸리기에 육체적 능력도 보잘것없으리라 여긴 것이었다.

사실 흡혈귀나 라이칸스로프나 대개 정신적 능력과 육체적인 능력이 비례했다. 그들의 마력은 피의 순도에 의해서 결정되는 성향이 있기에 환술 등에 쉽게 걸리는 놈들은 육체적 능력도 별볼 일 없기 일쑤였던 것이다.

하지만 서린은 달랐다. 그가 환술에 쉽게 걸린 건 어디까지나 아직 단 한 번도 마법 공격을 받아보지 못한 애송이라는 점 때문이다. 결코 그의 혈통이 미천하다든가, 재능이 없다는 게 아니다.

"어딜 가! 멋대로 사람을 공격한 주제에!"

서린은 벽을 박차고 달리며 외국인을 추격했다. 서린의 스틸캔을 피한 외국인은 아스팔트 위를 구르나 싶더니만 나이프를 꺼내서 서린에게 던졌다.

텅텅텅!

그러나 서린은 닫힌 가게의 셔터를 발로 밟으며 달려오다가 그대로 도약, 공중에서 회전하며 날아오는 나이프를 피했다.

"윽!"

외국인 남자는 서린이 공격을 피해내자 당황한 표정을 지었다. 아마도 방금 전의 공격이 그의 회심의 일격인 듯했다. 서린은 그 표정을 보고 득의만만하여 남자를 강타하려 했다.

그러나 이게 웬일인가? 다가가는 순간 서린은 뭔가가 잘못되었다는 것을 깨달았다. 남자의 표정과 달리 그의 심장박동이나 땀 냄새는 당혹해하는 기색이 없었다.

'함정인가?!'

그런 생각을 돌이킬 것도 없이 서린은 인정사정없이 외국인 남자의 등판을 향해 발차기를 날렸다. 일단 몸을 날린 이상 주저해서는 안 된다.

하지만 역시, 그 외국인 마법사는 당혹한 표정과는 달리 상당히 과감하게 몸을 옆으로 날렸다. 서린의 발차기가 옷을 스치며 지나가자 치익 하고 옷이 찢어지는 소리가 났다. 만약 인간이 이런 발차기를 맞았다면 무사하지 못했을 터. 그러나 마법사는 맞지 않았다.

"젠장!"

서린은 옆으로 구르는 마법사를 눈으로 쫓았다. 하지만 서린이 옆을 바라본 순간 다시금 눈앞이 흐려지며 현기증이 밀려왔다. 이 마법사는 다시금 서린에게 환술을 건 것이다.

서린은 남자의 피 냄새를 쫓았다. 혈향은 인간들도 느낄 수 있을 만큼 강력하고 특이한 것이기 때문에 라이칸스로프인 서린으로서는 너무나도 찾기 쉬운 것이다. 아무리 모습이 보이지 않는다 해도 그런 냄새가 나는 자를 놓칠 리 없다.

서린은 곧 남자의 위치를 파악했다. 그는 자신의 모습을 환술로 감추고 안심했는지 서린에게서 멀찌감치 떨어져서 숨을 죽이고 있었다.

"흐응, 숨는다 이거지. 뭐, 좋아!"

서린은 가급적 상대방이 숨어 있는 곳을 바라보지 않도록 주의하면서 손을 치켜들었다. 상대가 알아차리고 멀리 도망이라도 친다면 냄새로 위치를 확정할 수가 없게 된다. 게다가 적의 무기는 총이니 거리를 벌리면 벌릴수록 서린이 불리하다. 지금이 일격으로 끝내지 않으면 장기전이 되어 서린만 불리해질 것이다. 그렇지만 일격으로 끝내야 한다면?

서린은 자신의 손을 바라보았다. 아직까지 전력을 다해서 남을 후려친 적이 없었다. 하지만 그동안 물건을 강타하면서 자신의 힘을 가늠해 봤기에 어떤 결과를 초래할지 상상할 수 있었다. 그가 손톱을 세워서 휘두르기만 해도 살점이 뜯어지고 가죽이 벗겨지는 것은 물론 뼈까지 부러질 것이다!

지금까지 상대방의 움직임이나 반응을 보건대 상대방은 어디까지나 인간에 불과하다. 기묘한 환술을 부리기는 하지만 육체적인 능력은 인간 선에 머무르고 있다. 그런 이를 서린이 마음 놓고 후려갈겼다가는 죽는 게 아닐까? 그 생각을 하는 순간 서린의 손이 느려졌다.

드르르륵!

그리고 보이지 않는 적으로부터 총알 세례가 퍼부어졌다. 총알은 예상한 대로 서린의 옆에서부터 날아들었다.

"아차!"

쓸데없는 동정심 때문에 몸이 굳어버린 서린은 그제야 앞으로 몸을 던졌다. 잠시 딴생각을 하고 있었던지라 총알은 서린의 대퇴부와 옆구리에 적중했다.

"……!"

서린은 소리 없는 비명을 질렀다. 너무나 아파서 목소리가 나오질 않는다. 총탄은 서린의 질긴 옆구리 근육과 대퇴부 근육을 찢으며 파고들어 몸통 안에서 멈춰 섰다. 보통 인간의 육신이라면 차라리 뚫고 지나가면서 피해를 줄였겠지만 인간의 수십 배에 달하는 순발력과 완력을 자랑하는 라이칸스로프의 몸은 그만큼 질기고 튼튼했다.

육신 자체가 이미 강력한 방탄 소재인 셈이라 총탄의 모든 운동에너지를 그 몸으로 흡수하고 만다.

"크악!"

겨우겨우 숨을 쉴 수 있게 된 서린은 악을 쓰며 골목길 옆으로 몸을 굴려 코너를 돌았다. 옆구리에 반사적으로 손을 가져가서 막았지만 피가 비 오듯 쏟아진다.

설마 서울 한복판에서 기관단총을 연사하는 미친놈이 있다니! 하긴, 그러니까 애초에 서린을 향해 공격을 가해온 것이리라. 서린은 자신의 안일함을 책망했다. 상대는 자신을 죽이기 위해, 혹은 죽는 것보다 더 못한 꼴로 만들기 위해 접근해 왔다. 그런데 자신은 인간은 죽이기 싫다고 적 앞에서 손을 멈추다니!

"후후후."

상대방은 승리를 직감했는지 기분 나쁘게 웃으며 다가왔다. 발걸음 소리와 숨소리가 손에 잡힐 듯 다가오는데 서린은 겁이 더럭 났다. 상처를 보니 내장이 갈기갈기 찢어져서 계속 피를 꿀럭꿀럭 토해내고 있었다.

그 끔찍한 모습은 너무 심각해서 보는 것만으로도 구역질이 치밀어 오른다. 흡혈귀나 라이칸스로프를 사냥하기 위해 만들어진 실버 팁 할로우 포인트 탄이 몸속에 박히는 순간 산산조각 나며 몸 안을 찢어버린 탓이다. 역시 은 탄환이라 그런지 평상시의 상처와 달리 재생 속도가 너무나 느리다.

서린은 다가오는 인간을 피해 상처를 감싸 쥐고 담벼락을 뛰어넘었다. 그리고 바닥에서 돌을 집어 들었다. 상대방의 무기는 기관단총이니까 대형 블록을 쌓아서 만든 이 담벼락을 뚫을 수는 없을 것이다. 그렇다면 담벼락을 넘어오는 것뿐인데… 그 순간 투석을 하기로 결심했다.

"젠장."

현대 화기 앞에서 투석으로 맞서 싸워야 하다니. 원시인도 아니고 이게 뭐란 말인가? 물론 서린의 집에는 마리아가 준비해 준 기관단총, Tec—9과 방탄 슈트가 있다. 하지만 서린이 인생 포기하고 막가는 녀석도 아니고 평상시에 그런 걸 가지고 다닐 리가 없잖은가?

피를 많이 흘려서 그런 것일까? 눈앞이 어지럽고 현기증이 난다. 기관단총에 맞았으니 당연한 결과다. 하지만 이 지경이 되도록 누구 하나 다가오는 이가 없다.

"경찰은 대체 뭐 하는 거고 공항은 또 뭘 하는 거야? 어떻게 된 게 한국에서 총화기를 들고 설치고 다녀도……."

서린은 주위를 둘러보았다. 이곳은 용산역에 붙어 있는 전철 정비소 뒤쪽 공터라 탁 트여 있었다. 아직 근무 시간이라 그런지 정비 공장 등에서 일하는 사람들이 보였다. 하지만 그들 중 누구도 서린에게 시선을 돌리지 않았다. 마치 그들의 의식 속에서 서린의 모습이 지워지기라도 한 것 같다.

이런 술법을 쓸 수 있다면 수백 명의 인파 속에서 태연히 사람을 죽이고도 유유히 빠져나갈 수 있으리라. 서린은 그런 생각에 몸서리쳤다. 상대방은 자신을 죽여도 법망에 걸릴 게 없다. 그렇다면 자신의 목숨을 지킬 것은 오로지 자신의 힘뿐이다.

서린은 상처를 감싸 쥐고 상대방의 기척을 읽기 위해 정신을 집중했다. 그 녀석은 처음 접근할 때 서린의 감각을 속이고 환상을 보여주어 서린을 자신이 원하는 곳으로 끌어냈다. 그렇지만 딱 하나, 숨기지 못한 감각이 있었는데 그것은 바로 후각이다.

"…정말 죽여야 하나."

자신의 안일함을 증오하면서도 서린은 다시 갈등했다. 인간들 입장에서 보면 괴물은 외려 그이고 저자는 그 괴물을 사냥하고자 온 선량한 사냥꾼일지도 모른다.

그런 생각을 하고 있는 사이, 화약 냄새가 하늘로 치솟아 올랐다. 적은 담벼락 너머에 기다리고 있을 서린을 예측하고 그 옆에 바짝 붙어 있는 건물 위로 뛰어오른 것이다.

"쳇!"

서린은 돌을 잡고 가급적 죽지 않을 곳에 맞기를 바라며 던졌다.

드르륵!

총격과 투석은 거의 동시에 이루어졌다. 적의 사격은 이런 상황에서도 정확하고 빨랐다.

"으악!"

서린은 피투성이가 되어 뒤로 넘어졌다. 이제야 아물기 시작한 몸통에 다시금 은 탄환이 박혔다. 이번의 타격은 아까 전과는 비교할 수도 없는 강력한 것이었다. 몸통에 다섯 발, 혹은 그 이상의 총알 비가 박힌 것이다.

숨이 막히고 창자가 끊어질 듯이 아프다. 아니, 배에 총알이 들어가서 창자를 찢어놓은 것은 어디까지나 사실이다. 진짜로 창자가 찢어졌으니 몸에 힘이 안 들어간다.

"으으으윽!"

서린은 바닥에 쓰러져 바동거렸다. 눈앞에서 번개가 연달아 치는 느낌이다. 마치 카메라 플래시가 연달아 터지듯, 눈앞이 번쩍번쩍거리면서 하늘이 멀어졌다가 가까워졌다 하면서 흔들거린다.

전신이 조율되지 않는다. 적을 앞에 두고 있으니 움직여야 하는데 몸이 제대로 움직여지지 않는다. 힘을 줄 때마다 움직이라는 사지는 가만히 있고 대신 상처로부터 분수처럼 피가 샘솟는다.

그 모습을 본 서린은 정말 까무러치고 싶은 심정이었다. 창자가 완전히 끊어지고 장기가 대부분 너덜너덜해졌다. 간장이나 췌장에도 총알이 박힌 것 같다. 대체 이렇게 피를 많이 흘리다니. 보통 인간이라면 벌써 과다출혈, 아니, 총탄이 몸통을 꿰뚫고 지나간 시점에서 이미 쇼크로 즉사했을 것이다.

이대로 가만히 누워 있다가는 마법사의 좋은 표적이 될 것이다. 서린은 그리 걱정하며 화약 냄새가 풍기는 방향을 바라보았다. 그러나 이상하게도 마법사는 추가 공격을 가하지 않았다.

깜짝 놀란 서린은 멍청히 쓰러져 하늘을 바라보았다.

"…음, 어라?"

주위의 공간이 다시금 현실감을 되찾는다. 방금 전 두 발 맞은 것에 비하면 훨씬 빠른 재생력이다. 서린은 자신의 육체가 다시금 통제하에 들어오는 것을 느끼고 몸을 굴려서 공장의 그늘로 몸을 숨겼다. 그러나 마법사는 전혀 공격을 걸어오지 않았다.

아마도 마법사 역시 서린의 공격에 큰 상처를 입은 모양이었다.

"…그건 다행이군."

기왕이면 죽지 않기를 바라지만, 뭐 이제는 죽어도 상관없다는 생각이 들었다. 사람 마음이란 게 간사한지라 방금 전까지는 어떻게 살인을 할 수 있겠느냐 하면서 호들갑 떨던 게, 총알 몇 발 맞고 나니까 생각이 바뀐다. 하긴 그렇게 두들겨 맞고도 화가 나지 않으면 그게 더 이상한 것이다. 서린은 이제 고등학생일 뿐이다. 성인군자가 아니다.

"후우우……."

서린은 건물 벽에 기댄 채 숨을 몰아쉬었다. 통증은 여전히 극심해서 뒷골이 지끈거릴 지경이었지만 기이하게도 상처 재생은 점점 더 빨라지고 있었다. 그리고 그것과 동시에 흉폭한 허기가 속으로부터 끓어올랐다.

잠시 후 몸이 움직일 만큼 회복된 서린은 담벼락을 뛰어넘어 골목으로 다시 잠입했다. 이 골목은 원래 사람이 별로 없는지 환술이 풀렸음에도 불구하고 아무도 없었다. 다만 쓰레기 더미 위에 쓰러진 마법사가 보일 뿐이다.

역시 마법사는 서린의 돌에 맞고 건물에서 떨어진 게 분명하다. 오른쪽 어깨에 맞았는지 어깨는 박살 나고 안에서 부서진 뼈가 보일 정도였다. 떨어지면서 건물의 간판에 충돌했는지 아크릴로 만든 간판이 산산조각 나서 아직도 파편을 떨구고 있었다.

"으윽… 젠장."

서린 역시 몸 상태가 완전하지 않다. 몸 안에 있는 이물질이 은으로 되어 있는 탓인지 시큰거리는 통증과 간지러움이 견딜 수 없었다. 마치 몸속에 두드러기가 난 것 같은 기분이어서 서린은 손톱을 세운 뒤 자신의 몸을 후벼 팠다. 그 모습을 땅에 추락한 마법사는 어이없다는 듯 바라보고 있었다.

"괴물 자식, 그만큼 맞고도 버틸 수 있다니, 역시 리림은 리림인가."

"닥쳐, 그 모가지 비틀어 버리기 전에."

서린은 투덜거리며 몸에 박힌 탄환들을 빼냈다. 몇 발은 등쪽에 박혀 있어서 손으로 빼낼 수는 없었지만 곧 신체가 재생되며 몸 밖으로 탄환을 내뱉었다. 비유가 좀 이상하긴 하지만 몸에 박힌 가시가 오래되면 나오는 것과 같은 이치랄까?

흡혈귀와 라이칸스로프를 제압하기 위해 특별히 축성한 은탄환조차 강력한 생명력을 가진 서린을 제압하기에는 역부족이었다.

"…으윽, 젠장!"

서린은 격심하게 다가오는 허기에 치를 떨었다. 상처를 재생하면 할수록 배고픔이 급증한다. 그리고 그렇게 되면 몸 안에서

야수성이 깨어난다. 인간이라도 잡아먹을 것 같은 그 흉폭한 허기는 서린에게 그 자신이 괴물임을 강하게 인식시켰다. 솔직히 지금 눈앞의 저 마법사는 날것으로 먹어도 시원찮을 지경이다.

"으으윽."

마법사는 망가진 몸을 가지고도 아직 싸울 심산인지 자신의 기관단총을 향해 기어갔다. 아크릴 간판이 깨지며 철골 프레임이 흉부를 강타해 늑골도 대여섯 개 나갔건만 저 마법사는 싸우려 하는 것이다.

서린은 그 모습을 보고 기가 질렸다. 월야의 주민은 모두들 저 정도 부상쯤은 대수롭지 않게 여기나 보다. 하긴 그렇지 않고서야 인간의 몸으로 괴물인 그에게 도전할 수 있을 리 없다.

"미친 녀석."

서린은 쓰레기통 위로 떨어진 녀석의 기관단총을 잡은 뒤 탄창을 빼서 자신의 주머니에 챙겨 넣고 기관단총을 꺾었다. 주물을 부어 만든 기관단총이 우그러지며 접히자 힘겹게 기어 오던 마법사가 윽 하고 바닥에 얼굴을 처박았다.

그걸로 승부는 났다.

"…죽여라."

마법사는 바닥에 얼굴을 처박은 채 그렇게 말하고 있었다. 아닌 게 아니라 마법사는 더 이상 살 수 있을 것 같지 않았다. 돌을 하나 던져서 그게 어깨에 맞았을 뿐인데, 어깨는 부서진 데다가 건물 위에서 떨어지면서 간판을 몸으로 부쉈다. 그때 간판에 들어가 있는 형광등이며 파편들이 몸을 너덜너덜하게 만들었고 바닥에 떨어졌을 때는 전신에 그 파편이 박힌 상태였다.

저 상황이라면 분명히 위험하다. 지금도 많은 피를 흘리고 있는 게 보는 사람이 놀라 기절할 양이다. 하지만 저놈은 마약이라도 했는지 아직도 살아서 자신을 죽여달라고 종용하는 게 아닌가?

하지만 그 녀석의 말은 그 자체가 마법인 것처럼 머릿속을 울렸다. 지금 죽이지 않으면 녀석은 다시금 서린을 습격할 것이다. 그리고 이런 습격이 계속된다면 서린은 도저히 감당할 수가 없다. 학교라든가 집 같은 곳에서 습격당하게 되느니 차라리 죽여 버리고 싶은 게 솔직한 심정이다. 그리고 어차피 죽여야 한다면 시신을 남기지 않는 게 좋으리라.

그렇다면 먹어 없앨까? 서린은 문득 허기가 더더욱 극심해지는 것을 느꼈다. 인간을 먹는다고 잠깐 지나가듯 생각했을 뿐인데도 입에 침이 고인다.

"이런 젠장……. 미안하지만 싫어."

서린은 깜짝 놀라 고개를 가로저었다. 뜬금없이 식인 욕구가 치밀어 오른다고 거기에 굴복한다면 지금까지 살아오며 쌓은 서린의 인성과 인격은 뭐란 말인가?

아무리 본성이 괴물이라고 하더라도 인간으로서의 프라이드가 있는 이상 그리 쉽게 타락하지는 않는 법. 마법사도, 한세건도, 심지어 릴리쓰조차도 서린을 너무 얕잡아 보고 있다. 서린은 결코 릴리쓰의 뜻대로 늑대 인간들을 늘릴 괴물이 되지 않을 것이다. 그런 뜻에서 그는 마법사에게 다가갔다.

"평범한 고교생에게 살인을 하라니 미친 거 아냐? 정 뒈지고 싶으면 자살을 하든가. 요즘은 어린이들도 자기의 일은 스스로 하자~ 알아서 척척척 스스로 어린이~ 라고. 다 큰 어른이 뭐 하는 거야, 대체?"

서린은 그렇게 투덜거리며 마법사의 품을 뒤졌다. 곧 그는 지갑과 핸드폰, 칼 등을 찾을 수 있었다. 서린은 녀석의 지갑을 열고 안에 들어 있는 US달러와 한화를 꺼낸 뒤 핸드폰으로 구급차를 불렀다.

"…헤이! 유! 치키 바스타드! 무슨 짓 하는 거야?!"

마법사는 자신의 지갑을 털어 가는 서린을 보고 어처구니가 없어서 화를 냈다. 목숨에 비하자면 돈 몇 푼이야 우스운 것이지만 지금까지 흡혈귀나 괴물, 혹은 돈에 미친 뱀파이어 헌터들을 상대하면서도 이런 일을 당한 적은 없었다.

월야의 주민들은 다들 뭔가 심각한 사정이 있어서—하긴 그런 거라도 없으면 다들 맨정신으로 이런 곳에서 어떻게 버티겠는가? 사혁 같은 미친개는 제외하고—푼돈에 손대는 치졸한 짓은 하지 않았기 때문이다. 그러다가 이렇게 치졸한 녀석에게 치졸한 짓을 당했으니 수치심이 이만저만한 게 아니었다.

"뭐, 이 정도는 가져가도 되겠지."

서린은 자기 멋대로 자신의 행동을 용서하고는 능청스럽게 지갑을 원위치에 돌려놓은 뒤 골목을 빠져나갔다.

마법사는 너무나 어처구니가 없어서 서린의 뒷모습을 멍하니 바라볼 뿐이었다.

4

인간은 문명을 일궈내어 어둠 속에서 불을 밝히지만 그럼에도 불구하고 그림자를 없앨 수는 없다. 인간의 힘이 강해지면 강해질수록 그 반향 역시 강해진다.

문명화된 모습 뒤에 숨어 있는 야만성은 원시의 그것보다 더 더욱 음습해졌다. 그 옛날 야만적인 시대에 인간은 자신보다 강한 자연재해에 대항해 싸워야 했다. 폭력성은 선이었고 자신을 지키기 위한 방패였다. 그러나 지금의 폭력성은 무엇인가?

"사, 사람 살려! 누구 없어요?"

살려달라고 비는 여자의 목소리. 그러나 도와줄 사람은 없다. 시침이 새벽 3시를 향해 느긋느긋하게 기울어지고 있는 지금, 구원을 청한다고 해서 들어줄 사람은 없다.

아, 얼마나 아이러니한가. 인구 천만의 도시에서 '누구 없어요?' 라고 물어보는 저 여자는. 하지만 실제로 사람은 없다. 밤의 도시에는 인간이길 포기한 짐승들이 배회할 뿐.

틀렸나?

틀렸다고 할 셈인가? 그렇다면 술에 취하고, 어둠에 취하고, 환락에 취한 인간들을 인간이라고 할 수 있나? 원숭이와 별반 다를 바 없는 것들에게 유전적으로 호모사피엔스라고 해서 인간이 누려온 독점적인 지위, 지구상의 다른 생명체에겐 허용되지 않은 그 지위를 허용해야 한단 말인가?

나의 대답은 '인간이 아니다' 이다.

쉭!

차가운 나이프의 칼날이 목젖을 파고든다. 칼날이 박히는 순간, 인간의 눈동자는 크게 흔들렸다. 아… 이 표정은 정말 섹시하다. 이 여자는 별로 미인이라고 할 수 있는 사람은 아니지만 그렇다 하더라도 죽을 때의 표정은 정말 관능적이다.

죽음이 갖는 관능 때문인가? 그게 아니면 내가 이 혈향에 중독되었기 때문인가? 어느 쪽이라 하더라도 내가 지금 흥분하고 있다는 것은 분명하다.

끄으읍!

나는 입을 벌리고 죽어가는 여자의 목덜미를 물었다. 남아 있는 모든 생혈을 빨아내고 피와 목숨, 그 모든 것을 약탈한다. 내출혈과 함께 장기가 파괴되고 생명체는 힘을 잃는다.

무슨 책에서 보았는데… 인간의 턱 힘으로는 이빨로 목덜미를 물어뜯어서 사람을 즉사시키는 것은 불가능하다고 한다. 구강 구조에 한계가 있으니까. 그렇지만… 지금 내가 피를 빨아들이면 사람은 바람 빠진 풍선처럼 오그라들어서 죽어버리고 만다. 이 갭은 뭐지?

"너희가 틀렸어, 인간."

나는 나이프를 회수하고 너덜너덜해진 인간을 질질 끌었다. 지하철이 시내 위를 흐르는 이곳 다리 밑을 지나다 보니 문득 쓰레기통이 보여서 나는 생각 없이 시신을 쓰레기통에 던졌다.

"인간은 재활용 쓰레기인가 일반 쓰레기인가?"

그렇게 물었지만 목소리는 허공에 맴돌 뿐 대답은 없다. 뭐 , 좋아. 여기서 누군가가 대답한다면 저 여자가 불쌍하다. 인구 천만의 도시에서 '누구 없어요?' 라는 질문을 던진 여자에게 대답해 주지 않던 누군가가 나의 질문에 대답한다는 건 난센스가 아닌가?

새벽 시간은 아직 많이 남아 있지만 나는 오늘의 식사를 끝마쳤다. 저주받을 태양이 떠오르기 전에 나는 나의 자리로 돌아가지 않으면 안 된다.

아아, 방금 전 식사를 끝마쳤는데도 나는 아직 굶주려 있다. 하지만 그것은 고통스러운 굶주림이 아니다. 앞으로 또 한 번 더, 이런 감미로운 식사를 할 수 있겠다는 기쁨이다.

나는 기쁘다. 밤은 내일도 찾아올 것이고 이 도시는 철저히 격리된 인간들만이 존재하니까. 대도시의 밤은 그야말로 축복인 것이다.

어둠은 분명히 존재하고 있었다. 인간이 번성하면 할수록 인간을 양식으로 하는 어둠 역시 번성할 뿐이다. 인류가 계속 진보한다는 신념이 옳다면 인류의 어둠 역시 진보한다.

"이런 곳에 있었군, 바크……."

누군가가 나를 부르는 소리가 들려왔다. 환상이 아닌 육성이라 나는 소매에서 칼날을 꺼내고 천천히 뒤를 돌아보았다. 어둠 속에서 반짝이는 두 개의 눈동자가 나를 보았다.

"서울은 맘에 들었나, 바크?"

“전혀. 대도시라면 어디든 맘에 들어. 그게 서울이든 동경이든 간에.”

나는 칼날을 거두었다. 상대는 흡혈귀 혈족의 륜을 끊어버린 대표적인 반역자로 나와 마찬가지인 녀석이었다. 그러니까… 이름이 뭐였더라? 뭐, 상관없겠지.

“…알고 있나. 서울에 아주 양질의 먹이가 있다는 것을.”

“뭐? 전신의 혈액이 사이키델릭 문이라는 그 마수?”

“아니, 그런 놈은 먹을 수도 없지. 진마사냥꾼이라는 이름은 괜히 붙은 게 아니니까. 그보다는 훨씬 더 쉬운 상대야. 상대는 무려 릴리쓰의 자식이라고.”

“릴리쓰의 자식? 그런 게 이 동양의 땅에 있었나?”

“그렇지. 그렇기 때문에 지금까지 모두의 이목을 속이고 있었지. 상대가 라이칸스로프니까…….”

라이칸스로프라면 됐다. 나는 예전에 라이칸스로프의 피를 마신 적이 있었는데 그것은 끔찍한 고통이었다. 배 속으로부터 불이 붙은 것 같은 통증이 무려 한 달간 계속되었고 그동안 VT 항체도 급격히 감소해 많은 힘이 줄어들었다.

게다가 라이칸스로프는 결코 호락호락한 상대가 아니다. 그놈에게 달려든 흡혈귀가 예닐곱 되었지만 그들 중에 살아남아서 녀석의 피를 맛본 것은 나 하나뿐이었다.

“하지만 녀석을 조사하면 테트라 아낙스의 힘의 비밀을 알게 될지도 모르지.”

테트라 아낙스, 흡혈귀들의 맹주인 그들은 사실 릴리쓰의 자식이라는 소문이 나돌고 있었다. 그리고 그들은 그 소문을 부정하지 않았다. 어둠의 맹주들을 잉태한 릴리쓰라는 마녀, 그의 자식이 한국에 있다니 나는 호기심이 일어났다.

하지만 조사라는 것은 원래 나의 역할이 아니다. 나는 포식자, 사냥한 것을 먹는 자일 뿐이다.

"…조사라. 나는 그런 것에는 관심이 없어. 하지만… 릴리쓰의 자손이라면 무리를 해서라도 먹어보지."

어쩌면 다른 라이칸스로프들과 달리 내 입맛에 맞는 상대일지도……. 나는 해가 떠오르기 전에 나의 아지트로 돌아갔다.

동해의 밤바람은 아직 서늘했다. 그러나 그런 바람조차 조업 중인 어부들의 열기를 식힐 수 없었다. 최근 환경오염이다 뭐다 해서 해류가 변경되었는지 사흘 동안 내리 허탕만 치다가 이번에 겨우 물고기 떼를 만난 것이다. 그물이 찢어지는 한이 있더라도 이번에 만선을 하지 않으면 안 된다.

"어이!"

그런 그들의 배를 향해 작은 배가 다가오고 있었다. 그들은 깜짝 놀라서 라이트를 들어 보았다. 배가 검게 칠해져 있는 데다가 워낙에 납작하고 작아서 이렇게 가까이 다가오도록 발견하지 못한 것이다. 하지만 이런 바다에서 온통 검게 칠한 배라니. 이런 건 북한에서 내려오는 공작용 고속정뿐이다!

"마, 맙소사! 왜 하필 이런 때에?"

선원들은 모두들 겁에 질렸다. 그때 그 고속정으로부터 사람들이 나왔다. 그들은 단숨에 뱃전을 박차더니 마치 방바닥에 놓인 소주 병을 뛰어넘듯 쉽게 뱃전 위로 뛰어왔다. 조업용 통통배라고 해도 뱃전의 높이는 상당하다. 그걸 단숨에 뛰어오르다니. 사람들은 역시 북한군 특수부대는 굉장해, 같은 생각을 했다.

"가만히 있으면 해치지는 않는다. 잠시 배를 빌리도록 하지!"

그들은 어부들을 제압한 뒤 뱃전에 커다란 상자를 올렸다. 몇몇 어부가 놀라서 그 상자를 보니 안에는 각종 병기류가 가득했다. 로켓포니 기관총이니 그런 물건들이 실리는 것을 보니 오금이 덜덜덜 떨렸다. 역시 무장공비가 분명하다고 생각했기 때문이다.

하지만 잠시 후, 그들은 다시 아무런 일도 없었던 것처럼 조업을 재개했다. 그리고 그들의 배 위에 올라섰던 이들은 자신들의 고속정으로 이동한 뒤 아무런 말 없이 망망대해로 사라져 갔다.

어선은 조업을 마저 끝낸 뒤 육지로 복귀했다. 육지에는 이미 트럭 한 대가 와서 기다리고 있었는데 그들은 어선에 실린 나무 상자들을 실어서 그들의 트럭에 올린 뒤 어부들을 남겨두고 떠났다.

"Yeah! I' m a king of the World!"

영화 타이타닉 이후 페리선의 앞부분에서 양팔을 벌리고 생쇼를 하는 인간이 많아진 탓인지 페리선 선두에는 사슬이 쳐져 있었다. 하지만 지금 한 남자와 여자가 페리선의 선두에서 양팔을 벌리고 예의 그것을 하고 있었다. 밤이라서 별로 보이는 것은 없지만 그들은 개의치 않았다.

"하하핫. 아, 배를 타면 언젠가 꼭 이렇게 해보고 싶었습니다. 도와주셔서 매우 감사합니다."

남자는 자신의 선글라스를 매만지며 아가씨에게 인사를 했다. 동작 자체가 과장된 것이 마치 연극 무대 위에 선 배우와 같았다. 입고 있는 옷은 놀랍게도 호피에 백색 갈기털이 잔뜩 달린 특이한 코트였고 그 밑에 걸친 옷은 연한 베이지 색의 슈트였다. 이래저래 졸부 같은 모습이랄까?

"아… 그, 한국말을 잘하시네요."

여자는 진짜 생판 남이었는지 이 외국인 남자를 보고 의아해했다. 남자는 색이 진한 노란 머리를 하고 있었는데 꼭 무슨 이종격투기 대회에 출전하는 선수처럼 근육질에 커다란 몸집을 가지고 있었다. 피부색도 진한 밀크커피를 연상케 했다. 아마도 흑인과 백인의 혼혈아 같았다. 남미에서 많이 볼 법한 완전 혼혈계인 듯하다.

그는 유쾌하게 웃으며 자신의 두꺼운 아랫입술을 매만졌다. 그의 아랫입술에는 자그마한 금색의 고리가 피어싱되어 있었는데 그는 그것을 만지는 버릇이 있는 것 같았다.

"아하핫, 일어도 중국어도 러시아어도 다 할 줄 안답니다. 워낙 오래 살아서 할 짓이 없다 보니까 공부가 즐거울 정도라고요."

남자는 그렇게 웃어댔다. 그때 그의 곁에 수행원으로 보이는 남자 둘이 달라붙었다. 한국에서는 좀처럼 보기 힘든 거부인 모양이었다.

"아, 음. 그래? 내일에나 받을 수 있다고? 뭐 상관없어. 나도 이 일을 바로 끝낼 생각은 없으니까. 한껏 즐겨야 하지 않겠어?"

남자는 수행원들이 가져온 전화기에 대고 유쾌하게 말하더니 히죽히죽거리며 자신의 트렁크를 들었다. 슬슬 인천 국제 페리항에 도착할 때다.

그는 선글라스를 고쳐 쓰고 어깨를 으쓱했다. 그러자 수행원들이 그의 호랑이 가죽 외투를 벗겨주었다.

"…그러면 가지."

남자는 수행원에게서 빗을 받아 들고는 자신의 머리칼을 쓸어 올렸다.

한세건은 어두컴컴한 트레이닝 룸에서 양손을 교차한 뒤 숨을 고르고 있었다. 숨을 내쉬고 들이쉴 때마다 피부 밖으로 드러난 혈관들이 꿈틀거린다.

끼이이이이!

어둠 속에서 거대한 철근이 그를 향해 날아들었다. 양끝에 와이어가 걸려서 그네처럼 흔들리는 철근은 무서운 기세로 세건을 덮쳤다. I빔 철근의 무게는 대충 잡아도 약 500킬로그램. 그런 게 그네처럼 흔들리는 데 충돌한다면 철근콘크리트 벽이라도 허물어질 것이다.

"흡!"

한세건은 왼손으로 두꺼운 철봉을 꺼내서 날아드는 철근의 정중앙을 노리고 뻗었다. 마치 서부극의 카우보이가 총을 뽑아서 쏘는 듯한 자세로 그는 철봉으로 철근을 막아냈다. 조금만 균형이 흐트러져도 철봉이 부러지거나 휘면서 철근에 강타당한다! 하지만 놀랍게도 한세건은 철봉 하나로 철근을 지탱하는 것은 물론 철근의 흔들림을 완전히 멈추었다.

뚜득, 뚜드드득,

근섬유가 파열되는 소리가 적막한 어둠 속에 울려 퍼졌다. 아무리 흡혈귀화한 육신이라고 해도 그 묵직한 철근 그네를 한 손으로 멈춰 세웠으니 당연한 결과였다. 그러나 한세건은 완전히 걸레가 되다시피 한 자신의 왼손을 치켜들었다. 잠깐 사이에 상처는 죄다 아물어 버렸다.

"…크."

세건의 얼굴에 강한 혐오감이 떠올랐다. 그는 오른손으로 철봉을 고쳐 쥐고 다시 철근을 발로 박찼다. 그리고 전혀 흔들림 없는 동작으로 또다시 철근의 그네를 멈춰 세우기를 반복했다.

쿠웅!

근 순발력의 한계를 넘어서는 충격이 다시금 전해져 온다. 세건은 이런 미친 짓으로 자신을 혹사하며 신체를 단련했다. 강력한 근력과 재생력을 가진 그로서는 일반적인 운동 방법으로는 제대로 된 부하를 줄 수가 없었다. 그래서 남들이 보기에는 자해에 불과한 이 미친 짓으로 자신을 단련하는 것이다.

짝짝짝짝…….

그때 박수 소리가 들려왔다. 한세건이 고개를 돌리니 그곳에는 하늘하늘한 아이보리빛 원피스를 걸친 여성이 있었다. 지적으로 보이는 세련된 외모에 장난기를 머금고 있는 그녀는 방의 전등 스위치로 다가가 스위치를 넣었다.

"굉장하네, 세건. 그건 무슨 훈련이지?"

그녀는 한세건의 모습을 바라보며 안타깝다는 듯 한숨을 내쉬었다. 인간의 몸으로 흡혈귀들을 상대하기 위해 흡혈귀들에게서 추출한 마약을 사용하던 한세건은 불순한 마약에 의해서, 혹은 전투 중에 섭취한 흡혈귀의 피로 인해서 흡혈귀가 되어갔다.

흡혈귀들에 대해 결벽증에 가까운 적의를 보이던 그는 흡혈귀가 되어가는 자신을 용서하지 못했고 그 증오로 인해 스스로를 파멸시키려 했다.

김성희는 그런 세건을 살려내고 흡혈귀화를 막아내는 데 성공했다. 지금껏 누구도 견디지 못한 흡혈귀화 중지 시술. 세건은 그 후유증을 무시무시한 집념으로 견뎌냈다.

덕분에 그는 분당 400번을 넘게 뛰는 무시무시한 심장과 8배 정도 가속된 지각 능력 등을 손에 넣었다. 물론 그 능력은 모두 육체에 막대한 부담을 주는 것뿐이었다. 일상생활마저 불가능하게 만드는 데다가 이 상황이 언제까지 계속될지는 아무도 모른다. 세건은 언제 죽을지 모르는 불안한 상태에 빠진 것이다.

그러나 이러한 상황은 오히려 한세건을 더더욱 마수에 가깝게 만들었다. 그는 성전(聖戰)에 임한 성직자처럼 스스로에게 엄격한 사명을 부여했고 그 모든 것을 수행해 나가며 흡혈귀와 자신에 대한 증오를 증폭시켰다.

지금도 그는 언제 박살 날지 모르는 유리 파편과 같은 몸을 혹사시키고 있는 것이다.

"이건 순발력을 높이기 위한 훈련이죠. 그러나저러나 무슨 일이죠, 마스터? 여기까지 찾아오고?"

세건은 그녀를 마스터라고 불렀다. 하루살이 목숨이나 다름없던 뱀파이어 헌터에서 중견, 아니, 혜성같이 나타난 기대주가 되면서 한세건은 김성희에게서 주술과 마법에 대한 가르침을 받고 있었다. 마법사들 간의 편집증적인 사제 관계에서는 믿을 수 없을 정도로, 세건에게 유리한 사제 관계다.

그래서일까? 김성희는 세건의 허락도 없이 그가 쓰던 소파에 앉았다.

"늑대사냥꾼들이 몰려오고 있어, 세건."

"그렇게 정보를 뿌렸는데 그 정도 반응은 있어줘야지 보람이 있지요."

한세건은 와이어를 잡고 손가락부터 천천히 힘을 주며 500킬로그램의 철근 두 개를 들어 올렸다. 그런 모습을 보며 김성희는 한숨을 내쉬었다.

와이어를 당길 때마다 세건의 근육이 꿈틀거리는 게 너무나 선명하게 눈에 들어온다. 체지방이 3% 이하로 떨어지는 바람에 전신의 근육이 피부 밖으로 드러날 정도다. 저런 식으로 훈련을 하니 하루에 10,000㎉를 섭취해도 몸이 마를 수밖에 없다.

"너무 데피니션이 높은 몸은 안 좋아해, 세건아. 군살이 붙지 않은 몸은 멋지다고 생각하지만… 혈관은 좀 안 보이는 게 좋지 않을까?"

“전 마스터의 취향을 위해서 몸을 만드는 게 아닌데요? 그리고 이 정도 유지하기도 힘들어요. 원래 입이 좀 짧아서 하루에만 킬로칼로리 먹는 것도 고역이라고요.”

세건은 투덜거리며 자세를 바꾸었다. 림보를 하는 것처럼 케이블 방향으로 몸을 뉘인 뒤 그 자세에서 케이블 플라이를 한다. 인간적으로 도저히 납득이 가지 않는 운동이지만 그렇게 1톤씩 케이블 버터플라이를 해대는 몸이 대단하다.

대부분의 흡혈귀나 라이칸스로프들이 자신의 타고난 완력을 믿고 운동을 하지 않는 것에 비해서 일부러 근섬유를 손상시킬 정도로 부하를 주고 있는 세건의 육체가 강건한 것은 당연한 결과라고 하겠다.

항상 몸에서 마약 성분이 발생하는 세건으로서는 보통 인간과 같은 생활을 유지해 나가는 것만으로도 엄청난 정신력을 필요로 한다. 그런데 가만히 있기는커녕 이 상황에서도 흡혈귀들을 물리치기 위해 자기 자신을 연마하다니…….

하지만 이제 와서는 그를 말릴 수도 없었다. 한세건의 육신을 지탱하고 있는 것은 오직 하나, 그가 가지고 있는 강력한 의무감이다. 흡혈귀들과 라이칸스로프를 증오하고, 월야를 파멸시키고자 하는 그의 맹세가 목숨을 지탱하는 생명줄이다.

흡혈귀화를 거부하고 폭주하는 몸을 억누르고 있는 것은 한세건의 의지의 힘. 그것이야말로 그를 살아 있게 하는 원동력이니 복수와 증오를 포기하라는 것은 곧 세건보고 죽으라는 것이나 다름없다.

하지만 김성희는 세건을 포기하지 않았다.

“아이, 그런 말 하지 말고……. 매일매일 훈련하는 거지? 좀 쉬고 놀기도 해. 잠도 못 자잖아. 나랑 좀 놀아주라니까.”

“아, 진짜……. 마스터가 무슨 애예요? 칭얼거리려고 온 거라면 빨리 돌아가요.”

세건은 케이블을 놓고 이번에는 압정을 두 통 꺼냈다. 그는 압정 한 통을 따서 허공에 던진 뒤 압정이 땅에 떨어지기 전에 그것들을 잡아서 회수하는 짓을 반복했다. 이전에는 심폐와 반응 속도를 강화하기 위해 공 예닐곱 개로 스쿼시를 하더니만 이제는 그것도 성에 차지 않는 듯했다.

“매정하기는. 나는 말이지, 지금도 길을 돌아다니다 보면 작업 거는 남자가 수두룩하다고. 그런 내가 좀 놀아달라는데 응해야 하는 게 일반적인 반응 아니야?”

“그러면 그 남자들하고 잘 놀든가요.”

세건은 사이드 스텝을 밟으며 허공으로 뿌려진 압정들에 손을 뻗었다. 무수한 손의 그림자가 어둠 속으로 뿌려지더니 압정들이 차곡차곡 플라스틱 상자 위에 쌓였다.

“정말 박정하기는. 그래, 그러면 이야기나 계속하자. 그 서린이란 아이가 과연 늑대사냥꾼들을 상대할 수 있을 것 같니? 릴리쓰의 자식이라면 역시 대단한 능력을 가지고 있겠지?”

그제야 세건은 흥미가 생겼는지 움직임을 멈추었다.

“녀석의 신체 능력은 진마급 흡혈귀를 가볍게 상회해요. 피크에 달한 나보다야 못하지만 장기전이 되면 위험한 상대가 되겠지요.”

한세건은 서린 제압을 이미지트레이닝하며 그리 말했다. 세건이 그렇게 평가할 정도면 서린의 능력은 정말 뛰어나다고 해도 좋으리라.

“단, 경험이 너무 부족해요.”

“그러면 큰일인데? 죽을 거야, 그렇다면.”

김성희는 서린을 걱정했다. 비록 그녀와 한세건이 서린에 대한 정보를 뿌리긴 했지만, 하나뿐인 미끼는 대어가 물어줘야지, 지나가던 송사리가 덥석 물면 손해 아닌가?

세건은 김성희가 걱정하는 것을 보고 의아해했다. 대체 적들이 얼마나 왔길래 만사태평인 그녀가 이렇게 걱정한단 말인가?

“대체 사냥꾼으로 누가 왔는데요?”

“마약왕 조반니가 인천 페리항으로 들어왔고 진마 아르곤도 한국에 나타날 예정이라는데…….”

“조반니?”

“테트라 아낙스에서 지정한 6인의 계승자 ‘석세서(Successor)’ 중 한 명이야.”

석세서라는 것은 계속 유실되는 흡혈귀 계통을 복구하기 위해 테트라 아낙스가 마법과 생명공학의 힘을 빌려 복제해 낸 신세대 흡혈귀들이다.

오랜 숙적이었던 두 진마, 적요와 창운이 한국에서 공멸한 때에도 등장하지 않았던 이들을 이제야 투입하다니. 테트라 아낙스의 명령인 것인지 그게 아니면 계승자인 조반니가 독단적으로 한국에 온 것인지는 모르겠다.

“흐음, 진마보다 강하진 않겠지요?”

“그게… 조반니의 경우는 주로 대(對)라이칸스로프 전의 히트맨으로 활약한 모양인데, 말하자면 테트라 아낙스의 히트맨이야.”

“호오?”

흡혈종들은 전투에 특화되어 있지 않다. 그들은 수많은 초자연적인 힘과 강력한 괴력을 가지고 있어서 인간과 비교하면 항상 절대 우위를 차지한다. 그렇기 때문에 그들은 그들과 대등한 자들과의 싸움에서 취약함을 보인다.

포식자로서는 익숙하지만 도그파이트에는 익숙하지 못한 그들은 그래서 전투에 특화된 흡혈귀들을 선택해 라이칸스로프를 사냥하게 했다. 그런 히트맨은 전투에 능숙해 일반적인 흡혈귀와는 비교도 안 되는 능력을 가지고 있다. 라이칸스로프의 육체능력에 취해서 자기 연마를 별로 한 일이 없는 긴장감 없는 서린으로서는 조반니를 감당하지 못할 것이다.

“정말 위험하겠는걸.”

세건은 턱을 괴고 생각에 잠겼다. 서린을 지금 여기서 이렇게 잃을 수는 없다. 그렇다면 어떻게 해야 할까?

“그래서 생각한 게 있는데 말야.”

“그런 건 기각.”

세건은 들어볼 것도 없다는 듯 김성희의 의견을 떨쳤다. 그러자 김성희는 깜짝 놀라서 세건을 바라보았다.

"왜?"

"보나마나 생각하는 게 뻔하죠. 나에게 교복이라도 입혀서 고등학교로 잠입시킬 생각이었죠?"

"……."

아무래도 정곡을 찔렸는지 김성희는 입을 다물었다. 하지만 곧 그녀는 장난기 띤 얼굴로 세건에게 웃어 보였다.

"어떻게 알았어?"

"실베스테르 대하는 걸 보면 알죠. 요상한 옷을 입히면서 즐기는 버릇이 있다고요, 마스터는."

그러자 김성희는 억울하다는 표정을 지어 보였다. 물론 세건이 말한 대로 그녀는 분명히 남들 옷 갈아입히는 것을 좋아하긴 한다. 하지만 실베스테르의 경우는 본인도 납득하고 있기 때문에 그런 게 가능한 것이다.

"그러면 어떻게 할 건데? 이대로 미끼가 송사리들에게 뜯어먹히는 걸 바라볼 거야?"

김성희는 그렇게 말했지만 그때 세건이 그녀를 돌아보았다. 푸른 불꽃이 그의 눈동자 너머에서 불타오르고 있었다.

"제 목적은 강에서 물고기를 모조리 쓸어버리는 겁니다. 송사리가 미끼를 물려고 다가오면 송사리를 죽여 버릴 뿐이죠."

"그래, 알고 있어 그건. 세건, 하지만 그렇다 해도……."

"그렇다 해도?"

"미끼를 마냥 놀게 하자니 화나지 않아?"

김성희는 나쁜 짓을 꾸미는 악당처럼 음흉하게 웃으며 손가락을 튕겼다. 세건은 그런 그녀를 보고 못 말리겠다는 듯 어깨를 으쓱해 보였다.

그녀는 지금 서린을 시험해 보고자 하는 것이다. 세건도 그런 그녀의 의견에는 동의한다. 릴리쓰가 만든 라이칸스로프라고 해도 그 자신의 능력을 어느 정도 갖추지 않는 이상 미끼로서의 가치조차 없다. 서린이 뛰어난 능력과 생존력을 발휘해야만 좀 더 거물을 끌어낼 수 있는 것이다.

5

벌집이라고 불리는 저소득층을 위한 다세대 임대주택, 그 안에는 갖가지 인간 군상이 있다.

그중에서도 서린은 독보적이라고 할 수 있다. 슬라브계와 몽골계의 혼혈은 인류학적으로 볼 때 그리 독보적이라고 할 수 없겠지만 그게 한국에 있다면 이야기가 달라진다.

게다가 서린에게는 남들에게 말 못 할 비밀이 있었다. 그가 바로 늑대 인간이라는 것이다. 이 정도 되면 인간 군상이 문제가 아니라 X—File에 나와도 될 만큼 수상한 존재가 된다.

그리고 지금 그를 사냥하기 위해 사냥꾼들이 몰려들었다. 어제 용산역 근처에서 그 사냥꾼과 사투를 벌인 서린은 자신의 방에 주저앉아서 계속 한숨을 내쉬고 있었다.

시간은 새벽 4시……. 이제 얼마 지나지 않으면 학교에 가야 하는데, 집 밖으로 나가기가 심히 두렵다. 그래서 그는 자신의 앞에 깔아둔 방탄복과 기관단총을 보며 한숨을 내쉬고 있는 것이다.

"이건 도저히 교복 안에 입을 수 없겠군."

레이싱 슈트형의 방탄복은 도저히 옷 안에 입을 수 있는 게 아니다. 그리고 기관단총 역시 마찬가지……. 물론 이 기관단총은 학생들이 즐겨 쓰기로 유명한 무기인 Tec—9이다. 미국에서는 콜롬바인 고교 총기 사건에 사용되어서 유명해졌지만 그 전부터 너무나 싸고 성능이 좋아서 사회적 문제를 불러일으킨 무기다.

생존을 위해서라면 방탄복을 입고 총을 들어야 한다. 하지만 그렇게 되면 서린은 더 이상 대한민국의 선량한 고교생일 수 없게 된다. 세건이 말하는 바를 따르자면 월야의 세계에 발을 들이밀고 마는 것이다.

아니, 따지고 보면 나는 태어날 때부터 그쪽 사람이었지.

서린은 자신의 태생적 한계를 떠올리며 방바닥이 꺼져라 한숨을 내쉬었다. 어쨌거나 지금은 이렇게 한숨을 쉬어도 뾰족한 수가 없다. 소거법으로 생각해 볼 때 이 총과 방탄복은 쓸 수가 없다. 학교에 총을 들고 갔다가 소지품 검사에 걸리기라도 하면 바로 토픽감이다. 퇴학당하고 소년원에 들어가는 건 각오해야 할 일. 그렇다면 서린은 더 이상 방황할 필요도 없다.

"이럴 때가 아니군."

서린은 허기를 느끼고 일어났다. 어제의 싸움에서 부상을 입은 뒤, 극심해지던 허기는 한때 인간을 덮치고 싶은 마음까지 들게 했다. 하지만 시간이 지나고 나니 그런 비상식적인 허기는 가라앉았다. 그래도 여전히 많은 영양을 필요로 하는 것은 사실이다.

서린의 경우는 세건처럼 엄청난 양을 의무적으로 먹어줄 필요는 없지만 대량의 혈액을 흘리고 상처를 입었을 경우는 세건과 마찬가지로 많은 영양 공급을 필요로 했다. 그래서 그는 쌀을 사고 채소를 듬뿍 넣은 카레를 만들었다.

빨래 삶는 솥을 써서 만든 카레는 통상의 인간이라면 일주일은 먹고도 남을 분량이었지만 서린은 그 반을 어제 하루 만에 먹어치웠다.

"도시락으로 싸 가야지."

그는 도시락통을 열고 찬밥과 식은 카레를 듬뿍듬뿍 담았다. 혼자서 밥 지어 먹고 살자니 요리가 최대한 간결해질 수밖에 없다. 그래도 카레 정도면 진수성찬이다. 대부분의 자취생에 비하면 얼마나 화려한 식단이란 말인가?

"그러면 나가볼까? 공부도 많이 밀렸고."

요즘 심란한 일이 많아서 자격증 공부가 잘되지 않았다. 서린은 오래간만에 일찍 학교에 가서 공부를 하기로 결심하고 문을 박차고 나왔다.

"…이제 나왔냐?"

서린의 집 앞에는 오토바이를 세우고 그 앞에 앉아서 샌드위치를 먹고 있는 세건의 모습이 있었다. 세건은 억지로 샌드위치를 삼키고 서린을 돌아보았다.

"고민을 많이 한 모양이던데?"

그는 자신의 귀에 꽂힌 이어폰을 가리키며 서린을 바라보았다. 서린은 그런 세건을 본 순간 발끈했다. 이 녀석, 남의 집을 도청하는 짓을, 그 집주인이 알고 있는데도 계속하고 있다니!

"당신 정말 무슨 생각이야?"

"어제 웬 얼간이랑 싸웠더군?"

세건은 어제의 일을 알고 있었는지 능청스럽게 그렇게 말했다. 서린은 세건에게 화가 났지만 그 일을 떠올리자 입을 다물 수밖에 없었다.

지금 그나마 기댈 만한 것은 세건과 마리아뿐이다. 그리고 마리아에게 도움을 청했다가는 한세건이 마리아를 공격하는 꼴을 볼 뿐……. 그러고 보니 과연 마리아는 무사한 것일까? 서린은 화사한 금발을 가진 인형 같은 흡혈귀 소녀를 떠올리며 세건을 흘겨보았다.

"알면서 가만히 있었어요?"

"나라고 늘 너만 쫓아다니진 않아. 녹음해 둔 걸 들어보고 나서야 싸웠다는 사실을 알게 된 거지."

한세건은 자신의 MP3플레이어 폰을 꺼냈다. 이 핸드폰은 외장 메모리카드를 달 수 있는 데다가 세건이 펌웨어를 개조해서 고속 재생이 가능하게 되어 있었다. 한세건은 그걸로 서린의 집 근처와 서울 각지에 설치한 집음 장치에 녹음된 음성 정보를 분석하고 있었다.

그의 반대쪽 귀에는 경찰 무선을 감청할 수 있게 되어 있는 특수 통신 모듈이 꽂혀 있다. 이런 첩보원 같은 모습으로 돌아다니다니……. 대체 이 인간은 흡혈귀 사냥꾼이 안 되었으면 뭐가 되었을까? 서린은 그런 의문을 가지며 세건을 스쳐 지나갔다.

"그러면 그건 참 다행이군요. 어쨌거나 비켜요. 학교 가서 공부해야 하니까."

"공부라……. 설마 그 공인중개사 시험?"

세건은 서린의 손에 들려 있는 문제집을 보며 어처구니없어 했다. 그 태도가 마치 넌 안 된다는 식으로 보여서 서린은 발끈했다.

서린이 실업계 학생이다 보니까 그런 식으로 자격증 공부할 때마다 주위에서 아니꼬운 눈초리로 쳐다보는 이가 많았다. 하지만 다른 아이들이 아니꼬워하는 것은 그냥 철없는 푼수들의 짓이라 치더라도… 세건이 의아해하는 것은 달랐다.

한세건은 아마도 '라이칸스로프 주제에 인간처럼 살 생각을 하고 있다니' 라고 비아냥거리는 것이리라. 그렇게 생각하니 서린은 화가 치밀지 않을 수 없었다.

"예, 물론이죠. 전 돈을 억수로 벌어서 우리 가족을 부양할 거예요. 그러려면 부동산밖에 더 있겠어요? 대한민국에서 돈을 벌려면?"

"그러면 공인중개사 자격증은 필요가 없지."

세건은 고개를 절레절레 저었다.

"네? 왜요?"

"IMF 터진 이후 부동산 업자가 너무 늘어나서 부동산사무소 개개의 수익률은 극단적으로 악화되고 있어. 차라리 투자하는 법을 배우기 위해서 참고 서적으로 본다면 모를까, 그 자격증을 따서 그걸로 돈을 만들겠다는 생각은 버려. 워드 2급 자격증으로 돈 벌겠다는 소리랑 똑같은 거니까."

"…아니!"

"그리고 종잣돈이 없으면 땅을 살 수가 없어. 알고 있지, 서린?"

세건의 말에 서린은 말문이 막혔다. 확실히 그런 것도 같다. 그렇다면 지금까지 서린이 공부해 온 것은 모두 다 말짱 도루묵이란 말인가?

"그야 그렇지만. 그럼 돈 없고 빽 없는 내가 무슨 수를 써야 인생을 확 뒤집는단 말이에요?"

"복권, 아니면 사법고시."

세건의 대답은 단순명료했다. 어찌나 단순명료한지 그 말을 듣는 순간 서린이 앞으로 주저앉을 정도였다.

"웃기려고 한 말이죠?"

서린은 풀린 신발 끈을 고쳐 매며 세건을 노려보았다. 하지만 세건은 딴청을 부렸다.

"웃기려고 한 말은 아닌데? 그게 싫으면 행정고시나 외무고시가 더 낫겠군. 요새는 변호사들도 선임을 잘 못 받아서 수익률이 떨어지고 있으니까."

"……."

"법무사의 수요는 계속 증가할 전망이야. 왜 그래?"

“당신 의외의 구석에 해박하군요. 혹시 학생 시절에 그런 데 신경 썼어요?”

그러고 보면 세건도 학창 시절이라는 게 있으리라. 서린은 그제야 세건과 자신이 별로 나이 차가 나지 않는다는 걸 깨달았다. 확실히 세건을 처음 보면 많아 봐야 20대 초반이라고 여겨지지만, 그와 이야기를 나누어보면 이제는 또 20대 초반이라고는 생각되지 않는다.

대체 얼마나 많은 시련을 겪었던 것일까? 그래서 이제 와서 그가 20대 초반에 불과하다는 것에 새삼스럽게 놀라게 된다. 얼마 크게 나이 차가 나는 것도 아니니 사이가 좋다면 형, 동생 하며 시시덕거릴 관계가…….

‘그럴 리가 없지!’

상대는 전설적인 폭탄마, 거기에 서린을 죽여 버리겠다고 공언한 흡혈귀 사냥꾼이다. 그런 놈과 사이가 좋아질 리가. 그가 접근하고 있는 것은 어디까지나 서린이 미끼로서 쓸 만한 존재이기 때문일 뿐이다.

서린이 그런 생각을 하고 있는 사이 한세건은 서린의 질문에 답하고 있었다.

“나도… 불량 학생이었지. 적어도 모범생은 못 되었어.”

모터크로스 선수가 되겠다고 오토바이와 자전거를 붙잡고 살았으니… 모범생이라고 할 수는 없으리라.

세건은 오래간만에 학창 시절을 떠올리다가 문득 정신을 차렸다. 월야의 세계에 들어선 이래, 지금까지 단 한 번도 과거를 돌이켜 본 일이 없었다. 하지만 서린의 맥 풀린 듯한 질문에 그 모든 기억이 다시금 떠오르다니. 세건은 서린을 바라보며 경계하듯 거리를 벌렸다. 그러나 서린은 세건이 당혹해하자 기회다 싶어서 더 달라붙었다.

"흐음, 인문계? 아니면 실업계?"

"인문계였어."

"에이, 인문계 불량 학생이 어디 노는 축에 끼나."

서린은 코웃음 치며 그리 말했다. 그러자 한세건은 볼을 긁적였다. 이런 상황에서 인문계 학생도 불량할 수 있다는 것을 역설하는 건 멍청이들이나 하는 짓이다.

누가 더 병신인지 자랑하는 것과 똑같은 짓이랄까? 그걸 잘 알고 있기 때문에 세건은 대꾸를 하지 않았다.

서린과 세건은 신호등 앞에서 멈춰 섰다. 이야기를 나누며 걷다 보니 어느 틈에 학교 블록 앞 교차로까지 온 것이다. 아직 학교 수업 종이 울리려면 한참 남아 있는 시간이라 그런지 주위에는 쥐 새끼 그림자도 보이지 않았다. 세건과 서린은 신호등 앞에 서서 시동 꺼진 바이크를 끌며 이야기를 나누었다.

"흠. 어쨌거나 그래서, 이대로 태연히 학교에 갈 생각이냐?"

"당연히 가야죠. 그러면? 가지 말까요?"

"학교에 원수진 놈이 없으면 큰 사고 나기 전에 학교를 그만두지그래?"

세건은 당연하다는 듯 자퇴를 종용했다. 한세건도 서린과 마찬가지로 고등학생 때 월야의 세계에 뛰어들게 되었다. 고등학생 때 모든 가족을 잃어버리고, 더 잃을 게 없던 그는 증오의 화신이 되어 월야의 세계에 뛰어들었고 그 성스러운 결의라고 할 만한 증오를 지키며 흡혈귀와 싸워왔다. 당연히 학교는 중퇴해야 했다.

하지만 서린은 뻔뻔스럽게도 인간으로서 학교를 다니려고 하는 것이다. 만약 다시금 적의 습격을 받게 된다면 그때는 학교의 학생들이 위험해진다.

"엥? 왜? 학교를 그만두라니? 자퇴하란 소리?"

하지만 서린은 태연히 고개를 흔들었다. 자퇴하지 않겠다는 의사 표명이었다. 무리도 아니다. 세건이야 이미 미친 달의 세계에서 잔뼈가 굵은 몸이라 어지간한 습격과 공격, 인질극 등에 이미 익숙해진 상황이다. 그러나 서린은 습격을 한 번 받았음에도 불구하고… 적들이 어떻게 나올 수 있는지 전혀 상상하지 못하고 있었다.

"네 친구들이 무사하지 못할 텐데. 정말 학교에 원수를 두고 있나 보군."

"아니, 뭐 그런 건 아니지만……. 아무리 미친놈들이래도 학교는 법치국가인 대한민국의 수도 서울에 있어요. 그런 곳을 대낮에 습격할 수 있을까요? 흡혈귀들이야 어차피 태양 아래 나오지 못하니까 라이칸스로프랑 마법사만 걱정하면 될 테고, 그들도 결코 매스컴에 모습을 드러내고 싶진 않겠죠."

"…사혁이 죽어버린 게 애석하군. 살려뒀더라면 둘이 대면시키고 싶은 심정이야."

한세건은 사혁이라는, 서린으로서는 알 수 없는 이의 이름을 들먹거리며 탄식했다. 그는 곧 서린을 설득하는 것을 포기했다.

"좋을 대로 해. 네 말대로 대낮에는 적이 습격해 오지 않기를 빌겠다. 그럼."

한세건은 노골적으로 불쾌함을 드러내며 오토바이에 시동을 걸었다. 곧 우렁찬 엔진음과 함께 그는 저 멀리 사라져 버렸다.

서린은 세건의 뒷모습을 바라보며 자신이 지금껏 공부하던 책을 살펴보았다. 방금 전까지는 공부할 의욕이 넘쳐 났었는데 세건의 이야기를 듣고 나니 이 두꺼운 책이 원망스럽기만 하다.

"여태껏 헛고생했단 말이지?"

조반니는 시가를 입에 물고 암실 속에 마련된 그의 의자에 앉아서 눈을 감고 있었다. 그가 숙소로 정한 이곳, 리츠 칼튼 호텔 스위트룸은 그가 두고 온 저택에 비하면 초라하기 이를 데 없는 곳이었다. 하지만 조반니는 그 모든 것을 너그럽게 참아줄 수 있었다. 이렇게 완벽한 암실을 만들 수 있다는 것만으로도 스위트룸은 제 역할을 다한 것이니까.

"심심하군."

이 낙천적인 남미계 뱀파이어는 흡혈귀의 맹주, 테트라 아낙스가 계획한 흡혈귀 재생 계획을 통해 태어난 자로 어둠에서는 석세서라고 불리는 자였다.

하지만 그는 어둠에서의 이름보다 빛에서의 이름이 더더욱 화려했다. 콜롬비아와 페루의 마약왕으로서 CIA 세력을 축출하고 강력한 농장을 형성한 천재적인 사업가 조반니 반테로. 그는 명분 없는 석세서보다는 자신의 손으로 얻어낸 마약왕이란 칭호를 더더욱 사랑했다.

"아아아, 정말 따분하구만. 배를 타고 온 게 실수였어. 텔레비전 같은 데에서는 여객선을 타면 대개 따스한 햇살 아래에 미인들과 수영을 즐기며 칵테일을 나누잖아? 나도 그런 게 하고 싶었다고."

자신이 흡혈귀라는 사실을 망각했는지 조반니는 그렇게 투덜거렸다. 그의 수행원들은 뒷짐을 지고 서서 무표정하게 조반니를 바라보았다. 머리를 뒤로 묶은 창백한 표정의 두 양복 남자였는데 둘의 외모가 매우 똑같다.

원래 그들은 유명한 히트맨이던 베르나르도 형제였다. 마약농장주인 코나 다스턴의 밑에서 일하던 이들은 피도 눈물도 없는 냉혈한으로 뱀파이어 트윈이라는 애칭을 얻게 되었다. 그 칭호가 마음에 들었는지 조반니는 그들을 자신의 수행원으로 삼았다. 물론 태양 아래에서도 움직여야 했기 때문에 그들을 흡혈귀로 만들지는 않았다. 다만 그는 자신의 비술을 사용해 그들을 강화하고 그들에 대한 통제력을 얻었을 뿐이다.

하지만 베르나르도 형제의 상태는 다른 이들에 비하면 매우 양호하다 할 수 있었다. 조반니가 코나 다스턴의 농장을 습격한 그날, 코나 다스턴과 그 휘하 사병(私兵) 160명은 모두 전신의 피가 빨려 끔찍한 죽음을 맞이했으니까.

베르나르도 형제는 무표정하게 자신의 주인인 조반니를 바라보더니 천천히 입을 열었다.

"주인님이 원하신다면 지금이라도 일광욕을 할 수 있도록 주선해 보겠습니다, 돈."

"미인도 섭외하도록 하지요."

"됐어. 이런이런, 이 친구들이… 정이 없군. 그리고 돈이라고 부르지 말라고 했지? 난 이탈리안 마피아가 아니라고."

돈(Don)은 굳이 마피아를 부르는 칭호가 아니지만 조반니는 그 어휘의 사용을 금했다. 돈 조반니라는 이름의 몰개성함을 증오하는 것일지도 모른다.

그는 베르나르도 형제에게 다시 한 번 주의를 준 뒤 초조하게 시가를 질겅질겅 씹었다. 그때 그들이 머물고 있는 암실의 문이 열리고 인간들이 들어왔다. 그들은 무기가 들어 있는 나무 박스를 가져와 조반니의 앞에 늘어놓았다.

"좋아좋아, 이 정도면 무기는 충분하군. 이번 사냥은 매우매우 즐겁겠어."

조반니는 시시덕거리며 병기들을 점검했다. 한국의 고등학생 한 명 잡자고 마약왕이 직접 나서는 것도 웃기는 일인데 거기에 보스가 직접 총까지 들다니……. 베르나르도 형제는 고개를 절레절레 저었다. 그들의 두목은 마약왕이니 흡혈귀니 갖가지 무서운 칭호를 가지고 있지만 하는 짓은 완전히 애나 다름없었다.

"상부의 지시를 무시하지 마십시오, 돈. 한국에는 매우 무서운 헌터가 있는 것 같으니까."

"아, 그 실베스테르의 제자라는 놈 말이지? 흠… 뭐 차세대 진마이자 킹이 될 이 몸이 그런 놈을 두려워해서야 쓰겠나?"

조반니는 자신만만한 태도로 그렇게 말했다. 대체 이런 태도로 어떻게 CIA 남미 지부를 궤멸시키고 콜롬비아—파나마의 마약 황금 루트를 개척했는지 모르겠다.

"그래도 상황을 지켜보도록 하지요. 이대로라면 마법사들과 에스프리가 먼저 그에게 접근할 것입니다. 그때가 바로 헌터의 실력을 볼 기회가 되겠지요."

"그러다가 먹이를 빼앗기면?"

"그때는 합리적으로 아르곤의 피를 빼앗을 기회가 아닙니까?"

베르나르도 형제는 태연스럽게 금기를 말했다. 진마의 피를 다른 계통의 하급자가 빼앗는 것은 흡혈귀 사회에서 금기시되고 있는 일이었다. 물론 금기라고는 하지만 사실 다들 바라 마지않는 일이기도 하다.

하지만 실제로 그런 행운을 누린 흡혈귀는 그리 많지 않았다. 그러한 금기를 마음껏 즐기길 원한다면 테트라 아낙스의 제어를 벗어나야 했고 그것은 그들이 문명의 사나움 앞에 무방비로 노출된다는 것이다.

그런데 그런 금기를 테트라 아낙스의 히트맨이라는 조반니와 그의 부하들이 농담 삼아 거론하고 있는 것이다. 게다가 말에 뼈가 있다고 그들의 농담은 결코 농담으로 끝날 것 같지 않았다.

"그것도 그렇군. 마법사와 에스프리라……. 흠, 진마 아르곤이 온단 말인가? 이거 참, 늑대는 한 마리인데 사냥꾼은 너무 많군그래?"

테트라 아낙스와는 선을 긋고 있는 자유주의 흡혈귀들의 당파 에스프리는 아르곤이라 불리는 강력한 진마에 의해서 통솔되고 있었다.

이 진마는 이미 유행이 지나도 한참 지난 히피 정신에 감화되었는지, 그게 아니면 그가 히피주의를 주창했는지 모르지만 흡혈귀들 사이에 히피 정신을 듬뿍 뿌려놓았다.

워낙 오랜 세월을 사는 흡혈귀가 많다 보니 테트라 아낙스처럼 빡빡하게 인간들을 통치하고 상하 구분이 철저한 것보다는 자유주의 당파인 에스프리에 끌리는 이들이 생기는 것도 자연의 이치였다.

강력한 엘리트 의식을 지닌 흡혈귀들의 입장에서 보면 에스프리의 모습은 나태한 탕아들에 불과했다. 하지만 그래도 진마는 진마……. 진마 아르곤이 직접 나서다니 이 일에는 뭔가 중대한 것이 있음에 틀림없었다.

"워낙 귀중한 늑대다 보니까 그럴 수도 있지요."

"그래… 잘하면 테트라 아낙스의 비밀까지 엿볼 수 있으니까 말이지!"

조반니는 수행원인 베르나르도 형제의 얼굴에 당혹의 빛이 떠오르는 것을 보며 싱긋 웃었다.

第4夜

비인외도(非人外道)에 들어서다

1

태어났을 때부터 지워진 운명이라는 것을 인정하게 된다면 인간이 살아가는 것은 의미가 없다고 누군가가 말했다. 하지만 운명이라는 것은 그렇게 쉽게 부정될 만한 단어가 아니다.

물론 점쟁이의 예언 같은 것은 부정되어야 한다고 본다. 너는 언젠가 뭐가 되고 뭐가 된다 같은 구체적인 예언이 실제로 이뤄진다면 그건 얼마나 끔찍한 세상일까? 그런 운명이라면 얼마든지 부정해도 된다.

하나 세상에는 싫어도 운명이라는 걸 짊어지는 사람이 있게 마련이다. 날 때부터 다리가 불편하다든가, 눈이 보이지 않는다든가, 귀가 먼 사람도 있다.

그런 극단적인 예를 들지 않더라도 찢어지게 가난한 집에서 태어난 사람은 부잣집 도련님이 각종 사교육을 받는 동안 생활비를 벌기 위해 일해야 한다. 그렇게 일을 해서 피로가 쌓인 채로, 하물며 부잣집 도련님과는 비할 수 없는 환경의 학교에서 공부해야만 한다면 학업에 대한 열정을 유지하기란 쉽지 않지.

그나마 학업이 비교적 환경의 영향을 덜 받고 능력을 발휘할 수 있는 분야라는 걸 감안해 볼 때… 운명이란 단어가 그리 쉽게 무시될 만한 것은 아니라는 걸 알 수 있다.

버스 첫차들이 움직이면서 천천히 가로등의 불빛이 꺼져 간다. 청소차가 도로 위를 지나며 기이한 소리를 내고 있는데 그 옆을 한 학생이 달려가고 있었다.

아무리 대한민국의 학교가 일종의 입시 학원이 되었다고는 하지만 이 시간에 출석하는 이는 별로 없다. 그러나 그 학생은 누가 뒤에서 쫓아오기라도 하듯 책가방을 옆에 끌어안고 달리고 있었다.

그는 학교 교문이 닫혀 있는 것을 보고 가볍게 몸을 날려 문을 한번 발로 박찬 뒤 그대로 뛰어넘었다. 사람의 신장을 거뜬히 넘는 학교 정문을 마치 육상 선수가 허들을 넘듯 쉽게 뛰어넘는 그 모습에서 대한민국 생활체육의 밝은 미래를 엿볼 수 있었다… 라는 건 헛소리다.

뛰어넘은 학생이 그저 보통 이들에 비해 월등한 운동 능력을 가지고 있을 뿐이다. 그는 교문을 뛰어넘고 툭툭 손을 털었다. 가슴에 달린 명찰에는 서린이라는 두 글자가 자수로 새겨져 있었다.

"세이프. 이 정도 시간이면 충분하군."

서린은 붉은색의 왼쪽 눈으로 수위실을 살펴보았다. 수위는 학교의 뒤뜰을 청소 중인지 수위실을 비워두고 있었다. 그는 만족스러운 듯 머리칼을 쓱쓱 쓸어 올린 뒤 교실로 향했다.

학교 본관 안에는 경비회사 마크가 위협적으로 붙어 있지만 서린이 확인해 본 결과 그 경비 시설이 설치된 곳은 교장실과 교무실뿐으로 일반 교실에는 아무런 방범 장치도 없다.

뭐 그렇다고 서린이 억지로 침입하는 것은 아니다. 교실의 열쇠는 항상 문틀 위, 일반적으로는 보이지 않는 곳에 놓여 있어서 이 학교의 학생이라면 누구나 쉽게 교실을 이용(?)할 수 있었다. 학교 측에서도 괜히 엉뚱한 곳으로 가출해서 대형 사고 치느니 학교로 오라는 소리를 할 정도였다.

"엥?"

그런데 이게 웬일인가? 문틀 위에 응당 있어야 할 열쇠가 없다. 까치발을 하고 문틀 위를 더듬던 서린은 그제야 문이 열려 있다는 것을 알았다.

"으음, 안에 사람이 있네."

도저히 열려 있을 시간이 아닌데 문이 열려 있다. 서린이야 워낙에 집에서 할 짓이 없으니까 이따금 공부하러 일찍 오곤 했지만 그 외에는 누구도 이 시간에 오지 않았다. 그렇다면 대체 누구일까? 서린은 왠지 불길한 예감이 들었다. 어제 바로 습격을 당한 처지니 민감해지는 것도 당연하다.

"……."

서린은 품속에서 던지기 좋은 돌을 꺼냈다. 총을 들고 다니는 대신 무기로 선택한 게 돌이라니. 웃긴 일이지만 법에 걸리지 않으면서 충분한 살상력을 내기 위해서는 이게 제일이었다. 이미 상대와 교전하면서 그 위력은 실감하지 않았던가?

드르르륵.

가급적 조용히 열려고 했는데 문을 여는 순간 큰 소리가 난다. 깜짝 놀란 서린은 자세를 낮춘 채 안으로 스며들며 교실 안을 확인해 보았다. 안에는 한 명이 책상에 엎어져 자고 있었다.

"어라? 조성찬이군."

살짝 염색한 머리로 보아하니 조성찬이다. 그는 아이돌 가수 그룹인 젠의 리드싱어로 학교에는 거의 나오지 않는 녀석이다. 하지만 왜 이런 이른 시각에 학교에 나와 있는 것일까? 서린은 이런저런 생각을 하며 교복 안에 돌을 다시 집어넣었다.

"우와, 정말 이상해."

교복 주머니가 얇고 안감이 없어서 주머니에 넣은 돌의 감촉이 바로 몸통으로 느껴진다. 이런 걸 처넣고 다니는 놈이 세상에 어디 있을까?

"으음."

그때 조성찬이 고개를 들며 깨어났다. 서린은 자신의 자리에 앉으며 조성찬에게 손을 들었다.

"여어, 인기인."

"그렇게 부르지 마……."

조성찬은 눈을 비비며 고개를 절레절레 흔들었다. 아무리 봐도 이 녀석은 연예인을 할 재목이 아니다. 순해 빠져서 남의 부탁을 잘 거절하지 못하는 성격이라 학교 축제 같은 데 불려 나오는 건 예사고 심지어 몇몇은 사적인 사진을 억지로 찍어서 내다 팔기까지 했다.

"무슨 일이야? 설마 매니저와 열성 팬들을 피해서 도망친 건 아니겠지?"

"……."

"어? 진짜야?"

아무런 생각 없이 되는대로 주워섬겼는데 그 말이 맞다니. 서린은 깜짝 놀라서 성찬을 바라보았다.

"아냐. 대체 무슨 생각을 하는 거야?"

조성찬은 어처구니없다는 듯 고개를 내저었다. 그는 의자에 몸을 기댄 채 다리를 들었다. 의자가 뒷다리 두 개만으로 지면에 버티며 삐걱삐걱 소리를 낸다.

"그럼 이 시간에 웬일이냐? 바쁘다면서."

"바쁘기는 뭐가 바쁘겠어. 젊을 때 한철의 망발인데."

"…망발이랄 것까지야. 팬들이 슬퍼하겠다."

"팬? 흥! 팬이라고?"

성찬은 기가 막힌다는 듯 몸을 부들부들 떨었다. 역시 아이돌이라는 건 이래저래 피곤한 일 같았다. 남들에게는 배가 터질 만큼 욕을 먹고 있지, 팬이라고 따라오는 여자애들은 거의 스토커 수준이지, 그렇다고 나이 먹어서까지 계속할 수 있는 짓도 아니고 장래도 불투명하다.

그래서 대부분의 아이돌 가수의 경우 집안이 받쳐 주는 이가 많다. 설령 가수하다 때려치우더라도 집에서 받쳐 주면 별문제가 없지 않은가?

그러나 리틀엔젤스 동요단부터 시작해서 성가대 등에서 두각을 드러내 발탁된, 소위 말해 실력도 없는 놈들 가지고 앨범은 내야겠는데 멜로디 부분에 계속 세션맨을 쓸 수도 없어서 에라 모르겠다, 하고 집어넣은 성찬은 집안도 좋지 못하다. 그러니 주위 돌아가는 환경 등에 스트레스를 받을 만도 하다.

"어이어이, 남들이 들으면 난리난다고."

서린이 경고하자 성찬은 고개를 절레절레 저었다.

"아, 미안. 쓸데없는 소리를 했구나."

"그래. 흠, 하지만 이 시간에 나와서 학교라니, 너도 참 어지간히 갈 데가 없나 보구나?"

"사람이 없는 쪽이 좋아."

"음, 그럼 내가 와서 실망했겠군."

"아니. 괜찮아, 너는."

"아, 그래?"

서린은 책상에 앉아서 책을 펼쳤다. 그동안 열의와 성의를 다해 공부한 공인중개사 문제집이지만 한세건의 경고를 들은 이후 전혀 공부할 마음이 나지 않는다.

확실히 한세건의 말대로 공인중개사 시험은 쉬워졌다. 많은 사람이 합격하다 보니까 공인중개사 사무소는 늘어나고 있는데 수익률은 점점 악화되고 있다. 이런 장기 불황의 늪에서는 당연한 일이랄까.

"아아, 모르겠다."

서린은 투덜거리며 자리에서 일어나 창문으로 향했다. 그런데 그때였다.

팍!

서린은 뭔가가 가슴에 맞는 것을 느끼고 뒤로 물러났다. 고통도 별로 안 느껴지는데… 갑자기 가슴에서 피가 흐르기 시작했다.

"…이런!"

바람을 가르는 파공성이 은은하게 들린다. 누군가가 학교를 향해 저격을 가한 것이다.

마침 창문도 열려 있어서 서린이 저격당했음에도 불구하고 유리창은 멀쩡했다. 하지만 성찬은 서린의 몸을 뚫고 나온 총탄이 바닥에 충돌하는 소리를 듣고 깜짝 놀라서 자리에서 일어났다.

"서린?"

"피해!"

서린은 입술을 악물고 뒷걸음질을 했다. 가급적 태연한 모습을 보여주려고 했지만 입술 틈으로 피가 쏟아지고 갑자기 숨이 턱 막힌다. 총탄에 맞아서 몸에 구멍이 나는 순간에는 별로 아프지 않더니, 총탄이 지나가고 난 뒤에 비로소 통증이 밀려왔다.

쿠당탕!

서린이 쓰러지며 책상과 걸상이 뒤집어졌다. 성찬은 놀라서 창문 쪽을 바라보았다. 주위에는 콘크리트의 정글이 늘어서 있을 뿐, 누가 무엇을 해서 서린을 이 모양으로 만들었는지는 알 수 없었다.

"자, 잠깐만 참아, 서린. 지금 구급차를 부를 테니까!"

하지만 성찬은 너무나 놀란 탓인지 품에서 핸드폰을 꺼냈다가 떨어뜨리고 말았다. 그는 덜덜덜 떨리는 손으로 핸드폰을 줍기 위해 바닥에 엎드렸다.

"켈록!"

서린의 입에서 피가 튀었다. 기침을 할 때마다 덩어리진 피가 울컥울컥 쏟아진 뒤 타액과 섞여 끈적끈적한 붉은 선을 그렸다. 보고 있던 성찬은 놀라서 파랗게 질려 버렸다. 이런 중상이라니, 즉사하지 않은 게 신기하다.

"쿠윽!"

서린은 몸을 굴려서 창가에서 멀어졌다. 상대방이 창문 너머에서 저격을 한다면 창가에서 멀어지는 것이 상책이라고 영화 등에서 보아왔기 때문이다. 하지만 그런 서린의 노력을 비웃기라도 하듯 제2 탄이 날아들었다. 이번에는 총탄이 서린의 대퇴부를 관통했다.

"윽!"

서린은 전기에 감전된 것처럼 몸을 들썩였다. 살집이 많은 대퇴부를 총알이 뚫고 지나가는 느낌이 너무나 강해서 마치 전기 불꽃으로 뇌 속을 지지는 것 같은 느낌이 들었다.

서린은 성찬이 보고 있다는 것도 의식하지 못하고 손바닥으로 지면을 박차고 펄쩍 뛰어 교실 밖으로 나갔다. 상대방은 굉장히 높은 위치에서 서린의 교실을 진작 알아둔 다음에 저격하고 있는 것이다. 창문에서 멀리 떨어졌음에도 불구하고 서린을 저격할 수 있었다면 있을 만한 곳은 한정되어 있다.

그러나 딱히 전투 훈련을 받지 못한 서린은 적의 위치를 잡아내지 못했다. 상대방은 교묘하게 자신의 몸을 감추고 있고 서린이 총성을 들었을 때는 이미 총알이 몸에 박히고 난 다음이다.

"이 미친놈들……. 아침부터 이게 무슨 짓이야!"

서린은 자신의 상식이 깨지는 것을 느끼며 이를 갈았다. 도심 한복판에서 총격이라니. 여기가 미국도 아니고 이런 일이 일어날 줄 상상이나 했겠는가?

"대체 무슨 일이야! 서린, 괜찮아?"

성찬이 서린을 쫓아 밖으로 나와 외쳤다. 성찬은 겁에 질려 있었다. 가슴은 총탄에 맞아서 펌프로 퍼 올리듯 피가 울컥울컥 쏟아지고, 입으로 토해낸 피가 교복 안에 입는 흰 셔츠를 물들여서 피가 범벅인데 그 상황에서도 서린은 죽지 않고 살아 있었다.

아무리 성찬이 이만큼 다쳐 본 일이 없다고 하지만, 이래도 살아 있는 건 뭔가 이상하다. 게다가 서린은 이 많은 피를 흘렸음에도 불구하고 전혀 의식을 잃지 않았다. 어디 그뿐인가? 조금씩이지만 옷에 흘리는 피가 줄어들고 있다.

"…서린?"

"헉헉… 젠장! 어떻게 하지?"

"서린?"

"얼른 피해, 성찬아!"

서린은 쓴웃음을 짓고는 조심스럽게 복도를 기어간 뒤 복도의 창문을 열었다. 다행히 이쪽에서는 저격받지 않는 것 같았다. 서린은 학교의 뒤쪽 창문을 열고 밖으로 뛰어내렸다.

"서린!"

깜짝 놀란 성찬은 저격의 위협에도 불구하고 벌떡 일어나 창문 밖으로 몸을 던지다시피 밖을 바라보았다. 몸 상태도 온전치 못하면서 3층에서 뛰어내리다니. 그러나 성찬이 창밖을 내다보았을 때는 이미 서린의 모습이 사라진 뒤였다.

"어?"

성찬은 어리둥절한 표정으로 교사(校舍) 뒤쪽을 바라보았다.

2

빌딩의 옥상 위에 엎드려 있던 파올로는 저격총을 재장전했다. 남미계 출신의 혼혈아인 그는 넓은 힙합 바지와 하얀 티셔츠, 그리고 두꺼운 녹색의 헤드밴드를 하고 있었다. 이런 모습을 하고 있지만 그는 아이작 계파의 마법사 중 한 명이다.

릴리쓰 사냥에 나선 로젠크로이츠, 그 분파인 아이작 계파의 마법사는 원래 중세 귀족들의 사교 모임이었다. 하지만 지금 그의 모습을 보면 누구도 귀족이란 단어를 연상치 못하리라.

그는 도시용 위장포를 둘러쓰고 저격총을 고정한 채 사격 자세를 취하고 있었는데 옥상 난간 틈 사이로 삐져나온 총구에는 이미 위장이 되어 있어서 마치 안테나나 전기 설치용 막대처럼 보인다.

서린과의 격전을 벌인 자신의 동료를 대신해 그는 어젯밤부터 이 학교 근처를 물색하고 훌륭한 저격 지점을 찾았다. 그 결과 그는 서린에게 두 발을 먹일 수 있었다.

"어지간한 뱀파이어나 라이칸스로프라면 벌써 죽었을 텐데 굉장하군."

그는 투덜거리며 자신의 탄을 확인했다. 탄자가 은색으로 반짝이고 있는 것으로 보아 틀림없는 은 탄환이다. 뱀파이어와 라이칸스로프, 양쪽 모두에게 효과가 탁월한 이 총탄을 맞았음에도 서린은 멀쩡히 살아서 움직이고 있었다.

"쳇! 어디 갔지?"

그는 전술용 쌍안경을 들어서 서린의 모습을 추적했다. 그러나 서린은 건물 뒤의 사각으로 피한 뒤 모습을 감췄다. 뭐, 걱정할 일은 없을 것이다. 여기까지는 거리도 상당하고 단 두 번의 사격에서 그의 위치를 알기란 쉬운 일이 아니다. 그는 총을 케이스에 넣고 철수 준비를 했다.

"아 참……."

그는 케이스에서 건 오일을 꺼내서 손에 조금 바른 뒤 그것을 바닥에 문질렀다. 자신의 냄새를 강하게 남기기 위한 것이다. 만약 저 라이칸스로프가 그를 추격해서 혹시 여기까지 오게 된다면 냄새를 맡기 위해 접근할 것이다.

"그러면 제이 포인트로 이동해 볼까."

파올로는 즉시 이동했다. 자신이 저격하던 곳으로 서린이 오게 되면 다시금 그를 저격한다. 그러기 위해서 그는 옆에서 두

블록 떨어진 곳에 저격용 자동 라이플을 설치해 두었다.

커다란 매니퓰레이팅 암에 장착된 저격총을 원격 카메라와 원격 장치로 움직이는 이 값비싼 살인 기구는 정확하게 이 지점을 바라보고 있다. 애써서 이렇게 비싼 장치를 쓰는 이유는 만약 저 라이칸스로프가 이번의 총격에서도 무력화되지 않았을 경우를 대비하기 위해서였다.

학교에서 여기까지의 거리는 약 1킬로미터라 저격 후에도 어느 정도 시간적 여유가 있지만 이 건물 옥상을 저격할 수 있는 맞은편의 고층 건물은 고작해야 15미터 정도 떨어져 있다. 만약 그 자신이 직접 움직이게 된다면 자칫 라이칸스로프의 반격에 목숨을 잃을 수 있다.

"흐흐, 얼간이 같은 녀석."

그는 직접 위험에 몸을 던졌다가 망가진 동료를 생각하며 코웃음 쳤다. 마법사라는 것은 무릇 비의(秘義)의 탐구자이다. 뱀파이어나 라이칸스로프 같은 괴물들에게 직접 싸움을 거는 것은 복수에 미친 자들이나 하는 짓이지 결코 현명한 마법사의 태도가 아니다.

그런 식으로 치자면 사실 그도 한심한 싸움에 뛰어든 셈이지만 미끼가 너무나 매력적이라 어쩔 수 없었다.

그는 자신의 냄새를 듬뿍 옥상에 남긴 뒤 비닐 슈트를 입었다. 마치 우의처럼 생긴 이 옷은 외부와 거의 차단되는 방호복과 같은 것이라 그의 냄새를 외부로 많이 흘리지 않는다. 라이칸스로프, 그것도 늑대 인간의 강력한 후각을 생각할 때 냄새에 주의하지 않으면 함정이 성립되지 않는다.

"이렇게 신경 쓰는데, 걸리겠지?"

그는 기대감을 가지고 자리를 빠져나갔다.

마법사의 기대와 달리, 서린은 마법사의 위치를 찾을 수가 없었다. 학교가 위치한 지대가 제법 높아서 주위의 주택들이 방벽이 되지 못하는 데다가 저격이 워낙 먼 거리에서 실행된지라 도저히 찾아볼 수가 없었다.

물론 예측이 아예 안 되는 것은 아니지만 지금 이 몸으로 다른 이들의 눈에 걸리지 않을 자신이 없었다. 그렇다고 멋도 모르고 저격 방향으로 달려 나가다가 이번엔 머리라도 관통당할까 봐 두려웠다.

인간은 보통 큰 상처를 입으면 자신의 죽음을 직감하게 된다. 그러나 서린의 경우 대체 어느 정도 다쳐야 자신이 죽는지 도무지 알 수가 없었다. 방금 전 같은 경우 가슴에 관통상을 입어도 죽지 않았으니…….

"이런 썩을, 대체 내가 무슨 잘못을 했다고……."

서린은 가슴이 콱 막히는 듯한 느낌을 받았다.

이건 도저히 이번 한 번으로 끝날 일이 아니다. 앞으로도 계속 자신을 노리는 이가 넘쳐 날 것이고 일생 그들에게서 벗어날 수 없을 것이다. 서린이 스스로 싸워서 벗어나지 않는 한…….

서린은 왜 마리아가 무기를 줬는지 뼈저리게 실감했다. 그보다 문제는 성찬이다. 방금 전 그 모습을 보았으니 적어도 서린이 이상하다는 것쯤은 바로 알아챌 것이다. 방금 전 서린의 가슴을 관통한 상처는 이제 흔적을 찾아볼 수 없을 정도로 아물어 있었다.

"…큰일 났네."

서린은 머리를 긁적였다. 이렇게 깨끗하게 아물어서야 어떻게 얼버무리기도 힘들다. 눈이 삐지 않고서야 이런 걸 못 볼 리가 없잖은가?

서린은 건물 벽에 바짝 붙어서 조심스럽게 학교의 반대편으로 걸어갔다. 이제 시간이 좀 되었는지 슬슬 학생들과 출근하는 사람들이 길거리로 쏟아져 나왔다.

그들은 벽에 붙어서 조심스럽게 주위를 살피고 있는 서린을 이상한 놈이라는 듯 힐끗 쳐다보고는 다들 자신의 갈 길로 달려갔다. 서린은 왠지 자신이 촌극을 벌이고 있다는 생각이 들었지만, 방금 전에 맛본 무시무시한 총알 맛을 다시금 만끽하고 싶지는 않았다. 아무리 재생력이 강한 몸이라 해도 고통은 끔찍하다.

"…이런 때 나를 도와줄 수 있는 놈은 그놈밖에 없군."

서린은 짜증 난다는 듯 아침 해를 바라보았다. 마리아에게 도움을 청하고 싶지만 마리아는 명백한 흡혈귀이다. 태양이 뜨면 흡혈귀가 활동하지 못한다는 사실이 지금의 흡혈귀들에게도 적용되는지 모르지만, 생각해 보면 마리아와 만난 때는 언제나 해가 떨어지거나 뜨지 않은 날뿐이었다.

그걸로 미루어 보아 그녀는 태양 앞에 나올 수 없는 몸이리라. 그렇다면 남은 것은 한세건뿐이다. 대체 어떻게 해서 그가 그런 힘을 가지고 있는지는 모르지만 적어도 그가 흡혈귀가 아니라는 것은 알 수 있었다.

그러나 문제는 서린이 한세건의 연락처를 모른다는 것이다.

"어쩐다?"

언제나 일이 생기면 한세건이 먼저 접근해 왔지 서린이 세건을 찾아간 경우는 없다. 한세건의 아지트를 알고 있지만 그곳은 교외, 그것도 상당히 먼 거리다. 서린은 그곳까지 찾아갈 수단이 없을뿐더러 세건의 뒤에 매달려서 간 곳이라 잘 기억나지도 않는다.

서린은 이런저런 생각에 잠겼다. 게다가 지금 이 전개는 왠지 한세건이 연관되어 있는 게 아닐까 싶은 생각이 들었다.

마리아와 한세건과 얽히게 된 다음부터 갖가지 일이 벌어지고 있으니… 도저히 우연의 일치라고는 생각되지 않는다. 물론 그런 식으로 치자면 마리아도 용의선상에 서야 하겠지만 꽤나 호의적인 그녀에 비해 한세건의 태도는 서린을 못 잡아먹어서 안달이라고 할 만큼 적대적이었다.

겉으로는 거칠지만 사실은 좋은 사람이라는 게 세간에는 있는 모양이지만 적어도 서린이 보는 세건은 전혀 그렇지 않았다.

서린은 구멍 뚫린 교복 윗도리를 잡고 조심스럽게 주위를 둘러보았다. 그러다가 그는 문득 자신의 집이 도청당하고 있다는 사실을 떠올렸다. 한세건은 항상 그의 기록을 감청하고 있는 것 같지는 않았지만 그래도 그걸 통해서 연락하는 게 최선의 방법이 아닐까?

그렇게 생각한 서린은 즉시 자신의 집으로 향했다.

"아?"

그때 서린은 뭔가 이상한 느낌을 받고 고개를 들었다. 벽을 따라 계속 이동하던 그의 앞에 낡은 오피스텔 건물이 하나 보였다. 그 건물의 근처에 들어가는 순간 뭔가 기이한 힘이 그의 피부를 스쳐 지나갔다.

마치 정전기가 몸의 솜털을 곤두서게 하는 느낌이랄까? 서린은 자신이 무언가, 비정상적인 것과 접촉했음을 깨달았다.

"여긴가?"

그는 어제의 기억을 떠올렸다. 도시에서 만난 적이 기관단총을 긁어댔는데 그 총의 끝에는 영화에서 보던 소음기나 그런 것도 없었다.

하지만 도심에서 총성이 울렸는데 사람들이 몰려오거나 경찰이 출동하기는커녕… 쥐 새끼 한 마리도 움직이지 않았다. 그런 것을 감안해 보면 뭔가 신기한 수법을 써서 사람들이 총성을 못 듣게 하는 것이리라.

서울 시내 한복판에서 고교를 향해 총격을 가하려면 초자연적인 힘이 개입하지 않을 수 없다. 그렇다면 바로 이곳이 저격 포인트임에 틀림없다!

서린은 계단을 뛰어 올라갔다. 건물 외곽의 녹슨 철제 계단을 달려 올라가는 그를 유심히 지켜본다면 전혀 발소리가 나지 않는다는 걸 알 수 있으리라. 하지만 출근길에 바쁜 직장인들과 역시 마찬가지로 등교를 서두르는 학생들은 서린에게 주의를 기울이지 않았다.

서린은 쉽게 건물의 옥상까지 올라갔다. 하지만 그가 기대하던 모습은 보이지 않았다. 아마도 적은 총을 쏜 뒤 벌써 철수한 것 같았다.

"날랜 놈이군. 젠장! 칠 대로 쳐놓고 내뺄 때는 내뺀다 이건가? 나쁜 자식!"

사람 마음이 화장실 들어갈 때랑 나올 때 달라진다는 말이 있듯, 서린도 지금은 분노했다. 총을 맞고 겁을 집어먹었을 때와는 딴판이다. 하긴 적은 무방비의 서린을, 그것도 아직까지 남에게 아무런 피해도 주지 않은 고교생을 총으로 쏴 죽이려고 했다. 그러고 나서 유유히 자취를 감추다니…….

하지만 그때 문득 코를 찌르는 기름 냄새가 느껴졌다. 서린은 깜짝 놀라서 바닥에 엎드려 냄새를 맡았다.

"킁킁… 음, 이건?"

서린은 사람의 냄새와 역한 기름 냄새가 남아 있는 것을 느끼며 조심스럽게 다가갔다. 과연 그곳에는 아직 화약 냄새와 건오일, 그리고 미세하지만 인간의 냄새가 남아 있었다. 서린은 엎드려서 혹시 머리카락이라도 찾을 수 있지 않을까 세심하게 주위를 살펴보았다.

타앙!

그러나 그때… 서린의 머리에서 피가 튀었다.

"아?!"

너무나 의외의 기습이라 서린은 멍청한 표정을 지었다. 갑자기 앞머리에서 피가 콸콸 쏟아져 시야를 가린다. 그와 동시에 의식이 혼미해졌다. 서린은 자신이 죽어가는 것을 느끼며 바닥에 쓰러졌다.

두근두근…….

심장이 강하게 고동친다. 하지만 상처가 재생하는 것보다 뇌의 기능이 정지되는 것이 더 빠르다.

두근두근…….

심장은 자신에게 찾아드는 죽음을 거부하듯 더더욱 강하게 뛰며 피를 뿜어냈다. 서린의 육신은 꿈틀거리며 상처에서 피를 뿜어내고 있었다. 그러나… 그 순간 갑자기 서린의 몸이 일어났다. 지면에 손도 대지 않고, 마치 쓰러지는 장면을 그대로 되감은 것처럼, 발만을 땅에 대고 일어난 그는 만취한 듯 휘청거렸다.

"크르르르르르……."

서린은 짐승처럼 으르렁거리며 주위를 두리번거렸다. 그 눈에서 귀기가 흐르는 것이 이미 이성을 찾아볼 수가 없었다. 그리고 서서히, 그의 체구가 커지기 시작했다. 그때 두 번째 총성이 울려 퍼졌다.

팍!

서린은 마치 총알을 보기라도 한 것처럼 팔을 들어 그 공격을 막아냈다. 저격용 라이플의 탄환은 서린의 몸을 꿰뚫지 못하고 그 팔 안에서 멈췄다.

"크르르르르르!"

덕분에 적의 방향을 알아낸 서린은 즉시 앞으로 달려 건물을 뛰어넘었다. 그는 옆에 서 있는 큼지막한 오피스텔 건물의 벽을 한 번 밟고 단숨에 옥상으로 뛰어올라 손톱을 휘둘렀다.

삽시간에 길게 자라난 갈고리처럼 흉측한 은색의 손톱이 옥상의 그림자를 단숨에 후려쳤다. 쇠가 마찰하는 소리가 시끄럽게 울려 퍼지며 뭔가가 옥상으로 넘어졌다. 깜짝 놀란 서린이 살펴보니 이게 무엇인가? 큼지막한 철제 케이스 안에 저격용 라이플만 들어 있는 게 아닌가?

"…크아아아악!"

원격조작으로 총을 쏠 수 있게 카메라와 원격조종장치, 회전식 조정기가 붙어 있는 이 케이스를 보니 그나마 남아 있던 서린의 이성이 완전 휘발되어 버렸다.

서린의 몸에서 빳빳한 은회색의 털이 자라나더니 옷이 찢어졌다. 곧 서린은 짐승과 인간의 특성을 반반씩 나누어 가지고 있는 끔찍한 모습으로 변했다.

가만히 있다면 멋지게 자라난 은회색의 털들로 나름대로 품격이 있는 모습이라 하겠지만 분노로 이성을 잃어버린 그는 단순한 야수에 불과했다.

"이게 무슨 소리지?"

출근하던 사람들은 건물 위에서 들려오는 시끄러운 소리에 깜짝 놀라 고개를 들었다. 마치 시베리안 허스키나 말라뮤트 종의 개가 짖는 것처럼 긴 하울링이 시작된 것이다.

"누가 옥상에 개를 키우나?"

모두들 의아한 표정으로 깔끔한 오피스텔 건물을 바라보았다. 지어진 지 2년밖에 되지 않는 이 비싼 오피스텔의 옥상에서

개를 키울 리가 없다.

호기심을 가지고 고개를 돌린 이들은 소리가 잠잠해지자 다시금 제 갈 길로 돌아갔다. 평화롭고 단조로운 그들의 일상을 위하여……. 하지만 단 한 명… 검은 레이싱 재킷을 걸친 청년만은 사람들과 달리 오피스텔의 로비로 향하고 있었다.

파올로는 감시 카메라를 통해서 이 상황을 관찰하고 있었다. 미리 준비해 둔 원격조종포대에도 불구하고 서린이 살아남았다는 사실은 충분히 그를 놀라게 했다. 하나 치명상을 입었음에는 분명하다. 생명 유지를 위해서 그 육신이 강제로 수화한 것을 보면…….

"이거 난리 났군. 잘못하면 저놈이 사람을 덮치겠는데."

보호 본능에 의해서 강제 수화하거나 자신의 의지와 상관없이 만월의 영향으로 수화한 경우는 대부분의 라이칸스로프가 흉악해진다. 자신의 능력을 잘 알고 있고 그것을 다스릴 줄 아는 자라면 스스로를 제어할 수 있겠지만, 한눈에 보아도 초짜임이 분명한 서린의 경우 이성을 잃고 인간들을 습격할 가능성이 있었다.

하지만 그렇다고 이제 와서 자신의 아지트에서 뛰쳐나올 수도 없는 일이다. 자신의 안전을 위해 다단계로 함정을 파고 저격을 감행한 그가 이제 와서 사람들이 죽는다고 나설 이유가 없지 않은가?

물론 그로 인해 야기될 혼란과 살육은 그로서도 바라는 바가 아니다. 하지만 지금의 그는 비겁한 방관자로서 화면을 보고 있었다.

그때, 그의 카메라 영상에 검은 레이싱 재킷을 걸친 청년이 얼핏 비쳤다. 그는 옥상의 셔터를 손으로 잡아 뜯고 태연하게 걸어 들어오더니 묵직해 보이는 셔터를 옆으로 내던졌다.

"이게… 비스트인가?"

마법사들은 테트라 아낙스가 지배하고 있는 의료 기업, 플렉스 메디칼을 홀로 습격해 수많은 흡혈귀를 살해한 광기의 화신으로서 그를 기억하고 있었다.

마수, 다리 달린 매서커(Massacre), 인레이지(Enrage), 한세건을 따라다니는 수식어는 어느 것 하나 제대로 된 게 없었다. 어떤 의미에서는 흡혈귀와 동맹 관계라고 해도 좋을 마법사들로서는 이 제어 불능의 마인을 매우 껄끄러워했다.

그러나 마법사들의 사회에서는 젊은 축에 드는 그는 내심 동양의 새파란 애송이에 불과한 세건을 장로들조차 껄끄러워하는 게 매우 불쾌했다. 좀 살짝 맛이 간 것 가지고 너무 높은 평가를 받는 게 아닌가?

"어디 실력을 볼까?"

하지만 그때 한세건이 카메라를 노려보았다. 잘 숨겨둔 카메라를 벌써 발견하다니? 파올로는 카메라 너머임에도 불구하고 깜짝 놀라 뒤로 물러났다.

치지지직!

곧 모니터에는 노이즈만이 가득 찼다.

바람이 거칠게 불며 도시의 콘크리트 사이를 흐르고 있었다. 인간과 달리 그 영혼이 유령들에 의해 침범당한 세건이 내려다보니 남빛의 사념이 바람을 따라 강하게 흐르고 있었다. 마치 격류 속에 콘크리트 빌딩들이 서 있는 것처럼 바람은 소용돌이를 이루기도 하며 기괴한 소리를 냈다.

착.

나이프를 뽑은 세건이 감시 카메라를 향해 던졌다. 아마도 여기에서 원격 저격을 하던 놈이 그 상황을 감시하기 위해 만들어 둔 것이리라.

"…크르르르르!"

세건이 나이프를 던지자 그 소리에 자극받은 서린이 으르렁거렸다. 은회색의 털을 가진 반인반수의 모습으로 변한 서린은 예리한 손톱으로 철탑에 붙어서 매달려 있었다.

"어떻게 대응하나 보려고 했더니… 아주 잘도 놀아나더구나, 저런 어설픈 놈에게."

세건은 그리 말하며 서린에게 다가갔다. 세건이 한 걸음 내디딜 때마다 서린은 겁에 질려서 조금씩 물러났다. 한세건을 중심으로 망령들이 울부짖으며 끔찍한 저주를 토해내기 때문이었다.

"크아아아."

서린은 중압감을 참지 못하고 한세건에게 달려들었다. 그가 앞발을 휘두르자 한세건은 서린의 맹돌격에 같이 뛰어들었다.

빠악!

세건의 팔꿈치가 서린의 미간에 꽂혔다. 총알처럼 빠른 돌격으로 서린의 빈틈으로 파고드는 것과 동시에 팔꿈치로 미간을 찍어버린 것이다. 단 일격에 서린의 두개골이 깨지며 피가 튀었다.

"크아!"

"음?"

그러나 이제는 괴물로 변한 서린이 아랑곳하지 않고 앞발을 주먹으로 바꿔 세건에게 휘둘렀다. 한세건은 주먹을 흘려내는 것과 동시에 로우킥을 갈겼다.

하지만 세건은 서린의 주먹을 완전히 흘려보내지 못했다. 서린의 완력이 너무나도 세서 옆으로 주먹을 쳐냈음에도 불구하고 그의 어깨를 스치고 지나간 것이다.

"캬오!"

그리고 서린은 다시 주먹을 펼쳐 예리한 손톱을 세건의 어깨에 박아 넣었다. 세건의 어깨에서 어둠에 물들어 검푸르게 보이는 피가 튀었다. 그러나 그 순간 시커먼 칼날이 서린의 등을 뚫고 나왔다. 한세건은 어디서 나왔는지 모를 커다란 서양 검으로 단숨에 서린의 가슴을 꿰뚫어 버린 것이다.

"조금 아플 거다."

세건은 서린의 몸에 칼을 꽂은 채 밀어붙였다. 서린은 세건을 떨치려 했지만 너무 아파서 몸을 움직일 수도 없었고, 세건의 돌격은 너무나 빠르고 격렬했다. 그는 미처 반응하기도 전에 벽에 충돌했다. 칼날이 몸에 박힌 채 그대로 충돌했으니, 칼날이 몸통을 너덜너덜하게 찢어버렸다.

"크으!"

이성을 상실한 서린은 격노해서 세건의 머리를 향해 손을 뻗었다. 아무리 강한 힘을 가지고 있다고 해도 뼈와 살로 이루어진 이상 서린의 손아귀 힘으로 부수지 못할 리 없다. 그러나 세건은 몸을 옆으로 돌리더니 서린을 칼에 꽂은 채 그대로 달리기 시작했다. 칼날이 서린을 꽂은 채로 벽을 긁으며 불꽃을 토해냈다.

"하앗!"

서린을 꽂고 달리던 세건은 강하게 디딤발을 내딛는 것과 동시에 달려오던 방향의 정반대 쪽으로 회전하며 검을 휘둘렀다. 서린의 몸통에 꽂혀 있던 검이 단숨에 옆구리를 찢고 빠져나왔다.

푸슉, 쿨럭…….

마치 타이어의 바람이 빠지는 듯한 기묘한 소리와 함께 서린의 몸통에서 내장과 피, 살점 등이 덩어리져서 떨어져 나왔다.

몸을 거의 반쯤 잘라 버리는 이런 공격을 받았으니 죽지 않는 게 신기하다. 세건도 그제야 자신이 실수했다는 걸 깨닫고 칼을 하늘로 던졌다. 칠흑처럼 새카만 검은 스스로의 몸으로 어둠을 부르더니 허공에서 사라져 버렸다.

"…이런, 실수했군."

한세건의 입장에서 서린은 어디까지나 소중한 미끼다. 테트라 아낙스나 다른 흡혈귀들을 낚기 위한 미끼이니만큼 이대로 세건의 손에 죽어서는 안 된다. 하지만 이 상처는 너무나 극심한 데다가 서린은 치명상을 입고 수화한 게 아닌가? 이대로 내버려 두면 반드시 죽고 만다.

세건이 서린에게 다가가 보니 이미 수화가 풀린 서린은 고통에 신음하고 있었다. 옆구리가 갈라지고 내장이 흘러나온 걸 본 세건은 할 수 없이 손으로 직접 내장을 집어서 서린의 몸에 쑤셔 넣었다.

"골치 아프게 됐네. 잘못해서 죽으면 어떻게 하지?"

세건은 그리 투덜거리고 품에서 자그마한 팩을 꺼내서 찢었다. 안에는 비닐장갑과 외과용 바늘, 실 등이 있었다. 세건은 그걸로 즉시 서린의 내장을 봉합했다.

옆구리 근육의 피부가 찢긴 것쯤이야 라이칸스로프인 서린에게는 별다른 문제가 되지 않는다. 그러나 내장이 찢어지면 엄청난 출혈이 일어나는 것은 물론 복강에 피가 고여서 괴사할 위험이 있었다.

"으으으음."

서린은 극도로 쇠약해져서 세건이 하는 대로 몸을 맡기고 있었다.

"릴리쓰의 자손이라는 게 재생력 뛰어난 것 빼고는 별 볼 일이 없군그래."

한세건은 발목에 꽂아두었던 나이프로 수술용 실을 끊었다. 일단 응급처치는 다 끝난 상태이지만 그렇다고 지금 여기에 그대로 둘 수는 없다.

세건은 자신의 재킷을 벗어서 알몸이 되다시피 한 서린의 몸에 덮고는 그를 번쩍 안아 들었다.

"사람들 이목이 신경 쓰이기는 하지만… 할 수 없군."

그는 오피스텔의 엘리베이터를 향해 걸어갔다.

3

휘이이잉!

차가운 바람이 불어온다. 하늘과 땅, 모두가 회색으로 물든 거대한 설원을 누군가의 손에 이끌려 걸어간다.

그 육신은 마에 걸쳐 있어, 아직 어린 그 몸은 피로를 모르고 추위 또한 고통으로 여겨지지 않았다. 오로지 그 지나는 길에 쓰러져 있는 많은 동사자가 추위를 짐작케 할 뿐이었다.

어린 소년은 고개를 들어 자신을 이끌고 있는 손의 주인을 바라보았다. 하지만 너무나 눈부신 빛을 등지고 있는 자는 그 얼굴이 보이지 않았다.

"…엄마?"

소년은 무심코 그렇게 말했다. 하지만 상대는 자신의 고개를 가로저었다. 갑자기 겁이 더럭 난 소년은 그 손을 놓으려 했다. 하지만 손을 놓기도 전에 갑자기 눈앞이 환하게 밝아지는 게 아닌가?

"정신이 들었니?"

원목을 써서 장식한 천장 위에 장식용 팬이 돌아가는 꽤 돈을 쓴 듯한 인테리어의 지붕이 눈에 들어왔다. 깜짝 놀란 서린이 몸을 일으켜 보니 살짝 웨이브 진 긴 머리칼의 여성이 블라우스의 칼라를 매만지며 웃고 있었다.

겉보기론 20대 후반쯤 되어 보이지만 실제 나이는 모르겠다. 옷맵시나 화장 등을 바꾸게 되면 몇 살로 보일는지? 하지만 한 가지 분명한 것은 그녀가 보기 드문 미인이라는 것이다. 만약 이런 상황에서 보게 되지 않았다면 서린도 꽤나 호감을 느꼈을 것이다.

"예상보다 훨씬 빨리 일어났구나. 안녕, 몸은 좀 어떠니?"

"…엄마라니 대박이군. 풋."

그녀의 뒤에는 한세건이 웃음을 참고 있었다. 서린은 깜짝 놀라서 한세건을 바라보았다. 그는 지금 앞치마를 두르고 접시를 닦고 있는 중이었다.

"당신 지금 뭐 하는 거야?"

"보면 모르겠냐?"

세건은 웃음을 지우고 평상시의 냉랭한 표정으로 돌아왔다. 하지만 잠시 뒤 고개를 돌리고 또 풋 웃어버렸다.

"어, 어쨌거나 고마워요. 무슨 일인지는 모르지만."

서린은 자신의 눈앞에 있는 의문의 미녀에게 인사를 했다. 그러자 그녀는 고개를 도리도리 저었다.

"네가 인사를 해야 할 사람은 내가 아니라 세건이야. 세건이 널 여기로 데려와서 치료해 주었으니까."

"아… 예."

"아 참, 내 소개를 해야겠지? 나는 여기 오너인 김성희라고 해. 너는 서린이지? 이야기는 많이 들었어."

그녀는 악수를 청했다. 서린은 멋모르고 그녀의 손을 맞잡은 채로 앞치마를 두르고 접시를 닦고 있는 세건을 바라보았다. 그는 마치 호텔 식당 종업원이라도 된 것처럼 능숙한 솜씨로 접시를 닦고 헹궈서 건조기에 올렸다.

“마스터, 세척기에 안 들어가는 그릇은 다 버려요. 찻집인데 메뉴에서 요리류는 빼고. 이러다가 패밀리 레스토랑이 되겠어요.”

“패밀리 레스토랑?”

그러고 보면 이곳의 인테리어는 왠지 패밀리 레스토랑을 연상시켰다. 다만 걸려 있는 물건들은 하나같이 꿈에 나올까 봐 두려운 그로테스크한 토템 가면이라든가 저주 물품 등이 대부분이었지만. 세건은 수건으로 손을 닦고 앞치마를 벗어서 의자 위에 포개놓았다.

“고, 고마워요. 구해줘서.”

서린은 기억이 불분명한 상태에서 그렇게 말했다. 분명히 이상한 놈에게 저격을 받아서 그 후 의식이 끊어졌었는데… 지금 여기에 와 있는 것이라면 세건이 구한 게 맞으리라. 아무리 자신을 적대시하고 있는 이라고 하더라도 일단 목숨을 구해준 것은 사실이니까.

“…고마워?”

그러나 한세건은 서린의 솔직한 인사에 의아해했다.

“너를 반쯤 잘라놓은 건 나인데도?”

“예?”

서린은 깜짝 놀라서 한세건을 바라보았다. 반쯤 잘라놓다니 무슨 소리일까? 하지만 곧 서린은 자신의 허리에 끔찍한 상처가

나 있는 것을 발견했다.

웬 낚싯줄 같은 걸로 꿰매놓긴 했는데 아직도 재생이 안 되어서 뻘겋고 퍼렇게 짼 흔적이 남아 있는 것으로 보아 상처를 입었을 당시는 정말 몸통이 두 동강 나다시피 했을 것이다.

"이, 이건 대체?"

"수화해서 길 가는 사람들을 덮치려고 하길래 멈추게 하느라 손을 좀 썼다."

"좀 써서 이 정도면 많이 썼을 땐 정말 뼈와 살이 분리되겠군요."

"내가 쓸 땐 좀 쓰지."

"……."

세건의 태도는 태연자약했다. 뭐 이렇게 뻔뻔할 수가 있을까? 서린은 그렇게 투덜거리며 자신의 이마를 만져 보았다. 총탄에 맞은 상처는 다행스럽게도 죄다 나아 있었다. 하지만 총알이 두개골을 뚫고 뇌를 후벼 팠는데도 살아 있다는 건 뭔가 이상하다. 라이칸스로프라는 게 그렇게까지 튼튼한 존재일까?

"그러고 보니 옷은?"

서린은 그제야 자신이 수건 몇 장 달랑 두르고 있는 처지라는 걸 깨닫고 깜짝 놀라서 몸을 가렸다. 한세건이야 같은 남자니까 그렇다 치더라도 굉장한 미녀 앞에서 알몸으로 드러누워 있다니. 서린은 왠지 부끄러워져서 우물쭈물했다. 그 모습을 보며 그녀는 미소를 지었다.

"후후훗, 부끄러워할 것 없어. 그러나저러나 어쩔 거야, 세건? 이대로라면 계속 습격당할 텐데."

"그렇다고 계속 지켜줄 수도 없는 일이죠. 미끼는 드리워야 미끼지 지키고 있을 수는……."

세건은 서린을 불만스러운 눈초리로 쏘아보았다. 세건은 릴리쓰의 자손인 서린을 풀어놓음으로써 좀 더 거물들을 끌어내고자 했다. 하지만 서린이 자신을 지킬 힘이 없어서 적들에게 농락당해서야 이야기가 되지 않는다. 그렇다고 계속 자신이 지켜줄 수도 없는 것 아닌가?

"잠깐만. 대체 그럼 내가 어떻게 해야 하는 거예요? 학교에서 저격을 받을 정도면……."

"학교를 그만둬."

대답은 단순명료했다. 아침과 마찬가지로 너무나 단순명료해서 서린은 또다시 농담이라고 여겼는지 피식 웃었다.

"그게 말이나 돼요?"

"말이 안 되는 건 네가 지금 학교를 고집하는 거지. 넌 이게 몇 놈 해치워서 끝날 일로 보이냐? 앞으로도 널 노릴 자는 넘쳐나는데 학교를 계속 다녀봐라. 네 주변 사람들이 무사할지."

세건은 냉랭하게 쏘아붙였다. 서린은 그제야 사태가 그가 생각하는 것보다 훨씬 심각하다는 것을 깨달았다. 실제로 성찬 역시 위험에 빠지지 않았던가?

"그, 그래도. 그것 때문에 인생을 포기해야 하다니 말도 안 돼요!"

서린의 항의도 당연한 항의이다. 학교를 그만두고 적들과 싸우기 시작한다면 자신이 망가질 것은 불을 보듯 뻔한 일이다.

여기서 학교를 그만둔다는 것은 단순히 학업을 중단한다는 문제가 아니다. 인간으로서의 삶을 버리고 라이칸스로프, 혹은 릴리쓰의 자식으로서 자신을 노리는 자들과 정면으로 승부하겠다는 의사 표명이나 다름없었다. 서린은 그것을 거부하고 있는 것이었다. 그러나 세건은 그런 서린에게 비아냥거렸다.

"인생? 네가 인간이긴 한 거야?"

"세건!"

보다 못한 김성희가 세건을 말렸다. 자신의 손으로 직접 인간이기를 포기한 한세건에게 서린이 학교생활에 집착하고 있는 모습은 구역질나는 자기애일지도 모른다.

"그, 그렇지만… 단지 내가 릴리쓰의 자식이란 이유로 이런 걸 받아들이라는 건 말이 안 되잖아요! 누구나 자신의 인생을 추구할 권리가 있어요! 그걸 그렇게 쉽게 포기하라는 게 말이나 돼요?"

"어디서 도덕책 읊는 소리가 들리는데, 환청인가?"

한세건은 귀를 파는 시늉을 하며 비웃었다. 그 태도가 너무나도 거슬려서 서린은 참을 수가 없었다.

"이게 뭐가 잘못된 거죠?! 나는 잘못하거나 잘못 생각한 게 없어요!"

"일반적인 입장에서는 그렇겠지. 하지만 각각의 상황에서는 다른 기준을 적용해야 하는 거야. 네놈의 경우는 굉장히 잘못되었단 소리지."

"왜죠?"

“적을 죽이지 못하고 살려 보내면서 인간의 일상을 살겠다니, 이 정도로 안일해서야 쓰나.”

서린은 그 말에 깜짝 놀랐다.

“예?”

“정말 인간으로서 살아가고 싶다면 너의 인간의 삶을 위협하는 적들을 말살시켜. 죽여 없애고 자신의 손에 피를 묻히더라도 그걸 지켰어야지. 하지만 네놈은 죽이는 것도 거부하잖아. 그래서야 네 주위에 피해만 입힐 뿐이야. 네 손을 더럽힐 각오도 없이 그냥 이 상황을 초월해서 원칙만 주장한다는 게 말이나 되냐? 세상을 너무 만만히 보는 거 아냐?”

“…….”

서린은 기가 막혀서 세건을 바라보았다. 이 극단적인 놈은 자신의 삶을 지키기 위해 남을 살해해도 옳다는 이야기일까? 하지만 일견 타당성이 있기는 했다. 서린이 저들에게 잡혀서 그들의 목적이 달성되거나, 서린이 강해져서 그들이 감히 넘보지 못할 자가 되기 전에는 이러한 위협이 계속될 것이다.

“하지만… 나는 살인을 하고 떳떳하게 고개를 들고 살 수 없단 말이에요. 나는 그저 우리 가족이랑 행복하게 살고 싶은 건데 꼭 손을 더럽혀야 하다니!”

“…….”

서린은 세건의 표정이 멍해지는 것을 보고 자신도 아차 싶었다. 이런 떼쓰는 듯한 소리를 해봐야 비웃음만 살 뿐이다.

하지만 서린의 마음을 가장 솔직하게 표현한 말이기도 했다.

사람을 죽이게 되면 정말 자신이 괴물이 되어버릴 것 같았다. 그렇게 되면 도저히 가족과 함께 있을 수 없다. 그렇기 때문에 아무리 위협받는다고 해도 살인을 할 수는 없다.

그때 세건은 뭔가를 떠올렸는지 갑자기 머리를 긁적였다.

"이런, 내가 또 실수를 하고 말았군."

"어? 왜 그래, 세건?"

"아니요. 잠시 다녀와야 할 곳이 생각나서요."

한세건은 재킷을 걸치고 헬멧을 들었다. 그는 문 옆에 있는 카운터 위에서 프로틴 초코바를 집어서 재킷에 쑤셔 박은 뒤 서린에게 손가락을 겨누었다.

"내가 다녀올 동안 여기서 얌전히 있어. 상처가 극심해서 재생력이 떨어져 있는 상태니까 아르쥬나 밖으로 나갔다가는 이번엔 진짜로 죽는다."

"하아?"

서린이 어리둥절해 있는 사이 세건은 밖으로 나가 버렸다. 그러자 김성희는 안도의 한숨을 내쉬며 가슴을 쓸어내렸다.

"다행이네, 린아."

"예? 아아아, 대체 왜 저래요?"

"아니, 뭐 그냥……. 그보다 서린, 몸은 괜찮니?"

김성희도 말하기 애매한지 어물쩍 넘어가고 말았다. 하지만 서린이 무슨 추궁할 권리가 있으랴? 그는 다시금 자신의 옆구리를 바라보았다. 배 중심부터 등까지 완전히 나간 걸 억지로 꿰매놓은 걸 보니… 상처를 입은 그 순간에는 정말 허리가 두 동강 났을 것이다.

서린은 그 모습을 보고 기가 막혀서 한숨을 내쉬었다.

"정말 왜 나에게 이런 일이 일어나는 거죠? 나는 그냥 누구도 해치지 않고 조용히 살고 싶을 뿐인데, 왜 다들 날 가만 내버려 두지 않냐고요. 그리고 한세건 저 인간은… 내가 물려 터진 게 잘못이라는 식으로 말하는데 인간으로서 사는 것도 그리 만만하지 않다고요! 요즘 세상에 먹고사는 일이 만만하다고 누가 그래요?"

"그래도 지금은 비상사태니까 사실 세건의 말대로 하는 게 옳다고 생각해. 그래, 검정고시란 것도 있잖아? 일단 사태가 안정이 되면 그다음에 공부를 다시 해도 괜찮을 거야. 그러니까 그때까지 좀 참아주지 않을래?"

그녀는 서린을 안심시키기 위해 그런 말을 했다. 하지만 사태가 안정이 되려면 그가 막강한 힘을 가져서 적들의 표적이 되지 않거나, 그를 노리는 모든 세력을 격파하거나, 그게 아니면 어딘가로 잠적해 버릴 수밖에 없다. 김성희는 그걸 깨닫고는 자신의 입을 손으로 가렸다.

"당신들의 목적은 대체 뭐지요?"

서린은 세건에게 이야기 들은 것만으로는 부족한지 그녀에게 물어보았다. 아무래도 그녀는 한세건과 달리 모든 흡혈귀와 라이칸스로프를 멸종시키겠느니 같은 해괴한 소리는 하지 않을 듯싶었다.

"음… 나야 뭐, 그냥 즐거운 일이 벌어질 것 같아서."

더 심하잖아?! 서린은 속으로 그렇게 외치며 질렸다는 표정으로 김성희를 바라보았다. 하긴 한세건과 같이 노는 인간이다. 허우대야 아무리 미인일지라도 속은 팍팍, 골수까지 썩었음에 분명하다.

한세건은 즉시 성란여고로 향했다. 서린의 여동생 윤영은이 재학하고 있는 학교는 아직 수업 시간이다. 하지만 마법사들이 마각을 드러낸 이상 그녀가 무사하다는 보장이 없다.

"별일이 없어야 할 텐데."

세건은 서린의 얼굴을 떠올리며 무심결에 그렇게 중얼거렸다. 녀석은 가족의 사랑을 듬뿍 받고 자라난, 요새 보기 드문 경향의 소년임에 틀림없었다. 그렇지 않으면 저 정도로 가족에 집착할 리가 없지 않은가?

가족이라? 세건은 그 단어를 떠올리며 입맛을 다셨다. 입안이 쓰기 이를 데 없다.

세건이 흡혈귀 사냥꾼이 된 것은 그의 가족이 흡혈귀에 의해서 몰살을 당했기 때문이다. 하지만 그것은 결론에 불과할 뿐이다. 겉으로 보면 그것은 B급 액션 영화에서나 나올 만한 이야기지만 실제 세건은 달랐다.

그는 스스로 복수심에 불타는 사냥꾼을 연기했을 뿐이지 가족이 죽었다는 것을 실감하지 못했었다. 대한민국의 학생이라는 것은… 심하면 가족과 하루에 한마디도 하지 않는다. 세건의 경우가 그러했기 때문에 가족이 몰살당했을 때 그는 도저히 자신의 가족이 죽었다는 사실을 실감할 수가 없었다.

그리고 그것 때문에 그는 더더욱 죄책감에 사로잡혀 자신을 학대해 왔다… 는 게 김성희의 해석이었다.

세건은 그런 그녀의 해석에 절대로 동의하지 않았지만 서린이 가족에게 갖는 집착을 보고 나니 옛 생각이 떠오르지 않을 수 없었다. 역시 나도 아직 감상적인가? 세건은 그렇게 자문하며 쓴웃음을 지었다.

"어디 보자."

그는 성란여고 옆의 건물로 올라가 옥상으로 향했다. 곧 그는 에어컨 실외기들 사이에 있는 지향성 집음 장치를 찾을 수 있었다. 그는 그 집음 장치의 메모리를 빼내서 자신의 암밴드에 꽂힌 MP3플레이어에 장착했다. 그는 그것을 고속 재생시키고 쌍안경을 꺼내어 성란여고 쪽을 바라보았다.

지금 그 모습을 보자면 변명의 여지가 없는 변태의 꼴이다. 도시 한가운데에서 빌딩 하나를 통째로 가라앉힌 담 큰 세건도 역시 이런 일에는 내성이 없는지 귓불을 만지작거리며 딴청을 부렸다. 하지만 잠시 후, 그는 쌍안경을 내려놓았다.

"젠장."

그는 윤영은의 책상이 비어 있는 것을 확인하고 혀를 찼다. 평상시 그가 윤영은을 관찰한 바로는… 그녀는 자가용 등교를 하고 있다. 그러므로 도중에 다른 곳으로 샌다는 것은 불가능하다. 그렇다고 조퇴를 했냐 하면 그것도 아니다.

지금 그가 듣고 있는 감청 자료에서는 윤영은과 친구들 간의 대화가 들려오고 있었기 때문이다. 어젯밤에 본 드라마에 대한 이야기를 나누던 여학생들은 수업이 시작되기 전에 갑자기 한 순간 침묵했다. 그리고 곧… 윤영은의 목소리가 사라져 버렸다. 심령 제압으로 인간들을 제압하고 태연하게 학교에서 여고생을 납치한 것임에 틀림없다.

"무슨 생각인지 모르겠군, 이놈들은."

이 마법사들은 외국에서 입국한 지 얼마 되지도 않아서 변변한 거점도 없을 터였다. 그런 놈들이 부잣집 영애를 납치해 감금하다니, 너무 무모한 행위다. 아무리 마법으로 세간의 이목을 속인다고 해도 결국은 한계가 있게 마련이다.

세건은 적들에 대한 정보를 머릿속에서 다시 정리했다.

지금 한국에 입국해서 서린에게 가장 먼저 접근한 이들은 브라질과 칠레, 페루 등에 거점을 두고 있는 아이작 계파의 마법사들이다.

성당 기사단에서부터 유래한 이 마법사들은 예루살렘 침공에 합류하면서 불교와 조로아스터교, 미트라교 등 각종 이단 신앙의 영향을 받아 마법사화한 세력으로 최근에는 밀교나 도교 등의 영향도 거침없이 받아들이고 있는 개방적이고 급진적인 마법사 집단이었다.

그들 중에는 비의를 위해, 혹은 불로불사를 위해 스스로 흡혈귀가 된 이도 수두룩하니 세건에게 있어서는 정말 혐오스럽고 구역질나는 이들이 아닐 수 없다.

다만 그의 스승인 김성희 역시 마법사이기 때문에 지금까지는 손을 쓰지 않고 그저 서린이 해결하길 원했었다.

"가족이라. 그 녀석에게 알려주면 난리가 나겠지?"

세건은 집음 장치의 메모리를 교체한 뒤 빌딩을 뒤로하고 내려왔다.

4

오랜 세월 동안 교회는 각종 미술품을 증여받거나 발주해 왔고 토지와 권리를 매입해 왔다. 그리고 수 세기가 지난 지금, 미술품은 거장의 명작이 되어 천문학적인 가격이 붙게 되었고 토지와 권리 역시 엄청난 가격으로 뛰어올랐다. 세월이 부를 창출하는 대표적인 예라고 할 수 있었다.

하기야 뉴욕 맨하탄은 유리구슬 몇 줌으로 구매했다고 하지 않았던가? 네이티브 아메리칸에게 토지 매매라는 관념이 없었다고는 하지만…….

세월이 부를 창출한다 해도 일반적인 인간의 생명은 한 세기 이상 가지를 못한다. 그렇기에 그들은 부를 창출할 수는 있어도 그 수혜자가 되지는 못한다. 오직 조직과 단체만 살찔 뿐, 그 구성원은 결코 부를 나누어 받지는 못한다.

다만 흡혈귀들은 이야기가 다르다. 그들은 오랜 세월에 걸쳐 부를 창출하고 그것을 관리할 수 있었고 또한 직접 그 부가 가져오는 권리를 향유할 수 있었다.

"이런 식으로 말하면 가만히 앉아서 돈만 굴려 가지고 부자가 된 것같이 들리는군."

금융가이자 투자자인 로우 깁슨은 자신의 펜트하우스에서 뉴욕시를 내려다보며 중얼거렸다. 현란한 도시의 불빛이 그의 혈색 좋은 피부를 더더욱 붉게 물들였다.

부드러운 금발과 탄탄한 몸매, 늘씬하게 쫙 뻗은 다리에는 새하얀 데님 슈트가 걸쳐져 있었다.

막대한 부를 바탕으로 제삼세계의 기업들을 착취하고 자본을 긁어모으는 한편으로는 각종 복지 재단에 기부금을 내는 기부자 서열 5위 안에 꼽히는 이중적인 행동으로 찬사와 비난을 동시에 듣는 이 젊은 사업가는 유리창에 팔꿈치를 대고 한숨을 내쉬었다.

그의 다른 이름은 진마 팬텀, 흡혈귀 24진마 중 한 명으로 그 근원은 원래 힘과 비의를 추구하는 마법사였다. 그는 본래 인간이었으나 고대 흡혈종의 유체를 손에 넣어 그 피를 마셔 뱀파이어가 되었다 한다.

처음에는 봉건제도하의 다른 흡혈귀들의 반발을 샀지만 그는 놀라운 능력으로 그들을 압도하고 스스로가 진마임을 증명했다.

"어느 정도는 사실이죠. 이 금리가 계속 유지되면 채권 수익만으로도 백 년 뒤면 조폐국이 찍어낸 모든 달러화를 긁어모을 수 있으니까요."

그의 곁에는 아직 어려 보이는 금발의 소년이 쌀쌀한 말투 말하며 안경을 쓴 채 서류를 정리하고 있었다. 어려 보이기는 해도 벌써 1세기 이상 살아온 이 소년 흡혈귀는 진마 팬텀이 직접 흡혈귀로 만든 소년이다.

그의 위치는 각종 정보를 정리해서 그에게 알려주는 일종의 비서로 지금도 한창 엄청난 양의 서류와 씨름하고 있는 중이었다.

"이번에는 어떻게 하실 거예요, 마스터? 꽤 많은 얼간이가 다시 한국으로 향한 모양인데."

금발의 소년, 빌헬름은 인상을 찌푸렸다. 두 진마가 격돌, 소멸한 이래 한국은 졸지에 마족들의 격전지가 되고 말았었다.

테트라 아낙스가 고의적으로 자신들의 영향력을 과시하기 위해 싸움을 붙였다는 의심도 있었지만 진마 팬텀은 거리낌 없이 그 격전지로 향했었다. 하지만 그 격전을 제압한 것은 새로운 진마사냥꾼 한세건이었다.

팬텀은 어디까지나 방관자로서 그 나라를 돌아보다가 구적인 실베스테르와 만나고 난 뒤, 다시금 사업가로 돌아와 있는 것이다. 실베스테르와 무슨 일이 있었는지는 모르지만 그는 그 후 그 건에 대해서는 언급하지 않았다.

"음, 네 생각은 어떤데, 빌?"

로우 깁슨은 피식 웃으며 자신의 책상 위에 걸터앉았다. 불도 켜지 않은 상태라서 그런지 야경의 빛이 그대로 펜트하우스로 비쳤다. 빌은 빛을 등에 지고 웃고 있는 자신의 주인을 바라보며 고개를 절레절레 저었다.

"노골적인 함정이에요. 정보의 원 출처는 테트라 아낙스. 그렇다면 적어도 그들이 이 사실을 알게 된 것은 이 년 전일 텐데 그동안 아무 조치가 없었다니, 그들답지 않잖아요? 게다가 비스트는 뭐하러 그 정보를 흘리겠어요? 그놈은 미쳐도 아주, 곱지 못하게 미쳤다고요."

네 마리 뱀으로 상징되는 흡혈귀의 맹주들에게 빌헬름은 강한 불신을 드러냈다. 릴리쓰의 자손으로 태초의 흡혈귀, 적요를 제치고 맹주가 된 테트라 아낙스의 목적은 지금에 와서는 아무도 모른다.

정점에 도달한 이가 무슨 생각을 가지고 아직도 군림하고 있는 것인지, 그리고 무엇을 위해 군림하고 있는 것인지 모른다는 것은 매우 불쾌한 일이다.

어쩌면 테트라 아낙스는 자신을 제외하고 다른 모든 흡혈귀를 세대교체시키려고 할지도 모르는 일이었다. 7세기에 한 명 죽을까 말까 한 진마들이 머나먼 동방의 작은 나라에서 줄줄이 사멸하다니. 예지력이 있는 테트라 아낙스가 그런 결과를 예측하지 못했다는 건 말이 되지 않는다.

"그렇지? 너무 뻔한 함정이지? 하지만 이미 그 미끼를 문 녀석이 꽤 많은 걸로 아는데?"

"저번 사건에서 다들 뜨거운 맛을 본 탓에 흡혈귀는 별로 없어요. 다만 마리아가 사적인 원한으로 비스트에게 싸움을 걸고 있죠. 그거랑 테트라 아낙스의 히트맨과… 아직도 한국에서 벗어나지 못한 무능한 놈들 정도? 아니면 욕망을 자제하지 못한 멍청이들이 한국에 뿌린 스폰(Sawn)이 대부분이죠."

"마법사들은?"

저번의 사건이 진마의 피를 놓고 벌어진 흡혈귀들의 항쟁이라면 이번의 사건은 좀 더 광범위한 일이다. 릴리쓰는 카발리스트나 영지주의자들, 마법사들에게도 매우 가치 있는 연구 대상이라서 그들이 가만히 있을 리 없었다. 과연, 빌헬름은 쉽게 자료를 끄집어냈다.

"아이작 계파의 팔 대 여섯 명이 한국에 입국했어요. 다른 쪽은 별다른 반응이 없군요. 하긴 정보의 출처가 워낙 의심스러우니까요. 이런 걸 무는 놈들은 멍청이 바보 얼간이밖에 없겠죠."

빌헬름은 은근슬쩍 자신의 마스터에게 압력을 넣었다. 이렇게 노골적인데도 함정에 걸려들면 바보라고 스스로 말하고 있는 것이다. 팬텀은 못내 아쉬운지 입맛을 다셨다.

"한국은 말야, 적대적 M&A에 취약한 기업이 득시글거린다고. 장기 불황에 들어간 모양이니까 내가 좀 가서 흔들면 막대한 이익을……."

"대리인들을 보내놨으니까 그들을 통해서 하면 돼요. 그리고 그렇게 사업에 관심이 많으시면 이 불쌍한 도제를 굽어 살피셔서 직접 좀 하시지 그래요? 결재를 요하는 서류들을 종이로 만들면 지금 당장 이 펜트하우스 천장에 닿을걸요?"

빌헬름은 싸늘한 눈동자로 흘겨보았다.

역시 가고 싶은 모양이었다. 왜 인간 노인들도 나이를 많이 먹으면 애가 된다고 하던데 팬텀이 딱 그 꼴이다. 지루할 정도로 오래 산 관계로 뭔 일이 생겼다 하면 불꽃놀이인지 불구경인지 분간을 못하고 뛰어드는 것이다.

다행히 그의 능력이 워낙에 뛰어나서 망정이지 그렇지 않았다면 진작 소멸당했을 것이다.

"…알았다, 알았어."

팬텀은 질린다는 듯 고개를 저었다. 하지만 그는 문득 생각이 나서 빌헬름을 바라보았다.

"그런데 말야, 만약 그들이 여기로 찾아온다면 그때는 맞서야겠지?"

"당연하죠. 진마의 자존심이 있지! 자신의 영역을 침범하는 적에겐 쓴맛을 보여줘야죠."

빌헬름은 그렇게 대답하다가 문득 팬텀이 웃고 있다는 것을 깨달았다. 대체 무슨 생각을 하고 있는 것일까?

"설마?"

"아니, 이건 어디까지나 가정일 뿐이야. 음, 가정! 가정이라고."

팬텀은 그렇게 말하더니 야경을 바라보며 히죽히죽 웃었다.

인간과 관계하여 모든 어둠을 잉태해 내는 태고의 마물 릴리쓰. 그 릴리쓰는 인간의 문명이 발달한 지금에도 좀처럼 종적을 드러내지 않았다.

비의를 연구하는 마법사들과 그녀의 자손으로 흡혈귀의 맹주가 된 테트라 아낙스가 릴리쓰를 추적했지만 누구도 그녀의 자취를 찾을 수 없었다. 그래서 서서히 그녀의 존재가 잊혀질 즈음, 테트라 아낙스는 그녀의 자손이 한국에 나타났다는 사실을 알게 되었다.

라이칸스로프의 전체적인 개체 감소를 보다 못한 릴리쓰가 기어이 새로운 자식을 낳은 것이었다. 하지만 예지안을 가지고 정보를 통제하는 테트라 아낙스는 무슨 일에서인지 그 정보를 감추고 있을 뿐 손을 쓰지 않았다.

그러던 그들에게 감히 한 인간이 도전하여 그 정보를 빼내 가버렸으니 그것이 바로 한세건이다.

"요컨대 지금 네가 처한 상황은 모두 우리의 잘못이란다."

김성희는 그 사실을 말하며 솔직하게 사과를 구했다. 그런 그녀의 태도가 의외였을까? 서린은 놀라고 당혹한 표정을 지어 보였다.

사실 어느 정도 의심은 하고 있었다. 그리고 한세건은 그러한 의심을 부정하지 않았다. 그러나 그렇다고 또한 확답을 한 것은 아니라서 네가 믿고 싶으면 믿고 말고 싶으면 말라는 식의 무관심으로 응대한 것이다.

하나 김성희는 세건과 달리 확실히 말을 하고 사과를 구했다. 화가 나지 않는 건 아니지만 이렇게 확실히 말하는 데다가 은혜를 입은 상황이다. 막연히 화를 내기에는 타이밍이 너무 나빴다.

"자, 잠깐만요. 그럼 지금 일어나고 있는 이 일들이 전부 당신들 때문이라는 거예요?"

"아니, 뭐 또 전부랄 것까지야. 어차피 테트라 아낙스에게서 얻은 정보니까, 테트라 아낙스가 정말 손을 썼다면 서린은 자신이 누구인지, 무엇인지 알기도 전에 이미 죽었을 테지."

김성희는 주방에서 원두를 볶아 손수 커피를 만들어 가져왔다. 그녀는 자리에 앉아 있는 서린에게 커피잔을 건네주었다.

서린은 일단 받기는 했지만 손을 드는 순간 옆구리로 격통이 밀려들어서 잔을 떨어뜨릴 뻔했다. 김성희는 서린의 맞은편에 앉아서 다리를 꼬았다.

"상처는 어때? 다 나았어?"

"아직요. 정말… 이렇게 심한 상처가 금방 나을 리 없잖아요."

그렇기는 하지만 평상시와 달리 상처가 너무나 느리게 아문다. 서린은 상처를 감싸 쥐고 눈살을 찌푸렸다. 상처를 심하게 입으면 일시적으로 재생력 저하가 온다는 것은 경험으로 알고 있는 사실이다. 하지만 세건에게 당한 상처는 그 도가 지나쳤다.

"녹티스에 맞았으니까 어쩔 수 없지."

김성희는 어깨를 으쓱해 보였다.

"녹티스?"

"세건이 쓰는 검을 말하는 거야. 저주받은 성당 기사단의 검이지."

김성희가 그렇게 설명하고 있는 사이 갑자기 전화벨 소리가 울려 퍼졌다.

"세건이네?"

그녀는 핸드폰 번호를 확인하고 전화를 받았다. 곧 그녀의 표정이 일그러졌다.

"이런… 알았어. 응, 좋아. 하고 싶은 대로 해버려."

김성희는 그렇게 말하고 한숨을 내쉬며 서린을 바라보았다. 청각이 뛰어난 라이칸스로프가 방금 전 그 통화를 듣지 못했을 리가 없다. 과연 서린의 안색이 창백해졌다.

"그, 그놈들이 제 동생을 잡아갔다고요? 그게 사실이에요?"

"으음. 아, 뭐 이럴 줄 알았지."

김성희는 예측했었다는 듯 고개를 도리도리 저었다. 서린은 자리를 박차고 일어났다.

"이럴 줄 알았다니! 그게 말이 돼요? 동생은 이 일이랑 아무런 관계가 없어요! 그런데 왜……."

"하지만 네 동생이지?"

김성희는 냉정한 어투로 말했다. 사실 다른 건 아무래도 상관없다. 그저 서린의 여동생이라는 이유만으로도 납치할 만한 가치는 충분하다. 다만 역시 법과 질서가 있는 인간들 세상에서 살던 서린은 도저히 이해하지 못하겠다는 듯 고개를 설레설레 저었다.

"그렇지만……."

"세상엔 그런 악당도 있는 거야. 필요하다면 아무런 관계가 없는 이들에게 거리낌 없이 칼날을 들이미는 악당. 뭐, 그리 보기 어려운 부류도 아니잖아?"

"전 보기 어려웠다고요."

세건은 머리를 쥐어뜯으며 고개를 저었다. 적들의 간악함은 그간 그가 알던 어떤 이들보다도 더 지독했다. 차라리 빚 받겠다고 일터에서 행패 부리던 빚쟁이들이 더 낫다. 저 악랄한 마법사들에 비하면 그들은 휴머니즘의 화신으로 비쳐질 지경이다.

"괜찮아. 필요에 의해서 아무런 관계가 없는 이들에게 칼날을 들이미는 악당이 하수라면 세건은 고수지. 악에 의무감까지 가지고 있으니까. 세건이 구출하러 갔다니까 안심하고 기다려."

"그런 말을 들으니 더 걱정이 되잖아요!"

"하긴 그건 그렇지. 세건을 보면 걱정되는 게 당연하지. 으음."

김성희도 그것에는 동감이었다. 세건에겐 아직 인간의 기억을 원하는 부분만 지울 만큼 섬세한 기술이 없다. 설마 세건이 어설픈 마법사들에게 지지야 않겠지만 서린의 여동생이 무사히 구출될지 어떨지는 모른다. 어쩌면 목격자를 없애기 위해 죽여 버릴지도 모른다.

그녀의 걱정이 전염되었는지 안절부절못하던 서린이 일어났다. 그는 너무나도 불쾌하지만 어쩔 수 없이 세건의 것임에 분명한 옷을 집어 들고 화장실로 향했다. 잠시 후 그는 한세건의 옷으로 갈아입고 다시금 김성희에게 걸어왔다.

"위치가 어디예요?"

"지금 그 몸으로 어딜 가려는 거야?"

"하지만… 여동생이 위험한데 어떻게 제가 가만히 있을 수 있겠어요?"

"지금 그 몸으로는 가봤자 방해만 돼. 적들이 왜 네 여동생을 납치했는지 모르겠어? 바로 널 꼬여내기 위해서란 말야."

김성희는 그렇게 말했지만 서린을 막을 생각은 없는 것 같았다. 그녀는 어쩔 수 없다는 듯 자리에서 일어났다.

"따라와. 내 차로 가자."

"예? 그렇지만."

"걸어서 가기엔 너무 먼 곳이야. 아무리 네가 사람보다 빠르다고 해도."

"…고마워요."

서린은 김성희를 따라 밖으로 나갔다. 그제야 그는 이 가게의 외견을 잘 볼 수 있었다. 앞에는 놀이터 겸 공원이 있는 한적한 곳에, 아무리 보아도 장사가 잘될까 의심스러운 오컬트 찻집이 붙어 있는 것이다. 서린은 가게의 이름인 아르쥬나를 보고 의아한 표정을 지어 보였다.

"이런 곳에서 이 이상한 가게가 장사가 잘돼요?"

"이상한 가게라니……. 그냥저냥 임대료 낼 만큼은 돼."

김성희는 그렇게 대답하고 서린으로서는 도대체 뭐가 뭔지도 알지 못할 새카맣고 날렵한 스포츠카에 키를 꽂아 넣었다.

"에엑."

임대료 낼 만큼밖에 안 된다면서 갑자기 이런 스포츠카라니? 깜짝 놀란 서린은 김성희에게 눈으로 물어보았다.

"아, 이거? 시보레 코베트는 얼마 안 해. 튠업이 좀 되어 있기는 해도 그렇게 비싼 것도 아닌걸? 게다가 이건 내가 아는 사람 걸 맡아두고 있는 거라."

"그, 그렇게 비싼 것도 아니라… 그렇게 비싼 것도 아니라……. 하하하하하."

김성희는 실성한 듯 웃고 있는 서린을 보고 대체 왜 그러는지 모르겠다는 듯 의아한 표정을 짓더니 차의 문을 열고 운전석에 앉았다.

"얼른 가자. 세건이 먼저 다 죽여 없애기 전에."

김성희는 누가 들을까 무서운 말을 하면서 시동을 걸었다.

성당 기사단은 예루살렘 침공 동안 이슬람 문명의 막대한 재보를 약탈해 부를 축적했다고 알려져 있다. 물론 당시 금액으로 따지면 그것은 과장이라고 할 수 있다. 하지만 그 후 수 세기가 흐른 지금, 당시의 금액이 얼마나 불어나 있을지 아무도 알지 못했다.

하지만 그 성당 기사단의 후계자인 마법사들은 서울과 성남을 연결하는 국도 변의 낡은 단독주택에 모여 있었다. 이런 곳을 거점으로 정한 것을 보면 도저히 막대한 부를 축적했다는 이들로 보이지는 않았다.

"젠장, 여기는 왜 이렇게 사람들 눈이 많아?"

젊은 마법사 한 명이 문을 발로 박차고 들어와 비닐봉지들을 내려놓았다. 외국인이 드문 한국이다 보니까 어딜 다닐 때마다 사람들의 눈길을 끌 수밖에 없다. 하물며 수도인 서울도 아니고 교외다.

원래 비동양권의 나라들은 도심보다 교외의 단독주택이 더 좋고 호응을 받지만 동양권 국가들은 도심을 최고로 쳤다. 뭐 뉴욕이든 런던이든 간에 도심의 임대료는 장난이 아니긴 하다.

여하간 교외이다 보니 외국인이 매우 드물어서 그들이 너무 눈에 뜨이는 것도 당연하다. 문제는 그들이 별로 떳떳하지 못한 신분이라는 것이다.

"참아. 동물원 원숭이 됐다고 생각하자고."

"아, 그래. 너야 진화 선상에서 보면 원숭이랑 별로 차이가 안

나겠지… 인데 뭐, 뭐야! 그 여자애는?"

그는 그제야 방문에 케이블 타이로 손이 묶여 있는 여자애를 발견했다. 투피스로 된 여고 교복을 입고 정신을 잃고 있는 그 소녀는 아무리 보아도 동양인이다. 그들의 초기 멤버 중에 저런 사람이 없었던 걸 보면 외부에서 들여온 것이 확실한데 갑자기 여자애를 들여놓다니.

"오, 노! 변태 같으니. 여고생 좋아하는 놈."

"그런 게 아냐! 티토!"

파올로는 곱슬머리를 벅벅 긁으며 동료를 노려보았다. 그러자 티토는 혀를 날름거렸다. 메스티소계인 그는 멋지게 자란 콧수염을 손가락으로 구부리며 파올로를 놀렸다.

"그게 아니면 뭔데?"

"뭐긴 뭐야, 타깃의 여동생이야."

"오, 맙소사. 인질을 잡을 셈이야, 지금?"

"그런 셈이지."

티토는 한심하다는 제스처를 취해 보였다. 십인십색이라 모두의 뜻이 하나로 될 수 없는 것은 어찌 보면 당연한 일이지만 그로서는 도저히 파올로나 맥켄리 같은 과격파의 방식에 동조할 수 없었다.

"평화적인 해결 방법도 있었을 텐데. 솔직히 이야기하고 협력을 구하면 됐을 거 아닌가? 타깃의 경제 사정이 별로 안 좋았으니까 돈을 제시했으면 협상이 성립되었을 가능성도 높았다고."

"…그러면 실험의 강도를 높이지 못하잖아. 그리고 만에 하나, 죽여야 할 경우도 있으니까."

"그건 그때 가서 이야기고. 일단 구워삶아서 속여 넘길 생각은 안 해봤나? 비의의 탐구자들이 이렇게 단순 무식해서야……."

티토는 한숨을 푸욱 내쉬었다. 그는 묶여 있는 여고생을 보고 다시금 파올로를 바라보았다.

"폭행하거나 그러지는 않았지? 왜 기절해 있는 거야?"

"머릿속을 조사해서 정보를 빼내느라 약을 좀 주사한 것밖에 없어. 죽지는 않을 거야."

파올로는 대수롭지 않다는 듯 말하면서 총화기를 점검했다. 티토는 그 말을 듣고 깜짝 놀라서 소녀의 팔을 걷어보았다. 역시 새파란 피멍이 들어 있었다.

아직 몸도 다 자라지 않은 학생에게 자백제를 쓰다니……. 아마 말도 몇 마디 나누지 않고 파올로가 독단으로 결정했음에 틀림없다.

"약을 좀 주사한 것뿐이라고? 미쳤나? 폭행보다 더 심했으면 심하지 덜하지 못하잖아."

"난 언제나 효율을 중시할 뿐이야."

"미친놈, 그렇게 효율 찾는 놈치고 제대로 된 놈 못 봤다."

티토는 기가 막혀서 여자애를 살펴보았다. 자백제라고 해서 단숨에 사람을 폐인으로 만들지는 않는다. 하지만 자백을 받는 과정 그 자체가 인간의 정신에 크나큰 상처를 주는 법이다.

단 하루 만에 그 정도까지 사람을 망가뜨릴 수 있으면 그것도 대단한 일이지만… 그래도 걱정되지 않을 수 없었다.

"오는 도중에 미행은 없었지?"

몸에 아직도 붕대를 감고 있는 맥켄리가 나왔다. 그는 타깃에게 처음으로 도전했다가 패한 이래 얌전히 자중하고 있는 중이었다. 그는 이 여학생에게 노골적인 적의를 드러내며 티토가 들고 온 비닐봉지 안을 확인했다.

"미행은 내가 아는 한 없는 것 같았어. 그나저나 몸은 괜찮나?"

"아아, 다 나았어."

흡혈귀의 피를 육신에 주사한 맥켄리는 그렇게 말하면서도 두통이 오는지 이맛살을 찌푸렸다. 흡혈귀의 피는 혈관주사를 통해서 강력한 재생 능력을 부여한다. 하지만 그것도 몸에 잘 받는 사람이나 그런 것이지 몇몇 이는 두통이나 현기증, 메슥거림 등의 부작용을 호소하기도 했다.

"젠장, 그 건방진 꼬맹이 녀석! 이걸로 쓴맛 좀 보게 해주지."

"다이크랑 바레이, 앤소니는?"

"집 근처에 숨어서 감시하고 있지."

"흠, 나는 발견 못 했는데."

티토는 들어오면서 전혀 인기척을 느끼지 못했기에 의아해했다. 그러자 파올로와 맥켄리가 그를 경멸의 시선으로 노려보았다.

민병대(Militia:민간 군사훈련소)나 용병대 등에서 전술훈련을 받은 다른 이들과 달리 원래부터 부잣집 자식으로 태어난 티토는 마법적인 재능에서는 뛰어날지 모르지만 다른 모든 면에서 떨어졌다.

그렇기 때문에 다른 다섯 명과 달리 겉돌고 있는 것이다. 말하자면 계급 간, 계층 간의 갈등이라고 할 수 있으리라.

“거참.”

그도 그 사실을 알기 때문에 할 말이 없었다. 잠시 어색한 침묵이 흐르고 있을 때 소녀가 정신을 차렸다.

“으으음, 아…….”

“일어났군.”

“아, 아아아아.”

소녀는 갑자기 몰려오는 두통과 현기증에 비명을 질렀다. 아마 처음으로 맞아본 향정신성 약물이었을 테니 당연한 결과다. 보다 못한 티토는 주방으로 달려가 냉장고 문을 열고 미네랄워터를 가져왔다.

“일단 이걸 좀 마셔.”

그러나 그녀는 발작적으로 몸을 흔들었고 티토의 손에서 물병이 떨어져 바닥에 쏟아졌다. 파올로는 한심하다는 듯 그걸 바라보며 자신의 총을 손질했다.

“이제 와서 사이좋게 지낼 수도 없는 일인데 뭐 하는 거야, 쓸데없이.”

“나는 사이좋게 지내자고 아양 떠는 게 아니야.”

“그러면?”

“일단 약물을 희석시키려면 물을 마시게 해야지.”

티토는 미네랄워터 병을 집어 들고 다시금 물병을 준비했다. 그때 갑자기 파올로의 무전기에서 조용한 노이즈가 들려왔다. 아마도 누군가가 무전기를 잡고 송신 스위치만 누른 것 같았다.

"아니?"

"쉿."

송신 스위치만 누르면 소리가 나지 않지만 여기서 역으로 송신 스위치를 누르게 되면 상대방의 무전기에 쏴아아 하는 소음이 들리게 된다. 파올로는 그러한 것을 연락 신호로 밖에 숨어 있는 동료들과 연락하기로 한 것이다.

"하지만 빠른 반응이군."

맥켄리는 붕대를 풀어버리고 방탄조끼를 입으며 투덜거렸다. 서린이란 타깃은 혼자서는 아무런 능력도 없다고 해도 과언이 아니다. 이 나라의 고교생, 경제적으로는 하층민에 불과한 그는 탁월한 정보망도 없고 자동차나 오토바이와 같은 기동성도 없다.

그럼에도 불구하고 찾아왔다면 최근 유명해진 진마사냥꾼, 비스트일 것이다.

"이렇게 빨리 찾아낼 줄이야. 역시 함정이었군."

파올로도 저격총을 준비하고 창문으로 향했다. 과연 곧 오토바이의 엔진음이 들려왔다.

"저격수를 배치해 놨는데 설마 하니 당하는 일은 없겠지?"

한세건이 전신을 방탄 소재로 두르고 있다는 정보는 이미 널리 퍼져 있었다. 그래서 그들은 권총 대신 소총을 선택했다. 소총탄을 막아내는 방탄복은 워낙 크고 두꺼워서 평상시에는 도저히 입을 수 없기 때문에 사회의 이목을 피해야 하는 뱀파이어나 헌터들 모두가 그런 방탄복을 사용하지 못했다.

고로 라이플로 발사하는 은 탄환은 흡혈귀와 헌터, 모두에게

통용되는 멋진 무기인 것이다.

하물며 이쪽은 미리 습격에 대비해 저격수를 배치한 상태인데 비해 저쪽은 아무것도 모르고 대로변을 달려오고 있는 것이다. 여기서 이미 승부가 나는 게 아닌가?

5

날씨는 벌써부터 뜨거워지고 있었다. 아직 여름이 되려면 한참 남았음에도 불구하고 아스팔트가 녹아내릴 정도였다. 그 더위 속에서도 세건은 오토바이 재킷을 고수했다. 안전을 생각하면 오토바이용 프로텍터와 재킷은 도저히 포기할 수가 없었다.

"젠장."

세건은 목적지가 가까워졌음을 알고 오토바이를 멈춰 세웠다. 이제부터는 저격수들이 배치되어 있을 확률이 높다. 녀석들이 서린을 공격했을 때 저격을 사용한 것으로 보아 마법사들은 다들 총기에 뛰어난 소양이 있음이 분명하다.

세건은 길가로 움직이며 숲으로 이동했다. 그러면서 지형을 파악해 과연 자신이라면 어디에서 저격을 할 것인지 냉정히 따지기 시작했다.

우선 국도를 따라 접근해 오는 것을 알아보기 위해서는 서울을 바라보는 야산 위에 한 명이 있을 것이다. 그리고 집의 옥상 위에 한 명, 그 두 명과 이등변 삼각형을 이루는 비닐하우스 옆과 그 맞은편의 숲, 이 정도가 저격에 어울리는 자리이다.

숲의 경우는 나무가 시야를 방해하기 때문에 숲의 초입, 나무 뒤에 숨어 있거나 그게 아니면 능선을 타고 오르는 길을 따라서 숨어 있을 테고 비닐하우스의 경우는 포인트가 좋기는 한데 민간인들에게 들킬 가능성이 있기 때문에 배제되었을 것이다.

"녀석들은 전부 여섯이라고 들었는데 과연 몇 명이나 저격에 내보냈을까?"

세건은 조심스럽게 쌍안경을 꺼내어 주위를 살피는 한편 숲 속으로 이동했다. 쌍안경으로 보아서는 잘 모르겠지만 아직까지 저격이 없는 걸로 봐서는 숲에 배치된 놈은 없거나, 그게 아니면 능선으로 오르는 이들을 제압하기 위한 거점에 존재할 것이다.

"Shit! 너무 꼬리를 빼고 있었어!"

한편 저격수들은 이를 갈았다. 세건이 국도를 따라 접근해 오는 것을 발견한 그들은 계속 세건을 쏠 준비를 했지만 이곳은 교외치곤 그다지 한적한 곳이 아니다.

성남과 양재를 잇는 고속국도라 차량 통행량이 많아서 길가에서 함부로 저격할 수가 없고, 게다가 거리가 상당해서 저격수들도 자칫 빗맞힐 위험이 있었다. 이런저런 요소 때문에 주저하는 사이 세건이 숲 쪽으로 자취를 감춘 것이다.

"눈 딱 감고 쏴버리는 건데, 젠장."

능선 위에 엎드려 있던 바레이는 자신의 길리 슈트를 당겼다. 민병대에서 군사훈련을 받은 그는 침착하게 세건의 이동 루트를 무전기를 통해 동료들에게 알렸다.

"여기는 알파 원, 독수리가 부라보 방향으로 향했다."

―부라보 좋아하시네.

무전기 너머에서는 심드렁한 목소리가 대답했다. 앤소니는 바레이처럼 알파니 부라보니 작전 팀을 짜는 것을 질색하고 있었다.

―…보면 당장 쏴버리면 되지, 뭘.

"조심하는 게 좋아. 녀석 움직임은 아주 대단해. 마치 맘바 같아."

바레이는 뱀처럼 움직이며 숲 속으로 자취를 감춘 세건을 떠올리며 경고했다. 하지만 앤소니는 코웃음 쳤다.

도대체 그는 비스트니 마수니 하는 칭호를 가진 이놈이 마음에 들지 않았다. 그가 마법사의 도제로 들어가서 훈련을 받은 게 12년이다. 그 와중에 그는 브라질 공수부대 중위로 예편했고 각종 특수 훈련도 받아왔다.

그런데 아무리 진마사냥꾼이니 뭐니 해도 상대는 새파란 애송이가 아닌가? 그런 놈이 이렇게 과대평가받는 게 거슬렸다.

그는 숨을 죽이고 자신의 라이플을 잡았다. 민수용 사냥총이지만 저격총이나 다를 바 없는 M―76 사파리 버전의 이 라이플은 한국에 입국한 뒤 불법 무기 거래를 통해 쉽게 입수할 수 있었다.

새 총이라 아직 영점도 잡지 못했지만 스코프가 달려 있으므로 못 맞힐 리가 없다. 게다가 그는 수풀 밑의 움푹 파인 곳에 잠복해 있다. 만약 세건이 나타난다면 세건이 그를 발견하는 것보다 그가 세건을 발견하는 게 더 빠르다.

쉬이익!

그러나 그때 갑자기 바람 가르는 소리가 들렸다. 깜짝 놀란 앤소니는 몸을 움찔하면서도 잠자코 상황을 지켜보았다.

텅!

두꺼운 군용 대검이 나무에 박혔다. 무광 비반사 처리된 대검이 나무에 박힌 채 꼬리를 파르르 떨자 나무까지 덩달아 흔들렸다.

"……."

그럼에도 불구하고 앤소니는 움직이지 않았다. 상대는 아마 자신이 먼저 움직여서 이쪽을 끌어내려고 한 것이리라. 앤소니는 이런 얄팍한 수를 쓰는 세건이 너무나도 우스웠다. 아무래도 저놈은 회를 좋아하는 모양이다. 그러지 않고서야 어디 세상을 날로 먹으려 든단 말인가?

그때 이번엔 풀숲이 부스럭거리는 소리가 들렸다. 하지만 여전히 세건의 모습은 드러나지 않았다. 앤소니는 이번에도 기다렸지만 점차로 불길한 생각이 들었다.

과연 녀석은 이곳으로 나타날 것인가? 아니면 돌아서 나간 것인가? 알기 위해서는 동료와 무선 교신을 해야겠지만 만약 녀석이 이 근처에서 기다리고 있다면 무선 교신은 곧 자살행위다.

가만히 기다리고 있자니 점차로 식은땀이 흐르고 손끝이 저려온다. 어지간한 일에는 긴장을 하지 않는다고 생각했지만, 막상 실전이 다가오자 심장이 두근거려서 견딜 수가 없다.

분명히 나이프가 날아와서 나무에 박힌 걸 보면 근처에 있다는 건데 왜 녀석은 움직이지 않는 것일까? 결국 참다못한 앤소

나는 거울을 들어서 조심스럽게 구덩이 위쪽으로 들어보았다. 그들의 거점으로 삼고 있는 주택이 보이는데 어디에도 세건의 모습은 보이지 않는다.

"어라?"

하지만 그때 능선 위에서 총성이 터져 나왔다.

"아뿔사!"

그는 깜짝 놀라서 위를 올려다보았다. 그제야 그는 세건의 움직임을 이해할 수가 있었다.

녀석은 나이프를 던져서 앤소니를 긴장시키고 그 틈을 타서 즉시 그를 무시, 그대로 진행해 산의 능선을 향한 것이다. 주위에 산을 끼고 있는 이런 곳에서는 산 정상의 한 포인트를 제압당하면 나머지 포인트가 모두 다 위험해진다. 바둑으로 치자면 대마가 죽었다고 하겠다.

"젠장!"

앤소니는 그제야 자신이 너무 자만했음을 인정했다. 그가 이곳에 위치한 것은 능선으로 다가갈 적을 막기 위해, 그리고 자신들의 거점인 집을 지키기 위해서였다.

하지만 세건의 공격에 놀라서 목을 움츠리고 있는 사이 상대는 놀라운 속도로 자신을 무시하고 지나쳤으니… 애송이라고 무시하던 놈에게 완전히 농락당한 셈이다.

"어이, 괜찮나?"

앤소니는 무전기를 켜고 바레이에게 말을 걸었다. 하지만 무전기에서는 여전히 쏴아아 하는 잡음만이 들려올 뿐이었다.

바레이는 날아간 자신의 팔을 움켜쥐고 숨을 몰아쉬었다. 너무나 순식간에 날아가서 아직은 통증이 느껴지지 않았지만 팔이 날아간 모습은 역시 너무나 끔찍했다.

갑자기 능선 위로 올라온 적의 존재에 놀라서 총구를 돌린 순간, 적이 날려 보낸 정체불명의 검은 줄이 그의 팔에 감겼다. 그리고 방아쇠를 당기는 것과 동시에 줄이 폭발, 팔이 잘려 나간 것이다.

"으으윽."

그제야 바레이는 그것이 도폭선이었다는 걸 알았다. 하지만 가느다란 도폭선을 마치 수족처럼 부리다니……. 바레이는 이를 악물고 남아 있는 왼팔로 부츠에 꽂아둔 델린저를 뽑아 들었다. 두 발밖에 없고 위력도 약한 총이지만 없는 것보단 낫다. 그러나 총에 신경이 팔린 그 순간 그의 목에 새카만 도폭선이 감겼다.

"거기까지."

"윽……."

도폭선의 위력은 방금 전에 본 것만으로도 충분하다. 조금 전이야 팔이니까 잘려 나가는 것으로 끝났지 목이 감긴 지금 폭발하면 확실히 즉사한다. 그것을 직감한 바레이는 델린저를 떨어뜨렸다.

"말하지 않아도 잘 아는군. 좋아."

한세건은 자신의 뺨을 매만지면서 한숨을 내쉬었다. 방금 전 바레이의 총탄이 스쳐서 그의 뺨에선 피가 흘러내리고 있었다. 그는 발로 총을 차올려서 한 손으로 쥐고 마법사들이 거점으로 삼고 있는 개인 주택을 향해 한 팔만으로 라이플을 잡고 겨누었다.

타앙!

그는 놀랍게도 라이플을 한 손으로 들고 쏴서 600미터나 떨어져 있는 집 위에 엎드려 있는 저격수를 맞혀 버렸다. 주택의 옥상 위에 있던 저격수는 그 한 발로 완전히 무력화되지는 않았는지 곧 응사했지만 어깨에 맞은지라 명중률이 현격하게 떨어졌다.

세건은 그 상태로 몇 발 더 응사해 적을 완전히 무력화시킨 다음 총을 하늘로 던졌다. 그러고는 떨어지는 총을 손으로 움켜쥐듯 잡았다.

으직.

떨어지는 총을 받았을 뿐인데 총열이 튕겨 나가며 산산조각 나 버렸다. 그는 만족스러운 듯한 한숨을 내쉬고 바레이가 떨군 델린저를 집어 든 뒤 바레이의 목을 감고 있던 도폭선을 거두었다.

전기 플러그에 꽂은 도폭선을 채찍처럼 휘두르는 세건을 볼 때마다 바레이는 심장이 덜렁거렸다. 저러다가 만약 플러그가 불꽃을 토해낸다면 그 순간 바레이의 목도 날아갈 게 아닌가?

하지만 그는 바레이의 팔을 날려 버렸음에도 불구하고 마법사들을 죽일 생각은 없는 것 같았다. 보통 사람의 팔이 날아갔다면 죽거나 그보다 더 심한 꼴을 당했겠지만 이들은 마법사다. 이 정도 부상을 입혔다고 내버려 두면 흡혈귀의 피를 쓰든 뭘 쓰든 금세 상처를 치료할 게 분명하다.

"헉헉… 죽이지 않을 건가?"

바레이는 이동을 준비하는 세건을 보며 그렇게 물어보았다. 마치 죽여주길 바라는 듯한, 바보 같은 질문이라고 스스로도 생각했지만 세건의 행동이 너무나 의외라서 묻지 않을 수가 없었다.

마수 한세건이라면 상대가 흡혈귀든 인간이든 간에 잔혹하기로 유명한 놈이 아닌가?

"입 다물어. 정말 뒈지고 싶어서 환장했나?"

한세건은 그리 말하고 바레이에게서 무전기를 빼앗았다. 그는 무전기의 주파수를 확인한 뒤 가슴에 차고 있던 리모컨 같은 것에 그 주파수를 입력했다. 그러고는 악력만으로 바레이의 무전기를 부숴 버렸다.

"밖에 나와 있는 저격수는 몇 명이지?"

"…말할 것 같나?"

바레이는 잘린 팔로부터 통증이 밀려오는 것을 느끼며 아랫입술을 깨물었다. 삽시간에 피가 입안으로 배어 나오며 핏물이 후드득 떨어진다. 팔과 입에서 동시에 출혈이 일어나니 눈앞이 아찔하다.

"상관없지. 그럼 아까 전의 그놈이나 마저 해치우러 갈까?"

한세건은 몸을 날려서 비탈 위를 미끄러지며 강하했다. 곧 그는 완전히 숲 속으로 자취를 감췄다. 잠시 후 숲 속에서 또다시 동료의 비명 소리가 들려왔다.

"터무니없는 괴물 녀석이군!"

바레이는 하나밖에 남지 않은 팔로 품속에서 주사기를 꺼내 옆구리에 쑤셔 박았다.

김성희가 모는 코베트 쿠페는 무시무시한 속도로 국도 위를 미끄러졌다. 그녀는 내비게이션을 이용해 과속 감시 카메라의 위치를 잡은 뒤 그 부분에서만 일시 감속할 뿐, 시속 120킬로미터 이상을 항상 유지했다.

서린은 그런 그녀의 옆, 조수석에 앉아서 안절부절못하고 있었다. 자신 때문에 여동생이 납치당할 줄이야! 만약 영은이에게 무슨 일이 생기게 된다면 대체 자신은 어떻게 해야 할까?

"으으으윽."

너무 신경을 써서 그런지 속이 다 쓰리다. 서린은 손톱을 물어뜯으며 자신을 진정시켰다.

"너무 걱정하지 마, 서린. 별일 없을 거야."

김성희는 서린을 위로해 주었지만 그녀 자신도 속이지 못할 거짓말이다. 마법사 놈들이 잡아간 이상 정보를 캐내기 위해 뭔가 수작을 부렸음에 틀림없다. 어쩌면 강간을 당했을 수도 있다.

서린도 알 거는 다 아는 나이라 그런 상상을 하며 몸서리쳤다.

역시 적은 죽여 버렸어야 했을까?

살의가 가슴속에서 뭉클 솟아오른다. 사실 서린이라고 딱히 도덕군자인 것은 아니다. 그는 일반적인 도덕관념과 가치관을 가지고 있지만 그 선을 지키느라 소중한 것을 잃게 된다면 무슨 짓을 벌일지 그 자신도 알지 못했다. 자신의 안일함이 죄 없는 동생을 해치게 된다면 그때는 아마 그 자신조차 용서하지 못하게 되리라.

김성희는 안절부절못하는 서린을 바라보며 한숨을 내쉬었다.

그녀는 많은 헌터를 보아왔기 때문에 그들이 어떻게 해서 인간의 삶을 버리고 스스로 비인외도(非人外道)를 걷게 되는지 잘 알았다.

서린과 같은 이유로 망가지던 이들도 많이 보았기 때문에 그녀는 부디 별일이 없기를 바랐다. 여동생이 망가지기라도 하면 피와 복수에 굶주린 흡혈귀 사냥꾼이 한 명 더 탄생할 것이기에.

"세건을 믿어. 아직 반나절밖에 지나지 않았으니까 충분해."

김성희는 클러치를 밟고 기어를 더 높였다. 코베트 쿠페의 엔진이 그에 호응하며 목청을 드높였다.

"대체 무슨 일이지?"

총성과 폭음이 연달아 들리는데 무전기는 잠잠하다. 파올로는 불안해져서 무전기를 만지작거렸다. 만약 이 소리가 세건을 물리친 소리라면 지금쯤 기쁨에 찬 목소리가 입전(入電)되어야 하는데… 총성이 몇 번이나 들렸음에도 불구하고 무전기는 조용하다.

"당했군."

티토는 침울한 표정으로 말하며 벽장에서 석궁을 빼 들었다. 연발이 가능하도록 리로더가 부착된 이 스포츠형 석궁은 어지간한 싸구려 총보다도 훨씬 비싼 물건이다.

크기가 크고 묵직하긴 하지만 방탄조끼 등을 꿰뚫는 데 있어서 총보다 훨씬 낫고 소리도 작기 때문에 특수부대 등에서 많이 애용하는 무기다.

"죽을 준비를 해야겠는걸."

파올로는 사태의 심각함을 깨달았는지 혀를 찼다. 외곽에 그물

코처럼 배치한 저격수들을 순식간에 쓰러뜨리다니, 상대방이 괜히 진마사냥꾼이라고 불리는 놈이 아니라는 걸 깨달은 것이다.

민병대나 군대에서 훈련을 받은 그들이 이렇게 쉽게 당할 줄이야. 그때 소녀, 윤영은이 고개를 들었다. 방금 전까지 약에 취해서 정신을 차리지 못하던 그녀가 이제야 깨어난 모양이다.

"아, 일어났니?"

티토는 가급적 자상한 태도로 말하려고 했지만 손에 들고 있는 총이 문제였다. 한국의 여고생이 외국 남자들에게 납치되었는데 그 남자들이 총으로 중무장하고 있다면? 이 상황에서 놀라지 않으면 그 심장을 K—1 전차에 장갑판 대신 붙이는 걸 고려해 봐야 한다.

"꺄아아아악!"

"오오, 교과서적인 비명."

파올로는 비명을 지르는 윤영은을 보며 박수를 치더니 발을 들어서 그녀를 걷어차 버렸다. 박수를 치더니 갑자기 가녀린 여자애를 무슨 축구공 차듯이 차버리다니? 깜짝 놀란 티토가 그런 파올로를 끌어냈다.

"뭐, 뭐 하는 거야?"

"조용히 시키는 거지. 지금 우리가 어떤 상황인지 잘 알고 있잖아. 이런 때일수록 조용히 시키는 게……."

과연 윤영은은 방금 전의 일격으로 기절해 버렸다.

"이제 와서 조용히 시킨다고 해도 적은 이미 우리의 거점도 알고 있고 주위를 엄호하는 저격수도 죄다 처리했다고!"

티토는 파올로를 비난했다. 지금 이 상황에서는 그를 비난하기보다는 함께 위기를 타파해야 하는 게 선결 과제라는 것은 그 자신이 더더욱 잘 알고 있었다. 하지만 티토는 그렇게 쉽게 합리주의자가 될 수 없었다.

여자애를 무슨 짐짝처럼 다루는 파올로의 무도함은 사람이 좋다 못해 마마보이라고 할 수 있는 라틴계 청년에게는 도무지 용서할 수 없는 일이었다. 그때 마치 지옥의 망자들이 울부짖는 듯한 음산한 소리가 들려왔다.

"동감이야."

유리창이 와장창 무너지며 산산조각 난 파편이 폭풍처럼 안으로 쏟아졌다. 깜짝 놀란 마법사들이 유리 파편으로부터 몸을 지키기 위해 방어 자세를 취했다. 격렬한 돌풍과 함께 유리 파편들이 쏟아지며 요란한 소리를 냈다.

그 속에서, 바람을 찢으며 무엇인가가 날아들었다.

휘리리리릭!

새카만 와이어가 채찍처럼 날아들어 그들의 팔과 목, 몸통을 휘감았다. 유리 파편에서 몸을 지키느라 방어 태세를 취한 사이에 벌어진 일이라 그들은 속수무책으로 와이어에 감기고 말았다.

그리고 곧 흑의에 녹색 블리치를 한 동양인 청년이 박살 난 유리창을 통해서 들어왔다. 그는 유령처럼 기괴한 존재감으로 좌우를 압도하며 소리 없이 미끄러졌다.

"Freeze! Don' t move!"

청년은 마법사들에게 경고했다. 하지만 파올로는 대답 대신 나이프를 빼 들었다. 소매 속에 숨긴 채 가지고 다닐 수 있게 되어 있는, 일종의 암살형 나이프인 데다가 평상시 연습한 가락이 나와서 정말 전광석화와 같았다. 하지만 파올로가 그것을 던지기도 전에 세건이 쥐고 있는 와이어가 휘리릭 돌았다.

"아니?!"

놀랍게도 세건은 와이어를 오히려 풀어냈다. 파올로의 목과 몸통을 구속하고 있던 와이어가 풀려나오며 그의 팔을 잡아채 파올로는 나이프를 던지지 못했다. 그때였다.

쾅!

파올로를 휘감고 있던 와이어가 폭발하는 것과 동시에 그의 양팔과 왼쪽 다리가 잘려 나갔다. 마치 프레스에 깔려서 절단이라도 당한 것처럼 깨끗하게 잘려 나간 사지가 허공으로 치솟고 선혈이 후드득, 비처럼 방 안에 쏟아졌다.

그들은 그제야 이 와이어가 도폭선이라는 걸 깨달았다. 그리고 세건이 와이어를 풀어낸 것은 파올로의 몸통과 목이 잘려 나가는 것을 막기 위한 조치였다는 것도…….

"끄으으윽!"

파올로는 균형을 잃고 뒤로 나가떨어졌다. 양팔과 다리가 잘려서 푸줏간의 고깃덩이처럼 마룻바닥 위로 떨어지고 피가 사방으로 튀었다. 그 모습이 어찌나 처참한지 다른 마법사 두 명은 감히 대항할 엄두를 내지 못했다.

"꼭 내 인내심을 시험해 봐야 직성이 풀리나? 호기심의 대가치곤 상당히 비싼데."

"으음……."

마법사들은 약속이나 한 듯 동시에 총과 석궁을 내려놓고 발로 세건에게 차주었다. 한세건은 자신의 발아래에 총들을 확보한 뒤 그들의 목과 몸통에 감긴 와이어를 풀어주었다.

도폭선은 마치 살아 있는 생물처럼 똬리를 틀더니 세건의 소매와 옷깃 틈으로 스르륵 빨려 들어가 자취를 감추었다.

"얼른 그 녀석 치료나 시켜."

세건은 으름장을 놓은 뒤 케이블 타이로 묶여 있는 윤영은을 바라보았다. 마법사들에게 납치된 지 한나절, 그사이에 벌써 꽤 손을 댔는지 기절해 있는 이 소녀의 얼굴에는 구타의 흔적이 남아 있었다.

게다가 방금 전 마법사의 팔다리가 잘려 나가며 쏟아진 선혈에 의해서 교복도 피투성이가 되었다. 이런 모습으로 집에 돌아가게 되면 아주 집안이 발칵 뒤집어질 것이다.

"여자니까 얼굴에 손대지 말라는 둥의 헛소리는 하고 싶지 않은데, 인질을 좀 곱게 다룰 생각은 없었나?"

말수가 많아 봐야 적들에게 정보만 많이 넘겨줄 뿐이다. 진짜 프로페셔널이라면 말투나 어조, 그 외의 세세한 행동 하나에서부터 상대방의 정보를 유추할 수 있다. 그렇지만 이 정도가 되면 한마디 해주지 않을 수가 없었다.

"나, 나는 말린다고 말렸는데……."

티토는 그리 말했지만 동료의 매서운 눈초리와 세건의 한심하다는 눈총을 동시에 받게 되었다. 한세건은 그녀의 손목을 묶고 있는 케이블 타이를 끊고 손목을 살펴보았다. 역시 문고리에 걸어두었기 때문에 체중이 걸려서 손목 피부가 벗겨져 있었다.

세건은 발을 들어서 총과 석궁을 밟았다. 석궁이야 그렇다 쳐도 쇠로 만들어진 총조차 세건의 발아래 허망하게 부서지는 것을 보고 마법사들은 움찔 놀랐다.

만약 지금이라도 저 녀석이 돌변해서 그들을 습격한다면 이번에는 정말 무방비로 살해당할 수밖에 없다. 하지만 세건은 노골적인 경멸을 드러내며 그들을 노려보았다.

"한심한 놈들, 정보를 주워 먹으려고 여자애를 납치해서 자백제나 투여하다니. 그러고도 스스로가 마법사라고 생각하냐?"

"크, 잘난 체하기는. 네가 성인군자라도 되냐? 피에 굶주린 사냥꾼 주제에."

맥켄리는 도저히 참을 수 없는지 입을 열었다. 흡혈귀 사냥꾼 주제에 민간인을 공격한 걸 가지고 잔소리를 해대다니 웃기지 않는가? 물론 그도 생각이 없는 것은 아니었다. 그의 동료인 파올로를 죽이지 않는 세건의 행동에서 세건이 그들의 목숨을 빼앗을 생각이 없다는 것을 알아챈 것이다.

퍽!

과연 대답 대신 발길질이 날아들었다. 도폭선을 폭파시키는 것에 비하면 너무나 미온적인 공격이다. 세건은 그들을 내려다보며 코웃음 쳤다.

"착각하지 마. 내가 여기에 온 건 정의감이나 그런 것 때문이 아니야. 다만 네놈들은 기본이 안 되어 있어서 약간 교정해 줄 뿐."

"으윽, 대체 무슨 소리를?"

"너희는 외국에 밀입국해서 아무나 접근하면 다 거래하나 보지? 한국은 치안이 좋아서 범죄자 상대로 장사하는 놈들의 라인은 뻔하고 뻔해. 그런 놈들과 거래하면서 기초적인 조사도 하지 않고 거점을 잡은 것부터 시작해서 별 영양가도 없는 민간인을 납치하는 등……. 뭐 하나 제대로 된 게 없어. 테트라 아낙스도 없는데 나에게 뒷수습을 시킬 셈이냐, 이 자식들아?"

세건은 싸늘한 눈초리로 그들을 내려다본 뒤 코웃음 쳤다. 프라이드가 강한 마법사들로서는 굴욕적이지만 그들도 이 압도적인 힘의 차이는 인정하지 않을 수 없었다.

지금 그들의 눈앞에 있는 이놈은 그들이 아무리 도전해도 결코 이길 수 없는 상대다. 흡혈귀의 영주, 진마를 쓰러뜨리고 모든 어둠의 왕에게 정면 도전한 무모한 마인. 그 위명은 결코 헛된 것이 아니었다.

"하지만, 네놈들 정도가 적당하긴 하지."

한세건은 마법사들을 남기고 유리 조각 위를 밟고 나갔다. 사그락 하고 유리가 밟히는 소리가 귓가에 거슬렸다.

6

김성희는 목표 지점이 다가오자 속도를 줄였다. 그녀도 적들의 저격을 염두에 두지 않을 수 없었다.

"이 근처인가요?"

서린은 김성희가 속도를 줄이는 것을 보고 안전벨트를 풀었다. 만약 뭔가가 눈에 들어오기라도 한다면 바로 차 밖으로 뛰쳐나갈 기세였다.

"조심해. 이 근처에는 적들의 매복이 있을 수 있으니까."

"그런 건 각오했어요."

서린은 이를 악물었다. 자신의 몸 상태가 엉망이라는 것은 스스로가 가장 잘 알고 있다. 그렇지만 지금은 몸을 사릴 때가 아니다. 이 순간에도 그의 여동생은 인질이 되어 혹독한 꼴을 당하는 중일 수도 있다.

차마 말로 표현 못할 끔찍한 상상들이 머릿속에서 스멀스멀 피어오르는데 해머가 있다면 자신의 머리통을 내려치고 싶을 만큼 심란한 것뿐이었다.

그러나 그때 그들의 맞은편 앞에서 오토바이 한 대가 달려오는 게 보였다. 꽤나 익숙한 스타일의 남자가 헬멧을 쓰고 뒤에 여학생을 끼고 있었다. 만약 그냥 도시에서 보게 된다면 폭주족 뒤에 헬멧도 안 쓰고 매달린 철없는 여자아이 정도로 보일 것이다.

하지만 서린은 그 여자아이가 바로 자신의 여동생, 윤영은이라는 것을 알아보았다. 서린과 김성희는 깜짝 놀라서 차를 멈춰 세웠다.

"왜 왔어요? 이미 녀석들은 다 정리했는데?"

오토바이에 타고 있던 한세건은 와이어와 허리의 벨트를 끌러서 등에 업고 있던 윤영은을 내려놓았다. 기절한 여자아이가 떨어지지 않도록 와이어와 벨트를 이용해서 고정한 것이다.

오토바이라는 게 한 사람 타기에는 좋을지 몰라도 두 명이 타면 목숨을 걸어야 하는 탈것인데… 거기에 기절한 여자애를 끌고 다니다니. 게다가 그녀와 세건의 몸을 묶어서 고정한 와이어는 바로 도폭선이 아닌가? 김성희는 세건을 보고 눈살을 찌푸렸다.

"죽였어?"

"아니요? 뭐, 팔다리 몇 개씩 잘라놨지만 그 정도로 죽을 놈들은 아닌 것 같던데요? 나름대로 훈련도 잘되어 있고."

세건은 마법사들의 매복과 저격 지점을 떠올리며 어깨를 으쓱해 보였다. 그는 와이어를 되감아서 자신의 옷 속으로 회수했다. 마치 살아 있는 뱀이 기어 들어가는 것처럼, 슈르륵 하는 마찰음과 함께 옷 속으로 말려 들어가는 도폭선을 본 김성희는 웃옷 주머니에 꽂아둔 볼펜을 꺼내서 뒷부분으로 머리를 눌렀다.

"도폭선을 그렇게 쓰지 말라고 했지? 서린이 때도 그러더니만. 그러다 폭발하면 고어물 좋아하는 변태들이 두고두고 즐길 만한 사진이 나올 거야."

"갖고 다니는 물건이니까 최대한 활용해야죠. 도폭선이 그냥 폭발하는 경우는 없어요."

"아무리 그래도 그렇지, 그렇게 나일론 빨랫줄 쓰듯 아무 때나 쓰다니."

김성희는 그리 말하면서 차에서 내렸다. 서린은 그보다 먼저 로켓처럼 차 문을 열고 튀어나와서 여동생의 용태를 살폈다.

"맙소사!"

한눈에 보아도 윤영은의 상태는 심각했다. 폭행의 흔적이 있는 데다가 피를 뒤집어써서 피 칠갑이 되어 있고, 팔뚝에는 정맥주사의 부작용으로 생긴 멍이 소매 밖으로 보일 지경이었다. 게다가 손목은 뭔가에 묶였었는지 까져서 딱지가 져 있었다.

"배를 맞고 기절한 모양이야. 그리고… 녀석들이 자백제를 투여하고 심문을 했는데 한 번이니까 큰 후유증은 없을 거야. 괜찮아."

"자백제라고요? 그런 걸 투여하고 괜찮을 리가 있어요?!"

서린은 태연한 세건의 태도에 부아가 치밀어 올랐다. 마치 세건이 영은을 폭행하고 자백제를 투여하기라도 한 것처럼 세건에게 화를 내고 있는 것이다.

"괜찮지 않지 물론. 그건 미안하다. 내가 괜찮다고 한 쪽은 그쪽이 아니라서……."

세건은 솔직하게 사과했다. 서린은 그 말에 발끈해서 세건을 노려보았다.

"그럼 어느 쪽인데요?"

"왜 있잖아. 그… 뭐시냐."

"지금 제 여동생을 상대로 무슨 얼토당토않은 생각을 하고 있는 거예요?! 겉보기에는 그렇게 안 보이는데 속은 아주 늑대로군요, 당신!"

"저기, 일단 미안해. 그건 내가 사과하지. 나는 그냥 여자애니까 그쪽으로 걱정하지 않을까 해서."

그 반응이 너무나 의외라 서린은 깜짝 놀랐다. 뭐 한마디 하면 바로 주먹과 발길질로 서린을 제압하던 놈이 웬일로 이렇게 순순히 사과를 하는 것일까? 그러는 사이 세건은 영은을 안아 들고 김성희의 차로 향했다. 그는 그녀를 조수석에 앉히고 손으로 머리칼을 빗어 넘겨준 뒤 서린을 돌아보았다.

"그래서 이제부터는 어떻게 할 거지? 피투성이가 된 여자애를 집에 돌려보내면 집안 분위기가 상당히 화기애매해질 것 같은데?"

세건이 그리 말하자 서린은 그제야 사태가 심각하다는 것을 깨달았다. 이런 모습을 한 영은이가 집으로 돌아가면 그 집안은 발칵 뒤집어질 것이다. 게다가 영은이 본인에게도 해명을 해줘야 할 것 아닌가? 영문도 모르고 이런 일을 당했으니 얼마나 놀라고 두려웠겠는가?

"으음, 일단 다른 이상은 없는 거죠?"

서린은 외가 쪽의 살벌한 분위기를 떠올리며 세건에게 물어보았다. 하지만 세건은 태연히 이리 말하는 게 아닌가?

"이대로도 진단서를 끊으면 전치 삼 주는 나오지. 머리 쪽에는 부상이 없지만 인간 여자의 몸이란 건 약해서 신경계에 장애가 생겼을지도 모르니 정밀 검사도 해봐야 하고……."

"남을 조금이라도 안심시킬 만한 말을 하면 그 입이 어디 달아나기라도 해요? 왜 사람 심보가 그 모양이에요?"

서린은 세건을 향해 쏘아붙였지만 그 말이 허언이 아니라는 것도 잘 알고 있었다. 정말 겉보기에도 전치 3주는 되는 데다가 이렇게 다친 몸에 납치당했다는 소문이라도 돌면 감수성 예민한 질풍노도의 시기에는 정말 한강 다리에서 투신해도 이상하지 않다.

게다가 이런 일이 앞으로도 종종 일어난다면? 서린은 눈앞이 깜깜해졌다. 영문도 모르고 생고생을 할 여동생을 생각하니 그것만은 무슨 수를 써도 막아야겠다는 사명감이 치솟아 올랐다.

"거짓말해서 안심이 된다면 네 가족애란 것도 그 정도에 불과한 거지, 뭐. 아니면 내가 듣기 좋은 소리 해주랴?"

"아아, 그건 됐고. 그러면 어떻게 해야 하죠?"

자신이 서 있는 위치는 더 이상 세상의 상식과 이성으로 움직이는 곳이 아니다. 정상인의 기준으로 보자면 미친놈이 득시글거리는 해괴한 세계라고나 할까? 이런 곳에서 서린은 무력하기 짝이 없었다.

"학교를 그만두고, 집도 옮겨. 그리고 가족들과 연락을 끊고 적은 죽여라. 그렇게 하면 네 동생은 지금보다 안전해지지."

"…이래저래 나는 인간으로서는 살 수 없는 거군요."

서린은 세건을 노려보았다. 마치 그가 이걸 노리고 일을 벌인 듯 책망하는 눈초리였다.

"그건 미안하게 됐군."

별로 진실한 사과 같지는 않지만 세건은 미안하다는 말을 연발하며 헬멧을 벗었다. 따지고 보면 이 일은 분명히 세건과 김성희에 의해서 벌어진 것이나 다를 바 없었다.

서린의 정체가 노출되면 이러한 일이 벌어질 것이라는 걸 예견하고 있었으면서, 그래서 윤영은을 감시까지 하고 있었던 주제에 적들에게 납치당하고 이런 꼴을 겪게 만들었다. 서린이 원망하더라도 할 수 없는 일이다.

"어쩔 수 없군요. 좋아요. 학교도 자퇴하고, 가족과도 연을 끊겠어요. 그리고 당신들에게 필요한 일이라면 협력하도록 하지요."

세건은 말없이 고개를 끄덕였다. 가족을 잃었을 때 세건은 실베스테르 신부에게 억지를 쓰다시피 해서 스스로 뱀파이어 헌터가 되었다. 잃을 것이 더 없는 밑바닥의 인생에서 그는 스스로 비인외도를 걷기로 결의했던 것이다.

하지만 서린은 세건과 반대로, 가장 소중한 것을 지키기 위해 스스로 인간이기를 포기했다. 세건은 그 차이를 느끼며 복잡한 감정으로 서린을 바라보았다. 왠지 모르지만 세건은 서린에게 화가 치밀어 올랐다. 그가 서린에게 잘못을 범하고 있다는 것을 인지하고 있음에도 불구하고 짜증이 나는 것이다. 눈에 거슬린달까? 세건은 이런 감정을 언제 느껴봤었나 회고해 보았다.

아… 그렇지. 어려운 살림에도 택시 운전을 하며 고아들을 돌보는 목사와 얽혔을 때였나? 선하고 선량한 인간들, 소시민적인 삶을 누리는 인간들을 볼 때 치밀어 오르는 짜증이었다.

세건은 갑자기 끓어오르는 자기혐오와 분노에 입을 손으로 가렸다.

"협력이라. 지금 자신이 무슨 소리를 하고 있는지 알고서 하는 말인가?"

"…물론이죠. 다만 조건이 있어요."

"뭐지?"

"앞으로 내 동생이나, 가족, 친구에게 누군가가 손을 대지 않았으면 좋겠어요."

서린은 마치 세건이 손을 대기라도 한 것처럼 그를 노려보았다. 세건은 기가 막힌다는 듯 웃어댔다.

"좋아. 그러면 마스터, 이 아가씨는 잘 씻기고 몸조리 좀 시켜서 집에 보내줘요. 나는 이 녀석과 같이 갈 테니까."

"예?"

서린은 깜짝 놀라서 세건을 바라보았다. 그러자 세건은 코베트를 가리키며 말했다.

"스포츠카는 이 인승이야. 네가 저기에 타고 돌아가면 네 여동생은 내가 데려갈 수밖에 없지. 그래, 네 여동생을 도폭선과 가죽 벨트로 묶어서 짐짝처럼 데려간 뒤 내가 직접 옷을 벗겨서 세탁시키고 피를 닦아내주고 씻겨주고… 그럴까?"

세건은 얼굴색 하나 안 변하고 태연스럽게 그런 소리를 했다. 정작 그 모든 것을 상상하고 얼굴을 붉히는 것은 서린이었다.

"그, 그런… 아무리 영은이가 예쁘다지만 당신이 그런 인간일 줄은……. 제 매제가 되려면 적어도 장래 유망한 연예인이나 재벌 이세여야 한다고요."

"중증이군, 이 자식."

"네? 뭐라고요?"

"아니, 됐어. 알아들었으면 타라."

세건은 경쾌한 동작으로 오토바이의 시동을 걸었다. 서스펜션이 흔들거리는 것과 동시에 오토바이의 심장이 격렬하게 고

동쳤다.

“음, 좋아요. 뭐 일이 이리된 이상 협력하도록 하지요. 제가 선심 쓰는 겁니다.”

세건은 어처구니가 없어서 서린을 바라보았다. 대체 이놈은 얼마나 넉살이 좋기에 자신을 두 번, 세 번 죽음 직전까지 몰고 간 세건을 상대로 농을 거는 것일까?

하긴 전에 맞을 때 무슨 ‘뼛속까지 아프다’ 같은 소리를 해댄 것으로 보아 이 녀석은 원래 이런 놈 같았다. 객관적으로 보자면 어려운 가정 형편 속에서도 패기를 잃지 않은 낙천적인 모습이고 주관적으로 본다면 나사가 풀려도 한 봉지는 풀려 있는 놈이었다. 세건은 이런 녀석을 상대로 어처구니를 찾을 생각은 하지 않고 있다가 문득 생각났는지 뒤를 돌아보았다.

“그러면… 미친 달의 세계에 온 것을 환영한다.”

“뭐예요, 그게?”

서린은 태연자약하게 반문했다. 아닌 밤중에 봉창을 두드려도 16비트라더니 그의 입장에서는 세건이 갑자기 헛소리를 하는 게 아닌가 싶어서 순수한 마음에서 반문한 것이다.

하지만 세건으로서는 매우 불쾌하고 후회스러운 일이 되었다. 잠시 굳어 있던 세건에게 서린은 결정타를 넣었다.

“아직 밤도 아닌데 벌써 잠꼬대해요?”

“아니, 나도 그냥 한번 말해보고 싶었을 뿐이야. 불현듯.”

세건은 그리 말하고 고개를 돌렸지만 서린은 왠지, 헬멧 바이저 너머로 보이는 세건의 얼굴이 붉게 물들었다고 생각했다.

"부끄러워하는 거예요, 지금?"

"닥쳐! 그 주둥아리에 폭탄을 꽂고 터뜨리기 전에."

"…말이 궁하면 협박이라니."

"어쨌거나 학교를 그만두는 것은 물론이고 집도 옮겨."

"어디로요?"

"내 집으로 와라. 혼자 쓰기엔 넓었으니까 마침 딱이군."

"……."

500억의 현상금이 걸린 현상범과 동거 생활이라? 서린은 왠지 내키지 않았지만 어쩔 수 없었다. 이미 미친놈들의 세계에 발을 들여놓은 이상 세건을 이용할 부분은 철저하게 이용해야 했다.

"뭘 하는 거지?"

"알았어요."

서린은 투덜거리며 세건의 뒤에 매달렸다. 그러자 세건은 액셀러레이터를 확 당겼다. 어찌나 순발력이 강한지 모터사이클의 엔진이 폭음을 내며 앞바퀴가 번쩍 들렸다. 서린은 깜짝 놀라서 세건의 허리에 매달렸다.

"우왁! 뭐 하는 거예요?"

그러나 세건은 대답 없이 속도를 더더욱 높일 뿐이었다.

이사라고 해도 서린이 가져갈 물건은 별로 없었다. 원래 없이 사는 살림인 데다가 기본 가재도구는 이미 세건이 가지고 있는 것이 훨씬 좋았다. 냉장고, 에어컨에 플라즈마 TV, 몇 대나 되는 터미널용 컴퓨터와 서버 등등…….

아무리 보아도 전형적인 얼리어답터나 컴퓨터 폐인의 모습이다. 결국 서린은 옷가지 몇 개를 챙기고 세탁기나 풍로, 낡은 TV나 라디오 같은 것은 전부 다 이웃들에게 나누어 주었다.

한때 금성(지금의 LG)의 광고 문구가 '순간의 선택이 10년을 좌우합니다' 였는데 서린의 집에 있던 가재도구들은 10년은커녕 20년이 넘은 것도 있었다. 그러나 그런 것도 워낙 없이 사는 동네다 보니 다들 기꺼이 받아주었다.

"…그래, 결국 학교를 그만두는 거냐. 그래도 공부는 그만두지 마라. 서린 너는 머리가 좋고, 사람은 배우면 배우는 만큼 세상을 보게 된다. 그걸 잊지 마라."

담임선생님께서는 아쉽다는 듯 자퇴원을 받아들였다. 집안 사정이야 워낙 잘 알고 있는 터라 차마 잡아두질 못하는 게 못내 아쉬운 듯했다. 평상시 학교에서는 매일같이 애들을 못 잡아먹어서 안달이던 담임이지만 역시 교육자는 괜히 교육자가 아닌 것 같았다.

"아아아아! 좋구나. 이런 시간에 돌아다니는 건 역시……."

서린은 기지개를 켜며 학교 밖으로 걸어 나왔다. 하늘은 맑게 개여서 새하얀 구름이 둥실둥실 떠가고 있었다. 야구부의 학생들이 운동장에서 훈련을 하고 있었는데… 마침 누군가가 친 공이 까앙 하고 상쾌한 소리와 함께 하늘로 날아올랐다. 서린은 투명한 하늘을 바라보며 목을 풀었다.

여동생의 문제는 김성희의 수완으로 너무나도 깨끗하게 처리되었다. 결과적으로 윤영은은 생리통에 의한 실족으로 넘어지게 되어서 근처 병원에 입원한 것으로 되었고 그녀의 기억은 김성희가 세심한 공을 들여서 조작해 놓았다.

영은이는 어리둥절한 표정이었지만 상황에 수긍하는 모양이었다. 하긴, 쓸데없는 나쁜 기억은 없어지는 게 좋을 것이다.

그녀에게는 돈을 벌기 위해 지방에 있는 작은 공장에 내려간다고 하고 한동안 연락하지 말아줄 것을 요청했다. 영은이는 계속 학교에 다니라고 사정했지만 서린은 그 제의를 거절했다.

이제부터는 비인외도를 걷는다. 그는 릴리쓰의 자손으로서 왜 릴리쓰가 자신을 만들어내었는지, 그리고 흡혈귀의 맹주 테트라 아낙스는 대체 왜 그를 염두에 두고 있는지, 그 모든 것을 알아내지 않으면 안 된다. 그것은 마법사와 괴물들, 사냥꾼들을 적으로 돌리고 싸우는 길고 무모한 항쟁이 되리라.

"그러면 가볼까. 택시!"

서린은 손을 들고 교문 앞에서 그를 기다리고 있는 세건을 불렀다. 그러자 그는 나는 듯이 달려와 서린의 몸통에 주먹을 꽂아 넣었다.

퍼억!

보통 인간이라면 그 일격으로 즉사했을 훌륭한 보디 블로였다. 실제로 서린은 내장이 파열되는 것을 느꼈다. 세건은 앞으로 쓰러지는 서린의 몸을 자신의 어깨로 받치고 조용히 귀에 속삭였다.

"야, 죽고 싶냐? 기어오르지 마!"

세건은 서린의 몸통에서 주먹을 빼고 손을 털었다. 하지만 서린은 통증으로 쓰러지면서도 비실비실 웃었다.

"쿨럭, 쿨럭… 헤헤헷. 싫은데, 그건."

"뭐?"

"아, 그러고 보니까 나보다 나이가 많지. 형이라고 부를게. 그것 때문에 삐진 거구나."

"…미친놈. 머리통에 샷건 맞았냐?"

세건은 질린다는 듯 다시 한 번 서린의 몸통에 주먹을 꽂아 넣었다. 하지만 이번에는 아까 전보다 훨씬 위력이 떨어졌다.

대체 이놈은 무슨 생각으로 이런 짓을 하는 것일까? 이제 학교도 때려치우고 본격적으로 월야의 주민이 될 녀석이 마치 소풍 가는 어린아이처럼 들떠 있는 게 아닌가? 세건이 놀라고 있는 사이 서린은 능청스럽게 세건의 오토바이로 다가가 그 뒤에 매달렸다.

"뭐 하고 있어, 기사 양반. 빨리 가자니까!"

세건은 하는 수 없이 오토바이의 위에 올라타서 시동을 걸었다. 아무래도 이 녀석과 같이 살기로 결심한 건 굉장한 실수였던 것 같다는 생각을 하며 세건은 보조 가방에서 예비 헬멧을 꺼내서 서린의 머리에 덮어씌웠다.

• ☾ • See You Next Moon •